KB110443

매혹의 횡단

매혹의 횡단

초판 1쇄 인쇄일 2014년 11월 25일
초판 1쇄 발행일 2014년 11월 27일

지은이 | 한기라
펴낸이 | 김기선
편집장 | 김은지

펴낸곳 | 와이엠북스(YMBOOKS)
출판등록 | 2012년 7월 17일 (제382-2012-000021호)
주소 | 서울시 도봉구 노해로 379, 1005호(창동, 대성빌딩)
전화 | 02)906-7768 / **팩스** | 02)906-7769
E-mail | ymbooks@nate.com

ISBN 979-11-322-0490-9 03810

값 9,000원

매혹의 황단

한기라 지음

YMBOOKS ROMANCE STORY

Ym BOOKS

목차

서장

“오늘 날도 장사는 망했구만.”

장시에서 육포를 만들어 파는 상인 구씨가 판대 위에 날아다니는 파리를 손바닥으로 내리치며 말했다.

장시가 흥하려면 사람들이 많아야 하는데 한낮의 길거리가 마치 새벽녘처럼 한산했다. 동탄과의 전쟁에서 부모를 잃은 고아 몇몇만 사납게 뛰어다닐 뿐이었다.

구씨가 옆 판대에서 건어물을 파는 육씨에게 손짓했다.

“판 접고 술이나 마시러 갈까?”

“그래도 정오 지나서까지는 버텨보자고.”

“그놈의 전쟁은 끝난다 해놓고 왜 안 끝나는지.”

“지금 전쟁이 문젠가. 이 사람 이거 모르는 소리 하네.”

육씨가 건어물 주변에 꼬여드는 벌레들은 내쫓으며 혀를 찼다.

"그럼 뭐 다른 게 있나?"

육씨가 주변 눈치를 살피더니 허리를 숙여 작은 목소리로 속삭거렸다.

"황제 자리를 놓고 형제끼리 싸우지 않는가, 지금!"

"아하, 그 소리군."

"나라가 뒤숭숭하니 사람들이 나오지를 않지. 돈을 안 쓴다니까."

그때 휑하던 장시에 키가 커다랗고 챙이 넓은 갓을 쓴 남자와 그의 뒤를 따르는 나이 든 중년이 함께 나타났다.

상인들이 무료하게 앉아 있다가 다들 벌떡 일어나 '아이고, 도련님!' 아부를 해대면서 호객행위를 하기 시작했다. 남자는 상인들의 목소리가 안 들리는지 그저 묵묵히 앞을 걸어갔다.

구씨는 놀란 얼굴로 남자를 바라보았다. 저렇게 기골이 장대한 이를 본 건 오랜만이었다. 젊고 체격이 단단한 남자들은 전쟁터에 나가 있어서, 근래에 거리에는 아낙네, 아이들, 나이 들고 작은 남자들이 대부분이었다.

갓에 가려 얼굴이 보이지 않았지만 분명히 예사 사람은 아닐 것이다 싶었다. 자세히 보니 허리춤에 칼도 차고 있었다. 검객일까. 구씨가 신기한 마음에 남자를 계속 훑어보는데, 갑자기 남자가 구씨 쪽으로 몸을 틀어 다가왔다.

구씨가 딸꾹질이 나오려는 걸 참고 침을 꿀꺽 삼켰다. 남자가 구씨의 앞에 서서 육포를 쭉 둘러보았다.

"이 장시에는 왜 이리 사람이 없소?"

남자의 목소리는 낮고 굵었다. 남자가 별말을 한 것도 아닌데 괜히 오금이 저렸다.

"아니, 그, 뭐…… 뒤숭숭하니까는……."

"무엇이 말이오?"

"전쟁도 있고요…… 형제끼리 싸운다니 정국이 부, 불안하여 저희 장시 말고 다른 지역도 다 휑합니다요."

"형제 중 누가 이길 것 같소?"

구씨가 말을 더듬으며 작게 말했다.

"소, 소인이 뭐 알겠습니까. 그저 동생이 형보다 영, 영민하더라 소리는 들었습니다."

구씨의 목소리가 잘 들리지 않는지 남자가 허리를 숙여 갓을 조금 들어 올렸다.

구씨는 남자의 얼굴을 얼핏 볼 수 있었다. 어두운 갓 아래로 드러난 얼굴은 태어나서 생전 처음 본 귀하고 훤칠한 용모였다. 코는 우뚝하고 눈썹은 짙은 데다 눈매가 날카로웠다.

역시 그저 평민이 아닌 것 같았다. 구씨는 이거 입을 잘못 놀렸구나 싶어 다리를 달달 떨었다.

"그렇군."

예상외로 남자는 붓으로 그린 듯 반듯한 입술을 끌어 올려 씩 웃었다.

"곧 다 괜찮아질 거요."

"……예?"

"싸움이 곧 끝날 테니."

의미를 모를 말만 남기고 남자가 몸을 돌려 다시 걸어갔다. 구씨는 얼떨떨한 얼굴로 남자의 넓은 등짝을 바라보았다.

반면, 파리 날리는 장시를 두리번거리며 빠져나온 남자는 좁은 골목길로 들어가 황궁으로 방향을 틀었다. 뒤따르던 중년 남자가 고개를 숙이며 말했다.

"황자 마마, 더 안 둘러보시고 가셔도 괜찮겠습니까."

"볼 것도 없군. 들어가지. 잠행을 나왔다는 걸 알면 형님께서 썩 달가워하진 않을 테니. 뭐, 또 쥐새끼처럼 알아보러 나왔냐고 악을 쓰시겠지."

남자가 조롱 섞인 투로 웃으며 말했다.

"그나저나 싸움을 더 빨리 끝내야겠다."

남자가 굵고 커다란 손으로 턱을 쓰다듬었다.

"이대로 두다간 폐허가 된 나라를 먹게 생겼으니. 장 내관은 일러둔 대로 일을 진행하라."

"예."

남자가 검은 갓을 푹 눌러써 얼굴을 가리고는 경쾌하고 당당한 걸음걸이로 앞장서 황궁으로 걸어갔다.

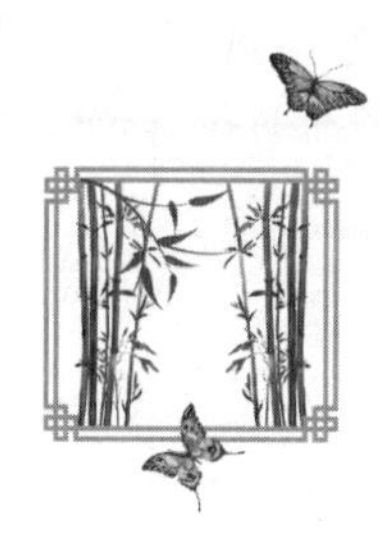

1장. 우기의 시작

뜰 너머 대숲이 비바람에 흔들리며 기괴한 곡소리를 냈다. 거센 바람에 창문틀이 덜거덕거렸다. 방 안에는 온통 축축한 습기가 들어찼다.

지우는 새하얗게 질린 두 손을 무릎 위에 올려놓았다. 원치 않는 혼사였지만 그래도 오늘만큼은 날이 좋기를 바랐다.

한 번도 타본 적 없는, 금실로 수놓아진 가마를 타고 궁으로 들어가는 길, 날이라도 좋았다면 덜 비참했을 텐데. 하늘은 지우의 마음을 별로 다독여줄 생각이 없는 듯했다.

여종 소여가 지우의 머리를 틀어 나비 문양이 달린 비녀를 꽂았다. 나름 치장을 해 무거워진 머리 때문에 그녀의 목에 힘이 들어갔다.

"황궁에서는 어찌 사람 한 명 안 보내준답니까."

"되었다."

"가마 하나와 몇 되지도 않는 수행 인원만 딸려 보내는 게 어디 있어요. 그래도 명색이 황제 폐하의 후궁으로 들어갈 몸이신데."

"되었대도."

"입술을 좀 내밀어보셔요."

소여가 입술연지를 손가락 끝에 묻혀 지우의 입술에 꾹꾹 눌러 발랐다. 향수를 목덜미에 한 번 뿌려주고는 지우를 일으켜 세웠다. 이곳저곳 지우의 옷매무새를 다듬는 손끝이 바들바들 떨리고 있었다.

"다 되었어요."

소여가 고개를 푹 숙이고 두 발자국 물러났다.

"소여야."

"예."

"어찌 우니."

지우가 소여의 어깨에 손을 올려놓았다. 갓 성인이 된 소여의 눈에는 눈물이 가득했다. 지우는 어설프게 웃었다.

지우는 귀족의 여식이라기에는 수수한 데가 있었다. 그녀는 다른 집 여식들처럼 몸치장에는 별 관심이 없었고, 항상 안채의 가장 후미지고 오래된 곳에 마련된 서재에 처박혀 있었다. 대대로 재상을 맡아온 권력가의 첫째 딸이 귀머거리에 벙어리라는 소문도 돌 정도였다. 아니면 엄청난 박색이거나.

그녀의 아버지, 재상 첨유는 공식 석상에서 그녀와 함께한 적이 없었다. 대신 둘째, 셋째 딸은 공식 연회에 매일같이 드나들었다. 이런 정황상, 그녀에 대한 부정적인 소문은 막을 길 없이 권세가들 사이에 스멀스멀 퍼지고 있었다.

소여는 그런 소문을 들을 때마다 불같이 화를 냈다. 우리 아씨처럼 어여쁘고 훌륭하신 분도 없다면서.

그런 소여는 지우가 어깨를 다독이자 더 크게 울어댈 기세였다.

"흐윽, 흑, 우리, 흑, 아씨가…… 흑……."

"어째서 울어. 황제 폐하의 승은을 받으러 가는 길인데."

"아씨야말로 어째 오늘마저 그렇게 태연한 표정이세요! 흐어엉, 끄윽, 작은 아씨 여종년들두 다 수군수군거리덥디다. 미친, 끅, 미쳐도 단단히 미친 황제에게 끌, 흐윽, 끌려가는 거라구!"

결국 제 울분에 못 이겨 소여가 풀썩 주저앉았다. 아주 어렸을 때부터 지우를 모시며 살았던 그녀에게, 지우는 세상의 전부였다. 이 집안에서 지우가 어떤 취급을 받았는지 알기에 더 울화가 터졌다. 지우에게서는 항상 고요한 책 냄새가 났다. 꽃처럼 튀지는 않아도 나무처럼 묵묵한 사람이었다. 어째서 세상은 이렇게 좋은 사람을 매번 죽으라고 등 떠미는지 모르겠다며 소여는 두 뺨을 붙잡고 울어댔다.

"폐하께 그런 불충한 말을 하면 안 되지. 걱정 말거라. 울지 말고."

매나라의 17대 황제는 형을 잡아먹고서 열여덟이라는 어린 나이에 즉위했다. 선황이 죽고 17대가 옹립되기까지 두달간은 혼란 그 자체였다. 해가 질 기세만 보여도 저잣거리에는 사람이 싹 사라졌으며, 오일장은 그전의 반 정도 규모로밖에 열리지 않았다. 사람들은 모두 문을 걸어 잠갔다. 둘째 황자가 형인 황태자를 이름도 잘 알려지지 않은 외딴섬으로 몰아내는 것은 순식간이었다. 권력의 패싸움은 잔인했고 피 위에서 황좌를 얻은 어린 황제는 거침이 없었다.

그는 형의 편을 들었던 가문들을 차례차례 숙청하기 시작했다. 줄을 잘못 섰단 이유만으로 몇 대에 걸쳐 얻어왔던 권력과 재물을 순식간에 빼앗긴 자들이 부지기수였다. 줄을 잘못 선 가문 중에는 지우의 가문도 포함되었다.

아버지 첨유는 전 황태자와 긴밀한 사이였다. 많은 이들이 황제의 손아귀에서 살아남기 위해 발버둥 쳤다. 관직을 보전받기 위해 재물을 황가에 가져다 바쳤으며 자신의 여식을 후궁으로 보냄으로써 혼인 계약을 맺었다. 황제는 처소에 수많은 후궁을 들여놓고 그녀들의 가문을 쥐락펴락했다.

오늘은 지우의 차례였다.

"흐윽, 걱정이 안 될 수가 있어요? 거리에 흉흉한 소문이 아주 파다합니다. 폐하가 밤에 후궁들을 말채찍으로 때린다느니, 이상한 걸 먹인다느니…… 듣기만 해도 몸서리가 쳐져요."

"그런 헛소문들은 믿지 말거라."

"헛소문이 아니라니까요? 아씨도 아시잖아요. 폐하가 얼마나 많은 사람들을 죽였는지. 그리고 하필 왜 아씨예요! 다른 따님들도 많은데."

"쉿, 그런 소리 하지 말래도."

지우가 소여를 일으켜 세웠다. 그때 문밖에서 소리가 들렸다.

"그만 나오시지요."

그녀를 황궁 안으로 데려가기 위해 나온 수행원들이었다.

"소여야, 이 집에서 잘 버티고 있으렴. 나도 궁에서 그러마."

"아씨……."

"다시 만날 날이 있을 거야."

지우가 문을 열고 밖으로 나갔다. 덩치가 큰 남자 세 명이 그녀를 둘러쌌다. 수행인지 압송인지 모를 분위기였다. 안채 바깥으로 걸어 나왔으나 그녀를 배웅하는 이가 한 명도 없었다. 아버지도, 어머니도 모두 보이지 않았다.

장대비처럼 쏟아지던 빗줄기는 약해져 있었다. 소여만 울음에 젖어 비틀거리는 발자국으로 그녀를 따라왔다. 종들 몇 명이 빗물에 진탕이 된 바닥을 정리하며 지우를 발견하고 고개를 숙여 인사했다.

'폐하께서 확실히 의사를 전달하시는구나.'

이리도 초라한 입궁이라니. 이 혼인을 가문에 행해지는 벌의 징표로 삼겠단 것이다. 황제는 아직 열여덟이지만 무력이 아니라 여러 상징을 통해 사람을 함락시키는 방법을 알고 있었다. 그게 더 무서운 법이었다.

약한 빗줄기에 비단옷이 슬금슬금 젖었다. 지우는 이마에 맺힌 물기를 손바닥으로 닦아냈다.

"들어가시지요."

빗물에 추적추적해진 땅 위에, 꽃가마만 어색하게 서 있다. 수행원이 가마 문을 열고 지우를 바라보았다. 지우가 고개를 숙여 가마로 들어갔다.

"……건강하세요, 마마!"

가마 뒤에서 소여가 엎드려 절을 하며 소리쳤다. 이마와 옷이 진흙에 엉망이 되어도 가마가 시야에서 사라질 때까지 한참 동안을. 지우는 가마 안에서 조용히 눈을 감았다. 우기가 시작되어 모두가 기력을 잃은 날, 거리에 사람들도 몇 없었다.

질퍽하고 초라한 길을 따라 지우는 스물둘의 나이로 그렇게 입궁했다.

"재상 이첨유의 첫째 여식 이지우를 재인(才人)에 명한다."

"성은이 망극하옵니다."

책봉식은 초라했다. 지우는 황태후에게 고개를 숙여 예를 취했다.

황제에게 충성한다는 징표로 재물과 딸을 바쳤던 이들은 처음에는 기대를 품었다. 그들의 가문에서 가장 어여쁘고 영특한 계집들을 추려내 후궁으로 올려 보냈다. 그녀들이 아직 황후를 맞이하지 않은 어린 황제의 마음을 사로잡길 바랐던 것이다. 자신의 여식이 황후만 된다면, 아니 비(妃)라도 된다면 가문의 위세가 회복될 것이라 믿었다.

그러나 황제는 그들의 기대에 부응할 만큼 그리 순순한 이가 아니었다.

귀족가문에서 간택된 이들은 보통 빈으로 책봉되는 것이 관례였으나 황제는 그들을 보란 듯이 그 아래의 27세부나 81어처에 명했다. 황후가 공석이었기에 공식적으로는 황태후가 책봉식을 거행했지만, 황태후는 황제의 꼭두각시였다. 황태후는 늙고 병들었으며 자신의 친아들을 몰아내고 황좌에 오른 황제를 두려워하고 있었다.

황제는 각지에서 몰려든 미인들을 거들떠보지도 않았다. 매일 밤 후궁 처소에 들락거리긴 했으나 누구도 그의 마음을 사로잡진 못했다.

대신 흉흉한 소문이 돌았다. 반역죄로 삼대를 멸족할 수도 있었던 너희 가문을 내가 자비를 베풀어 살려준 것이라고 흉흉하게 협박하며 후궁들을 잔혹하게 대한다는. 실제로 몇 명이 죽어 나왔다.

황제가 즉위한 지도 반년째, 아직까지 황후 자리는 공석이었다. 이제 황제와 혼인 계약을 맺게 된 가문들은 자신들의 귀한 딸을 보내기를 꺼렸다. 가보았자 볼모 신세에 자칫하면 개죽음이나 당할 테니까.

대신 첩에서 얻은 딸이나 박색이라 혼인이 요원했던 계집들을 올려 보냈다. 이첨유에게도 첫째 딸 지우는 그렇게 버리는 패였다.

황태후는 몇 개월 동안 몇십 번이나 반복된 이 의미 없는 책봉식에 지쳤는지, 책봉문을 성의 없이 읽다가 이내 기침을 하며 사라졌다.

"앞으로 이 재인 마마를 모시게 될 분희이옵니다."

궁녀 한 명이 그녀에게 허리를 숙여 인사했다. 아까 비를 맞아서인지, 휘황찬란한 황궁에 압도되어 그런 것인지, 지우의 얼굴은 새하얗게 질려 있었다.

"그래, 반갑구나."

"처소로 모시겠습니다."

분희는 앞장서서 오도도 걸었다.

소여와 비슷한 나이일까. 열일곱, 열여섯 정도 되어 보였다. 오동통하고 자그마한 체구에 피부가 가무잡잡하니 탄력이 있었다. 분희는 원래 후궁 처소로 쓰였던 화홍헌이 아니라 매당헌 쪽으로 걸어갔다.

"이쪽이옵니다."

"……그렇구나."

"저, 좀 초라하지요."

"아니다. 고적해서 있기 좋구나."

매당헌은 전 전대의 호위무사 하나와 밀애를 해 크게 파문을 일으켰던 황태자비의 처소였다. 그 이후로 사람의 발길이 들지 않아 건물은 낡고 빛바래 있었다.

처소 안으로 들어서자 퀴퀴한 나무냄새가 밀려왔다. 몇십 년 동안 쓰이지 않았던 곳인지라 곳곳에 먼지가 끼어 있었다.

"송구하옵니다. 정리를 한다고 하였는데……."

"괜찮다. 차차 해 나가면 되지. 나도 좀 도우마."

"마마님이 도우신다니요, 가당치도 않습니다."

분희가 깜짝 놀라 어깨를 움츠렸다.

매당헌 바닥은 발이 얼어붙을 정도로 차가웠다. 귀머거리나 벙어리 병신이거나 박색이라 소문난, 별 볼 것 없는 몸인데도 재상의 여식이라고 황궁에서 경계를 한 모양이다.

초라한 곳이었지만 주변에 사람이 없어 무척이나 조용했기에 지우는 마음에 들었다. 바닥에 느리게 앉아 목을 무겁게 짓누르던 머리 장식부터 벗었다.

"그래, 분희 너 말고 다른 아이는 없니?"

"저, 그게…… 심야에 지키는 아이 말고 지밀 궁녀는 저 하나뿐이옵니다."

"그렇구나."

"소, 송구하옵니다!"

"송구는 무슨. 너와 둘이니 더 안락해서 좋다."

지우가 설핏 웃었다.

"우선 이 의례복 벗는 것 좀 도와주련."

"예, 마마."

지우는 옷을 갈아입었다.

분희는 고개를 갸웃했다. 보통 황궁 내 후궁들은 조금이라도 권위 있어 보이고 튀어 보이기 위해 옷을 매우 화려하게 입는데, 지우의 옷은 매우 밋밋하고 수수했다. 매일 황태후가 여는 조회에서 지적을 들은 사람이 반성의 의미로 입는 옷처럼, 상아색에 은은한 연둣빛이 군데군데 들어가 있는 옷이었다. 그러나 지우의 길쭉하고 마른 체형이나 창백하고 수수한 얼굴에 잘 어울렸다.

지우는 옷을 갈아입고 나자 집에서 가져온 짐을 풀었다. 가문에서 황가에게 보낸 혼례 물품이야 셀 수 없을 만큼 많았지만 지우가 들여온 개인 물품이라곤 온통 책뿐이었다. 후궁 처소에 마련된 책꽂이가 작아서, 책꽂이에 꽂히지 못한 책은 바닥에 쌓아두어야 했다.

분희가 저녁상을 들고 들어올 때까지 지우는 그저 책을 조용히 읽었다.

"마마."

"아, 배가 별로 고프지 않구나."

"그래도 좀 드셔야지요. 오늘 밤 처소에 폐하께서 드실 텐데요."

"글쎄, 그러시겠니."

"예, 예?"

"폐하께서 오늘 내가 입궁한 줄 아실까 모르겠구나. 그래도 채

비를 하고 기다려야겠지. 물을 좀 데워주렴. 향유도 준비해주고."

"예, 마마."

"상은 치워주렴. 지금 먹으면 체할 것 같아서 그런다."

지우의 말에 분희가 저녁상을 들고 총총 다시 나갔다.

한참 동안 비어 있는 방은 냉기로 가득해 피부에 소름이 돋았다. 지우가 긴장하여 차가워진 손끝을 주물럭거렸다.

낯설면서도, 적막하고 차가운 분위기가 원래 살던 집과 크게 다르지는 않은 것 같아 묘한 기시감도 들었다.

지우가 숨을 들이마시며 곳곳을 느리게 둘러보았다. 이제부터 좋든 싫든 이곳에 발붙이고 살아가야 한다.

지우가 숨을 후우 내뱉으며 애써 웃음 지으며 읽고 있던 책을 다시 펼쳤다.

한편, 분희는 향유와 목욕물에 넣을 갖가지 약재를 구하러 가는 길에 화홍헌의 윤 첩여를 모시는 옥춘이를 만났다.

"얘, 너 오늘 새 마마를 모시게 됐다면서."

"응. 지금 향유 받으러 가는 길인데."

"어떤 분이셔?"

"……그게, 좀 특이하셔."

"그래? 우리 마마님보다 더 특이할라구."

윤 첩여는 성질이 악랄하기로 유명했다. 그래도 그녀의 이름이 화홍헌에서 제일 유명했는데, 그녀의 처소에 황제가 제일 자주 드나들었기 때문이다. 그녀가 곧 빈으로 승격될지도 모른다는 소문이 파다했다.

"그게 좀…… 보통 후궁 마마님들 들어오면 다들 기를 쓰시잖

아. 여기서 살아남아야 하니까."

"그렇지."

"근데 우리 마마님은 좀 다르신 것 같아. 꼭 아무런 욕심도 의욕도 없는 분 같아. 그래도 친절하셔."

"그럼 됐네, 뭐."

"응, 그렇지."

분희가 물 냄새가 날 것처럼 웃는 지우의 얼굴을 잠시 떠올리다가 고개를 끄덕였다.

"얘, 주전부리 남는 걸 좀 싸왔는데 밤에 잠깐 보자. 너 줄게."

옥춘이 허리를 숙여 키득거리며 말했다. 분희가 통통한 볼을 밝게 물들이며 소녀처럼 웃었다.

옥춘에게 인사하고 분희가 종종걸음으로 걸어갔다. 약재를 받으며 매당헌에서 온 이 재인 마마의 지밀 궁녀라고 말했다. 이제 직속으로 모시는 마마가 생겼다는 게 실감이 나, 떨리면서도 가슴이 조금 들떴다.

분희가 제일 좋은 것으로 달라고 신신당부를 하여, 이것저것 바리바리 싸 들고 매당헌으로 돌아갔다.

밤이 되자 지우는 분희가 마련한 뜨거운 목욕물에 몸을 씻고, 구석구석 몸의 모든 구멍에 향유를 발랐다. 책도 다 덮어놓고 머리는 곱게 올린 채로 꼿꼿이 앉아 황제를 기다렸다.

그렇게 밤이 조용히 깊어갔다.

매당헌 바로 옆에는 지우가 원래 살던 집처럼 자그마한 대숲이 있었다. 비는 그쳤지만 밤이 되자 바람은 더욱 거세졌다. 대나무가 바람에 흔들리고 서로 부딪쳐 우우우 짐승 우는 소리를 냈다.

지우는 목과 사지가 길고 가늘었다. 시대의 어여쁜 여인상이란 자고로 자그맣고 둥글둥글한 체형에 애교가 많은 사근사근한 얼굴을 가진 계집이었는데, 지우는 거기서 좀 틀어져 있었다.

얼굴도 애교가 있기보다는 무뚝뚝하고 차가운 인상이었고, 눈매도 둥글지 않고 옆으로 길게 뻗어 있다.

그러나 정작 보면 소문처럼 박색이란 생각은 들지 않는다. 그녀의 주변을 둘러싸고 있는 묘한 분위기 때문이었다.

지우가 그렇게 앉아 있은 지 한 시진이 지났다. 꼿꼿하게 세우고 있는 허리 아래가 아파오기 시작했다.

분희는 문밖에서 안절부절못하며 밖을 내다보았다. 벌써 해시에서 자시로 넘어가려는 참인데.

그때, 궁녀 하나가 저 멀리서 뛰어와 분희에게 뭐라 뭐라 이야기를 전했다. 분희는 입술을 질끈 깨물고 지우의 침소로 들어갔다.

"마마."

"그래."

"폐하께서…… 윤 첩여 마마의 처소로 드셨다 하옵니다."

"알겠다."

"마, 마마."

"신경 쓰지 말거라."

지우는 그제야 불을 끄고 혼자 누웠다.

긴 하루가 끝나간다. 크게 달라질 줄 알았는데 본가에 있을 때와 별다를 바 없는 생활이 될 것 같았다.

그저 이 외곽, 후미진 곳에서 조용히 책이나 읽으며 저 어린 계집아이와 말동무나 하며, 원래 세상에 없던 사람처럼 물처럼 흐르다 가는 게 지우의 목표였다.

집안에서도 황궁에서도 이지우라는 이름은 희미해질 것이다. 지우는 그러고 싶었다. 오늘대로라면 그렇게 살 수 있을 것 같았다.

그러나…… 얄궂게도 바로 다음 날부터 황궁은 지우의 그런 바람을 들어주지 않았다.

지우는 궁에 들어온 첫날 잠을 설치다가 새벽녘이 밝아올 때에야 겨우 잠이 들었다. 피곤함이 눈꺼풀을 무겁게 짓눌러 눈을 뜨기가 쉽지 않았다. 원래부터 창백한 피부는 백지장처럼 더 허예졌다.

지우가 낯선 이부자리에서 몸을 일으키고 황태후가 여는 아침 조회에 갈 채비를 했다.

"마마, 이야기 도는 것이 심상치가 않습니다."

분희가 급히 지우의 채비를 도우며 말했다.

"윤 첩여 마마께 무슨 일이 생긴 듯해요. 윤 첩여 마마를 수발드는 궁녀들이 새벽에 사색이 되어 나갔어요. 마마께 바로 오느라 제대로 이야기는 못 들었지만 궁 분위기도 흉흉하고……."

"조회에 가면 황태후께서 무어라 말을 하실 것이다. 언동을 조심하고 있어라."

"예, 마마."

지우는 이마 위로 삐져나온 앞머리를 손끝으로 매만지며 처소 밖으로 나갔다. 매일 아침 내명부의 수장이 여는 조회는 내명부에 소속된 이라면 한 명도 빠짐없이 참여해야 했다.

보통은 황후의 처소에 딸린 집무실에서 모이는데, 아직 황후가 공석이라 모두들 황태후의 궁으로 향했다.

우기의 매나라는 공기가 축축하고 무거웠다. 비가 세차게 내렸다가도 금세 그치고는 했다. 밤에는 멈췄던 비가 새벽에 다시 내렸는지 돌길 곳곳에 물웅덩이가 생겨 있었다. 지우와 분희는 발걸음을 빨리했다.

그때 옆에 또 다른 후궁 하나가 지나갔다.

"어머, 이첨유 댁 첫째 따님 아니십니까."

지우가 그녀를 돌아보았다. 자그마한 몸에 크고 짙은 눈은 커다라며 입술은 작고 도톰하여 전형적인 미인상이었다.

지우는 사교에는 전혀 관심이 없었지만 그녀의 얼굴이라면 알고 있었다. 그녀의 아버지와 이첨유가 친한 사이여서 곧잘 지우의 가택에 들렀기 때문이다. 그녀는 대사농(大司農) 문칠현의 막내딸 문유하였다.

그녀는 첩여로 지우보다 서열이 높았다. 지우가 유하에게 허리를 숙여 인사했다.

"인사드리옵니다, 마마."

"입궁하신단 소식은 들었는데, 벌써 책봉식을 치렀답니까?"

"예, 어제 재인으로 책봉되었습니다."

"그랬군요. 그럼 조회에 가시는 길이지요? 같이 가지요."

유하는 궁녀 여럿을 거느리고 지우의 옆에 섰다. 유하의 집안은 황좌 쟁탈전 당시 전 황태자의 편에 섰다가 중간에 방향을 튼 세력 중 하나였다.

그래서인지 그녀의 대우는 지우보다 훨씬 나았다. 막내딸을 극

진히 아낀다는 문칠현의 입바람도 한몫했으리라.

유하는 살풋살풋 걸으며 말했다.

"재상의 가문에서 이 재인을 보낼 줄은 몰랐습니다. 의외네요."

유하가 빨갛게 연지를 바른 입술로 웃었다.

"이 재인께서는 이런 황궁 생활에 잘 안 맞는 분 같아서요."

지우는 예, 짧게 대답하고 묵묵히 걸었다. 어릴 때부터 유하와 마주칠 때마다 지우는 그녀가 껄끄러웠다. 자신과 너무 다른 사람이었다. 화려하고 눈빛은 거세고 날카롭다.

어느새 둘은 황태후궁에 다다랐다.

"어젯밤 무슨 일이 일어난 줄 아십니까?"

유하가 나지막한 목소리로 말했다.

"듣지 못했습니다."

"조회에 들어가면 황태후께서 말씀해주시겠지만요…… 모쪼록 이 재인께서도 언동을 조심하는 것이 좋을 것입니다. 안 그러면 이 재인께서도 언제 이리될지 모르는 일이니까요."

"명심하겠습니다."

"뭐, 언동이라고 부를 만한 것도 없는 분이시지마는. 들어갑시다."

황태후의 집무실에 들어가자 후궁들이 빼곡했다. 후궁들은 서열에 따라 줄을 맞춰 섰다. 지우는 중간쯤에 섰다. 아침 일찍이도 모두들 치장을 하고 왔는지 방 안에 분 냄새가 가득했다.

곧 있어 황태후가 방 안으로 들어오고 모두들 허리를 숙여 인사했다.

"황태후 마마, 기체후일향만강 하셨사옵니까!"

황태후는 기력이 쇠진한 늙은 몸을 꿈틀거리며 자리에 앉아 손을 휘휘 저었다. 황태후의 숯처럼 거칠고 쪼글쪼글한 얼굴이 찡그려졌다.

"어젯밤 흉사가 있었습니다. 아시는 이들은 아시겠지요."

모두들 숨을 죽였다.

"윤 첩여가 자시에 독살당했습니다."

'독살이라니……?'

"이 재인께서도 언제 이리될지 모르는 일이니까요."

지우는 아까 전 유하의 말을 떠올렸다. 윤 첩여라면 황제가 가장 자주 찾는다는 이유로 실권을 잡은 이인 데다, 어젯밤에도 황제는 그녀를 찾았다 했다.

"어떤 괴인이 그리하였는지 조사를 하는 중입니다. 아주 치밀하게 일을 꾸민 듯하더이다. 음식에 독을 탄 것이 아니고 윤 첩여가 자주 손을 대는 가구에 독을 묻혀놓았다 합니다. 손에 독이 묻은 채로 밤중에 폐하와 함께 화과자를 집어 먹었는데, 그때에도 잠잠하다가 폐하가 떠나간 후 한 시진이 지나서야 독이 퍼졌습니다."

벌써 이 궁에서 죽어 나간 후궁만 다섯이었다. 후궁들은 고개를 숙인 채 오들오들 떨며 황태후의 이야기를 들었다.

"윤 첩여의 평소 행동반경을 잘 아는 이가 한 짓 아니겠습니까? 일을 저지른 이는 궁녀 중 하나겠지요. 지금 문책을 하고 있으니 그 뒤의 끄나풀이 누구인지도 밝힐 것입니다. 가구에 독을 묻히다니. 하마터면 폐하께 해가 갈 뻔하지 않았습니까. 그렇지요?"

늙은 황태후의 눈이 형형하게 빛났다.

"일이 시급하니 오늘은 이만들 물러가세요."

황태후가 일어서고 후궁들도 차례차례 빠져나가기 시작했다. 지우는 입술을 비틀어 웃고 있는 유하를 지나쳐 빠르게 걸어갔다.

사색이 된 얼굴로 뒤따르던 분희는 매당헌에 다다르자 조심스레 입을 열었다.

"정말로 궁녀 중 하나가 한 짓일까요, 마마님?"

"뒤에 누가 있든 간에 실행한 이는 궁녀일 가능성이 크지 않겠니."

"도대체 누가 그런 일을……. 윤 첩여 마마의 궁녀 중 제 친우가 있는데 그 아이는 그럼……."

분희가 옥춘을 생각하며 바들바들 떨었다.

"그 아이가 부디 잘 견뎌내길 빌자꾸나."

"흉흉한 말이 가득 돌아요. 다들 폐하가 윤 첩여가 권력을 잡고 기고만장해지자 그를 못 견디시고 그런 짓을……."

"쉿, 그런 불경한 말은 입에 담지 말거라."

주변의 공기가 눅눅해지고 뜨거워졌다. 지우가 고개를 들어 하늘을 올려다보았다. 먹구름이 곰팡이처럼 하늘 곳곳에 피어오르기 시작했다.

"또 비가 오려는 모양이구나."

저녁 내내 한참을 쏟아졌던 빗줄기는 보슬비 정도로 약해졌다. 하늘이 완전히 캄캄해졌을 때 분희가 안으로 들어왔다.

"마마."

"들어오너라."

분희의 동그란 두 눈이 물기에 젖어 시뻘겠다. 옥춘의 일로 계속 마음고생을 한 탓이다. 윤 첩여의 궁녀들이 모조리 끌려가 혹독한 문책을 받고 있다는 소문이 가득했다. 몇몇은 고문을 못 견디고 까무러쳤다고도 했다. 지우가 파랗게 질린 분희의 얼굴을 안타깝게 바라보았다.

"그래, 무슨 일이니?"

"궁 밖에서 이것을 보내왔사옵니다."

분희가 단아한 함을 앞으로 내밀었다. 함을 열자 낡은 옥반지가 하나 있었다.

"……소여가 보낸 것이로구나."

지우가 옥반지를 왼 손가락에 꼈다. 어렸을 때 죽은 지우의 어미가 남겨두고 간 것이다. 지우는 옥반지를 손가락 끝으로 살살 쓰다듬었다.

"잠깐 밖에 나가 걷고 싶구나."

"예, 마마."

분희는 등을 들고 지우의 뒤를 따라왔다. 지우가 사람의 손길이 닿지 않아 키가 제각각인 잡초로 무성한 앞뜰을 느린 걸음으로 걸었다.

매당헌의 뒤쪽에는 대숲이 있었다. 때마침 부슬비마저 그쳤다. 지우는 어린 시절 안채의 옆에 있던 대숲에 들어가 혼자 쪼그려 있던 날을 떠올렸다. 언제는 서재에서 책 한 권을 뽑아서 아침 일찍 들어가 해가 질 때까지 책을 읽고 나오기도 했다.

대나무가 춤추는 소리는 스산하면서도 사람을 안정되게 했다.

지우가 대숲 쪽으로 걸음을 빨리했다.

"저기에서 잠시 혼자 쉬고 싶구나."

"예? 혼자서는 안 되십니다. 위험하셔요."

"위험할 게 어디 있니. 이 외진 곳까지 누가 오기나 할까."

"그래도 괴한이라도 들었으면 어쩌시려구……."

"매당헌 들어오는 길목에 호위 둘이 서 있지 않더냐. 괜찮다. 분희 너도 마음이 어지러울 텐데 나 신경 쓰지 말고 있거라."

지우가 분희를 내버려 두고 등을 든 채 혼자 대숲 안으로 들어갔다. 물기에 젖어 잎들이 축축했다. 해가 지자 사위가 캄캄했다. 희미한 등불에 기대 지우는 대나무들 사이에 가만히 서서 숨을 들이켰다. 콧속으로 비릿한 물 냄새와 시원한 흙냄새가 들랑거렸다. 마음이 편안해졌다. 안 그런 척해도 그간 긴장을 했던 건지, 딱딱하게 굳어 있던 어깨가 스르륵 풀린다.

그때였다.

더 안쪽에서 부스럭거리는 소리가 들렸다. 여기에 작은 짐승이라도 있는 것일까. 그러기엔 움직이는 소리가 너무 컸다.

지우가 등을 붙잡은 손에 힘을 주었다.

"거기 누구냐."

컴컴한 인영이 기둥처럼 불쑥 일어섰다. 지우의 무표정한 얼굴이 흔들렸다. 여자치고 큰 키였던 그녀보다도 머리통 하나가 더 큰 사람이었다.

"그쪽은 누구요."

남자의 목소리는 낮고 철을 긁는 것처럼 쇳소리가 났다. 지우가 놀라 등을 떨어뜨렸고 등불은 하필이면 물웅덩이 속에 빠져 빛을 잃었다. 사방이 자기 손도 안 보일 만큼 어두웠다. 남자가 느리게 지우 쪽으로 다가왔다. 지우는 주춤거리며 두 손을 꽉 쥐었다. 수상한 이였으면 호위들이 이쪽으로 들여보낼 리가 없을 텐데. 남자가 허리를 숙이며 고개를 쑤욱 지우 쪽으로 내밀었다.

"처음 보는 얼굴인데."

"매당헌에 기거하고 있는 이 재인이다."

"아, 이곳은 비어 있는 줄로 알았는데……."

"어제 내가 이리로 들어왔다."

"그랬군."

남자는 근처의 대나무를 손으로 집었다. 남자의 뭉근한 땀내가 느껴질 만큼 가까운 거리였다. 지우가 파들거리는 목덜미를 숨기기 위해 더욱 몸에 힘을 꽉 주었다.

"누구냐. 누구관데 함부로 후궁이 기거하고 있는 곳에 들어온단 말이냐."

"아, 나는……."

그때 마침 보름달을 가리고 있던 실구름이 옆으로 흘러가고 대숲 사이사이 달빛이 들어왔다. 남자의 얼굴이 어렴풋하게 보였다. 그는 관복도 의복도 아닌, 수수한 사복을 입은 채 검은 머리카락을 한데 묶고 있었다. 눈썹은 짙었으며 콧날과 턱선은 단단했다. 두 눈은 크면서 날카로웠는데, 바로 마주하고 있으면 속마음이 들킬 것 같은 진한 눈이었다.

전체적으로 인상이 강한 남자였지만 자세히 보면 아직 앳된 티를 벗지 못했다. 십 대 후반쯤 되었을까. 남자는 소년같이 씩 웃었다.

"저는 궁정의 경비를 담당하고 있는 무위영의 무관 율이옵니다."

"근데 어찌 여기 있느냐."

"차림을 보면 모르시겠습니까. 임무 시가 아니니 여기 있지요. 저는 야간은 안 섭니다. 일이 없고 마음이 고달플 때 종종 이곳에서 마음을 달래곤 하였는데…… 이곳에 주인이 생겼을 줄은 미처 몰랐습니다. 불경을 용서해주십시오."

용서해달라는 것치고는 건방진 말투였다. 지우는 놀란 가슴을 간신히 진정시키며 입을 열었다.

"건방지구나."

"말투가 원체 이러하옵니다. 송구합니다. 오늘 하루 유달리 힘들어서 또 그랬습니다. 아시잖습니까. 후궁 마마 한 분이……."

율이 손가락을 목에다 대고 찍 그어 보였다.

"사람 목숨 가지고 장난치다니. 어찌 그리 경박하게 구느냐."

"장난치는 것은 아니었습니다. 송구합니다. 마마도 이 사건을 들으셨겠지요?"

"들었다."

"어떻게 생각하십니까? 소문대로 폐하가 윤 첩여 마마를 못마땅하게 생각해 독살해버리신 걸까요?"

"어찌 그런……. 무위영의 무관이라면서 그리 불충한 말을 입에 담는가."

"폐하께 고하실 겁니까?"

율이 몸을 더 가까이 붙여왔다. 깊은 눈이 형형하게 빛났다. 지우는 율에게서 미미한 피 냄새를 맡은 것 같아 코를 찡그렸다. 피

냄새인지 정확히 확인하기 전에 율이 두 발자국 훽 멀어져 뱅뱅 숲을 거닐었다.

"네놈은 고할 가치도 없구나."

지우가 고개를 홱 돌렸다.

"그리고 이번 사건은 너무도 당연한 말이지만 폐하께서 꾸미신 일이 아니다."

"어찌 그리 단언하십니까? 뭐, 제가 모시는 폐하지만요, 악명이 높으신 분 아닙니까? 이곳이니 얘기하는 겁니다. 솔직히 좀 괴팍하시잖아요."

"폐하를 아주 잘 아는 것처럼 말하는구나."

"흐응."

율이 대나무에서 잎 하나를 떼어내어 손가락으로 빌빌 비볐다. 지우는 율의 눈치를 살피며 그를 떠보기로 했다.

"윤 첩여의 아비는 황좌가 바뀌기 직전에 폐하의 편에 붙어 자신의 사병 전체를 바치고 충성을 서약한 사람이다. 전 전대까지만 해도 상인 집안이라 선황 대에 황가에 재물 전반을 바치고 귀족 신분을 얻었다 한들, 타고난 출신을 못 이겨 군부에서 그다지 높은 지위에는 못 올랐다."

"그래서요?"

율의 눈이 반짝거렸다.

"그러다 폐하의 편으로 돌아서서 돈으로 끌어모은 사병을 전부 바치고 현재 전장군(前將軍)까지 오르지 않았더냐. 그에게도 좋은 일이었지만 폐하께서도 그가 아니었다면 황좌를 견고히 하기가 힘드셨을 것이다."

율이 흥미롭다는 듯이 고개를 끄덕였다.
"현재도 마찬가지지. 윤가의 사병이 황가에 흡수되었다 한들 몇 년을 윤가에 종속되었던 자들이다. 이런 상황에서 황실 군대에 포함된 그의 사병들이 등을 돌리면 폐하의 안위도 위태로워진다."
지우가 율의 얼굴을 살폈다.
"폐하께선 그런 상황을 고려해서 윤 첩여 마마를 제일 신경 쓰고 계셨던 것이겠지. 마마가 비빈에 책봉된다는 소문도 허구는 아니었을 것이다. 폐하께서는 윤가와 공생을 이루셔야 하는 상황이시니."
"이런 걸 다 어떻게 아십니까?"
"조금의 눈치만 있다면 다 아는 것이다. 그러니 폐하께서 윤 첩여 마마를 왜 죽였겠느냐. 폐하께 반하는 세력이 꾸몄으면 몰라도. 헛된 소문 퍼뜨리지 말거라."
"눈치가 있다고 다 알 수 있습니까? 전장군님의 사병에 대해서는 사람들이 잘 모르는 이야기일 텐데요. 거기다 여인의 신분으로."
율이 눈동자를 굴리며 지우를 빤히 쳐다보았다. 지우는 그의 눈빛을 피하지 않았다.
"그러는 일개 무관인 너도 이 이야기를 알고 있었던 눈치구나."
"그리 보입니까?"
둘 사이로 위태로운 침묵이 내려앉았다. 지우는 태연한 표정을 짓고 있었지만 사실은 속이 울렁거릴 정도로 심장이 빠르게 뛰었다.
어디서 보낸 자일까, 왜 여기에 있는 거지?

그녀의 지식의 전반은 책에서 나온 것이고, 일부는 저잣거리에서, 또 일부는 그녀의 이복 남동생 지후에게서 얻은 것이었다. 집안의 모든 이들이 그녀를 탐탁지 않아했지만 한 살 어린 지후만은 그녀를 곧잘 따랐다. 지후는 황제가 등극하자마자 황제의 근위대로 발탁되어 궁에 들어갔다. 첫째 아들이었기에 문인의 길을 걸어 주요 관직에 오르는 게 당연한 일이었지만, 그때의 상황이 그랬다. 새 황제에게 충성을 강력하게 표시하기 위한 방법이었다.

가끔씩 휴가를 받아 집에 돌아오는 지후에게서 지우는 세상 이야기와 정국에 대한 이야기를 귀담아듣고 가끔씩 자신의 의견을 말하기도 했다. 그때마다 지후는 '누님이 사내였다면 분명 훌륭한 고관이 되었을 것입니다.' 하곤 했다.

율은 흥미로운 눈빛으로 계속 지우의 이곳저곳을 뜯어보았다. 달빛에 비쳐 그녀의 얼굴이 더 시퍼레 보였다.

그때 이 날씨를 종잡을 수 없는 우기의 하늘은 다시금 비를 떨어뜨리기 시작했다.

물방울이 지우의 정수리에 떨어졌다. 지우가 푸드덕 몸을 떨었다.

"이, 이런, 비가……."

율이 쓱 옆으로 다가와 커다란 손바닥으로 지우의 머리 위를 가렸다. 그러곤 한 팔은 지우의 어깨를 둘러 감쌌다. 지우가 눈을 동그랗게 뜨며 율을 바라보았다. 얼굴이 코앞에 있었다.

"놓아라. 무슨 짓이냐."

"비를 가려드리려는 것입니다."

"나는 폐하의 후궁이다. 손을 떼어라."

지우가 어깨를 비틀었지만 율의 손아귀 힘은 셌다.

"지아비라는 황제 폐하의 용안은 보셨습니까?"

"아직 뵙지 못했지만, 그것이 이래도 된다는 연유는 못 된다. 놓거라."

"고지식하신 분이네. 폐하께서 절개에 감동하시겠습니다."

빗줄기가 점점 세졌다. 대숲 밖에서 분희가 지우를 찾는 소리가 들려왔다.

"마마! 마마, 어디 계세요!"

분희의 목소리에 지우가 율을 노려보다가 고개를 반쯤 뒤로 돌렸다. 율이 하하 웃으며 지우의 어깨 위에 걸쳐져 있던 손을 떼었다.

"재밌는 대화였습니다, 마마. 다음에도 뵐 수 있었으면 좋겠군요."

"그럴 일 없다."

"과연 그럴까요?"

율이 재빠른 손으로 휙 지우의 왼손을 붙잡았다. 지우는 너무 놀라 심장이 뇌에서 뛰는 것 같았다. 율의 손바닥은 크고, 이 빗줄기 속에서도 무척이나 뜨거웠다.

율이 돌연 우악스럽게 지우의 손에 끼어 있던 반지를 빼내어 자신의 안주머니에 쏙 넣었다.

"이것을 받으시려면 저를 보셔야 할 겁니다."

지우가 파들거리는 손으로 율의 뺨을 후려쳤다.

"네놈이……."

"이런, 손이 매우시네."

율이 뺨을 손바닥으로 문지르며 지우에게서 멀어졌다.

"내일 이곳에서 뵙겠습니다, 마마."

율이 시야에서 사라졌을 때는 마치 요술처럼 쏴아아 거세게 내리던 비가 멈추었다. 지우는 비에 홀딱 젖어 창백해진 몸으로 허전한 새끼손가락을 내려다보았다.

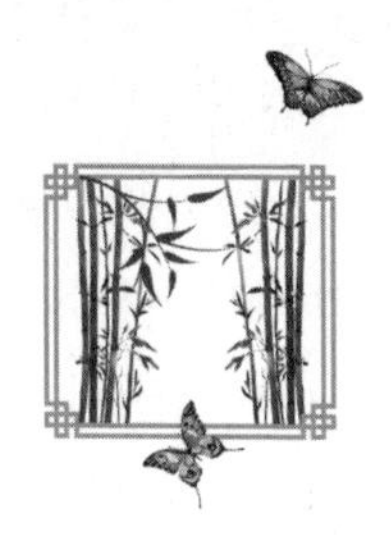

2장. 가면

황제는 집무실 책상 위에 잔뜩 쌓인 문서를 뒤적거리고 있었다. 옥에서 심문을 담당하고 있는 자가 들어와 황제의 앞에 무릎을 꿇고 앉으며 말했다.

"폐하."

"음, 왔군. 뭐, 소득은 있었나?"

황제는 손에 들고 있던 문서를 둘둘 말아 옆으로 밀어 넣었다. 사내가 고개를 깊이 숙였다.

"궁녀들이 여간 질긴 게 아닙니다. 아무도 입을 여는 이가 없습니다."

"골치 아프게 됐군. 전장군이 직접 문책을 진행했다고 하던데?"

"예, 그렇습니다."

"궁녀들 반쯤 죽여놨겠어. 아끼던 막내딸이 죽었으니. 어제 얼굴을 봤는데 말이 아니더군. 미친 사람 같아."

황제가 고개를 절레절레 흔들었다. 사내는 더 깊이 고개를 숙였다.

"궁녀들 하루 정도만 더 족치다가 다 형 집행하도록 해라."

"예? 그러나 배후를 아직 밝히지 못하였……."

"밝힐 필요 없다. 누군지 알고 있으니."

사내는 어리둥절한 표정으로 바닥을 내려다보았다. 황제의 목소리는 거침없고 차분했다. 아낀다고 알려졌던 윤 첩여의 죽음에 대해 무상한 투로 말하고 있었다.

"거기, 장 내관, 박하차 한 잔 내오너라."

이내 궁녀 하나가 박하차를 소반에 올려 황제의 탁자 위에 올려놓았다. 황제는 예의라곤 모르는 사람처럼 찻잔을 휙 들어 빙빙 돌리고는 꿀꺽꿀꺽 두 입 머금었다.

"공식적으로는 배후를 명확히 밝혀내지 못했다고 해라."

"예, 폐하."

"대신 뒷소문으로 은밀하게 퍼뜨려야겠지. 문책 도중 배후자가 밝혀졌지만 황제가 함구령을 내렸다고. 흐음, 미끼를 물어야 할 텐데."

황제가 차를 홀짝이며 올라온 장부들을 다시 탁자에 길게 펼쳐 놓았다.

"도대체 이 지방은 왜 이렇게 재정이 새는 곳이 많아? 이놈들도 중앙에 한번 불러 올려야겠군. 개놈들."

황제가 거친 말투로 중얼거리면서 장부를 뒤적거렸다.

사내는 의복이 감싸고 있는 등 쪽이 축축하게 땀으로 젖었다. 계속 꿇고 있던 무릎은 저리기 시작했다. 그렇게 일각이 지나고 나서야 황제가 고개를 들고 사내를 바라보았다.
"나가도 되는데 왜 그러고 있지?"
사내가 퍼뜩 몸을 일으켜 예를 취했다.
"송구합니다, 폐하."
"송구할 건 없고, 나가봐."
황제는 어느새 미지근해진 차를 후루룩 다 넘기고 찻잔을 내려놓았다. 뒤에서 조용히 서 있던 장 내관이 입을 열었다. 장 내관은 마흔쯤에 접어든 나이로 몸은 땅딸막하고 두툼했으나 머리는 무척이나 기민한 자였다.
"폐하, 차를 하나 더 내오라 명할까요?"
"아니, 됐다."
황제가 입술을 꿈틀거리며 장부를 뚫어지게 바라보았다. 그러다 고개를 휙 올려 장 내관에게 손짓했다. 장 내관이 빠르고 조용한 걸음걸이로 황제 옆에 다가갔다.
"매당헌에 며칠 전 사람을 들였더군."
"예, 이 재상의 첫째 애옥(愛玉)께서 재인에 책봉되셨습니다."
"알고 있었나? 왜 보고하지 않았지?"
"……보고는 드렸습니다만. 송구합니다, 폐하."
보고는 드렸지만 폐하께서 귓등으로 들으신 연유지요.
장 내관은 말을 속으로 삼키고 그저 온화한 얼굴로 고개를 숙였다.
"그런가? 기억이 안 나는데. 하필이면 그, 사람도 없고 후미진 매당헌이라니. 무슨 꿍꿍이로 황태후 마마가 그곳에 이 재인을 박아뒀는지 모르겠군."

"아무래도 이 재상 가문 사람이니 경계하시려는 것 아니겠습니까."

"경계는 내가 하는 거지, 황태후가 할 일인가. 뭐, 그것은 중요한 건 아닐세. 이 재인에 대해 샅샅이 좀 알아봐. 집안에서는 어땠는지, 성격은 어떤지, 교류하고 있는 주변 지인은 누가 있는지."

"의심 가는 구석이라도 있으신 것입니까."

"의심이라기보다는…… 주의해야 할 필요가 있겠어."

"예, 폐하."

장 내관이 허리를 깊이 숙이며 뒤로 돌아 물러났다. 그때 황제의 한쪽 뺨에 가까이서 보지 않으면 알 수 없는 작은 생채기가 나 있는 걸 보았다. 자세히 보니 어제보다 그쪽 뺨만 조금 부풀어 오른 것 같기도 했다.

"폐하, 옥안에……."

"아, 이것 말이냐."

황제가 생채기를 만지작거리다 아무것도 아니라는 듯이 고개를 흔들며 웃었다.

"별거 아니다."

"별것 아니라니요. 귀한 옥체에 어찌하여 생채기가……."

"궁에 살쾡이가 있더군."

"예?"

"걔가 할퀴었다."

"아랫것들을 시켜 잡으라고 하겠습니다. 뒤쪽에 이어진 산에서 내려온 것인지……."

"됐다. 짐승들도 먹고살아야지. 그렇게 혹독하게 굴어서는 안 될 일이지."

황제가 필요 없다 생각되는 장부들은 대충 말아 휙휙 던지면서 웃었다. 장 내관이 몸을 떨었다. 황제가 저리 웃을 때치고 일이 좋게 풀리는 경우를 못 봤는데. 뭔가 재미있는 건수라도 잡은 모양인지 문서들에 날인을 하는 손이 재빠르다. 마지막 한 장까지 거침없는 속도로 써 내려가다가 이내 붓을 탁 내려놓고 일어섰다.

"나가서 근위대 애들 좀 살펴보지."

황제가 계속 얼굴에 만연한 웃음을 띠고 있었다. 아무리 생각해도 어젯밤 대숲에서의 일은 색다르고 재미있었다.

태어나서 누구에게 뺨을 맞아본 건 처음이었다. 어찌나 손이 맵던지. 손톱까지 피부에 스쳐 생채기까지 났다. 원래라면 주리를 틀어 극형에 처해도 모자랄 판이었지만 황제는 그다지 화는 나지 않았다.

무씨 성을 이어받은 17대 황제, 무율은 경쾌한 발걸음으로 걸어 나갔다.

"마마, 앞으로 마마를 모시게 될 건오라고 하옵니다."

지우가 자신의 앞에 허리를 숙인 건오를 바라보고 고개를 작게 끄덕였다. 검붉은 무관복이 감싸고 있는 건오의 몸은 호리호리하고 꼿꼿한 나무처럼 길쭉했다. 저잣거리에 나가면 여인네들을 몇은 몰고 다닐 법한 곱상하고 다정한 생김새였다.

"그래, 잘 부탁하네."

지우는 조금 굳은 얼굴로 처소로 들어갔다. 갑자기 따로 호위 하나를 붙여주다니, 미심쩍은 일이었다.

황궁에서 그녀를 아는 사람이 별로 없을 만큼 조용히 지내고 있는데. 매당헌과 화홍헌으로 들어오는 길목에 호위병이 서 있으니 경비에 큰 허점이 있는 것도 아니었다.

'역시 어제 그 남자…….'

지우는 자리에 앉아 반지가 빠진 새끼손가락을 주물렀다.

아무리 성격이 요란한 자이고, 자신이 서열이 낮고 승은 한 번 못 입은 후궁일지라도, 내명부 사람을 그렇게 막 대하는 경우는 없을 것이다. 처음 만나 이야기할 때부터 지우는 어제 만난 율이 의심스러웠다.

무위영의 군인이라 하였는데 그러기에는 행동거지가 너무나 자유분방하다. 풍채로 보나 말투로 보나, 아마 신분이 높은 자일 것이다. 아무리 사람의 시선이 안 닿는 매당헌이라 하여도 그 밤중에 드나든 것부터가 심상치 않았다.

그러나 지우는 일부러 의심하는 티를 내지 않고 율을 관찰했다. 그러다 손이 우악스럽게 붙잡혔을 땐 자신도 모르게 뺨으로 손이 나갔지만.

황가의 사람일까. 아마 황제의 방계 친척일지도 모른다. 황좌에서 거리가 멀어 자유로운 그들 중에는 난봉꾼같이 구는 자들이 종종 있었다.

'갑자기 호위를 붙인 것도 이상해. 호위를 빙자한 감시일지도…….'

어디서부터인지 일이 꼬이는 느낌이 들었다. 그림자처럼 조용히 황궁 구석에서 살아가려 하였는데. 이렇게 된 이상 멍하니 정신을 빼놓고 있을 수는 없었다.

반지도 돌려받아야 하지만 그의 정체도 궁금했다. 지우는 서역에서 넘어온 철학책을 몇 장 훑어보다 해가 저물자 매당헌 밖으로 나왔다. 분희와 건오가 뒤에 따라붙었다.

"혼자 조용히 걷고 싶구나."

"이 뒤에 있겠습니다."

분희는 건오를 힐끗 쳐다보며 쭈뼛거리고 옆에 섰다. 궁녀도 여인이라고 잘생긴 사내를 보자 마음이 떨리는지 얼굴이 붉었다.

지우는 조용히 어제 율을 만났던 대숲으로 걸어 들어갔다. 등불이 조용하고 은은하게 흔들렸다.

지우는 대숲 한가운데에서 일각 정도 서 있었다. 우기의 축축한 공기가 목덜미에 진득하게 달라붙었다.

그때 어제와 같은 쪽에서 부스럭 소리가 들리며 검은 머리통 하나가 불쑥 튀어나왔다.

맨 처음엔 작은 짐승처럼 보였다. 둥그런 형체가 왔다 갔다 하며 죽림을 흔들어 스스슷 음산한 소리가 났다.

지우가 화들짝 놀라 어깨를 움츠리며 그쪽을 뚫어지게 바라보았다. 잎들 사이로 들어온 달빛이 검은 형체 주변에 어른거렸다. 검은 형체가 점점 가까워질수록 지우는 숨소리를 죽였다.

타박타박. 발소리가 꽤 컸다.

몇 발자국 더 다가온 자의 얼굴이 달빛을 받아 마침내 환하게 드러났다. 그는 입술을 끌어 올려 웃으며 낮게 속삭였다.

"나오셨군요."

예상대로 율이었다. 율은 머리에 붙은 댓잎을 느리게 손으로 떼어냈다.

"도대체 어떻게 여기에 들어온 것이냐?"
지우가 손을 앞가슴 쪽에 가져다 대며 호흡을 진정시켰다.
"매당헌이 어떤 곳인지 아십니까?"
"전의 주인에 대한 추문이라면 알고 있다."
"몇십 년 전 일이지만 궁이 떠들썩했지요. 황태자비가 무관과 정을 통해 아이까지 배었으니. 황궁 전체의 망신이 아니고 무엇이었겠습니까. 헌데 그들이 어디서 밀애를 나누었는지도 아십니까?"
지우가 눈살을 찌푸리며 고개를 흔들었다.
"이곳입니다."
"무슨……."
"이 숲 말입니다, 무사는 새벽에 다른 이와 근무 교대를 하고 숙소로 돌아가는 척하며 황궁의 외곽으로 향합니다. 외곽을 돌아 쭉 걷다가 경계가 허술한 작은 관문 하나만 지나면 경비의 사각지대가 있습니다. 자……."
율이 지우의 손목을 낚아채 무지막지한 힘으로 잡아끌었다.
"놓, 놓아라!"
"쉿. 사람들 다 부르려 그러십니까?"
지우는 악 소리를 지를 정신도 없이, 율의 힘에 이끌려 대나무 사이를 헤치고 지나갔다. 대숲 뒤를 감싸고 있는 담벽이 나왔다. 담벽에는 이끼가 가득했고 곧 허물어질 것 같았다.
"대숲의 그늘에 가려져 밤에는 잘 보이지도 않는 곳입니다. 훈련받은 사내라면 손쉽게 뛰어넘을 수도 있죠. 무사는 이곳을 통해 매당헌 뒤뜰로 들어온 것입니다. 그리고 여기서……."
울퉁불퉁한 흙길 가운데에 놓여 있던 돌부리에 지우의 발이 걸렸다. 지우가 휘청거리며 율 쪽으로 쓰러졌다. 율은 장난기 가득한 미소를 지으며 지우의 팔꿈치를 붙잡았다. 지우의 이마가 율의 가슴팍에 쿵 닿았다.

귓가에 닿아오는 심장 소리가 컸다. 지우는 머리 한가운데에 바늘이 돌아다니는 것처럼 어질거리고 온통 정신이 없었다. 당황한 채 뛰느라 숨도 거칠어지고 이마 끝에서는 땀이 맺혔다. 그건 율도 마찬가지였다. 율에게서 짙은 사내의 땀 냄새가 훅 끼쳐왔다.

"정분을 나누었죠. 거의 백 년 전 이야기니 잊혔을 것입니다. 누가 또 이 담벽을 타고 이리도 재미없고 고지식하신 후궁 마마를 뵈러 올 거라 생각했을까. 하하."

지우가 가까스로 자세를 바로잡으며 율을 확 밀쳤다.

"누구냐. 나에게 찾아온 꿍꿍이가 무엇이냐."

"말씀드리지 않았습니까. 무위영의 율이라고."

지우가 흐트러진 옷매무새를 정돈하며, 능청스레 웃고 있는 율을 매섭게 쏘아보았다.

"그리 매서운 눈으로 보시니 무서워 온몸이 떨립니다, 마마. 밤이 깊었는데 춥지는 않으십니까?"

"반지나 내놓아라."

"아, 예, 반지. 반지요."

율이 품속에서 옥반지를 꺼내 손바닥 위에 올려놓았다. 지우가 반지를 집으려 손을 뻗자 휙 주먹을 쥐었다. 지우가 미간을 찌푸렸다.

"농은 그만두어라. 이 이상 날 모욕한다면 폐하께 고해바치겠다."

"폐하께 고하신다 한들, 폐하께서는 신경도 안 쓰실 텐데요."

"……."

지우가 파리해진 입술을 일자로 꽉 다물었다. 기다란 목이 천천히 굽어졌다. 그의 말이 맞을지도 모른다. 후궁의 아들 신분으로 정식 황태자를 쳐내고 황좌에 오른 황제는 온정이 없기로 유명했다. 그의 곁에는 수십의 후궁이 있지만 그녀들을 매정하게 대한다는 건 궁내뿐 아니라 궁 밖에까지 파다하게 퍼진 이야기다.

후궁들을 자신의 정국 운영에 유용하게 활용할 수 있는 장기짝 정도로밖에 취급하지 않는다고. 황태후에게 가서 일러바쳐도 지우는 그것이 자신에게 도움이 될지 확신할 수 없었다.

율은 쇠붙이처럼 날카롭던 표정을 거두고 묵묵히 서 있는 지우의 눈치를 보았다. 율은 그녀에게 한 발짝 다가가며 물었다.

"마음이라도 상하신 겁니까?"

지우는 뒤로 물러서 율과의 거리를 벌렸다.

"맞는 말인데 상할 게 무어냐."

"기분 상하셨군요. 제 말은 그 뜻이 아니라……."

"아니, 되었다. 지금껏 그리 사람을 희롱하여놓고 이제 와 수습하려 들지 마라. 그리고 틀린 말도 아니지. 폐하께선 내 존재도 모르실 것이다."

"아니, 그……."

"황궁에선 내가 얼마나 눈엣가시겠니. 폐태자 편에 앞장섰던 가문 사람인 데다 나이도 많고. 없는 사람인 양 조용히 사는 게 내 가문에도, 황가에도 도움 될 일이다."

지우가 조용히 고개를 들어 율을 똑바로 쳐다보았다.

"그러니 그만두십시오."

지우가 갑작스레 존어로 말투를 바꾸자 율이 얼굴을 굳혔다.

"……하하, 소인에게 왜 갑자기 존대를 하십니까."

"농은 이쯤 두세요. 황가의 사람이시지요?"

"왜 그렇게 생각하십니까?"

지우가 율이 신고 있는 군화를 가리켰다.

"황궁에서 녹을 받는 자라면 다들 규격화된 신을 신지요. 고관대작이라도 황궁에 들 때는 옷차림을 마음대로 할 수 없는 법입니다. 무위영의 무관들도 마찬가지지요. 한 해에 두 번 군화가 지급되는 걸로 압니다. 이제 조금 있으면 새 군화를 받을 시기지요."

지우는 황궁에서 무관직에 있는 남동생 지후가 가끔씩 가택에 들러 해주었던 궁 이야기를 떠올린 것이다.

"지금쯤이면 고된 훈련과 임무로 군화가 낡아 있을 때입니다. 밑창이 떨어져도 곧 지급 시기라 새 군화로 바꿔주지 않아, 무관들에게는 사소한 일로 곤혹스러운 시기지요. 그런데 그대의 군화는 새것처럼 말짱하군요. 무관이 아니란 소립니다. 애초에 무관 같은 행동거지도 아니셨고요. 또 황궁에서 유일하게 복장이 자유로운 이들은 황족들뿐이죠."

"흥미롭군요."

율이 장난기가 사라진 얼굴로 웃었다. 지우는 긴장한 채 마른침을 목구멍으로 삼켰다. 예상했던 대로 평범한 자가 아닌 듯싶다. 갑자기 달라진 율의 눈빛은 형형했다.

"왜 굳이 이 밤중에 환복까지 하시고 저를 또 찾아오신 것입니까. 황태후 마마께서 보내셨나요? 저를 경계하시라 하더이까?"

"글쎄요. 추리는 흥미로웠습니다. 반은 맞다 해둡시다."

"정말로 신분을 안 밝히실 겁니까."

"일단은, 이것대로 위태로워 재미가 있지 않습니까?"

"재미 볼 기분 아닙니다."

율이 손으로 턱을 쓰다듬으며 지우를 바라보았다. 그러더니 언제나처럼 불쑥 지우에게 다가가 손을 낚아챘다.

"어찌, 또……!"

한 손으로 지우의 손을 꽉 잡은 채 그녀의 새끼손가락에 반지를 끼워주었다. 지우가 손가락 끝을 파들거리며 율을 쏘아보았다.

"그저 반지를 돌려드리려는 것뿐입니다."

지우는 하루 만에 제 손에 돌아온 어미의 유품을 물끄러미 바라보았다. 붙잡힌 손에 힘을 주었지만 빠지지 않았다.

"그렇다면 이제 손을 놓아주십시오."

"폐하가 마마께 신경을 안 쓰신다는 것은 뭐, 여인으로서 매력이 없다 이런 이야기가 아닙니다. 폐하께서 지금 한창 골이 아프실 때라 말입니다. 소금 물량 문제 말고는 아무것도 머리에 들어오지 않으실 겁니다."

"손 놓으라 했습니다."

"여인이 이렇게 사근사근하지 못하여 어찌 폐하의 마음을 사로잡겠습니까? 거, 표정 좀 곱게 하십쇼."

율의 말과 반대로 지우는 더 얼굴을 사납게 굳혔다. 어찌나 힘이 센지 아무리 팔을 비틀어도 손이 빠지지 않았다. 그렇다고 첫 번째 만남처럼 뺨을 올려붙일 수도 없는 노릇이었다. 아무래도 황족인 것 같으니. 지우의 창백한 얼굴이 화 때문에 붉어지기 시작했다.

"신경 안 씁니다. 폐하의 눈에 띄고 싶은 생각도 없습니다."

"허, 그건 또 무슨 말씀이십니까?"

잡힌 손이 저릿저릿해질 지경이었다. 지우가 아픈 듯 미간을 찡그리자 율이 그제야 놓아주었다.

"말 그대롭니다. 폐하의 승은을 입을 생각도 없고 내명부에서 권력을 잡을 생각도 없습니다. 그저 조용히 살다 갈 것이니, 그대를 보낸 게 누군지는 몰라도 제발 저에게 신경 끄라 전해주세요."

"아니, 왜 후궁이 폐하의 승은을 바라지 않는답니까? 이런 말은 또 처음 들어보네."

율이 기가 찬다는 듯이 헛바람을 삼켰다.

"폐하의 소문이 흉악해서 그렇습니까? 실제로 보신 적이 없어 그러는가 본데, 몸도 건장하시고 상당히 미남이십니다."

"관심 없다 하지 않았습니까. 그만 좀 하세요."

"허……."

'이거 은근히 기분이 나쁘단 말이야.'

율은 손목을 느리게 돌리며 차가운 표정으로 서 있는 지우를 빤히 바라보았다. 굴곡이 좀 있었다지만 이 나라의 최고 권세가의 여식이 이리도 욕심이 없고 차갑다니 신기했다. 보통 권력의 속에서 태어난 자들은 죽을 때까지 권력을 좇기 마련이다. 권력을 잃으면 그대로 숨이 끊기기라도 하는 것처럼. 그러나 지우는 그런 부류들과는 거리가 멀었다.

"나라에서 제일 어여쁜 분들이 넘쳐나는 곳입니다. 어디 저 같은 박색이 눈에 띄기나 하겠습니까. 물 흐르듯 살고 싶은 사람이니 제발 내버려 두세요."

지우의 목소리는 차분하고 조곤조곤했다. 높낮이가 크기 않아 귀 기울여 듣지 않으면 금세 흩어지는 바람 같은 목소리다. 게다가 대숲이 우는 소리에 뒤섞여 더욱 희미하게 들렸는데, 이상하게 율의 귀에는 잘 들어왔다.

율은 목을 빼어 지우의 코 가까이까지 다가가 그녀의 얼굴을 조목조목 훑어보았다. 지우가 당황해서 굳게 닫혀 있던 얇은 입술을 조금 벌렸다.

"박색 아니신데요."

예상치 못한 율의 말에 지우의 귀 끝이 붉어졌다.

"코도 오똑하고 눈매도 시원하니 특색이 있습니다. 피부는 여인네들이라면 누구나 부러워할 만큼 하야시고."

"이, 무슨……."

대체로 변화 폭이 크지 않은 지우의 표정이 마구 흔들렸다. 여인에게 이런 말을 아무렇지 않게 하는 사내라니. 지우는 율의 짙은 눈동자를 피해 시선을 돌렸다.

"농은 그만하시라 하지 않았습니까!"

"농이 아닙니다."

지우는 앞섶을 움켜쥔 채 뒤로 물러섰다. 사내와 단둘이 길게 이야기한 것도 처음이었고, 차라리 전처럼 장난기 가득한 빛으로 농을 쳐오면 모를까, 지금은 정말 진심이라는 듯 진지한 눈이니, 지우는 어떻게 받아쳐야 할지 몰라 머리가 지끈거렸다. 결국 도망치는 것을 택했다.

"……반지는 받았으니 이만 가보겠습니다. 이제 찾아오지 마세요."

"또 뵐 수 없습니까?"

"안 됩니다."

지우가 잠시 입을 닫았다가 머뭇거리며 열었다.

"……그리고, 폐하께서 신경 쓰시고 있다는 그 소금 문제에 대해서는 동탄과 왕래하는 이중국적 서부 항의 중간상들을 주시하는 게 문제 해결의 실마리일 것입니다."

"중간상? 이런 것들은 어떻게 아십니까?"

"눈치로 압니다."

"전부터 눈치로 별걸 다 아십니다."

지우는 대답 없이 몸을 돌렸다. 집에서 없는 사람처럼 지내는 게 무료해질 때면 옷을 서민같이 갈아입고 저잣거리에 나가 상인들의 이야기를 듣고는 했다. 성과 성, 나라와 나라를 돌아다니는 상인들은 항상 가슴을 뛰게 하는 이색적인 이야기를 몰고 다녔다.

지우가 뒤돌아서 대나무를 헤쳐 걸어갔다.

율은 멀어지는 지우의 등을 한참을 빤히 바라보다가 걸음을 옮겼다. 야트막한 담벽을 발돋움 몇 번에 손쉽게 뛰어넘었다.

율이 탁, 바닥에 착지하는 소리가 들리자 근처에서 몸을 은신하고 있던 무사 몇이 스르륵 몸을 나타냈다. 그들은 율의 등 뒤에 따라붙어 조용히 그를 호위했다. 율이 거친 걸음걸이로 빠르게 걸어갔다. 숨을 잠시 씩씩대다가 갑자기 걸음을 멈추었다.

"폐하, 하명하실 것이라도 있으십니까."

"……아니다."

율이 고개를 양옆으로 돌리자 뚜둑거리는 소리가 났다.

'뭐, 승은에는 관심이 없어?'

율은 머리에 열이 오르는 것 같았다. 담담한 투였으나 다시 생각해보니 참 건방진 소리 아닌가. 율은 다시 걸어가다 또 멈추었다. 뒤따르던 무사들이 신속히 뒤에 주루룩 서서 고개를 숙이고 있었다.

"대호야."

"예."

"서부 항에 아이들 몇을 보내 중간상들을 조사해보아라. 그들이 눈치채지 않게 은밀해야 할 것이다."

"존명."

율이 혀로 아랫입술을 축였다. 두 발자국 걸어가려다 또 거세게 흙을 걷어차며 멈췄다.

"아, 다시 생각해도 기분이 나쁘단 말이야?"

율은 씩씩거리며 황제궁까지 빠른 걸음걸이로 걸어갔다. 무사들은 무표정을 유지했지만 등에 진땀을 흘리며 긴장한 채 율을 따라갔다. 누군가 또 죽어 나가는 것이 아닌지 서로 불안한 눈빛을 교환하면서.

"으음."

"괜찮으십니까?"

율은 침상에 기댄 채로 물로 목을 축였다. 어젯밤 늦게까지 잠을 이루지 못한 탓에 어깨와 목이 뻐근했다.

장 내관은 침상 바로 옆에 허리를 숙이고 서서 율을 살폈다. 문서를 담당하는 비서랑들을 밤중에 달달 볶아 무역에 관해 올라온 문서들을 죄다 가져오라 명하고는 밤새 그것을 살피느라 눈 아래가 퀭했다.
지우의 말대로 어딘가 석연치 않은 곳이 있었다. 이중국적을 지니고 동탄과 매나라를 동시에 오가는 상인들이 중간에서 소금 물량을 조작한 듯싶었다.
"장 내관."
"하명하십시오, 폐하."
"연회를 열어야겠다."
"연회 말씀이십니까?"
"그래. 후궁들 모두 참석하라 해라. 가면극이라도 하든지, 그건 알아서들 준비하고. 묘시쯤이 좋겠군."
"무슨 연유이십니까?"
장 내관은 처음 있는 황제의 명에 놀란 얼굴로 물었다. 율은 괜히 헛기침을 한 번 했다.
"별 이유 없다. 짐이 후궁들 좀 보겠다는 데 연유가 필요하느냐?"
"아닙니다. 송구합니다."
"그래. 한 명도 빠짐없으라 일러라."
율은 속이 후련해져 일어나서 기지개를 쭉 폈다. 연회에서 자신이 황제라는 걸 지우가 알게 되면 어떤 얼굴을 할지 궁금했다.
어디 보자. 무릎을 꿇으며 무례를 용서해달라 빌까. 그것대로 볼만할 것이다.
장 내관은 실실 웃고 있는 황제를 보며 고개를 갸웃거렸다. 어젯밤 분명 호위무사들이 벌벌 떨며 들어왔는데 그의 걱정과 달리 황제의 기분이 퍽 좋아 보였으니.

'좋은 게 좋은 거지…….'

장 내관은 들썩거리는 황제의 뒤를 총총걸음으로 따르며 머리를 좌우로 털었다.

분희는 궁녀들 틈에서 허리를 꼿꼿이 세우고 걸음을 빨리했다. 후궁을 바로 옆에서 모시는 지밀 궁녀의 행동거지는 후궁의 평판에도 영향을 끼쳤다. 분희는 어색하나마 목에 힘을 주고 바르게 걸으려 애썼다.

오늘 아침부터 후궁전의 궁녀들이 떠들썩했다. 황제로부터 내려온 소식 두 개 때문이었다.

하나는 내일 아침 해가 밝자마자 윤 첩여 처소의 궁녀들을 모두 내란음모죄로 교수형에 처한다는 것이었고, 하나는 오늘 묘시에 황제가 후궁들을 위해 주최한 연회가 열린다는 것이다. 궁녀들은 두려움에 떨었다가 신세를 한탄했다가 이내 얼떨떨해 했다.

분희는 아랫입술을 앙 깨물며 어금니에 힘을 꽉 주었다. 어렸을 때부터 함께 친자매처럼 궁에서 자란 옥춘이도 내일 황궁 앞에서 목이 졸려 죽을 것이다. 그 생각만 하면 눈물이 터질 것 같았지만 애써 마음을 갈무리하며 의례를 주관하는 관청 안으로 들어갔다.

황제는 무슨 생각인지 연회를 기념하여 후궁들에게 비단옷을 하사했다. 옷의 가짓수는 후궁들의 수와 꼭 맞았다.

분희는 지우에게 하사된 옷을 받으러 가는 길이었다. 주변에는 분희와 같은 처지인 궁녀들로 가득했다. 열여섯의 어린 나이인데다 타고나길 작은 체구인 분희는 그들 사이에서 머리통 하나가 작았다.

"어머, 너 분희 아니니?"

옷에 매달린 지우의 명표를 보고 분희가 웃음 지으며 그쪽으로 걸음을 옮기려 할 때, 여자 셋이 분희의 앞을 막아섰다. 대사농 문칠현의 딸로, 첩여의 지위에 있는 문유하의 궁녀들이었다.

분희는 지난번 지우가 유하와 마주쳤을 때를 떠올렸다. 꿍꿍이가 깊고 표독스러운 표정이었지. 유하는 궁녀들 사이에서도 까다롭다 소문이 나 있었다.

"네."

분희가 쭈뼛거리며 고개를 숙였다.

"이 재인 마마 옷 찾으러 왔구나?"

"네. 비켜주시어요."

"왜 그리 데면데면하게 구니? 반가워서 그러는데."

분희는 같은 숙소에서 궁녀 교육을 받으며 지낼 때 그녀들이 얼마나 못되게 굴었는지를 떠올리고 어깨를 움츠렸다. 그녀들은 유독 맹하고 마음 약한 분희를 더 괴롭혔다.

"이거 찾아?"

그녀들 중 가장 키 큰 이가 선반 위에 곱게 올려져 있던 지우의 옷을 거칠게 집어 들었다. 분희는 겁에 질려 있다가 고개를 홱 들었다.

"이리 주세요!"

"얘 소리치는 거 봐라. 네가 소리칠 줄도 알았어?"

"주시라니까요!"

"이 기지배가 어디서 악다구니를 써?"

한 명이 분희의 어깨를 팍 밀쳤다. 분희가 휘청거리면서도 눈을 부릅뜨고 바로 섰다.

"내놓으세요. 그러지 않으면 이 재인 마마께 고할 것입니다."

"그래? 얘, 그럼 우리는 우리 문 첩여 마마께 고할 것이야. 누가 더 불리할지 볼까?"

그녀는 자신이 무시당하는 건 참을 수 있었지만 이건 지우까지 모욕하는 행위였고 그것만은 용납할 수 없었다. 분희의 작은 몸이 바들바들 떨렸다. 주변의 궁녀들이 갑작스레 일어난 소란에 그들을 훔쳐보았다.

그때 문 쪽이 술렁이더니 유하가 들어왔다.

"웬 소란이냐."

"마마."

궁녀들이 스르륵 옆으로 비키며 허리를 숙였다. 분희는 새빨간 토끼 눈이 된 채로 예를 취했다. 유하가 자신의 궁녀들 손에 들린 옷의 명표를 보더니 흐으음, 바람 새는 소리를 냈다.

"이 재인의 궁녀인 게냐?"

"……예, 마마."

"이 어린 계집이 겁먹은 것 좀 봐라, 딱하게도. 왜 어린 것을 괴롭히고 그러느냐. 자, 돌려주마."

유하의 빠알간 입술이 비틀렸다. 지우에게 하사된 옷은 은은한 연보라색 바탕에 자홍빛 자수가 새겨져 있었다. 유하는 분희에게 옷을 건네주려다 멈칫하고 웃었다.

"아니다. 안 그래도 이 재인을 좀 뵙고 싶었다. 면식도 있는 사이이니 친분도 나눌 겸, 앞장서라. 내가 찾아가서 건네주마."

유하는 웃으며 분희에게 눈짓했다. 같은 궁녀에게는 이리 내놓으라고 소리 지를 수 있었지만, 지금 상대는 후궁이었다. 분희는 무어라 대꾸하지도 못한 채 고개를 숙이고 유하를 매당헌으로 안내해야 했다.

밖은 비가 추적추적 내리고 있어서 바닥에 더러운 물웅덩이가 가득했다. 궁녀 하나가 우산을 들어 유하가 비를 맞는 것을 가려주었고, 나머지는 그대로 비를 맞고 가야 했다.

매당헌에 다다를 때였다.

"어머."

유하가 큰 소리를 내더니 멈추어 서자 분희가 뒤를 돌아보았다. 주변에 나무가 심어져 있어 흙으로 더러운 길목이었는데, 유하는 두 손을 펼쳐 들고 누가 봐도 의도적으로 떨어뜨린 것 같은 지우의 옷을 바라보았다. 지우의 연보라색 옷은 바닥에 나뒹굴어 흙탕물에 푹 젖었고 그 색이 완전히 바래졌다.

"어머, 이를 어째."

"……마, 마마."

분희가 파들파들 떨며 지우의 옷을 집어 들었다. 분희의 손과 옷이 더러워졌다. 그녀의 눈동자에는 금방이라도 눈물이 떨어질 것같이 붉은 기가 돌았다.

"이거 미안해서 어쩌나."

유하와 그 일행은 뻔뻔하게 매당헌 안으로 들어갔다. 눈물을 훔치며 들어오는 분희를, 경비를 서고 있던 건오가 당황한 표정으로 바라보았다.

처소에 들어서자마자 지우는 비와 흙탕물에 젖어 들쥐 꼴이 된 분희를 보곤 눈을 둥그렇게 떴다.

“이 재인, 오랜만입니다.”
“예, 마마.”
지우가 일어나 예를 취하곤 다시 앉았다. 유하가 슬쩍 눈치를 주자 그녀의 옆에 서 있던 궁녀 하나가 바닥에 엎어져 이마를 바닥에 박았다.
“마마! 죽여주시옵소서!”
“무슨 일인가?”
“마마의 의복을 들고 오던 중 그만 소인이 손에 힘이 빠져 의복을 물웅덩이에 빠뜨렸사옵니다. 죽을죄를 지었사옵니다!”
지우가 당황한 듯 유하를 바라보았다. 유하가 표독스럽게 소리쳤다.
“폐하께서 하사하신 것인데 이 미천한 계집이 그만……. 연회 때는 모두 하사하신 옷을 입고 오라 명하셨는데, 이거 어쩜 좋습니까. 우선 저 계집부터 위에다 고하겠습니다. 아마 장 몇 대로는 끝나지 않을 것이지요.”
“……되었습니다. 실수 하나로 사람을 해쳐서야 되겠습니까.”
유하가 미안하다는 듯 눈썹을 늘어뜨렸다.
“그렇담 오늘 연회는 어쩌시려고 하십니까.”
유하가 붉고 도톰한 입술을 끌어 올려 씩 웃었다.
유하가 꾸민 짓임이 딱 보였지만 저렇게 당당하게 나오니 오히려 할 말이 없었다. 축 늘어져 흙탕물이 뚝뚝 떨어지는 옷을 바라보며 지우가 고개를 살짝 숙였다. 이미 옷은 망가졌고 어찌할 도리가 없었다. 연회 시각은 차츰 다가오고 있었다.
유하가 과장되게 걱정하는 말투로 말했다.

"제가 이 재인이 극심한 고뿔에 걸렸다고 전해드리겠습니다. 그렇담 별 뒤탈은 없겠지요. 폐하의 옥체에 고뿔이라도 옮기면 큰일이니, 부득이 참여하지 못하고 안정을 취하고 있다고 전하지요."

뻔뻔한 유하의 표정을 바라보며 지우가 탁자 아래로 주먹을 꽉 쥐었다. 자신이 연회에 가 앉아 있는 꼴을 보기 싫었던 모양이다.

유하는 지우의 반응이 만족스러운지 야살스럽게 웃으며 일어났다.

"그럼 전 이만 가보겠습니다."

유하가 휙 몸을 돌려 걸어 나갔다. 궁녀 셋이 그 뒤를 조르륵 따랐다. 유하가 위풍당당하게 걸어 매당헌 밖으로 사라졌다.

그제야 매당헌에 다시 고요가 찾아왔다.

분희가 가만히 앉아 있는 지우 앞에서 무릎을 꿇고 고개를 숙였다.

"마마, 다 소인의 불찰입니다. 흐, 끅, 송, 송구합…… 니다."

울음을 참느라 분희의 목줄기가 파르르 떨렸다.

지우가 울고 있는 분희를 어두운 낯빛으로 바라보았다. 분희 잘못이 아님을 알았지만, 소녀는 겁을 잔뜩 집어먹고 몸을 바들바들 떨고 있었다.

"고개 들렴. 네가 죄송할 게 무에 있다고 그리 우니."

"하, 하지만 연, 연회에……."

지우가 일어나서 분희의 앞으로 걸어와 쪼그려 앉았다. 분희가 푸드덕 몸을 떨며 이마를 바닥에 박았지만 지우가 분희의 어깨를 잡고 일으켰다.

"네 잘못이 아님을 안다. 문 첩여 마마께서 내가 많이 싫으신가 보구나."

"마마……."

사실대로 의복이 더러워졌다고 고하면 유하의 궁녀가 죄를 뒤집어쓰고 엄벌을 받을 것이다. 고뿔이 걸렸다 거짓을 고하자니 마음이 불안하고, 혹여나 황제의 화를 사지 않을까 걱정되었지만, 어쩔 도리가 없었다.

긴장되어 자연스레 손톱을 물어뜯으려 손가락을 입술에 갖다 대려다, 팔을 내렸다.

지우는 황제가 수많은 후궁 중 자신의 존재를 알고 있을지 확신할 수 없었다. 극심한 고뿔이든, 무슨 연유에서든 자신의 자리 하나가 비었다고 황제가 티끌만큼의 관심도 가지지 않을 것 같았다. 다행인지 불행인지.

부디 이번 일이 무사히 넘어가기를 바라며 지우는 애써 태연한 척 분희를 달랬다. 옥춘에 대한 걱정과 유하와의 충돌 때문에 분희는 반쯤 정신이 나가 있는 것처럼 보였다.

"걱정 마렴. 마마께서 날 다치게 한 것도 아닌데 그리 서럽게 울 것 없다. 그것보다 네 친우라던 옥춘이는 어떻게 되었니."

"흐, 끄읃, 흐엉…… 흐어엉…… 마마!"

분희가 살이 통통하게 오른 둥근 뺨을 꺼덕이며 서럽게 눈물을 흘렸다. 지우는 아이가 안쓰러워 그대로 분희를 품에 안고 등을 토닥였다.

"마마, 물, 물이 묻으십니다."

"괜찮다, 옷이야 빨면 되는 것이고. 울면 조금 후련해지겠니? 그럼 울어야지."

분희는 지우의 품 안에서 한참을 울었다. 지우가 분희를 다독이면서 같이 걱정 섞인 한숨을 토해냈다.

둥. 둥. 둥. 큰 북이 공기를 찢으며 큰 울림을 쏟아냈다.

금실과 홍실이 수놓아진 휘장이 걷히고 황제가 성큼성큼 걸어 들어왔다. 중앙에 깔려 있는 새빨간 천 위를 거침없이 밟으며 상석에 앉았다.

궁녀들이 줄지어 들어와 발소리가 나지 않게 사뿐거리며 탁자 위에 음식을 늘어놓았다. 갓 나온 음식에서 퍼지는 훗훗한 김과 향이 장내를 감쌌다. 율의 술잔에 가장 먼저 맑은 매화주가 채워졌다.

"매나라를 위해."

율이 긴 팔을 휙 들어 술을 입에다 털어 넣었다. 후궁들과 호위들로 장내가 꽉 차 있었지만, 낮게 깔리는 음악 소리와 율의 목소리만 들릴 뿐이었다. 다른 이들은 모두 숨을 죽이고 황제만 쳐다보았다.

율은 장내를 쓱 훑어보더니 고개를 갸웃거리고 말했다.

"시작하라."

율의 말이 떨어지자 색색의 화려한 가면을 쓴 광대들이 왼쪽에서 차례차례 들어와 중앙에 섰다.

삐이익, 째지듯 높은 피리 소리가 울렸다. 피리를 부는 사내가 볼을 한껏 부풀리며 어깨를 떨었다.

가장 중앙에 선, 뿔이 달린 황금 가면을 쓴 이가 건국 황제 역을 맡았다. 가면극의 내용은 신화처럼 내려오는 건국 당시를 재현한 것이니만큼 인물 수도 많고 소품이 화려했다. 건국 황제 역의 옷은 날던 파리도 미끄러질 만큼 매끈한 비단이었고, 도금을 하여 황금색으로 번쩍거리는 장신구들이 주렁주렁 그의 목과 팔에 매달려 있었다.

건국 황제의 적수였던 이는 흉측한 도깨비 가면을 쓴 채 연기했는데, 가면이 워낙 흉물스럽고 몸짓도 사납기 그지없어 그가 요란하게 지나갈 때마다 후궁들이 히익 숨을 집어삼켰다. 도깨비 가면 위에 달린 뿔이 요사스럽게 흔들렸다. 후궁들이 놀라 어깨를 움츠릴 때마다 일부러 그는 통실통실한 엉덩이를 세차게 흔들어대곤 했다.

건국 황제 역이 가검을 품에서 훽 꺼내 들어 겨누었다. 비록 가검이었지만 주황빛 등불에 반사되자 제법 그럴싸해 보였다. 그가 손으로 황금 가면을 추켜올리며 우렁차게 소리쳤다.

"네놈의 간사함에 온 계곡이 울어댈 것이다."

계곡을 끼고 일어났다는 전투의 한 장면을 재현하며 짧게 대사가 오가고 나라에서 최고로 가는 궁중 악대가 웅장한 음악을 연주했다. 장내가 악기 소리에 파묻힐 만큼 여러 악기가 제각기의 음을 냈다.

가면을 쓴 광대들이 공중제비를 몇 번이고 돌았다. 전쟁 장면을 연출하기 위해 가짜 검을 들고 휘리릭 돌며 검무를 추기도 했다.

후궁들은 놀란 얼굴로 간간이 박수를 치거나 했지만 율은 내내 시큰둥한 표정이었다. 황제인 걸 알게 되면 그 담담하고 여인 같지 않던 건조한 표정이 어떻게 변할지 궁금하였는데, 연회장을 두리번거려도 지우의 모습은 찾아볼 수 없었다.

턱을 괸 채 무료하게 쳐다보던 황제는 결국 고개를 돌리고 장 내관을 손짓으로 불렀다.

"이 재인은 왔느냐?"

"아직 오지 않았습니다, 폐하."

"그래."

손을 휘휘 젓고 한참을 턱을 괴고 있다가 또 불러서는…….

"이 재인은?"

"……아직입니다."

"알겠다."

이것을 세 번 정도 반복하고 나자 율은 결국 가면극을 중도에 멈추었다. 그가 자리에서 벌떡 일어서자 후궁들 모두가 율을 바라보았다.

"지금 몇 자리가 비어 있는 것 같은데."

율이 얼굴을 확 찌푸렸다.

"누구누구가 안 온 것이오?"

"장채녀 마마께서 눈병이 걸려 참석하시지 못하였습니다."

"임보림 마마께서는……."

서넛 정도의 후궁이 병에 걸려 오지 못했음을 궁인들이 읊었다. 가만히 듣고 있던 율이 입을 꿈틀거리다가 궁인들의 말을 끊고 입을 떼었다.

"이 재인은?"

갑자기 장내가 조용해졌다. 그간 황제가 한 번도 특정한 후궁을 언급한 적이 없었던 까닭이다.

"……이, 이 재인 마마께서는 심한 고뿔에 걸리시어……."

"알겠다. 가면극이 재미지구나. 다들 그렇지 않소?"

율이 술잔을 들며 묻자 곳곳에서 후궁들이 교태 넘치는 목소리로 대답했다.

"예, 정말 그러하옵니다, 폐하."

"그렇다면 즐겁게 보다 가시오. 업무가 밀려서 짐은 이만. 건배!"

율은 권주사라고 할 것도 없이 빠르게 건배를 외치고는 술을 한숨에 입에 털어 넣었다. 그러고는 무사들도 따라잡기 힘들 만큼 급한 발걸음으로 연회장을 빠져나왔다.

황제를 따르는 환관들과 호위무사들이 우르르 빠져나가는 걸 지켜보며 남아 있던 후궁들이 얼빠진 표정을 지었다.

"아니, 이 재인이라는 자가 누굽니까?"

"그 이첨유 재상의 첫째 딸이라 하던데……."

"아, 며칠 전에 입궁했다는?"

"그렇지요. 그리 미색도 아니더만."

후궁들이 삼삼오오 수군거렸다. 그 사이에서 유하가 젓가락을 던지듯 탁자 위에 내려놓았다. 유하의 새빨간 입술이 엉망으로 비틀려 있었다.

후궁들이 뭐라 떠들어대건, 율은 신경 쓰지 않고 급하게 걸음을 옮겼다. 장 내관이 힘겹게 뒤따르며 물었다.

"폐, 폐하, 어디로 가시는……."

"매당헌으로 간다."

지우는 앉아서 책을 보려 해도 도통 집중이 되지를 않았다. 어쩔 수 없는 상황이었지만 거짓을 고하고 빠졌다는 게 계속 마음에 걸렸다. 한참 동안 제 품에서 울던 분희도 신경이 쓰였다.

결국 읽던 책을 덮어 탁자 끄트머리로 밀어 넣을 때, 분희가 흥분한 목소리로 문밖에서 지우를 불렀다.

"마마!"

"들어오거라."

분희가 바쁜 총총걸음으로 안으로 들어왔다. 눈물로 짓무른 두 뺨이 흥분으로 달아올라 있었다.

"마마! 폐하께서 매당헌으로 오시는 중이라 하옵니다."

"폐하께서? 여기를?"

지우가 눈을 둥그렇게 뜨고 자리에서 일어섰다. 입궁 첫날에도 얼굴 한 번 볼 수 없었는데 하필이면 거짓말하고 연회에 빠진 날에 매당헌에 온다니. 지우에 낯빛에 낭패감이 스쳤다.

따져보니 아직 가면극이 끝나지도 않았을 시각 아닌가.

지우는 급한 대로 분희의 도움을 받아 옷매무새와 머리를 다시 정돈했다. 황제가 자신의 후궁의 처소에 찾아오는 게 이상한 일은 아니었지만 지금 상황은 확실히 이상했다.

방 안을 서성이다 잠시 앉아서 손가락을 불안하게 꿈지럭거렸다. 지우는 마른침을 삼키며 일각 정도를 그렇게 기다렸다. 그때 밖에서 족히 스무 명은 될 법한 사람들의 발소리가 요란하게 다가왔다. 지우는 재빨리 머리를 굴렸다.

혹시 책잡힐 것이라도 있었나, 내가 폐하를 노하게 만든 걸까. 꾀병으로 연회를 빠졌대도 저리 많은 호위들을 이끌고 황제가 직접 찾아올 일은 아니었다. 역시 그 율이라는 작자와 관련된 것일 테다.

지우가 침을 꿀꺽 삼키자 목울대가 작게 일렁거렸다. 지우는 사분거리는 발걸음으로 황제를 맞으러 처소 밖으로 나갔다. 하늘에 내내 먹구름이 떠 있는 터라 밖이 아주 캄캄했다. 황제를 수행하고 있는 이들은 하나같이 죄다 화려하고 밝은 등을 손에 들고 있어서 그쪽만 마치 빛의 강처럼 보였다.

황제가 다가오고 있었다. 지우는 타닥타닥 계단을 내려가 깊이 허리를 숙였다.

"폐하, 납시셨사옵니까."

뒤에서 분희가 긴장했는지 딸꾹질을 간신히 참고 있는 소리가 들렸다. 지우가 다시 조용히 고개를 들어 황제를 바라보았을 때, 지우는 놀라고 당황스러워 다리에 힘이 풀릴 뻔했다.

"그래, 그대가 이 재인이군."

"……폐, 폐하?"

지우가 이렇게 목소리를 극심하게 떨며 말을 더듬는 건 아주 드문 일이었다.

그럴 수밖에 없었다. 그녀의 앞에 휘황찬란한 황의를 입고 서 있는 황제의 얼굴에는, 광대나 쓸 법한 괴상한 도깨비 가면이 씌워져 있었기 때문이다.

가면 사이에 난 작은 틈새로 날카로운 눈매가 꿈틀거리는 게 설핏 보였다. 가면은 새빨갛게 도색되어 있었고 이마에는 커다란 뿔이 달려 있었다.

지우가 흔들리는 동공으로 황제의 가면 쓴 얼굴을 한 번, 그 뒤에서 난감한 표정으로 서 있는 수행원들을 한 번씩 바라보았다.

황제가 정치 수완은 정말 천재적으로 타고났다고밖에 표현 못

할 정도로 뛰어나지만, 그 외의 모든 면에서는 다혈질에다 괴상하다는 소문이 참인가 보다. 지우는 자신도 분희를 따라 딸꾹질을 할 것만 같았다.

"저…… 폐하, 어찌 가면을……."

지우가 조심스레 입을 열었다. 그럴 수밖에 없었다. 이 밤에 새빨간 도깨비 가면을 쓴 채 눈을 희번뜩거리는 황제 앞에서 태연하기란 힘들었다.

"이 재인은 가면극을 못 보지 않았느냐. 아쉬울 것 같아서 내가 한번 써봤다."

황제의 목소리는 가면에 막혀 웅웅거려 잘 들리지 않았다. 그럼에도 황제가 가면 속에서 킥킥대며 웃는 것만은 아주 크게 들렸다. 황제가 몇 발자국 지우에게 다가왔다.

"고뿔에 걸렸다고?"

지우는 눈을 잠시 질끈 감았다. 거짓인 게 틀림없이 밝혀질 텐데.

"열이 심한가?"

황제가 스스럼없이 팔을 쭉 뻗어 지우의 이마에 손을 얹었다. 지우가 깜짝 놀라 어깨를 떨었다. 황제는 손바닥으로 이마를 몇 번이나 지분대더니, 이번에는 목덜미에 쑥 손을 집어넣었다.

그러자 근처에 있던 모든 궁녀, 환관 및 호위무사들이 일제히 그들에게서 돌아섰다. 황제가 그의 여인과 애정 행각을 할 때는 보지 않는 게 그들의 예였다.

스스스.

누구 하나 박자도 틀리지 않고 다 뒤를 돌아보고 나자 잠시 적

막이 찾아왔다.

황제가 지우의 옷깃 사이로 손을 넣어 목의 살갗을 만졌다. 열은커녕 차갑기만 했다. 사내의 손길이 피부에 이토록 진득하게 닿은 것은 난생처음이었다. 지우는 얼굴에 열이 올라 고개를 푹 숙였다.

"열은 없는 것 같은데. 고개를 들어보아라."

"예, 폐하."

지우가 느리게 고개를 들었다. 황제가 크고 관절이 도드라진 손을 가면에 가져다 대었다. 진한 눈매가 웃음기를 담고 둥글게 휘어진다.

"다들 두 보 더 떨어져라."

황제의 말에 스무 명이 넘는 사람들이 일제히 두 걸음 걸어갔다.

황제가 두 눈으로 똑바로 지우를 응시하며 천천히, 마치 춤을 추는 것 같은 손짓으로 가면을 벗었다.

지우가 숨을 삼켰다. 가면이 벗겨지고 서서히 드러난 얼굴이 낯익었다. 지우의 눈동자가 불안하게 떨렸다.

황제, 아니 율은 가면을 벗고 머리를 한 번 좌우로 털더니 씩 웃으며 말했다.

"구면이지?"

3장. 새벽

지우는 세상의 모든 소리가 사라지고 율의 목소리만 아주 크게 들리는 것 같았다. 한참 동안 머릿속에 '구면이지?' 하는 목소리가 뎅뎅 울려 퍼졌다.

지우가 간신히 정신을 차리고 입술을 열었다.

"폐, 폐하……."

"어디, 뺨 쪽에 생긴 생채기는 다 나았나."

율이 능글맞게 웃으며 지우가 때렸던 뺨 쪽을 손가락으로 쓰다듬었다. 율이 웃자 입 주변에 보조개가 파였다. 아주 익숙하고도 며칠 동안 머릿속을 괴롭혔던 그 웃음이다.

황가와 관련된 자가 아닐까 생각은 했지만 황제일 줄은 꿈에도 몰랐다. 황제가 밤중 뒤뜰에서 우연히 마주치기가 쉬운 존재인가.

지우는 그간 자신이 율에게 했던 말을 곱씹으며 결국 눈을 질끈 감고 바닥에 무릎을 꿇기 위해 몸을 움직였다.

"황공하옵니다, 폐하!"

"어어어, 뭐 하느냐?"

율이 엎드리려는 지우의 몸을 팔로 붙잡았다. 처음 만났을 때처럼 지우의 어깨가 율의 단단한 손에 감싸여 있다. 지우가 율을 올려다보았다.

피부가 항상 찬 지우와 반대로 율은 몸이 뜨거웠다. 붙잡힌 어깨가 데이는 것 같았다.

"소첩이 폐하인지 몰라뵙고 감히 폐하의 옥체에 손을 대었습니다. 죽여주시옵소서."

"죽일 거면 엊저녁에 죽였을 것이다."

"허나……."

"되었다. 어떠냐, 황제를 본 소감은."

지우는 머리가 어지러웠다. 지아비와의 첫 만남이 이리도 굴곡이 많다니. 궁에 들어온 지 며칠 되지도 않았는데 그새 몇 년은 지난 것 같다.

율은 어서 말해보라는 듯 눈짓했다.

"소감이라니요……."

"내 말했던 대로 미남이지 않느냐?"

"예?"

지우가 눈을 크게 뜨며 가만히 서 있자 율이 어깨를 쥐고 있던 손에 힘을 탁 풀렀다.

"됐다. 이럴 땐 여인네라면 교태라도 좀 부리고 하여라. 폐하의 광채에 눈이 멀 것 같사옵니다, 하는 말을 건네든지."

지우가 당황한 표정으로 율을 바라보았다. 아무래도 황제가 자신을 놀리는 데에 재미를 붙인 것 같다고 생각하며.

그리고 그건 사실이었다. 율은 이제껏 본 적 없는 유형의 여인인 지우에게 호기심과 장난치고 싶은 마음이 생겼다.

아니, 이제껏 '거의' 본 적 없는 여인이었다. 율은 지우와 비슷한 여인을 한 명 알고 있었다. 바로 그가 어렸을 적에 죽은 친모였다. 지혜롭고 눈치가 빠르며 사내들 앞에서도 기가 죽지 않던 독특한 여인. 가끔씩 무의식적으로 지우의 얼굴 위로 친모가 겹쳐지곤 했다.

친모와의 기억은 짧았지만 율의 인생을 통틀어 유일하게 안온하고 따뜻한 추억이었다. 친모가 죽고 끈 떨어진 뒤웅박 신세가 된 율은 황궁에서 살아남기 위해 아직 덜 여문 머리를 치열하게 굴려가며 무엇에 쫓기듯 살아야 했다.

여유나 편안함을 느낄 새가 없는 삶이었다. 그런데 친모와 생김새는 판이하게 달랐지만, 분위기가 미묘하게 닮은 지우를 볼 때마다 어린 시절 이후 느껴보지 못한 순수한 호기심이 들었다. 낯설었지만 나쁘지 않은 기분이었다.

율이 보조개가 더 깊어지게 웃으며 지우의 오른쪽 손을 붙잡았다. 지우가 당황하여 팔이 뻣뻣해지도록 힘이 들어갔지만 이제 황제인 걸 알고 있으니 전처럼 무턱대고 쏘아붙일 수는 없었다. 떨어져 있어도 주변에 보는 눈도 많았다.

율은 어쩔 줄 모른 채 얼굴을 딱딱하게 굳히고 있는 지우를 보고 있자니 기분이 퍽 좋아졌다.

"반지는 잘 끼고 있구나."

율이 지우의 새끼손가락에 고이 끼어 있는 반지를 엄지로 쓰다듬었다.

"그리 뻣뻣하게 긴장하고 있지 말거라. 내 이름까지 알면서 뭘 그리 긴장하느냐. 이 궁 안에서 내 이름 아는 이가 다섯이 안 된다."

황제의 이름은 함부로 불리면 부정이 탄다 하여 황제가 죽고 나서야 일반인들에게 공개가 되었다. 율, 지우는 속으로 그의 이름을 곱씹어보았다.

"폐하, 어찌 소첩에게 신분을 속이셨사옵니까. 소첩은……."

"작정하고 속인 건 아닌데. 그래도 재밌지 않았느냐?"

"……재미라니요."

지우가 얼굴을 싸하게 굳혔다. 율은 지우가 그럴수록 더 큭큭대며 웃었다.

"이름도 아는데 한번 이름으로 불러보아라."

"예? 어찌 그런 농을 하십니까."

"불러보래도. 농 아니다. 황명이다."

"폐하!"

율이 지우의 손을 꽉 붙잡은 채 손가락으로 살살 지우의 손등을 쓸었다. 지우가 소름 돋는다는 듯 어깨를 움츠렸다. 황제라고 하기에는 진지함이 하나도 없는 모습이었다. 가끔씩 그가 보여줬던 형형한 눈빛은 온데간데없었다.

"제발 명을 거두어주십시오."

지우가 낯빛을 어둡게 하며 고개를 숙였다.

"알았다, 알았다. 좀만 더 하면 전처럼 또 뺨을 치겠구나."

지우가 입술을 크게 벌리고 무어라 반박하려 해보았지만 그냥 입을 다물었다. 황제의 뺨을 친 건 사실이었으니까. 갑자기 황궁 생활이 까마득하게 보였다. 제 앞에서 능글맞게 웃고 있는 율의 의중도 도통 알 수가 없었다.

흐음, 율이 콧노래를 부르며 지우의 손을 놓아줄 듯하다, 힘을 주어 자기 쪽으로 끌어당겼다. 어젯밤처럼 지우가 율의 가슴팍에 이마를 박았다.

퍽 부딪치는 소리가 나자 뒤에 서 있던 궁녀들이 어깨를 움찔거렸다.

지우는 허공에서 팔을 애매하게 띄운 채 진땀을 흘렸다.

"우릴 위해 저리 등까지 돌리고 서 있는데 그들의 노력이 헛되면 안 되지."

율이 목을 숙여 지우의 얼굴 가까이, 마치 입술을 부딪칠 것처럼 다가갔다. 율의 체향이 훅 지우의 콧속으로 들어왔다. 율에게서는 그가 자주 마시는 쌉싸래한 박하 향이 났다. 율이 점점 더 다가왔다.

둘의 입술 사이에는 손가락 하나의 거리밖에는 없었다.

지우는 당황스럽고 놀라 팔이 바르르 떨렸다. 율이 손으로 지우의 팔을 낚아채 그의 허리에 두르게 했다. 두툼하고 단단한 율의 허리를 붙잡아봐도 지우의 몸 떨림은 멈추지 않았다.

아무리 똑똑하고 바른말을 할 줄 알아도 사내와 이런 식으로 접촉한 것은 처음이었기에 지우는 긴장으로 온몸이 욱신거릴 지경이었다.

율은 딱딱하게 굳은 지우의 얼굴을 빤히 바라보았다. 서로의 숨결이 피부에 닿을 거리였다.

한참을 그러다 지우가 눈꺼풀을 파르르 떨며 조심스레 눈을 감았을 때 율이 웃으며 지우를 놓아주었다.

"됐다. 놓이다."

하아, 지우가 그제야 숨을 토해내며 앞섶을 손으로 감싸 쥐었다.

"짐의 승은에 관심 없다는 여인에게 승은을 내려줄 만큼 내 자존심이 얕지는 않다."

"폐하, 그것은 그런 뜻이 아니오라……."

"계속 여기 서 있을 것이냐, 응?"

"아닙니다. 들어가시지요."

율은 앞장서서 지우의 처소로 성큼성큼 들어갔다. 율은 지금 무척이나 기분이 좋았다. 단단하고 목석같은 여인이 찰나의 흔들거림을 보여주어 뿌듯했다.

사람들을 밖에 세워두고 율과 지우는 방 안으로 들어왔다. 비좁고 가구랄 것도 별로 없이 초라한 방의 모습을 둘러보던 율은 상석에 풀썩 주저앉으며 말했다.

"처소가 휑하구나. 궁녀라도 몇 더 붙여주랴?"

"성은이 망극하나, 지금도 충분합니다."

"그래, 열도 없고 얼굴도 멀쩡한데 고뿔은 핑계였나?"

율이 턱을 괴고 지우를 빤히 쳐다보았다.

지우는 아랫입술을 짓씹었다. 연회복이 더러워져 못 갔다 사실대로 말해도 유하는 자기 책임이 아닌 양 빠져나갈 것이고 엄한 유하의 궁녀만 피해를 입을 것이다.

지우가 가만히 앉아 있자 율이 눈썹을 찡그렸다.

"후궁이면서 황제에겐 관심도 없다?"

지우의 눈동자가 흔들렸다.

"원치도 않는 입궁에 황제는 폭군이라…… 황제 꼴도 보기 싫어 연회에 빠지려고 거짓으로 둘러댔느냐 물었다."

"그런 것이 아니옵니다, 폐하."

"그럼 말해보라."

"폐하께서 하사하신 의복을 가져오던 중 제가 실수로 바닥에 떨어뜨렸습니다. 너무 더러워져 도저히 입을 수가 없었고, 다른 것을 입고 가자니 폐하의 은혜를 무시하는 꼴이 되는 것 같아……."

"이제 보니 거짓말을 참 못하는 구나."

율이 손가락으로 지우의 눈동자를 가리켰다.

"눈이 파르르 떨린다. 거짓을 거짓으로 둘러댈 참이냐? 네 궁녀가 한 짓이냐?"

"아니옵니다. 그 아이의 잘못은 없습니다."

"지금 짐이 이 일로 누군가를 벌할까 두려워 말을 못 하는가?"

지우가 마른침을 삼켰다. 율이 고개를 흔들며 숨을 내쉬었다.

"아무도 벌하지 않겠다. 하나만 짐의 눈을 보며 대답해라."

"예, 폐하."

"짐이 보기 싫어 연회에 안 왔느냐?"

지우가 천천히 시선을 돌려 율의 깊은 눈동자를 똑바로 쳐다보았다. 능청스러운 기운이 가득했던 율의 얼굴이 이때만큼은 우직하게 굳어 있었다. 지우가 얇은 입술을 열어 진지한 얼굴로 또박또박 답했다.

"아니옵니다. 연회를 즐기는 것은 아니지만 폐하께서 열어주신 것이니 은혜에 보답하기 위하여 꼭 가고자 하였습니다."

지우의 대답을 듣고 나자 그제야 율이 표정을 풀고 아까 전의 여유 있는 얼굴로 돌아왔다.

"그럼 됐다. 이거 참 허탈하군. 누구 때문에 연 것인데 당사자는 오지도 않고."

지우가 당황한 채 두 눈동자를 깜빡였다. 들은 소문대로라면 불같이 화를 내어도 모자랐는데, 의외로 율은 아무렇지 않게 넘기며 도리어 씩 옅게 웃었다.

"그리 쳐다보지 마라. 그래, 너 때문에 연 것이다. 헌데 무슨 심한 고뿔에 걸려? 가면극 중간에 튀어나와서 헐레벌떡 달려왔…….
아니다, 됐다."

"저 때문에 여셨다니요?"

율이 고개를 홱 돌리며 불퉁스럽게 입술을 내밀었다.

"네가 예뻐서 연 줄 아느냐? 내 정체를 보고 놀라는 꼴 좀 보려고 열었다."

"그러셨습니까. 가지 못해 송구하옵니다."

율은 진지하게 말을 받아들이고 깊이 고개를 숙이는 지우를 보며 얼굴을 확 찡그렸다. 여인네가 도통 사근사근하지도 않고, 애교도 없고, 목석같아서는 사내 마음 홀릴 줄도 모르고, 농도 통하지 않고. 생각해보니 무엇이 예쁘다고 여기에 앉아 있는지.

"에잇, 장 내관!"

"예, 폐하."

장 내관이 밖에서 도도도 들어왔다.

"처리해야 할 문서 좀 이리로 가져오너라. 하나도 빠짐없이 다

가져오라. 여기서 밤을 보낼 것이다."

지우가 율의 말을 듣고 놀라서 눈을 크게 깜빡였다.

그사이 장 내관은 허리를 깊이 숙이고 빠르게 나갔다. 율은 목과 어깨를 돌려 근육을 풀어주며 이곳저곳에서 올라오는 문서들을 볼 준비를 했다.

"왜 그리 보느냐?"

"여기서 밤을 나실 생각이십니까?"

"걱정 마라. 네 털끝 하나도 안 건드리마. 아까도 말했듯이 짐의 승은에 관심 없다는 여인에게 승은을 내려줄 만큼 자존심이 얕지는 않아서 말이다."

"폐하, 소첩의 언행이 폐하의 심중을 상하게 하였다면……."

"상했다. 아주 상했다. 응? 알겠느냐? 그러니 좀 고분고분하게 굴어라!"

지우가 난감한 표정으로 고개를 숙였다.

"여인이면서 말이야, 연회도 안 즐기고. 차림새를 보니 장신구에도 관심이 없는 듯하고. 도대체 뭘 좋아하는 것이냐?"

지우가 눈을 굴리며 잠시 생각했다.

연회는 어릴 때부터 그녀의 아비 이첨유가 원체 데리고 다니질 않아 어색하였고, 옷차림도 편하고 수수한 것이 좋았다. 다른 여인들이 분칠을 배울 때 그녀는 작은 자신의 방 안에 앉아서 가만히 책을 읽거나 저잣거리에 나가 사람들의 이야기를 들었다.

"……책을 좋아합니다."

책. 책이란 말이지.

율이 머리를 끄덕이며 처소를 훑어보았다. 장식품도 없이 대부분이 책들뿐이었다. 이러니 여인이 재미가 없지. 율은 퉁명스레 그러냐, 하고 대답하면서도 지우의 말을 기억해두었다.

잠시 대화가 끊기고 둘 사이에 침묵이 내려앉았다. 율은 말없이 지우를 뚫어지게 쳐다보았다.

지우가 율의 눈빛을 받아내는 게 슬슬 힘들어질 때쯤, 환관들이 황제가 보아야 할 장부와 여러 문서들을 수두룩하게 쌓아서 들고 왔다. 지우가 안도의 숨을 훅 내쉬었다.

율은 문서들을 탁자 위에 다 올려두었다. 밤은 이미 깊어져 대부분이 슬슬 침소에 들 채비를 할 때였다.

곧 조세를 거두어들일 시기인 데다 요즘 조세제도로 남쪽 지방이 시끄러워서 그것에 관련된 서류가 한가득했다. 내일 어전회의에서 이것과 관련하여 관료들을 추궁할 것이 있어, 율은 밤을 새워서라도 다 보기로 작정했다.

율은 손목을 빙빙 돌리며 업무를 시작할 준비를 했다.

"이리 많은 것을 언제 하시고 침소에 드시려 하십니까."

지우가 걱정스러운 투로 물었다.

"못 잔다. 밤새워야 할 거다."

"그러다 옥체가 상하십니다."

"황제 자리가 거저 얻어지는 줄 아느냐? 황제는 이 나라에서 제일 바쁜 사람이어야 한다. 그러지 않으면 나라가 무너지게 되어 있어. 내가 이걸 오늘 못하면 내일 업무가 다 밀린다."

지우는 조금 놀란 눈빛으로 율을 바라보았다.

율은 기골이 장대한 데다 그가 선천적으로 풍기고 있는 위압적인 분위기 때문에 얼핏 보면 모르지만, 자세히 얼굴을 살피면 아직 앳된 기가 남아 있다. 장가를 든 중년의 사내들이 턱 아래가 거뭇거뭇한 것과 다르게 율의 턱은 아직 아주 매끈했다.

약관도 안 된 어린 나이에 형을 제치고 황좌의 자리를 차지한다는 게 보통 성정으로는 될 것이 아니었다. 황의의 소매를 아무렇게나 걷어 올리고 붓을 재빠르게 놀리는 율의 얼굴은 필시 황제였다.

지우는 율의 앞에 앉아, 조용히 서류를 건네주거나 보고서 같은 경우에는 미리 읽어 요약해주기도 했다.

그렇게 시간이 흐르자 율의 손바닥에 검은 먹물이 군데군데 묻었다. 율은 잠시 문서에서 시선을 떼어 목을 이리저리 돌렸다.

"넌 어떻게 생각하느냐."

갑작스러운 질문에 지우가 고개를 들었다.

"예?"

"조세 말이다. 남경에서 농민들이 올려 보낸 개혁안이 실현 가능성이 있다 보느냐?"

지우가 율의 예상치 못한 질문에 당황한 듯 눈을 깜박였다. 여인에게 할 질문치고는 너무 무거운 주제였다. 정말로 답을 원해서 한 질문일까 싶어 지우가 율의 눈치를 살폈다.

율은 흥미로운 표정으로 지우의 대답을 기다렸다. 지우가 혀로 입술을 한 번 축였다가 차분하게 입을 열었다.

"가능성 여부를 떠나 실현시켜야 하는 것 아니겠습니까. 고통받다 못해 전대에 농민들이 몇 번이나 난을 일으키지 않았습니까. 토지 결당 세수를 걷는다는 것이 원래는 가장 합당한 일인데, 지금의 제도가 정상에서 멀어진 것이지요."

율이 지우의 이야기에 집중했다.

"권세가들이 호락호락하게 넘기지 않을 것이다."

"예, 그렇지요. 대지주들이 황궁 내에서 권력을 잡고 있는 이상 조세개혁은 쉽지 않을 것입니다. 그리고 폐하, 드릴 말씀이 있습니다."

"무엇이냐?"

"내일 교수형에 처하기로 한 궁녀들 말이온데……."

지우가 오늘 낮에 세상이 꺼져버릴 것 같이 울던 분희의 얼굴을 떠올리며 조심스럽게 입을 열었다.

사실 건방진 이야기가 될 수도 있었다. 이미 황제가 황명으로 결정한 것인 데다, 자신이 모시던 이가 윤 첩여처럼 불미스러운 죽음에 이르게 될 때에는 관례상 궁인들에게 혹독한 엄벌을 내려왔다. 그러나 분희가 옥춘의 처형시간이 다가올수록 시시각각 눈이 죽어가는 것을 그저 바라보기가 힘들었다.

"주제넘은 말인 것은 아오나, 폐하의 하해와 같은 자애심을 보여주실 겸 그 궁녀들을 형에 처하지 마시고 궁녀 신분을 박탈하여 퇴궁시키는 것으로는 안 되겠습니까."

"그럴 수는 없다."

율이 딱 잘라 대답했다.

"그중 정말로 윤 첩여를 독살하려 일을 꾸민 이도 있을 것이다. 어찌 살인자를 맘대로 풀어놓는단 말이냐."

"그러나 무고한 다른 열 명은 헛되이 목숨을 잃는 것입니다."

"대의를 위해 소수의 희생은 어쩔 수 없다. 그런 것까지 일일이 신경 쓰다 보면 나라의 기강이 무너진다."

율은 그리 대답하면서도 새로운 시각에서 말하는 지우의 이야기를 흥미롭게 들었다. 율이 지금껏 해왔던 정치와는 다른 것이었지만, 요즈음 율은 변화가 필요하다고 느끼고 있었다. 궁 안팎으로 치솟는 치세에 대한 불만 때문이었다.

"하오나……."

"알았다. 그만 말해라. 좀 더 생각해보도록 하지. 형 집행을 좀 미루라 하겠다."

지우의 표정이 확 밝아졌다. 율의 앞에서는 한 번도 보인 적 없는 미소를 띤 채 눈은 반달 모양으로 접혔다.

율은 처음 본 지우의 모습에 신기함 반, 당황 반, 기분이 미묘해졌다. 율은 목을 앞으로 빼어 지우의 웃는 얼굴을 빤히 바라보았다.

율의 시선이 자기에게 꽂혀 있다는 것을 알고는 지우가 다시 원래의 그 싸하게 굳은 얼굴로 되돌아왔다.

"웃으니 훨씬 낫구나."

율이 지우의 웃는 얼굴을 과장되게 흉내 내며 큭큭댔다. 지우가 당황하며 얼굴을 붉혔다.

"농이 심하십니다."

"자주 웃어라. 그러면 네 제안을 긍정적으로 생각해보도록 하지."

율은 신난 표정으로 콧노래를 흥얼거리면서 붓을 움직였다.

지우는 율의 일을 돕다가, 간간이 자신의 책을 읽으며 곁을 지켰다.

짐은 일하고 있을 테니 여기 누워서 자는 것 어떠냐며 중간에 율이 자신의 무릎을 두드리며 지우를 골려댔지만, 정작 먼저 잠을 이기지 못한 쪽은 율이었다.

서서히 새벽이 다가올 때쯤 율이 붓을 잠시 떨어뜨리고 고개를 꾸벅거리며 졸았다. 이내 탁자 위로 쿵 상체가 엎어지더니 그대로 곯아떨어졌다.

무방비하게 옆으로 얼굴을 뉘여 자는 모습이, 그 괴팍하고 능글맞은 황제라고는 생각되지 않았다. 그러고 보니 네 살이나 어리지 않던가.

지우는 읽던 책을 내려놓고는 율의 뒤쪽의 선반에 놓여 있는 모포를 가지러 조심스레 일어섰다. 헌데 율의 등 뒤를 돌아 지나가 모포에 손을 뻗으려는 순간이었다.

"내 등 뒤로 걷지 마라."

율이 살벌한 목소리로 말하며 팔로 지우의 발목을 낚아챘다. 지우가 휘청거리며 율의 품 쪽으로 쓰러졌다. 아까 율이 농했던 대로 지우는 율의 무릎 위에 풀썩 주저앉게 되었다.

"등 뒤로 걷지 마."

"송구하옵니다."

율이 잠이 덜 깬 눈을 매섭게 떴다. 얼마 지나자 서서히 정신이 돌아왔는지 얼굴 표정이 풀어졌다.

"어디 가려는 것이냐."

"그저 모포를 가져오려 하였습니다."

"모포는 왜."

"날이 쌀쌀하여 좀 덮어드리고자……."

"되었다. 이리 있으니 따뜻해서 모포는 필요 없을 것 같다."

율이 웃으며 무릎을 들썩이자 지우가 경악했다. 율의 무릎 위에서 몸이 흔들렸다.

"제발 놓아주십시오."

"어떻게 할까."

율이 빤히 지우를 쳐다보다가 이내 피식 웃고 지우를 놓아주었다. 둘은 나란히 모포 한 장씩 덮고 다시 일을 보기 시작했다. 장내관을 시켜 박하차도 마셨다.

아침 해가 떠오를 때가 되어서야 율은 만족스러울 만큼 장부들을 다 살피고 자리에서 느리게 일어섰다. 한참을 앉아 있던 탓에 몸에서는 뚜둑거리는 소리가 요란하게 났다.

"하. 겨우 다 했군."

"피곤하시진 않으십니까."

"너야말로 자도 된다고 했는데 굳이 밤을 같이 새웠느냐. 조회도 나가야 할 터인데."

"괜찮습니다."

율이 일어서서 처소 밖으로 나가려다가 걸음을 멈추었다.

"이따 밤에 다시 오마. 조세제도에 대해 얘기 좀 하지."

지우가 율을 당황스러운 눈빛으로 올려다보았다. 매당헌이 마치 대신들의 회의처라도 되는 것처럼 말하는 모습에 지우가 잠시 할 말을 잃고 얇은 입술을 꾹 다물었다.

율은 아까 전 당차게 자기 의견을 말하던 것과 상반되는 굳은 모습에 씩 웃으며 일부러 농을 던졌다.

"어때. 정말 털끝 하나 안 건드렸지?"

율의 농에 지우가 굳어 있던 얼굴을 잠시 풀고 입을 열었다.

"……털끝은 건드리셨습니다."

"됐다. 농을 못 하겠어. 가마."

지우가 허리를 깊숙이 숙여 율을 배웅했다.

해가 서서히 떠오르는 밖은 새하얗게 밝았다. 고요한 가운데에 새 지저귀는 소리만 들렸다.

4장. 검은 소문

지우는 잠을 못 자 푸석푸석한 얼굴로 황태후궁으로 향했다. 내명부 조회를 위해 모든 후궁들이 모여들고 있었다.

지우가 나타나자 많은 시선들이 그녀에게로 쏠렸다. 어젯밤 황제가 가면극 도중에 이 재인의 처소로 갔다는 이야기가 벌써 궁내에 파다했다. 입과 입을 거쳐 움직이는 소문은 여러 추측들을 흡수하며 제 크기를 부풀려 나갔다.

소문은 대강 이러했다.

가면극 도중에 이 재인 마마를 찾았담서? 그것도 아주 애절한 얼굴로 찾으셨다는데. 정말이야? 화난 얼굴이셨다는데. 아니야, 애절해 죽으시려 하셨다니까.

바로 매당헌으로 뛰어가셨대. 이 재인, 이 재인 외치면서 가셨다는데? 밤새 이야기를 나누셨대. 아니야, 밤새 정을 나누셨대. 이 재인 마마가 그렇게 폐하를 가만 놔두지 않았대.

그래? 밤 기술에 아주 능하시다고. 그렇게 안 생기셨는데, 웬일이야. 폐하가 오늘 새벽에 지나가는 걸 그, 누구냐, 애 하나가 봤는데 아주 기력이 쏙 빠지셔서 비틀거리셨대.

지우는 그녀를 둘러싸고 있는 요란한 소문에 대해선 상상도 하지 못한 채 피곤한 다리를 이끌고 황태후궁으로 들어갔다. 아직 황태후가 오기 전이었다. 지우가 장내로 들어가자 여러 개의 눈이 일제히 지우에게로 꽂혔다.

"이 재인, 오셨습니까."

유하가 지우에게 두 발짝 걸어오며 인사를 건넸다. 웃는 상이었으나 눈빛은 날카로웠다.

"문 첩여 마마."

"어제 폐하께서 재인의 침소에 드셨다지요?"

유하는 말 돌리지 않고 바로 쏘아붙였다. 근처에 줄을 지어 서 있던 후궁 몇 명이 유하 곁에 서며 그녀의 말을 거들었다.

지우는 자신에게 향하는 농도 짙은 시기, 놀라움, 호기심 등을 느끼며 눈썹을 꿈틀거렸다.

'이럴 줄 예상이야 했지만…….'

지우는 입안이 텁텁해졌다. 후궁들은 지우의 입술이 열리기만을 기다리며 빤히 그녀를 바라보았다.

"무슨 말을 듣기를 원하십니까."

"무슨 말이라뇨? 저희가 마치 폐하와 재인의 아주 사적인 일까지 꼬치꼬치 캐물으려 드는 사람들처럼 말하십니다."

"아니십니까?"

"하, 이 재인!"

유하가 다른 사람들을 헤치고 지우에게 코가 맞닿을 만큼 가까이 다가왔다. 유하가 입술을 짓씹으며 지우에게만 들릴 작은 목소리로 말했다.

"폐하의 승은 한 번 입었다고 아주 기고만장하구나. 나는 옛적부터 네가 꼴 보기 싫었다, 이지우."

지우는 자신을 잡아먹을 듯 노려보는 유하의 시선을 피하지 않았다.

"문 첩여 마마께 예쁨 받으려 한 적도 없습니다."

"이……!"

"그만 비켜주시지요. 황태후 마마께서 드실 땝니다."

"어디 언제까지 그리 당당하게 구는지 보겠습니다, 이 재인. 폐하의 은총을 얻었다가 폐하께서 흥미를 잃은 후궁들이 죄다 죽어나갔다는 것은 아시지요? 부디, 몸조심하십시오."

유하가 파들거리는 눈으로 웃었다.

"명심하겠습니다."

유하가 앞을 막아서고 움직이지 않자 지우가 휙 옆으로 돌아 그녀를 스쳐 걸어갔다. 유하가 주먹을 꽉 쥐고 부들부들 떨었다.

유하는 한참 전, 처음 마주쳤을 때부터 지우를 못마땅하게 여기고 있었다. 선황 시절, 유하가 열세 살일 적에 지우의 집에 찾아왔다.

유하의 아버지와 지우의 아버지는 정치적으로나 개인적으로나 아주 긴밀한 사이였다. 유하는 열세 살에 아버지를 따라 지우의 가문에서 여는 연회에 참석했다.

그때 지우는 언제나 그렇듯 그녀의 방에 틀어박혀 책을 읽고 있었으나, 한 살 어린 배다른 남동생 지후는 연회에 한 중간에서 아버지 이첨유의 옆에 꼿꼿이 서 있었다.

유하는 아직도 그 장면을 잊을 수가 없다. 음악과 사람들 목소리로 시끄러운 가운데, 소음이 온데간데없이 사라지고 지후의 숨소리만이 들릴 것 같던 열셋의 가을을.

제 눈에 보기엔 이것보다 화려할 수 없을 것 같은 연회였으나 지후는 지루하단 표정이었다. 그것마저 잡배들과 다르단 증거 같아서 오히려 멋져 보였다.

유하는 그날 이후로 아버지가 이첨유 재상을 뵈러 간다 하면 득달같이 따라나섰다. 지후를 한 번이라도 더 보고 싶어서였다.

아버지에게는 지후와 결혼시켜달라 떼를 쓰고, 집에 찾아갈 때마다 지후를 불러달라고 눈치를 계속 주었다. 지후가 나오면 그의 옆에 찰싹 달라붙어 있었다.

유하는 그도 자신을 좋아할 것이라 철석같이 믿었다. 그녀는 어릴 때부터 어여쁘단 소리만 듣고 자란 귀한 막내딸이었으니.

그렇게 유하가 일방적인 오해를 품고 애끓는 연정을 쏟아붓기를 몇 년 하고 난 어느 날이었다.

도통 보이지 않는 지후를 찾아 들어가자 안채의 가장 구석진 곳에 지후가 있었다. 뒤에서 달려가 지후의 손을 확 붙잡자 그가 몸을 피해버렸다.

"제 손을 잡으시는 게 싫으신가요? 아니시지요?"

지후는 난처한 얼굴로 입을 다물었다.

"저와 혼인하실 것이지요?"

"집안 어르신 사이에 그저 농처럼 오간 말씀이실 겁니다."

지후는 이제껏 어린 유하를 생각해 딱 잘라 거절하지 못하고 미적댔으나, 오늘만큼은 마음을 굳게 먹었다. 어린 시절 스쳐 지나가는 감정일 것이라 생각했는데 둘 다 슬슬 혼인 이야기가 오갈 시기가 되었다. 지후는 이대로 두다간 유하에게 못 할 짓인 듯싶어 일부러 표정을 차갑게 했다.

지후의 딱딱한 목소리에 유하의 커다란 눈에 눈물이 그렁그렁 맺히기 시작했다.

"그런 말씀 마세요. 어찌 그리 잔인하게 말씀하신단 말입니까? 설마, 제가 싫으신가요?"

"싫은 것은 아니다만."

지후는 지우를 닮아 지나치게 솔직한 사람이었다.

"여인으로서 생각해본 적은 없소."

"……어째서죠? 저를 봐보시어요. 이리 고운 저를 두고. 그럼 어떤 여인이 좋으시단 말이세요."

"아리따운 여인이심은 압니다. 저에게는 과분하십니다. 저는 좀 더 들풀 같은 사람이 좋습니다. 제 누님처럼요."

"그렇게 될게요."

"들풀은 들풀대로, 꽃은 꽃대로 사셔야지요."

그때 방 안에 있던 지우가 밖으로 나왔다.

유하는 지우와 처음으로 얼굴을 마주했다. 지우는 고요하고 꽃꽃하게 그곳에 서 있었다. 유하는 단번에 자신은 어떻게 노력해도 저 사람처럼 될 수 없음을 깨달았다. 자신과 그녀와는 너무도 다른 사람이었다.

아무리 예쁘게 치장을 하고 분칠을 하여도 지후는 그녀에게 끝끝내 눈길 한 번 주지 않았다. 그러면 그럴수록 유하는 지우의 이름을 곱씹고 지우의 얼굴을 떠올리며, 인정하고 싶지 않았지만 끝없는 열등감을 느꼈다.

그런 감정이 켜켜이 쌓이다 보니, 이제 유하는 지우를 보기만 해도 마음속 응어리진 곳이 건드려져 불쾌해졌다. 지금도 그랬다.

유하는 입술을 꽉 깨물고 맞은편에 서 있는 지우를 노려보았다. 분하게도 그녀는 배다른 남매 사이이면서도 지후와 얼굴이 닮아 있었다. 그래서 유하는 지우를 볼 때마다 간신히 잊고 지내는 지후 생각이 나 더욱 속이 뒤틀렸다.

지우는 유하의 시선을 느끼고 찬찬히 고개를 들어 유하를 똑바로 바라보았다.

'재수 없는 년…….'

유하가 빨갛게 달아오른 눈가에 힘을 꽉 주었다.

후궁들의 은밀한 견제를 받아내느라 며칠처럼 길게 느껴지는 조회 시간이 끝나고 지우가 매당헌으로 돌아왔다. 오후에 그녀의 지친 정신을 달래주는 반가운 손님이 찾아왔다.

"마마!"

지우가 방 안으로 들어오는 지후의 얼굴을 발견하자마자 벌떡 자리에서 일어서 그에게로 다가갔다.

"이게 얼마 만이니. 얼굴 못 본 지도 한참 되었다."

"송구합니다, 마마. 자리에 앉으세요."

"네가 그리 나를 대하니 어색하구나."

"하하. 이제 후궁 마마신데 전처럼 누님, 누님 할 수야 있겠습니까."

지우가 자리에 앉자 지후가 천천히 예를 갖추고 마주 앉았다. 무관복을 깔끔하게 갖춰 입은 지후는 이제 누가 봐도 검을 쓰는 자같이 보였다.

"황궁 생활은 좀 어떠십니까."

"글쎄, 정신이 하나도 없다."

지우가 고개를 절레절레 흔들었다.

"황궁 안에 소문이 아주 파다하던데요. 그런 쪽에는 귀가 어두운 저도 마마에 관련된 이야기를 잔뜩 듣고 왔습니다."

"소문?"

"모르셨습니까?"

지우가 도통 모르겠다는 표정으로 지후를 바라보았다. 지후는 누님에게 어떻게 말을 전해야 할지 몰라서 목 부분이 벌게졌다. 그는 약관이 넘은 나이에도 아직 장가를 들지 않고 있었다.

집안에서는 그런 지후가 답답해 죽으려던 참이나, 뒤늦게 든 무관의 길이 알고 보니 그에게는 천직이라 차일피일 혼인을 미루고 있었다. 첫째 아들에게 유독 약한 이첨유는 속이 타들어갔으나 어쩌지도 못하고 있었다.

장가도 안 든 데다, 원래 여색에 흥미가 없는 그는 숙맥 같은 얼굴로 입을 버벅거렸다.

"어제, 어젯밤 폐하께서 마마의 침소에 드셨다고……."

"그래, 그러셨다."

"아침까지 침소를 떠나지 않으셨다면서, 그 두 분이 밤새…….
폐하께서 그런 적은 처음이시라……."

"아."

지우가 시시각각 얼굴이 빨개지는 지후를 바라보며 그가 하려는 말이 무엇인지 눈치로 알아챘다. 지우는 조용하게 미소를 지었다.

"그래, 그런 소문이 퍼질 법도 하겠구나. 그러나 어젯밤엔 아무 일도 없었다."

"예?"

"내 처소에서 업무를 보셨을 뿐이다."

지후가 멀뚱히 눈을 껌벅거렸다.

"정말이다. 네 얘기를 들어보니 소문 속에서 내가 폐하를 단숨에 홀려버린 여인이라도 된 모양이지?"

"이것저것 낯 뜨거운 잡다한 소문이 끊이지를 않습니다. 궁이란 원래 그런 곳이기도 합니다만, 사실이 아니라면 그것대로 큰일입니다. 후궁 마마들께서 다들 마마를 예의 주시하실 텐데요. 걱정이 됩니다."

"없는 사람처럼 지내려 하였거늘, 아마 이제 그리되진 못하겠지. 궁에 들어와서 이것저것 일이 좀 꼬였다."

지우가 대숲에서 율과 처음 마주쳤을 때를 떠올렸다. 그곳에서 그를 우연히 보지 않았더라면, 율은 영영 지우에게 관심조차 주지 않았을지도 모른다.

"이왕 이렇게 된 것 살아남으셔야 합니다. 벌써 후궁들 몇이 싸늘해진 주검으로 나간 곳입니다."

"지후 너도 그것이 폐하의 짓이라 생각하니?"

지후가 난감한 표정으로 잠시 입을 다물었다. 궁내에서는 황제에 대해 함부로 입을 놀릴 수 없으니 좀 덜하나, 요즘 저잣거리에서는 사람 셋만 모이면 황제에 대해 이것저것 뜬구름 잡는 소문들을 토해내기가 바빴다.

이 시대의 여론이란 별것이 아니었다. 장터를 들락거리는 보부상들의 짐 보따리 위에 여러 가지 이야기가 같이 얹어져 전국을 나돌았다. 그렇게 발에서 발로, 입에서 입으로, 전해진 소문들은 어느새 나라 전역에 퍼져 있었고, 몇 개월 전까지만 해도 전란에서 나라를 구해낸 기적적인 영웅의 주인공이 괴팍한 폭군으로 변해 있었다. 소문의 힘이란 생각보다 강력했다.

"폐하에 대한 소문이 심상치는 않습니다."

"말해보렴."

"폐하의 개혁안이 상당히 급진적이라 아직 현실이 그를 따라가지 못하고 있습니다. 폐하께서 군부를 장악한 힘으로 정국을 마음대로 주무르려 하신다는 소문이 퍼지는데, 글을 잘 모르는 백성들은 폐하의 개혁안이 그저 나쁘다고만 생각하고 있지요."

지우가 조용히 고개를 끄덕였다.

"옳은 방향이나 방법이 조금 거칠긴 하셨다."

"후궁들이 하도 죽어 나가니, 폐하께서 밤마다 후궁 마마들을 학대하신다는 소문도 있습니다."

"그것은 사실이 아닐 것이다. 그럴 분이 아니셔."

"말이 퍼지는 데에는 그것이 사실인지 아닌지는 중요하지 않습니다. 얼마나 사람들을 현혹시키는 매력이 있느냐지요. 저도 이것들이 진실이라고는 생각지 않습니다. 그러나 폐하께 은총을 받았다가 잃은 후궁들이 죽어 나간 것만은 사실입니다. 마마도 부디 몸 보전하십시오."

"그래, 알겠다. 조심하마."

지후가 고개를 숙이고 자리에서 반쯤 일어나다가 잠시 멈추어 섰다. 지우가 왜 그러냐는 듯 그를 올려다보았다. 둘은 이복이지만 한 살 차이로 어렸을 때부터 같이 나고 자랐다. 집안에서 그들을 대하는 방식은 매우 달랐지만. 이첨유는 지후가 지우를 따르는 것을 못마땅하게 여겼지만 그는 누님이 좋았다. 아는 것도 많고 어머니와 다르게 항상 다정했다. 집안에서의 '그 일'만 아니었다면, 누님이 훨씬 더 귀하고 당당한 사람으로 자랐을 것이라 그는 믿었다.

"마마, 그만 가문의 굴레에서 벗어나셔도 됩니다."

"……."

"입을 다물고 없는 사람처럼 노력하지 않으셔도 된단 말입니다. 누님, 아니 마마의……."

"지금은 누님이라 불러주렴."

"예. 짧은 식견이지만 누님은 보통 여인분들과는 확실히 다르십니다. 박학다식하시고 바른말을 참기 힘들어하시지요. 누님, 참지 마세요."

지후가 깊이 허리를 숙여 인사했다.

"집안에서처럼, 참지 마세요. 황궁은 참으면 살아남을 수 없는 곳입니다."

"걱정 말거라. 이미 그러고 있어. 이곳에서는 나 혼자가 아니야."

지우는 문밖 분희가 서 있는 쪽을 쳐다보았다.

"내가 참으면 내 곁에 있는 사람들도 같이 다친다. 아버님께 안부 전해주렴. 소여에게도."

율은 서쪽 지방의 한 구를 관할하고 있는 지방관의 여식인 채보림이 따라주는 술을 받았다. 오늘 오전, 그녀의 친부가 분기마다 올리는 보고와 함께 지역 특산물이라며 해산물이 잔뜩 보내왔기에 성의를 무시할 수 없어 석식을 먹고 채보림의 처소에 잠깐 들른 참이었다.

율이 채보림을 슬쩍 쳐다보았다. 낯익은 듯하면서도 낯선 얼굴이었다. 그녀와 동침을 했는지도 잘 기억이 나지 않았다. 전형적인 미인상에 가까운, 둥글둥글하고 애교 있는 얼굴이긴 하였다.

채보림은 긴장한 기색이 역력한 채로 묵묵히 안주를 먹는 율의 눈치를 살폈다. 아무 말 않는 율이 신경 쓰이는지 그녀가 간드러지는 높은 목소리로 재잘거렸다.

"폐하, 정무를 보시느라 얼마나 힘이 드십니까. 신첩이 안마라도 해드리겠습니다."

채보림이 가녀린 손을 뻗어 왔으나 율이 상체를 뒤로 살짝 빼는 걸로 거부 의사를 내비쳤다.

"되었다."

율의 매서운 얼굴에는 표정 변화 하나 없어 살벌한 기운마저 감돌았다. 율은 그녀에게 딱히 불만이 있는 건 아니었지만, 그렇다고 호감이 있는 것도 아니었다. 그저 시간이 무료하게 흘러가는 기분이 들었다.

정략적인 이유로 꽃다운 나이의 수많은 여인을 황궁에 들여앉혔지만, 그녀들에게 사적으로 신경 쓴 적은 없었다. 그래야 할 필요를 못 느꼈기 때문이다. 후궁들 사이에서 황제가 비정하고 냉정한 이로 알려질 만도 했다.

율은 미소를 띠고 있지 않으면 짙은 이목구비 탓에 차가워 보이는데, 후궁들과 있을 때는 항상 무표정한 상태였다. 여인들의 이야기를 듣는 건 따분했다. 그럴 시간에 정국에 관련된 생각 하나를 더 하는 게 이득일 것이다. 죄다 그에게 겁을 집어먹어 벌벌 떠는 후궁들을 보는 것도 썩 좋은 기분은 아니었다.

요즘 유일한 예외가 있다면 지우였다. 지우와 있는 시간은 다른 때와 다르게 지루하지가 않았다. 대화 중간 튀어나오는, 여인의 것이라 믿기지 않는 식견도 귀담아들을 만한 가치가 있었다.

지우와 이야기 나누던 게 떠올라, 율이 술잔을 비우다 말고 채보림에게 툭 질문을 던졌다.

"그대 아버지가 지방관으로 가 있는 지역의 조세 현황은 좀 어떤가?"

"예?"

채보림이 당황하여 눈을 굴렸다.

"신, 신첩이 그런 걸 어찌……."

그래, 이게 보통 여인들의 반응이다. 여인이 이런 걸 궁금해하거나 알고 있는 게 이상한 일이었다.

채보림에게서 예상대로의 반응이 나오자 어쩐지 기분이 미적지근해졌다. 결국 반 시진 정도 더 있다 가려던 계획을 접고 율이 자리에서 일어났다.

"그럼 나가보겠다."

"폐, 폐하, 신첩이 혹여 실수라도 했다면……."

율이 고개를 빠르게 저으며 휙 몸을 돌려 채보림의 처소를 빠져나왔다. 어쩐지 발걸음이 다급해졌다.

율의 뒤로 그를 기다리고 있던 장 내관이 따라붙었다.

"매당헌으로 가자. 가면서 오늘 들은 것들 좀 이야기해보아라."

"예, 폐하."

율은 어두컴컴한 밤에 매당헌 쪽으로 걸어가며 흥미롭단 얼굴로 장 내관의 말을 들었다.

율이 궁 곳곳에 심어놓은 소식통들이 궁에서 떠도는 모든 소문들을 재빨리 그에게로 물어다 주었다. 오늘은 당연히 가장 뜨거운 소식, 이 재인과 황제의 전날 밤에 대한 것이었다.

"그래, 그렇단 말이지?"

율이 조금 전의 차가운 표정을 날려버리고 개구지게 웃었다.

"하하. 장 내관, 내가 그리 정력이 넘쳐 보이는가? 응?"

"그, 그것이……."

"하긴 정력이 넘칠 나이이기도 하지. 이 재인은 오늘 뭘 했다던가?"

율은 지우 곁에도 자신의 눈과 귀가 되어줄 소식통을 심어두었다.

그녀의 호위무사 건오였다. 건오는 매당헌 앞에서 하릴없이 지루하게 서 있는 게 일과라, 이 업무를 조금은 마땅치 않아 했다. 그래도 꼬박꼬박 지우의 일과를 장 내관에게 정리하여 보고했다. 장 내관은 고개를 숙이고 입을 열었다.

"마마의 남동생분이 찾아와 이야기를 잠깐 나누었고, 그 후로는 계속 처소 안에 계셨다 하옵니다."

"남동생이라. 궁에서 일한다 하였지."

"예."

"하여간 재밌는 일이로구나. 형을 몰아낸 난폭한 폭군에 정력가라는 별명까지 얻게 되다니."

율은 싱글싱글 웃으며 말했지만 장 내관은 어깨를 잘게 떨었다.

매당헌으로 걸어가는 발걸음이 아주 재빨랐다. 율은 어느 때보다 신 나 보였다. 장 내관은 허둥지둥 그 뒤를 급히 따라갔다. 율은 그러다가 갑자기 탁 멈춰 섰다. 따르던 수행원들이 일제히 발이 꼬여 넘어질 듯 휘청거렸다.

"장 내관, 나 좀 보게."

"예, 폐하."

"많이 초췌해 보이느냐?"

율이 턱을 손으로 쓰다듬으며 장 내관을 바라보았다.

"아니옵니다."

"눈 아래가 조금 어두운 것 같지 않느냐?"

"아니옵니다. 옥안에 광채가 흐르십니다."

"입에 침이나 바르고 그런 소리 해라."

'그렇다고 사실대로 하룻밤 못 잔 새에 많이 초췌한 데다 피부에 윤기도 없으십니다, 라고 고하면 내일 하루 종일 괴롭히실 것 아니십니까!'

장 내관이 억울한 기운을 숨기며 말을 안으로 삼켰다.

"아니옵니다, 폐하. 요즘 그 어느 때보다 활기가 넘쳐 보이십니다."

"그러냐?"

"이 재인 마마를 마음에 두신 것이옵니까?"

율이 장 내관을 바라보며 눈썹을 꿈틀거렸다.

마음에 두었다라.

율은 어젯밤 새벽까지 모포 속에 몸이 파묻힌 채 열심히 이것저것 문서를 살피던 지우의 얼굴을 떠올렸다. 집중하거나 긴장을 하면 그녀는 입술을 잘근거리는 버릇이 있었다. 밤새 입술을 가만두지 못하던 게 생각이 났다.

그러나 율은 고개를 가로저었다.

"짐은 여인이라는 족속은 죄다 믿지 않는다는 걸 알지 않느냐. 그저 호기심이 약간 생겼을 뿐이다."

율은 일부러 더 날카롭고 단호한 목소리로 대답했다. 장 내관은 말없이 웃으며 율의 뒤를 따랐다.

매당헌 입구로 들어서자 처소 밖에 서 있던 분희와 건오가 율에게 예를 취했다. 율은 건오를 힐끗 쳐다보고는 안으로 들어갔다.

율이 온다는 이야기를 듣고 지우가 방 안에 서서 허리를 숙여 율을 맞이했다. 율은 뚜벅뚜벅 걸어가 자리에 앉자마자 입을 열었다.

"소문을 들었느냐?"

"예?"

"너와 짐에 대한 소문 말이다."

지우가 당황해서 시선을 돌렸다.

"사람들이 오해할 만한 정황이기도 하였습니다."

"그래, 소문에 대한 감상은?"

"감상이랄 것이 있습니까. 거짓인데요."

"그렇담 짐이 그 정도의 정력도 안 될 것 같단 말이냐? 시험해 보겠느냐?"

"그런 뜻이 아니지 않사옵니까."

"농이다."

지우는 작게 한숨을 쉬고 입술을 닫았다. 폐하는 자기를 보면 두세 마디 걸러 한 번 농을 치지 않으시고는 참지를 못하시는 분 같다고 생각하며.

율은 습관처럼 턱에 손을 괴고는 지우를 빤히 바라보았다.

"소문을 진실로 만들어볼까?"

"예?"

율이 보내는 끈적끈적하고 장난기 가득 담긴 눈빛이 지우는 부담스러워 어쩔 줄을 몰랐다.

'이런 장난에 약하군.'

율은 시시각각 얼굴이 더 붉어지기 시작하는 지우를 보며 신이 났다. 율이 지우의 코앞까지 얼굴을 들이밀었다.

"어때, 해볼 마음이 생기는가?"

율이 탁자를 옆으로 밀어놓고 무릎걸음으로 지우에게 다가왔다.

지우는 당황함을 숨기려 기다란 목에 최대한 힘을 주려고 했다. 남녀가 혼인을 하면 무엇을 해야 하는지 모르는 건 아니었다. 입궁한 날에는 온몸 구석구석을 깨끗하게 씻고 구멍이란 구멍엔 모조리 향유를 발라둔 채 황제를 기다리기도 하였다.

"응? 왜 아무 말이 없느냐."

막상 율이 능글능글 웃고 있는 얼굴을 한 채 코앞에까지 다가오자 어깨가 긴장으로 뻣뻣해졌다.

폐하를 은애하고 있을까. 지우는 곰곰이 생각해봤지만 확답을 내릴 수 없었다.

황제의 여인으로 입궁을 한 몸이니 이렇게 고민한다는 것 자체가 불경이었지만, 지우는 마음의 문을 열려면 오랜 시간 공을 들여야 하는 성격이었다. 얼굴을 본 지 며칠 만에 바로 은애하여 안달나는 마음이 생기기는 힘들었다.

그러나 율을 피할 수는 없었다. 아무리 제 마음이 아직 다 열리지 않았다 한들, 율은 지아비였다.

'이것 봐라, 안 피해?'

율은 흥미로워하며 손을 슬금슬금 뻗었다. 율이 입을 맞추려는 듯 고개를 틀었다. 그의 얼굴에는 소년다운 장난기와, 거칠고 주체 안 되는 정염이 섞여 있었다. 아까 전 차갑고 무표정했던 표정은 온데간데없이 사라져 있었다.

지우가 그저 머리만 좋고 식견만 뛰어났다면 특이한 여인이다 싶긴 해도, 그녀를 볼 때마다 지금 같은 재미는 들지 않았을 것이다. 말하는 것은 관료라도 되는 것처럼 척척 자기 의견을 내놓으면서, 이렇게 몸을 맞댈 때마다 몸을 뻣뻣하게 굳히며 순진하게 구는 게 재미있었다.

여인으로서의 이지우와 인간으로서의 이지우가 다른 느낌이었다. 그 차이가 흥미롭고 가끔 귀엽게도 느껴졌다. 지우가 여인으로서 있을 때의 모습을 좀 더 보고 싶었다.

율이 한 손으로 지우의 허리를 낚아채 끌어당겼다. 그녀가 율의 품 안으로 들어왔다. 율이 지우를 빤히 내려다보자, 지우가 무덤덤

한 표정으로 시선을 힐긋 피했다.

'어라.'

율은 잠시 농을 치고 말 생각이었으나, 지우가 정말로 마음의 준비라도 한 것처럼 덤덤하게 굴자 묘한 승부욕이 들었다.

율이 두툼하고 뜨거운 손을 지우의 치마 아랫단에 쑥 집어넣었다. 보들보들한 속치마 사이를 헤치자 천 사이에 숨겨져 있는, 하얗고 마른 다리가 손에 닿았다. 율이 복숭아뼈부터 스르륵 손을 올리며 지우의 다리를 쓰다듬었다.

지우는 처음 느껴보는 감각에 어깨를 떨었다. 율이 다 여물지 않아 거친 아름다움이 있는 소년의 얼굴로, 지우를 빤히 내려다보았다.

"이번에는 뺨 안 때릴 건가?"

율의 목소리가 아주 낮게 깔렸다. 변성기를 혹독하게 거친 성대는 깊은 울림이 있는 목소리를 만들어냈다.

율의 손이 지우의 무릎 뒤쪽과 종아리를 주물럭거렸다. 얇은 다리가 한 손 안에 다 들어왔다. 지우는 아랫입술을 잘근잘근 깨물다 입을 꾹 다물었다. 율이 힘을 주어 지우를 자신의 가슴팍으로 더 끌어당겼다.

"폐, 폐하."

율의 심장 뛰는 소리가 지우의 고막에 바로 와 닿았다.

쿵, 쿵.

율은 끈적끈적하고 부드럽게 지우의 무릎을 어루만진 다음 허벅지 쪽으로 올라왔다. 살집이 약간 있는 다리를 꽉 쥐었다. 그러자 지우가 허공에서 애매하게 떠 있던 손을 율의 어깨에 가져다 대며 숨을 몰아쉬었다.

지우는 손등에 새파란 핏줄이 돋아날 만큼 율의 어깨를 꽉 쥐었다. 율의 숨이 거칠어졌다.

분명히 농으로 시작한 것이었는데, 어쩐지 아랫도리에 열이 오르기 시작했다. 몸을 감싸고 있는, 매나라의 상징물이 금실로 새겨져 있는 옷도 벗어 던지고 싶었다.

각지에서 몰려든 미인들로 가득 둘러싸인 궁이었지만, 율은 후궁들의 침소를 자주 들락거리지는 않았다.

황좌에 오른 지 채 일 년도 되지 않았다. 아직은 주변의 세력을 더 황가로 결집시키고 정국을 다스려야 할 때였다. 혈기왕성한 나이이니 여인을 품에 안기는 하였지만 그것도 가임기가 아닐 때만 골라서 몇 번 침소에 들렀을 뿐이었다.

율에게 지금껏 후궁들이란 정치적인 필요에 의해 써먹을 수 있는 장기짝 같은 존재였다. 그런데 장기짝이 덜컥 회임이라도 하여 제멋대로 권력을 쥐고 흔드는 위치에 오른다면? 골치 아픈 일이다.

'잠을 제대로 못 자서 미쳤나…….'

그러니 율에게 이런 상황은 흔치 않은 일이었다.

장기짝이고 뭐고 아무런 생각도 나지 않고 그저 옷을 다 헤집어 뽀얀 살결을 보고 싶었다. 지나가는 사내라면 모두 홀릴 만큼 다시없을 미색도 아니고, 간드러지는 신음을 흘리고 있는 것도 아닌데, 그저 묵묵한 얼굴이 오히려 마음을 더 동하게 했다.

허벅지를 쓰다듬는 율의 손이 한층 더 급해졌다. 찹쌀을 주무르듯 관절이 도드라진 손이 허벅지살을 주물렀다. 손가락 사이로 살이 삐져나왔다.

속곳을 그대로 내리려 하자 지우가 몸을 움츠렸다. 율이 속곳을 반쯤 잡아당기다 말고 지우를 바라보았다.

"싫으냐?"

지우는 아무 말도 하지 않은 채 고개를 숙였다. 황제의 물음에 답하지 않은 것은 죄였으나, 도통 대답할 정신이 없었기 때문이다.

율은 가까스로 이성을 붙잡고 거침없이 움직이던 손을 멈추었다. 항상 사내가 하는 일 중에 이성을 잃고 여인에게 덤벼드는 것만큼 한심한 게 없다고 생각했다. 율이 일부러 눈을 크게 끔뻑거리며 숨을 고르다가 큼큼 헛기침을 했다.

아직까지 몸에 들어찬 흥분이 다 가라앉지 않아 살갗이 아플 만큼 심장이 거세게 뛰었지만, 아무렇지 않은 척 능글맞은 웃음을 지으며 말했다.

"그래, 그러고 보니 승은을 입는 데에는 관심도 없다 하였지."

"폐, 폐하……."

지우가 자신이 했던 말을 떠올리고 당황하여 눈알을 데구룩 굴렸다. 지우는 아니라고 대답하고 싶었지만 입술을 열 수 없었다. 그렇게 말했던 게 사실이긴 하였으니.

"네가 먼저 짐에게 원한다고 말해보라."

율이 속곳을 내리던 손을 멈추고 지우를 똑바로 바라보았다. 율의 입술은 고집부리듯 삐뚜름하게 닫혀 있었다.

"대답이 없구나."

"폐, 폐하."

지우는 얼굴이 타오르는 것 같았다. 여동생들이 가끔 귀한 가문 또래 여식들 사이에서 유행이라는 춘화집을 본다는 걸 알고 있었다. 그 춘화에서는 여인이 먼저 사내를 유혹하고 자빠뜨린 다음 혼을 쏙 빼놓는다고 했다. 상상이니 매혹적인 것이지, 실제로 여인이 먼저 원한다 말로 하기란 민망하고 힘든 일이었다.

"소첩이…… 저, 폐하를…… 그러니…… 폐하의……."

"되었다."

평소에는 별별 말 또박또박 잘도 하더니, 곧 죽어도 말을 못하겠다며 더듬거리는 걸 보자 맥이 탁 풀리며 그는 웃음이 터졌다. 아직까지 자신은 열이 올라 있는데, 지우는 여전히 뻣뻣하게 굳어 있는 것 같아서 조금 허탈하기도 했다.

사내로서의 매력이 없는 것인가.

그러고 보니 지우는 그보다 나이도 많았다. 아직 유취를 풍기는 어린아이라 생각하고 있는 것 아닌가.

율은 어느새 땀으로 축축해진 손바닥으로 지우의 다리를 미끄러지듯 쓰다듬으며 치마 밖으로 손을 뺐다.

지우의 몸을 놓아주려 하였지만 율의 손이 바들거리며 쉽게 움직이지 않았다. 결국 율이 지우의 둥근 어깨를 움켜쥐며 당장이라도 입을 맞출 듯 얼굴을 맞대었다.

둘의 코끝이 닿았다. 흥분한 율에게서 단내가 흘러나왔다. 율이 숨을 거칠게 내쉬며 눈동자를 굴렸다. 지우의 까만 눈동자가 한눈에 들어왔다.

그렇게 입술이 닿을 듯 말 듯 대치 상태에서 한참이 흐르다, 율이 바닥을 긁어내는 듯 낮은 목소리로 말했다.

"내가 싫으냐?"

"폐하, 저……!"

지우가 당황하여 아니라고 말을 하려 입을 열었지만 목소리가 중간에서 막혔다. 율이 찍어 누르듯 거세게 지우의 입술에 입 맞추었기 때문이다. 접문이라고 부르기엔 너무 찰나였다. 물컹한 감촉이 느껴지지 마자 율이 쑥 입술을 떼고 물러났다.

지우가 구겨진 치마를 손으로 붙잡으며 율을 바라보았다.

"가겠다."

"폐하?"

"억지로 하는 것은 싫다."

지우가 눈을 깜빡였다.

"짐이 널 특별이 귀히 여겨 그렇다는 것이 아니라, 사내 자존심이란 게 그런 것이다. 알겠느냐? 하기 싫어서 목석같이 딱딱하게 굳어 있는 여인을 안기는 싫단 말이다."

율의 목소리에는 약간의 장난기가 담겨 있었으나, 지우는 율이 화가 단단히 난 줄 알고 어쩌나 싶어 머릿속이 허예진 터라 눈치채지 못했다. 율은 흥분으로 벌게진 얼굴을 지우 몰래 손바닥으로 쓸어내리며 자리에서 일어섰다.

지우가 율을 마중하기 위해 일어나려 했으나 다리에 온통 힘이 풀려 휘청거리기만 했다. 뒤에서 부스럭거리는 소리가 들리자 율이 다시 몸을 돌렸다.

"나오지 말거라."

그러고는 바람처럼 사라졌다.

5장. 신열

율이 사라지자마자, 지우는 그제야 참아왔던 숨과 열을 모조리 토해냈다.

"하아……."

만져진 것은 다리인데, 다리 말고도 온몸 이곳저곳이 율의 살갗이 닿았던 것처럼 뜨거웠다. 지우의 가슴이 들썩였다. 속곳을 다시 제대로 입어야 하는데, 몸에 힘이 잔뜩 풀려 그대로 바닥에 누웠다.

지우가 엄지로 자신의 입술을 만지작거렸다. 율의 입술은 두껍고 거칠었다.

'목석같이 굴었다고…….'

지우가 바닥에 뺨을 문대며 고민했다. 여인으로서는 어찌해야 하는지 여태껏 읽었던 책에는 그런 이야기는 없었기 때문에 지우는 망망대해에서 자그만 뗏목 위로 던져진 기분이었다. 차라리 병법을 외라 하면 그것이 쉬울 것 같았다.

'폐하께서 마음이 상하셨을까. 억지로 하신 것이 아니라고, 싫지 않았다고 말씀드려야 할까?'

처음에는 아무에게도 만져진 적 없는 피부에 닿아오는 뜨거운 살갗 때문에 당황하고 두려움도 들었지만, 분명히 싫은 생각은 들지 않았다. 긴장 때문에 몸이 뻣뻣하게 굳었을 뿐이었다.

중간에 일어나서 매당헌 밖을 나서던 율의 표정이 자꾸만 눈앞에 어른거렸다. 거부한 것으로 느꼈다면, 그 얼마나 결례이고 사내 자존심을 해치는 일이었겠는가 싶어 계속 신경이 쓰였다.

지우는 속치마 안에서 다리를 배배 꼬았다. 간질거리고 아찔한 기분에 소피가 마려울 때처럼 아래가 잘금거렸다. 처음 마주하는 감각이었다.

그날 저녁, 지우와 율 둘 다 농으로 시작되어 감질나게 끝나버린 흥분 때문에 한참을 고생해야 했다.

다음 날 아침, 율의 얼굴은 훨씬 더 퀭해져 있었다. 저번처럼 매당헌에서 밤을 새운 것도 아닌 데다, 어젯밤 그곳에 오래 머무를 것처럼 하더니 얼마 되지 않아 헐레벌떡 황제궁으로 돌아왔는데 이상하다 싶어 장 내관이 걱정스러운 눈빛으로 율을 바라보았다.

"폐하."

"어, 어, 그래?"

장 내관이 넋을 놓고 있는 율에게 세 번째로 폐하라고 불렀을 때야 율이 고개를 돌렸다.

"편찮으신 곳이라도 있으십니까?"

"아니다."

장 내관이 고개를 갸웃거렸다.

"그래, 무슨 일이지?"

율이 손바닥으로 얼굴을 두어 번 쓸어내렸다.

"윤 첩여 독살사건에 연루된 궁녀들에 대해 조사하시라 하셨던……."

"아, 그래. 그게 있었지. 뭐 알아낸 거라도 좀 있는가?"

궁녀들에게서 더 이상 얻을 게 없다 판단한 율이 교수형을 집행하려 하였지만, 지우의 부탁으로 형 집행을 연기해둔 참이었다. 고문을 잠시 중단하고 대신 율은 은밀하게 궁녀들의 입궁 전 행적을 조사하라 일렀다. 색다른 방식으로 접근해야 할 필요성을 느꼈다.

장 내관이 허리를 살짝 숙여 목소리를 낮추어 말하기 시작했다.

"심상치 않은 구석이 있습니다. 하마터면 놓칠 뻔하였는데, 궁녀 중 한 아이가 세살 때부터 궁에서 자란 지라 이곳이 고향이라 하여도 이상할 것이 없는 계집입니다."

"고아 중 그런 아이들이 한둘이 아니지 않느냐."

"예, 그렇습니다. 고아에다 어릴 때부터 이곳에서 자라서 궁 밖과 접촉이랄 것도 없는 아이지요. 그래서 저희 쪽에서도 크게 신경을 쓰지 않고 있었습니다."

율이 잠을 설쳐 무거운 눈꺼풀을 들어 올리며 장 내관의 말에 집중했다.

"혹시 몰라 십 몇 년 전에 입궁하였을 당시 기록을 살펴보았는데, 대부분의 고아 궁녀들이 빈민촌 근처 관아에서 선발되어 들어온 것과 다르게 그 아이는 상인 가문에서 거두었다가 입궁시킨 것으로 적혀 있었습니다."

"상인 가문이라."

"예, 동탄 쪽과 연계되어 있는 곳입니다."

동탄은 매나라와 국경이 맞붙어 있어 화평과 반목을 몇십 년 주기로 반목하는 나라였다. 지금은 휴전 상태였지만 율이 황좌를 놓고 폐태자와 암투를 벌였던 몇 개월 전만 해도 동탄과의 크고 작은 전투로 나라가 시끄러웠다. 율에게 동탄은 골칫거리이면서도 그가 황후 소생이 아님에도 황제 자리를 얻을 수 있게 정통성을 만들어준 계기였다.

동탄, 동탄이라.

율이 턱을 쓰다듬으며 삐뚜름하게 웃었다.

"확실히 이상한 점이 있구나. 이번 일, 그 쥐새끼 같은 놈 혼자 꾸민 것이 아닌 듯싶다."

"예."

"그 궁녀에 대해 더 캐내보는 것이 좋겠다. 이름이 뭐라더냐?"

"옥춘이라고 합니다."

"옥춘……. 알았다."

장 내관이 허리를 숙이며 물러나려 할 때 율이 불러 세웠다.

"어이, 장 내관."

"예, 폐하."

"거…… 여인들 말이다."

평소의 그답지 않게 율이 어색한 얼굴로 말에 뜸을 들였다.

"사내가 자기보다 어리면, 그, 좀 그런가?"

'이 재인 마마 말씀이시군.'

장 내관은 웃음을 참고 무뚝뚝한 얼굴로 고개를 숙였다.

아까 전 동탄이란 단어가 나왔을 때 매섭게 번쩍이던, 타고난 정치수완을 지닌 암투의 황제는 어디로 사라지고, 아직 여인이 서툰 나이라 고민하는 사내애의 얼굴이었다.

"아마 의지는 덜 되겠지요."

율의 얼굴이 한껏 구겨졌다.

장 내관은 웃음을 참느라 뱃가죽에 힘이 들어갔다. 여기서 더 했다가는 오늘 하루가 고되질지도 모르니 이쯤 해두어야겠다.

"허나 연치보다는 진실한 마음이 중요한 것 아니겠습니까. 소인이 여인을 잘 모르지마는."

"진실한 마음이 뭐냐?"

"상대를 먼저 배려하는 마음 아니겠습니까. 누구, 마음에 두신 분이라도 계십니까."

율이 손을 휘휘 저었다.

"어제부터 아니라는데 왜 자꾸 그러느냐? 이 재인에게는 그저 호기심일 뿐이다."

"외람된 말씀이오나, 소인은 지금은 이 재인 마마라는 말씀은 올리지 아니하였습니다."

"……."

율이 아차 하는 표정으로 입을 꾹 다물었다.

'저 능글거리는 장 내관 자식.'

장 내관은 지우가 고마웠다. 매일같이 저것이 사람 사는 모양새인가 싶을 정도로 날이 잔뜩 서 있던 율이 며칠 새에 조금 부드러워졌기 때문이다. 가까이서 황제를 모시는 상궁이나 호위들도 다 같은 생각이었다.

율은 그가 결재해야 하는 문서가 가득 쌓인 탁자 위에 잠시 엎어졌다.

"장 내관."

"예, 폐하."

"일반서고에 남는 책들이 있지 않던가?"

"예."

"그것들 추려서 몇 권, 아니 몇십 권 좀 매당헌에 보내라."

"이 재인 마마께서 책을 좋아하신 답니까?"

"똑똑해서 써먹을 게 많은 여인이다. 책 더 읽고 훨씬 더 똑똑해지라고 하는 일이다."

율이 톡 쏘아붙이듯 말하고 장 내관의 반대편으로 고개를 돌렸다. 장 내관은 더 이상 이렇게 말을 주고받다간 웃음을 참을 수 없을 것 같았다.

"아랫것들에게 그리하라 이르겠습니다."

장 내관이 재빨리 뒤로 물러섰다.

"이게 다 무엇이냐?"

"폐하께서 하사하신 것입니다, 마마."

장 내관이 율의 말대로 사람들을 시켜 매당헌에 책을 보냈다. 지우는 갑작스레 처소에 환관들 몇이 들어와 책을 나르는 걸 황당한 눈으로 바라보았다.

"이런 귀한 책들을……. 황실물품 아닌가?"

얼핏 책 제목을 보니 쉽게 구할 수 없는 것들이었다. 책을 꽂을 데가 없어서 바닥에 차곡차곡 쌓아두고는 환관들이 예를 취하고 물러났다.

분희가 동동거리는 발걸음으로 처소에 들어와 눈이 휘둥그레졌다.

"마마, 세상에! 폐하께서 무슨 연유로 보내셨을까요?"

"나도 잘 모르겠구나."

"책 정리 좀 해두어야겠습니다."

"그래. 나랑 찬찬히 해보자."

지우가 표지를 손가락으로 살살 쓸면서 책들을 살폈다. 지우의 얼굴에 은은한 미소가 번지고 있었다. 어제 화나신 게 아니었을까? 어제 책을 좋아한다는 제 말을 기억해준 건가 싶어, 어리둥절하면서도 마음이 설레어 가슴이 작게 뛰기 시작했다.

섣불리 의중을 짐작하고 기대하면 안 되는 위치에 있는 사람이 율인 걸 알면서도 지우는 매당헌에 가득 차는 종이 냄새와 그만큼 느껴지는 율의 호의에 자꾸만 얼굴에 미소가 번졌다.

아무리 생각해도 율에 관한 소문은 한참 잘못된 것 같았다. 다른 이들이 읊어대는 말과는 다르게, 훨씬 따스한 분일지도 모르겠단 생각이 들었다.

분희는 지우의 뒤를 쫄래쫄래 따르면서 흐뭇해했다. 누가 뭐래도, 폐하께서 우리 마마님을 아끼시는 게 틀림없다며. 처음 모시게 된 분이 이리도 참하시고 어여쁘시니 나는 참 복 받은 계집이라고, 분희가 두 손 모으며 생각했다.

"참, 네 친우라던 아이는 괜찮다 하느냐?"

"옥춘이 말이지요. 아직 옥중에 있다지만 마마 덕분에 교수형을 면하였으니, 이 은혜를 어찌 갚아야 할지 모르겠습니다."

"면회는 가지 못하였고?"

"예. 윤 첩여 마마의 독살이랑 연관된 것이다 보니, 그리 쉬이 만나게 해주지를 않아서요……."

"어릴 때부터 같이 지냈다지?"

"예, 둘 다 고아여서 아주 어릴 때부터 이곳에서 자랐습니다. 황궁이 저한테는 부모고, 옥춘이가 자매나 다름없지요."

"무사하였으면 좋겠구나."

지우가 가볍게 분희의 좁은 어깨를 손으로 쥐었다.

그때 밖에서 큰 목소리가 들려왔다. 매당헌을 호위하고 있는 호위무사, 건오가 다급하게 외쳤다.

"고하고 들어가셔야 합니다, 마마. 물러나시지요."

"비켜라."

뒤이어 들린 앙칼진 목소리는 익숙한 것이었다. 분희가 화들짝 놀라 문 쪽으로 달려갔지만 다 도착하기도 전에 먼저 문이 벌컥 열렸다.

유하였다. 유하는 분희를 밀치고 성큼성큼 방으로 들어왔다. 지우가 가볍게 고개를 숙이고 말했다.

"마마, 이 누추한 곳까지 어쩐 일이십니까."

유하가 좁은 방 중간에 서서 주위를 둘러보았다. 수십 권의 책이 곳곳에 쌓여 있었다. 유하가 코웃음을 쳤다.

"이게 어디 여인의 방입니까? 관직에라도 나가시게요?"

유하가 발치에 걸리는 책 하나를 휙 발로 밀어버렸다. 지우가 살짝 얼굴을 찡그리며 그 책을 손으로 집어 들어 먼지를 털듯 책을 조심스레 쓰다듬었다.

"폐하께서 하사하신 것입니다."

"……뭐?"

유하의 얼굴이 싸하게 굳었다.

"우선 앉으시지요, 마마."

유하가 자리에 앉았다. 유하는 못마땅한 표정으로 책과 지우를 훑어보았다.

"여인에게 책을 주시다니요. 폐하께서는 이 재인을 여인으로 아니 보시나 봅니다."

유하가 가시 돋친 말투로 말했다.

"저는 그 무엇보다 책 한 권이 더 좋습니다."

"그러니 그리 여인답지 않으시지요."

"그런가요?"

"여인이라면 여인답게 굴어야지요. 한 시진 후에 내 처소로 오세요. 후궁 몇이서 모여 다과라도 같이 들 것이니."

"초대하여 주시는 것입니까?"

"왜요, 싫다 이거요?"

"아닙니다. 가겠습니다."

"늦지 않게 오세요. 기다리고 있을 터이니. 뭐 하고 있나 궁금해서 찾아와 봤는데 별것도 없군요. 가지요."

유하가 들어왔던 것처럼 쌩하니 일어나 걸어 나갔다.

요란스레 유하가 빠져나가자 지우가 한숨을 쉬며 머리를 좌우로 털었다. 무슨 연유에선지는 몰라도 썩 유쾌한 자리가 될 것 같지는 않았다. 지우는 한참을 고민하다가 밖에 있는 분희를 불러 들였다.

"분희야."

"예, 마마."

"입궁할 때 같이 들여온 옷 몇 벌이 있을 터인데, 어디 있는지 아느냐?"

"예, 제가 따로 정리해두었습니다."

"참지 마세요. 황궁은 참으면 살아남을 수 없는 곳입니다."

지우는 어제 만났던 동생 지후의 말을 곱씹었다. 그리고 다시 입을 열었다.

"그것들 중 가장 화려한 것 하나를 좀 가져오너라."

"예, 마마."

유하와 만나기로 약속한 시간이 다가왔다. 지우는 평소에 입던 수수한 옷을 벗고 소매와 치맛단에 다홍색 실로 화려한 수가 놓아져 있는 옷으로 갈아입었다. 창백한 안색에 혈기를 더할 수 있는 분칠을 하고 입술에도 연지를 발랐다.

남의 것을 훔쳐 입은 것처럼 어색한 기분이 들었지만 지우는 그럴수록 더욱 목을 빳빳하게 세웠다.

지우가 크게 심호흡을 하고 유하의 처소가 있는 화홍헌으로 향했다.

후궁들이 여럿 거처하고 있는 화홍헌은 최근 윤 첩여의 죽음으로 분위기가 뒤숭숭했다. 몇 개월 만에 싸늘한 주검이 되어 궁 밖으로 나간 이가 다섯이 넘었다.

황제가 밤마다 행하는 학대를 못 견뎌 후궁들이 스스로 독을 먹고 죽었다든지, 황제가 후궁들이 기고만장한 꼴을 못 봐서 몰래 죽였다든지 저잣거리에서 떠도는 이야기는 허무맹랑했지만, 후궁들이 차례로 죽어 나가는 소위 '후궁 연쇄살인' 사건은 자극적인만큼 사람들 입에 계속 오르내렸다.

진범이 누구냐에 관계없이, 지금의 황궁이 어딘가 이상하게 돌아가고 있다는 게 백성들의 생각이었다. 이러한 두려움과 의구심이 싹트기 시작하면 민심이 흔들리는 것은 순식간이다.

저잣거리가 아닌 궁내의 궁녀들부터 쑥덕거리고 있었으니, 즉위 당시와 다르게 몇 개월 만에 황제에 대한 신임은 땅바닥으로 곤두박질쳤다.

지우는 유하의 처소에 다다랐다. 심호흡을 하고 기다리자 들어오라는 유하의 목소리가 들렸다.

'눈빛은 똑바르게, 목소리는 떨지 않고.'

지우는 마음을 다잡고 안으로 들어갔다.

방 안에는 유하를 비롯한 후궁 다섯 명이 둘러앉아 있었다. 모두들 빼어난 미색이었다.

"마마, 이 재인 인사드리옵니다."

매나라에서는 후궁의 첩지 서열을 구별하기 위해 허리 부분을 감싼 천의 색깔을 달리했는데, 방에 있는 후궁 중에는 지우보다 서열이 낮은 이도 있었다. 그들이 일어서서 지우에게 예를 갖추려 하자 유하가 손짓으로 저지했다.

"인사는 무슨. 이 재인도 그리 딱딱하게 구는 것은 싫으시지요?"

유하는 싱글싱글 웃으며 다정한 투로 말했지만 명백히 지우를 무시하는 행동이었다. 지우는 유하의 맞은편에 살며시 앉으며 입을 열었다.

"예는 본디 끊임이 없어야 하지요. 이 자리를 편히 만들어주시려는 마마의 배려에 감읍하오나, 저들이 깍듯이 예를 갖추어야 저도 더욱더 마마를 예로써 모실 수 있을 듯합니다."

후궁들이 주춤거리며 일어서자 유하가 앙칼진 목소리로 외쳤다.

"앉으세요."

지우는 아무런 말 없이 그들을 가만히 쳐다보았다. 후궁들은 허공에 어색하게 엉덩이를 띄운 채로 둘의 눈치를 살폈다.

"앉으라 했습니다."

유하가 한 자 한 자 찍어 누르듯 말하자 후궁들이 자리에 앉았다. 지우는 별다른 말 없이 묵묵히 앉아 있었다. 유하의 얼굴에는 오랜 시간 동안 켜켜이 쌓여온 악의가 그득했다.

유하에게 지우는 처음이자 마지막 패배의 기억이었다. 부족한 것 없는 가문에서, 누구나 원할 만한 미모를 지니고 태어난 그녀는 얻고자 하는 것은 대체로 모두 얻어왔다. 그러나 지우와 관련된 것에서는 아니었다. 아무리 발버둥 쳐도 지후의 마음을 얻지 못하자 유하는 그 억울함을 지우에게로 돌렸다. 그 열등감에서 벗어나기 위해 가문에서 한 사람이 후궁으로 들어가야 한다는 말에 유하는 앞장서 입궁했지만 이곳에도 지우가 있었다.

'이 황궁에서 권력을 지니는 여인은 내가 될 것이다.'

유하는 기다란 손톱으로 손바닥을 꽉 누르며 외쳤다.

"상을 내와라!"

유하의 말에 궁녀들이 다과상을 들여왔다. 색색깔의 고급스러운 다과와 찻잔이 상 위에 올려 있었다.

"다들 드세요."

"마마, 다과 빛깔이 아주 곱습니다."

"그렇지요? 차도 같이 드세요. 검은콩으로 우려낸 것입니다. 여인들에게 아주 좋다지요."

지우가 찻잔을 뚫어지게 내려다보며 선뜻 손을 가져다 대지 못했다.

"이 재인, 뭐 하십니까? 마음에 차지 않는 거요?"

"아닙니다, 마마."

어릴 때부터 지우는 검은콩으로 된 음식만 먹으면 몸에 빨갛게 두드러기가 일었다. 이 사실을 아는 사람은 지우의 가문 사람과 가문에서 일하던 종들뿐이었다.

지우가 찻잔을 들기만 기다리는 듯 유하는 커다란 눈동자를 굴려댔다. 지우는 그 표정에서 유하가 일부러 검은콩차를 끓여왔으리라 짐작했다. 어디서 그 정보를 알아냈는지는 모르겠지만.

지우는 탁한 찻물을 조용하게 쳐다봤다.

"왜요, 못 마시겠습니까? 독이라도 탔을까 봐요? 걱정 마세요."

"……."

"내가 내린 음식을 거부하는 것도, 이 재인이 아주 좋아하는 그 예에 어긋나는 것 아닙니까?"

여러 개의 눈동자가 모조리 지우에게로 향했다.

"못 마시겠으면 말하세요. 어디 한번 정중하게 찻잔을 물러 달라 부탁이라도 해보라, 이 말입니……."

스륵, 지우가 유하의 말이 끝나기 전에 찻잔을 입술에다 가져다 댔다. 그리고 한 모금 삼켰다. 지우는 차를 음미하듯 입안에서 오래 머금다가 목구멍 아래로 삼켰다. 고소하면서 뜨끈한 기운이 입안에 퍼졌다.

"맛이 아주 좋네요."

지우가 찻잔을 사뿐히 상 위에 내려놓았다.

이건 기싸움이다. 여기서 지우가 죄송하지만 못 마시겠다고 거절하면 유하의 유치한 만족감만 키워줄 뿐이었다.

유하의 얼굴에 당황한 기색이 살짝 스쳤으나 이내 사라졌다. 지우는 유하를 바라보며 얼굴에 미소를 유지했다.

"문 첩여 마마도 다과를 좀 드시지요."

팔꿈치 안쪽이 간지러워지기 시작했다. 지우는 간지러움을 참으며 겉으로는 아무렇지 않은 척했다. 얼굴까지 반응이 올라오기 전에 얼른 이 자리를 벗어나야 했다.

'이년이, 이럴 리가 없는데…….'

유하가 지우의 안색을 계속 살폈지만 아직까지는 별다를 바 없어 보였다. 지우는 보란 듯이 차를 한 모금 더 마셨다.

"폐하께서 어제 이 재인 처소에 잠시 들렀다 바로 가셨다지요?"

"예."

지우는 피부가 화끈거리며 호흡이 가빠지는 것을 억누르며 대답했다. 평소보다 분칠을 두껍게 한 덕에 피부에 열이 오르는 게 티가 덜 났다.

"폐하께서 화가 나셔서 나가셨다는 소리가 들립디다."

"어디서 그런 풍문을 들으셨습니까?"

"아니란 거요?"

"아닙니다. 그나저나 마마께서는 참으로도 어질고 마음이 넓으십니다."

지우의 말에 유하가 눈썹을 꿈틀거렸다. 지우가 두 손을 무릎 위에 가지런히 올려두며 조곤조곤하게 말을 이었다.

"아무리 시기와 질투가 부녀자로서 그릇된 마음이라고는 하나, 지아비가 밤중에 다른 여인의 처소에 드는 것에 완전히 무덤덤해지기란 또 쉽지 않은 것 아닙니까. 그런데 문 첩여 마마께서는 어제 폐하께서 제 처소에 드셨음에도, 이리 어진 마음으로 폐하의 심중과 안위를 걱정하여주시고 계시니."

"……하."

"폐하께서 이러한 문 첩여 마마의 어진 성정을 알아주셔야 할 텐데 말입니다."

"뭐요?"

유하가 큰 눈으로 지우를 쏘아보았다. 옆에 앉아 있던 후궁들이 둘의 눈치를 보며 숨을 죽였다.

'아무리 표독한 척하여도 아직 어린애구나.'

지우는 제 분을 못 참고 바들거리는 유하를 바라보며 생각했다.

유하는 남을 먼저 생각할 필요가 없는 환경에서 자라, 자기 자신을 남에게 맞추어 숨길 법도 모르는 듯했다. 비꼬는 말 한마디에도 저리 억울해하는 걸 보니 그저 철없는 여동생 보는 것 같아, 괜히 심하게 하였나 싶기도 했다.

그러나 지우도 슬슬 한계였다. 피부에는 두드러기가 거세게 올라오고 몸에는 열이 끓기 시작했다. 더 이상 아무렇지 않은 척 참고 견디기가 힘들었다. 보통 사람이었으면 벌써부터 통증을 호소하고도 남았을 때였으나, 지우는 특출한 인내심과 기싸움에서 지지 않겠다는 자존심 하나로 버티고 있었다. 열에 들떠 가빠진 숨을 들키지 않으려 입안 연한 살을 어금니로 꽉 깨물었다.

"이 재인이 이리도 말을 잘하는 사람인 줄 몰랐습니다만."

유하가 찻잔을 거세게 내려놓으며 말했다.

"말을 안 했던 것뿐입니다."

"그래, 가문에서는 그리 조용하게 사시지 않으셨나요?"

유하가 가문 얘기를 꺼내자 지우가 살짝 동요했다.

"예, 그렇습니다. 그러나 지금은 아니지요. 본디 조용하다고 사람이 무른 것은 아닙니다, 마마."

"협박하는 거요?"

"협박이라니요. 그렇다 말씀드리는 것뿐입니다. 저는 마마와 오늘처럼 다과회도 가지며 친자매처럼 지내고 싶습니다. 입궁 전에도 사적으로 몇 번 뵙지 않았습니까. 제 남동생 지후와도 친분이 두터우셨……."

"나가세요."

유하가 입술을 와락 물며 무섭게 지우를 노려보았다.

"……마마?"

"나가란 말 못 들었습니까? 다들 나가세요. 다!"

유하가 어깨를 떨며 소리치자 후궁들이 하나둘씩 엉거주춤 일어섰다. 유하는 악몽이라도 꾼 것같이 몸서리를 쳤다.

지후라는 이름에 크게 반응하는 유하를 지우가 지그시 바라보며 일어섰다. 후들거리는 다리를 들키지 않기 위해 허벅지에 힘을 꽉 주고 걸어 나갔다. 등 뒤에서 씩씩거리는 유하의 거센 숨소리가 들렸다.

처소 밖으로 나오고 나서도 지우는 아무렇지 않은 척하려 애쓰며 걸어갔다.

건오가 뒤에서 따르다 지우의 손등과 목에 올라온 빨간 두드러기를 보고 깜짝 놀라 분희의 어깨를 팔로 툭툭 쳤다. 건오가 눈짓으로 지우의 목을 가리키자 분희가 당황하여 입을 열었다.

"마마, 피, 피부에……."

"쉿. 조용히 하거라. 아직 보는 눈이 많다."

지우 말대로 화홍헌 길목에는 후궁과 궁녀들이 몇몇 보였다. 지우는 당장에라도 손등과 목을 긁고 싶었지만 애써 참으며 걸음을 빨리했다.

열이 올라 머리가 어찔했다. 간신히 낯익은 매당헌에 다다르자 지우가 몇 년 만에 고향에 돌아온 것 같이 반가운 걸음으로 들어섰다.

"마마, 괜찮으십니까."

"마마, 약방에서 무어라도 좀……."

건오와 분희가 동시에 지우에게 말을 걸었다.

긴장이 풀리자 한꺼번에 가려움과 열이 더 몰려오는 듯했다. 지우는 앞섶을 손에 쥐고 숨을 몰아쉬었다.

"후우…… 우선 차가운 물을 좀 준비해주거라. 콩을 먹으면 가끔 이런다."

"문 첩여 마마와 무슨 일이라도 있으셨습니까."

건오가 나지막하게 물어오자 지우가 숨을 고르다 말고 그를 바라보았다. 여인네들 몇을 울릴 얼굴을 하고서는 항상 과묵한 호위무사가 먼저 이렇게 말을 걸다니 신기한 일이었다.

지우는 잠시 고민하다가 고개를 저었다.

"아니, 아무 일도 없었다."

지후가 저번에 들렀을 때 말해주었던 게 계속 머리에 남아 있었다.

"마마, 저 호위무사라고 붙여준 자, 보통 무관이 아닌 듯합니다. 저런 얼굴은 근처에서 한 번도 본 적이 없고, 무엇보다 자태가 심상치 않습니다."

지우는 건오가 누가 보낸 사람이건 간에 그를 조심할 필요성이 있다고 판단했다. 건오의 부축을 조심스레 물리치고 지우는 비틀거리며 안으로 들어갔다. 근육까지 욱신거렸다. 간신히 자리에 앉자, 갑자기 서러움이 밀려왔다.

여기나 거기나 각박하긴 마찬가지인데 그래도 피붙이 있는 곳이라고 예전 살던 집이 생각났다. 지우가 길고 마른 두 손으로 얼굴을 가려 푹 한숨을 내쉬었다. 아직 해도 안 졌는데 하루가 다 간 기분이었다.

쉬고 싶었다. 지우가 침상도 제대로 펴지 않고 차가운 바닥에 스르륵 몸을 뉘였다. 열이 오르자 정신이 희미해졌다.

분희가 찬물이 한가득 들어 있는 대야와 천을 들고 밖에서 마마, 하고 불렀을 때 지우는 이미 바닥에 쓰러져 정신을 잃은 채였다.

"뭐라고?"

율의 큰 목소리에 주변에 있던 이들이 어깨를 떨었다. 율의 목에는 핏대까지 서 있었다. 율은 앞에 있는 건오의 정강이를 당장이라도 후려칠 기세였다. 그도 그럴 것이 율은 어이가 없었던 것이다.

하루아침 새에 갑자기 사람이 쓰러져 누워 있다니. 율이 한 발짝 다가가 건오의 코앞까지 얼굴을 들이밀고 낮게 속삭였다.

"왜 보고 안 했어."

"보고는 드렸사오나 미처 폐하께 닿기 전에 폐하께서 이곳에 행차하신……."

"됐다. 비켜라."

율이 건오의 어깨를 퍽 밀쳤다. 건오가 무뚝뚝한 얼굴로 물러섰다. 옆에 오금이 저린다는 표정으로 서 있던 분희가 건오를 힐끗 쳐다보며 괜찮으시냐 물었지만, 건오는 대답 없이 고개만 한 번 끄덕였다.

율이 사람들을 다 물리치고 지우가 누워 있는 방 안으로 급박하게 들어갔다.

분희가 차가운 물을 수건에 적셔 피부를 닦아내고 울며불며 발로 뛰어다닌 탓에 의원도 금세 왔다. 두드러기 난 피부에 약초도 바르고 위장이 안 좋다 하면 달여 먹으라는 약재까지 주고 갔지만,

지우는 도통 눈을 뜨지 않았다.

"……."

율이 말없이 누워 있는 지우를 내려다보았다. 마치 죽은 사람처럼 조용했다. 숨소리는 너무 고요해서 잘 안 들릴 정도였다.

'혹시 죽은 거 아냐?'

그럴 리 없었지만 율은 후다닥 지우의 옆에 앉아, 지우의 얼굴 가까이에 귀를 갖다 대었다. 쌔액, 쌔액. 숨이 나고 드는 소리가 자그마하게 들려왔다.

'숨은 쉬는군.'

율은 머리를 답답하게 누르고 있는 면류관을 벗어 아래에다 내려두었다. 큰 손으로 지우의 이마를 턱 짚고, 전에 그랬던 것처럼 열을 쟀다.

다행히 열은 내렸지만 한차례 열꽃이 피었던 후유증으로 지우의 입술이 부르터 있었다.

율의 가슴이 엇박자로 세차게 뛰었다. 율이 계속 지우를 쳐다보며 짙은 한숨을 내쉬었다.

지우가 쓰러졌다는 말을 들은 순간, 율은 최근 들어 가장 크게 동요했다. 순간 피가 거꾸로 솟는다는 말이 무엇인지 문자 그대로 느껴질 정도였다. 눈가에 열기가 몰리고 목 근육이 팽팽하게 당겨왔다.

왜 이렇게 자신이 지우와 관련된 일이면 평소 같지 않게 행동하게 되는지 스스로도 당황스러웠지만, 순간 튀어 오르는 감정들을 모조리 제어할 수는 없는 노릇이었다. 결국 율은 담담히 속으로 받아들이기로 했다.

지우가 그에게 남들과는 다른, 조금 특별한 존재가 되어가고 있다는 걸.

어렸을 때 돌아간 친모와 성정이 닮아서만은 아닌 것 같았다. 처음 흥미가 동한 건 분명 그런 이유도 있었지만, 공유한 시간이 늘어날수록 율은 지우에게 인간적으로 끌렸다.

율은 뒷조사를 통해 지우가 그와 똑같이 어렸을 때 어머니가 죽고 외로이 살아왔음을 알았다. 닮아 있는 그런 결핍이, 지우에게 끌리게 하는 걸까.

율은 무엇이라고 아직 딱 정의내릴 수는 없지만, 지우에게는 자신이 가지지 못한 면이 있다고 생각했다. 전혀 예상하지 못한 방향에서 답을 던져올 때 율은 놀라면서도 지우를 더 알고 싶었다.

율은 지우의 이마에 붙어 있는 잔머리를 손가락 끝으로 정리했다. 책은 잘 받았는지 확인할 요량으로 들른 길이었는데 이렇게 누워 있을 줄이야. 율은 고개를 두리번거렸다. 책 여러 권이 곱게 방 한쪽에 쌓여 있었다.

'좋아하는가 보려고 했는데.'

율의 입안이 텁텁해졌다. 지우는 정신과 육체적 피로가 한꺼번에 몰려들자, 아주 깊은 잠에 빠진 상태였다. 이불 위에서 잠자는 지우를 한참 바라보다 율은 바로 옆 바닥에 삐딱하게 누웠다. 손으로 머리통을 바친 채 같은 눈높이에서 계속 지우를 쳐다봤다.

"많이 아프냐?"

당연히 대답은 들리지 않았다. 율은 계속 대화하듯이 말을 했다.

"짐은 요즘 골이 아파 죽겠다. 황제 자리라는 것이 도통 쉬운 게 아니다. 네가 알겠냐마는. 아니, 넌 좀 알 것 같기도 하고. 처음 만났을 때부터 눈 똑바로 뜨고 할 말 다 하더니. 처음부터 날 어느 정도 의심하고 떠보려 했던 것이지? 지금 생각하니 맹랑하지 않느냐. 하하."

율이 엄지로 거칠어진 지우의 입술을 쓰다듬었다.

"그러더니 오늘은 이렇게 조용하니 이상하다."

"……."

"너무 적막하구나."

잠시 무거운 침묵이 찾아왔다. 율은 지우의 가슴께까지 올라와 있는 이불을 목까지 덮어주고 느리게 상체를 일으켰다.

"장 내관."

"예, 폐하."

장 내관이 밖에 서 있다가 조용히 안으로 들어왔다.

"아까 보다 만 업무 좀 이리로 가져오너라."

율은 지우가 누워 있는 이불 옆에 자그마한 탁자를 끌어다 놓고 그 앞에 앉았다. 장 내관이 서류를 가져오자 율은 매당헌에서 마저 일을 보았다. 일각마다 한 번씩 잠들어 있는 지우의 얼굴을 보면서.

장 내관이 처소 밖에 줄지어 서 있는 궁녀들 몇은 황제궁으로 되돌려보냈다.

"오늘도 아마 이곳에 오래 계실 것 같으니 돌아가 있으라."

장 내관의 말대로 율은 한 시진 넘게 그곳에서 꼼짝 않고 있었다.

밖이 완전히 어둑어둑해졌다. 방 안을 비추는 건 은은한 등불 하나뿐이었다.

그때 지우가 천천히 잠에서 깨어났다. 열이 올랐다가 식은 몸에는 땀이 났다. 머리도 잔뜩 흐트러져 있었고 목구멍은 모래라도 삼킨 것처럼 텁텁했다. 건조한 눈을 몇 번 깜빡이자 느리게 시야가 돌아왔다.

지우가 잘 움직이지 않는 고개를 간신히 옆으로 돌렸을 때, 바로 눈앞에 커다랗고 탄탄한 등이 놓여 있었다. 굳이 앞을 보지 않아도 누군지 알 수 있었다.

이 나라에서 가장 무거운 짐을 짊어지고 있을 등을 감싸고 있는 화려한 옷 때문에.

"……폐, 폐하?"

지우는 목소리가 잘 나오지 않았다. 성대 가운데에 작은 돌덩이라도 끼인 것처럼 목소리가 거칠었다.

율이 손에 쥐고 있던 붓을 놓고 고개를 돌렸다.

"일어났느냐?"

"폐하, 어찌 이곳에……."

"몸은?"

"예?"

"몸은 괜찮으냐 물었다. 아, 말이 잘 안 나오나? 거기, 물 한 잔 가져오너라!"

지우는 어리둥절한 표정으로 몸을 일으켰다. 팔꿈치에서 뚜둑거리는 소리가 들렸다. 궁녀 하나가 물을 떠오자 율이 직접 지우에게 잔을 건넸다. 지우가 고개를 숙이며 두 손으로 잔을 받아 들어 몇 모금 마셨다.

"계속 이곳에 계셨던 것입니까?"

"몸은."

"아, 괜찮습니다."

율이 손을 뻗어 지우의 팔을 붙잡았다. 소매를 휙 걷어 올리더니 팔뚝에 올라와 있는 두드러기를 못마땅한 눈으로 바라보았다.

"괜찮기는 무슨. 그럼 이건 무어냐."

"시일이 지나면 자연스레 괜찮아집니다."

"다시 누워라."

"아닙니다. 일을 보시는 중이셨……."

"누우란 말 안 들리느냐?"

율이 지우의 어깨를 붙잡고 그대로 지우의 몸을 아래로 내리 눌렀다. 풀썩, 지우가 다시 이불 위로 쓰러졌다. 얼떨결에 율이 위에서 지우의 몸을 덮쳐 누르는 꼴이 되었다.

둘의 눈동자가 마주쳤다. 지우는 항상 그렇듯 율이 또 능글맞게 농을 걸어올 것이라 생각했다. 그러나, 이번만은 예외였다.

율은 순순히 지우의 어깨를 놓아주고는 이불까지 덮어주었다.

"누워 있어라. 아까까지는 열이 펄펄 끓었다. 짐은 신경 쓰지 말라."

율은 원래대로 몸을 돌려 하던 일을 다시 하기 시작했다. 지우가 당황한 눈빛으로 율의 뒷목과 어깨를 바라보았다.

지우는 몸을 뒤척이며 다시 잠을 청하려 했지만 잠이 올 리 없었다. 실눈을 뜨고 율 쪽을 바라보았다. 율은 일에 열중이었다. 며칠 전 등을 보이는 것에 극도로 민감해 소스라치게 잠에서 깨던 모습과, 지금 이렇게 덤덤하게 자신의 등을 내보이고 있는 모습이 겹쳐지면서 지우는 이상하게 가슴이 간지럽고 따뜻했다.

율이 덮어준 이불 끝자락을 손으로 가만히 쥐고 있자 온몸이 나른해졌다. 궁에 들어온 이후로 가장 편안한 감각이었다.

피부는 아직까지 조금 간지러웠지만 참을 만했다. 어렸을 때부터 콩만 먹으면 두드러기가 심하게 올라오더니 시간이 갈수록 점점 역반응이 심해졌다. 발열과 설사는 기본이고 가끔은 호흡 곤란까지 오곤 했다. 몇 번을 그렇게 곤혹을 치르고 나서 콩으로 된 것은 모조리 피해왔다.

'문 첩여도 내가 이렇게 먹을 줄은 몰랐겠지…….'

유하는 찻잔을 물러 달라 쩔쩔매는 꼴을 보고 싶었던 것일 테지만, 지우는 그녀의 바람대로 움직이지 않았다.

'여동생들이 알려주었을까.'

유하와 지우의 여동생들과는 어릴 때부터 안면을 터 지금까지도 친분이 있는 사이였다. 지우는 그녀에게 샐쭉대던 여동생들의 얼굴을 떠올리며 씁쓸하게 웃었다.

그때 율이 탄탄한 등을 꿈틀거리며 팔을 위로 쭉 뻗었다. 관절과 근육을 이곳저곳 풀어주더니 슬며시 고개를 틀어 지우를 바라보았다. 지우의 시선도 율을 향하고 있었기에, 둘은 눈이 정면으로 마주쳤다. 율이 눈을 살짝 접으며 웃었다.

"잠 안 자고 짐을 훔쳐보고 있었느냐?"

지우가 시선을 피하며 상체를 일으켜 세웠다.

"그……."

"쉬는 게 좋을 텐데."

"이미 푹 쉬었사옵니다. 더는 잠이 오지 않습니다."

"그럼 나랑 놀자."
"예?"
웃음기 섞인 아이 같은 말투에 지우가 당황했다.
"일을 다 끝냈다. 급한 건 대충 정리가 되었다. 후우, 이제 좀 살 만하군."
율이 지우 곁으로 걸어와 이불 위에 엉덩이를 대고 풀썩 앉았다.
"자, 뭐 하고 놀까."
율이 지우를 뚫어지게 바라보았다.
그러나 얼굴에 진득하게 닿는 시선이 부끄러워 생각해보니, 지금 자신의 행색이 영 엉망이었다. 잔머리는 잔뜩 내려와 있는 데다 열을 식히려다 보니 하얀 속치마만 입고 있고 있었다. 지우가 당황한 표정으로 제 얼굴을 만지작거리자 율이 킄킄대며 웃었다.
"그리 안 해도 곱다."
"어찌 그런 말씀을 하십니까."
"왜, 생각난 대로 말하였는데 무슨 문제라도?"
"소첩이 미색이 아닌 것은 스스로가 잘 압니다."
율이 검지로 지우의 턱을 들어 올렸다. 살살 지우의 얼굴을 오른쪽 왼쪽 틀며 구석구석을 진지한 눈으로 살폈다. 지우가 눈을 깜빡거리며 침을 삼켰다.
오늘의 율은 평소와 달랐다. 종잡을 수 없는 장난기와 능글거림이 담겨 있는 표정은 그대로였으나, 눈빛이 따뜻하고 진중했다. 사내의 눈빛이었다.
지우는 율의 시선이 닿는 피부 곳곳이 가려워지는 것 같았다.

"누가 너더러 박색이라 욕하더냐?"

"……아니옵니다."

어렸을 때부터 지우의 아비는 그녀를 보기만 해도 질색을 했다. 어미와 똑 닮은 흉측한 얼굴이라며. 지속적으로 들어온 그런 말들은 지우의 외모에 대한 자신감을 낮춰주기엔 충분했다. 지우가 습관처럼 입술을 오물거리자, 율이 엄지로 지우의 입술을 꾹 눌렀다.

"입술 깨물지 마라. 안 좋은 습관이 있구나."

"예, 폐……!"

지우는 대답하려다 말고 숨을 삼켰다. 율이 그녀의 입술을 엄지로 지그시 누르고 있던 까닭에, 말을 하려 혀를 움직이자 엄지에 혀끝이 살짝 닿았기 때문이다.

말캉하고 축축한 감촉이 엄지에 느껴지자 율이 씩 웃었다. 지우가 민망함에 아무 말도 못 하고 어깨를 딱딱하게 굳혔다.

"이런."

율이 엄지를 떼어냈다.

"하여간 짐의 말이 곧 법도다. 짐이 곱다 하면 그런 것이다. 앞으로는 나 미색이요, 하고 고개 빳빳이 들고 다니거라."

"……폐, 폐하."

"농 아니다."

'매사에 당당하더니 어찌 이런 부분에 있어서는 이렇게 자신이 없을까?'

율이 지우를 빤히 바라보며 재차 '알겠느냐?' 하고 말하자 지우가 고개를 숙였다.

지우는 갑자기 피부가 더 가려워져 손등에 남아 있는 두드러기를 손톱으로 갉작거렸다. 율이 한 손으로 지우의 손을 제지했다.

"긁으면 더 심해진다. 긁지 마라."

지우가 긁던 손을 꼬물거리며 무릎 위에 엉거주춤 얹었다.

"이리 역반응이 심하면 피해서 먹었어야지."

"다음부터는 조심하겠습니다."

"의원이 준 것을 좀 발라주마."

"아닙니다. 소첩이 하겠습니다."

율은 지우의 말은 무시해버리고 두드러기에 좋은 약초가 빻아져 있는 통을 손에 들고 왔다. 율도 지금 자신의 행동이 그답지 않음을 알고 있었다.

'장 내관이 이 꼴을 보면 아주 기절하겠군.'

그러나 자연스레 몸이 이렇게 하고 있었다. 기왕 지우에게 자신의 마음이 열리고 있다는 걸 인정한 이상, 더 이상 뒤로 물러설 이유가 없었다. 타인을 걱정하고 그에게 호의를 베푼다는 게 이리 기분 좋은 일인 줄 몰랐다. 난생처음 겪어보는 생경한 감정에 울렁거리는 설렘이 느껴지고 몸에 활기가 돌았다.

"손 줘봐라."

"폐하, 제가 할 수 있……."

"두 번 말하게 하지 마라."

지우가 어색한 듯 오른손을 내밀었다. 율은 지우의 손을 확 붙잡았다. 매나라의 바람직한 여인상에 의하면 여인의 손은 작고 오동통한 것이 최고인데, 지우의 손은 길쭉하고 말랐다. 지우는 손을 내보이기가 부끄러운지 손끝을 움찔거렸다.

율이 손가락으로 약초 빻은 물을 찍어내 지우의 두드러기에 펴

발랐다.
"자, 다른 손도."
율은 양쪽 손 모두 골고루 바르고 나서는 흡족한 듯 웃었다.
"약초물이 묻으니 잠시 손을 움직이지 말고 그대로 있어라."
"예."
"이제 말해보아라."
율이 웃음기를 거두고 진지한 목소리로 물었다.
"무엇을 말씀이신지……."
"누가 이랬느냐 말이다. 네가 실수로 콩을 집어 먹었다는 건 말이 안 된다."
"제가 실수한 것입니다."
"짐을 바보로 아느냐?"
"폐하, 신첩이 어찌 그러겠사옵니까."
지우가 약초물이 묻은 손을 어색하게 허공에 띄운 채 고개를 숙였다.
"누가 고의로 한 게 틀림없다. 진정 말하지 않을 참이냐?"
지우는 침묵을 지켰다.
낮에 있던 유하와의 일을 말할 수는 없었다. 이 일이 유하와의 기 싸움 때문에 벌어졌다 말하여 율이 나선다면, 안 그래도 내명부에서 주목받고 있는데 그 정도가 더 심해질 것이었다. 나서서 기를 누르는 방법은 좋지 않았다. 입궁한 지 며칠 되지 않았지만 지우는 슬슬 궁에서의 처세에 대해 습득해 나가고 있었다.
특히 여인들끼리라면, 확실한 증거가 없는 이상 모든 일은 은밀하고 조용히 이루어져야 한다. 지우는 아직 때를 기다리고 있었다.

율은 꽤 불만이 가득한 얼굴이었다. 율의 그런 반응에 지우도 당황스러웠다.

"알았다. 굳이 캐묻지는 않겠다. 허나 또 한 번 이렇게 몸 상하는 일이 생긴다면 그때는 말해야 한다."

"예, 폐하."

율은 지우를 가만히 바라보다 흘러내린 머리카락을 귀 뒤로 넘겨주었다. 지우는 놀라 펄떡이는 심장을 진정시키기 위해 숨을 참았다.

'마치…… 내가 폐하의 총애라도 받고 있는 것 같아.'

그렇게 생각하자 갑자기 얼굴에 열이 올랐다. 후궁들 누구에게도 오랫동안 정을 주지 않기로 유명한 황제였다. 변덕이 죽 끓듯 하고 정이 없다고. 지우는 기대하면 안 된다고 머리로는 생각하면서도, 아침부터 쏟아지는 율의 다정한 호의에 얼굴이 뜨거워졌다.

가문에서 거의 내놓은 자식 신세였기에 제대로 된 혼처도 기대할 수 없었다. 그녀의 아버지, 이첨유는 그녀를 없는 사람으로 만들고 싶은 듯했다.

지우는 일찍부터 여인이라면 당연히 지니는, 은애하는 지아비와의 행복한 삶에 대한 욕망을 버렸다. 열여섯만 지나면 모든 여인들이 저잣거리에 훤칠한 사내 등만 봐도 아랫도리가 저리고 심장이 뛴다는데, 지우는 그 누굴 봐도 덤덤했었다.

그러나 지금은 달랐다.

'나도 여인네라고…….'

상대가 깊이 연정을 품으면 품을수록 힘들어지는 황제임을 알면서도 지우는 율의 따스한 눈빛에 자꾸 마음의 문이 허물어졌다.

"무슨 생각을 하기에 갑자기 얼굴이 붉어지느냐."

"아무것도 아닙니다, 폐하."

"왜, 어젯밤 생각이라도 하느냐? 어제는 그리 목석같더니."

율이 말을 꺼내자마자 정말로 지우의 머릿속이 어제의 장면으로 가득 찼다. 지우의 얼굴이 더 빨개졌다.

"어, 어제는…… 어제, 그러니까, 어제는……."

"그래, 어제 말이다."

율이 싱글싱글 웃었다. 아프니까 적당히 골려야 하는데, 평소에는 고관처럼 당당하게 굴더니 이런 이야기만 나오면 쩔쩔매는 게 재미있었다.

입술을 꿈틀거리며 말을 고르고 있는 지우를 바라보며 율이 생각했지만, 한참 있다 튀어나온 지우의 말은 예상외의 것이었다.

"어, 어제는…… 신첩, 아니 소첩이 서툴러 그랬사옵니다, 폐하. 싫었던 것이 아니옵니다."

"어?"

"싫지 않았습니다. 그저, 민망하여……. 혹여 기분이 상하셨다면……."

지우는 용기 내어 더듬더듬 말을 뱉었다. 매당헌에 가득 찬 귀한 책들하며, 아프다고 챙겨주는 손짓하며, 율의 호의가 짙어지면 짙어질수록 어젯밤 그렇게 율을 중간에 내보내게 한 것이 마음에 더욱 걸렸다.

말하고 나자 지우의 얼굴이 부끄러움으로 시뻘겋게 달아올랐다. 제대로 말한 것인지 알 도리가 없었다. 지우가 율의 눈치만 슬쩍슬쩍 살폈다.

그런 지우를 바라보는 율도 덩달아 당황하여 뺨이 조금 붉어졌다. 부끄러움도 같이 옮는 모양이었다. 율이 한 손으로 입을 틀어막고 잠시 숨을 골랐다. 점점 그의 피부가 목덜미부터 귀까지 새빨개지기 시작했다. 예상치 못한 직구였다.

율은 마른세수를 하며 눈동자를 굴렸다. 여인을 안아보지 않아 모르는 것도 아닌데 마치 순진무구한 소년이 된 것처럼 심장이 뛰고 두 뺨이 뜨거워졌다.

그래, 싫지 않았단 말이지. 허리 아래에서 간드러지는 신음을 흘리며 '폐하, 좋습니다.' 하는 여인이 부지기수인데, 저 무뚝뚝한 얼굴로 띄엄띄엄 말하는 것이 왜 이렇게 사내 마음을 자극하는지.

침묵이 이어지자 지우가 불안한 눈빛으로 율을 바라보았다.

'미치겠군.'

혼인을 하였으니 정사를 나누는 게 이상한 일도 아닌데, 둘은 마치 초야처럼 얼굴을 붉히고 누구 하나가 입을 먼저 열기를 기다렸다. 곧 깨질 듯 깨지지 않는 설레는 침묵이 잠시 이어졌다.

먼저 움직인 것은 율이었다. 율은 지우의 뒷목을 붙잡고 그대로 입을 거칠게 맞추었다. 지우는 약초물이 덜 마른 손을 움직일 수 없어 뻣뻣하게 굳은 자세로 눈을 크게 홉떴다.

율이 능숙하게 얼굴을 틀어 입술을 살짝 벌려 지우의 아랫입술을 물었다. 어제와는 다른 제대로 된 접문이었다. 율이 부드럽게 지우의 입술 사이로 혀를 매끄럽게 넣었다.

뜨겁고 축축한 혀가 서로 얽혔다. 율의 혀가 단단한 잇몸을 훑고 지나가다 혀끝으로 앞니를 건드렸다. 혀를 깊숙이까지 넣어 옭아매고 율이 눈을 반쯤 떠 굳어 있는 지우를 바라보았다. 율이 타액을 빨아들이며 혀뿌리가 얼얼해질 정도로 혀를 잡아당겼다.

아까 전 업무를 보면서 습관처럼 박하차를 마신 율에게서는 시원하고 톡 쏘는 향이 났다. 지우는 머리가 어지러웠다.

뒷목을 바치고 있는 손은 부드러웠으나 입맞춤은 거칠었다. 꼭 율의 종잡을 수 없는 성격과도 같았다. 지우는 온통 정신이 빠져 코로 숨을 쌕쌕 쉬어대기 바빴다.

입술에 힘을 주어 강하게 문대면서 율이 픽 바람 빠지는 웃음을 터뜨렸다. 지우가 속눈썹을 파들거리면서도 눈을 감지 못하고 동그랗게 뜨고 있었기 때문이다.

율이 아주 살짝 입을 뗐다. 입술 끝이 아슬아슬하게 맞붙은 채로 나지막하게 말했다.

"눈 감거라."

율의 목소리에 그제야 정신이 든 지우는 눈꺼풀을 내렸다.

지우의 눈이 감기자마자 율이 다시금 입을 부드럽게 맞추어왔다. 들뜬 호흡은 달았고 타액은 뜨거웠다. 율이 두 손으로 지우의 턱과 귀를 완전히 감쌌다. 율의 손바닥은 거칠었지만 단단했다.

며칠 동안 음식을 보지 못한 사람처럼, 율이 급박하게 지우의 입술을 삼키고 탐했다.

지우의 몸에서 힘이 점점 빠져나갔다. 혀뿌리가 얼얼하다 못해 입술 끝이 아플 때가 되어서야 접문이 끝났다. 율은 서서히 얼굴을 떼고 엄지로 지우의 입술을 슥슥 문질렀다.

"이런 쪽에 있어서는 아주 맹추구나."

지우가 몽롱해진 정신을 붙잡았다.

"오늘은 더 이상 안 건드릴 테니 그리 겁먹은 표정 짓지 마라."

"겁, 겁먹은 것이 아니라……."

"아픈 사람은 안 건든다. 내일 다시 오마."

율이 구겨진 옷을 손바닥으로 탁탁 치며 자리에서 일어섰다. 지우가 비틀거리며 따라 일어났다. 비틀거리는 몸짓을 보자 율의 얼굴에 슬며시 웃음기가 배어 나왔다.

"아무래도 지밀 궁녀 몇을 더 붙여줘야겠다. 매당헌이 너무 휑해."

"내일도 오시는 것입니까?"

"왜, 싫으냐?"

지우가 고개를 흔들었다.

"아닙니다. 그럴 리 있겠습니까."

"그저…… 이곳에 오면 마음이 그나마 편하다. 궁 곳곳에 쥐새끼들이 많아서 말이야."

율이 씁쓸한 목소리로 말했다가 곧 원래의 웃음기 있는 투로 돌아왔다.

"어디, 이곳을 아예 서재처럼 만들까? 제이의 집무실도 괜찮겠구나."

"폐하, 신첩이야 이곳에 들러주시는 것에 감읍하오나, 정무를 여기서 보신다고 말들이 많을까 걱정되어……."

"이 재인은 걱정이 너무 많아. 그런 건 내가 알아서 한다. 쉬어라."

율이 지우의 어깨를 한 번 꽉 쥐었다가 특유의 거침없고 빠른 걸음걸이로 밖으로 나갔다. 지우는 느리게 바닥에 주저앉아 숨을 몰아쉬었다. 목에 난 두드러기를 긁으려 손을 올렸다가 왠지 아까의 율의 목소리가 떠올라 다시 내렸다.

분희가 빨아야 할 옷가지들을 가득 들고 나오다가 건오와 눈이 마주쳤다. 분희는 잠시 망설이다가 건오의 곁으로 다가가 말을 걸었다.

"저……."

건오가 움직이지 않은 채로 시선만 옮겨 분희를 바라보았다.

"마마께서 남은 다과를 좀 주셨는데 드시겠어요?"

아침 일찍부터 부슬비가 추적추적 내려서 몸이 으슬으슬하여 단 것이 생각나는 날이었다. 그러나 건오는 그저 고개를 가로저었다. 분희가 통통한 뺨을 붉게 물들며 품에서 종이에 쌓여 있는 다과 하나를 꺼내 건오에게 건넸다.

분희는 요새 기분이 좋았다. 궁녀들 사이에서 어깨를 당당히 편 채 다닐 수 있었다. 황제가 매당헌에 참새가 방앗간 드나들 듯 매일 밤 들리기 때문이었다.

황궁 내에서 여인들의 권력은 곧 황제의 총애 정도와 연관되었다. 지우가 궁에 들어온 지도 이제 보름이 넘어갔다. 궁인들이 황제가 며칠 저러다 말 거라며 입방아를 찧었지만, 의외로 황제는 꾸준히 지우를 찾아왔다. 분희는 괜스레 자기까지 으쓱해지는 기분이 들었다.

게다가 오늘은 지우가 아침상에 같이 나온 다과를 배불러 못 먹겠다며 주기까지 해서 한창 들떠 있는 참이었다. 평소에는 커다랗고 잘생긴 건오가 부담스러워 말도 잘 못 붙였지만, 오늘은 어쩐지 용기가 났다.

건오는 잠시 고민하는 듯하다가 하나를 집어 들어 입에 물었다.
"고맙소."
"아니에요. 매일 마마 지키시느라 수고하시는데요."
"폐하께서 교대 인원을 보내주셔서 좀 수월하오."
"그러게요. 궁녀들도 넷이나 더 와서 조용하던 곳이 이제 활기차네요."
분희가 생글생글 웃었다. 건오는 무뚝뚝한 표정으로 제 가슴팍까지밖에 안 오는 분희를 내려다보다 입을 열었다.
"친구가 옥에 있다고 들었는데."
"아, 네, 맞아요. 그래도 교수형은 면했으니까요."
"가까운 사이요?"
"자매 같지요. 옥춘이랑은 아주 어릴 때부터 같이 컸거든요. 둘 다 부모도 없구."
"이름이 옥춘이오?"
"네, 옥춘이여요."
건오가 잠시 눈썹을 움찔했다가 다시 무표정으로 돌아왔다.
"무사하길 빌겠소."
"친절하시네요. 감사합니다."
분희가 붉어진 얼굴로 허리를 숙여 인사하고는 총총 걸어갔다. 얼마 안 있어 교대자가 매당헌으로 들어왔다. 건오는 짧게 목례하며 매당헌 밖으로 걸어 나갔다. 다른 쪽으로 가는가 하더니, 사람이 없는 틈을 타 황제궁으로 들어가는 뒷길로 빠졌다.
율이 아침에 있었던 대신들과의 회의에서 골만 잔뜩 썩이고 막 돌아왔을 때, 건오가 미리 도착해 있었다. 율은 관자놀이를 손가락으로 꾹꾹 누르며 말했다.

"대신들이라고는 하나같이 다 멍청해서는. 그래, 건오 왔느냐."

"예, 폐하."

건오가 한쪽 무릎을 꿇고 앉았다.

"이 재인은 뭘 하고 있더냐?"

"그저 처소 안에서 독서를 하고 계십니다."

"문 첩여가 또 부르진 않던가?"

"예."

율이 눈썹을 꿈틀거리다 고개를 끄덕거렸다.

"그건 다행이군. 그런데 둘이 원래 알던 사이인가?"

"그런 것 같습니다."

"알겠다. 문 첩여라니 내가 지금 끼어들기도 뭐한데. 얼마 전처럼 그런 장난을 안 치길 바라야지. 또 보고할 건?"

"그것이……."

건오가 잠시 뜸을 들였다. 아까 분희가 주었던 다과의 단맛이 혀에 남아 있는 것 같았다. 율이 의자에 느리게 앉으며 팔짱을 꼈다.

"이 재인 마마의 궁녀 중 분희라는 아이가 있습니다."

"알고 있다."

"그 분희라는 아이가, 옥춘과 각별한 사이인 것 같습니다."

"옥춘……?"

율이 턱을 쓰다듬으며 눈을 굴리다가 벌떡 자리에서 일어났다.

"장 내관."

"예, 폐하."

"옥춘이란 계집은 독방에 가둬두었다 했는가?"

"그렇습니다."

"뭐 하나 보고하러 오는 것 같던데 그거 뒤로 미뤄라. 지금 당장 옥춘을 보러 간다. 건오, 너는 분희라는 궁녀를 데려오너라."

"존명."

그렇단 말이지. 율이 손바닥을 주먹으로 탁탁 치며 걸어 나갔다. 무언가 떠올랐을 때 하는 행동이었다. 건오는 율이 완전히 나가고 나서야 복잡한 얼굴로 느리게 일어섰다.

6장. 단잠

율은 옥사로 향했다. 옥춘의 출신이 심상치 않음을 알고 나서 옥춘을 따로 독방에 가두어두었다. 독방은 황궁 내 옥사 중에서도 가장 열악한 곳이었다. 윤 첩여를 맡았던 다른 궁녀들은 지상 옥사에서 나름 인간다운 생활을 했지만 옥춘은 아니었다.

독방은 지하에 마련되어 있었는데, 한창 우기인지라 공기가 습하고 찼으며 고약한 냄새도 났다. 돌바닥에 얄팍한 짚을 깔고 그 위에 누워 자는데, 뼈에 한기가 들어 제대로 잠을 들 수도 없다고 한다. 그곳에서 보름 정도만 있으면 옥사를 나오고 나서도 평생 반병신으로 산다는 말도 있었다.

"어디냐."

"가장 끝 방입니다."

율이 지하 옥사 끝으로 걸어갔다. 얇게 이어지는 신음 소리가 독방에 난 작은 문을 통해 흘러나왔다. 율은 무감정한 표정이었다.

황후 소생이 아니라 하여도, 율은 황족이었다.

하늘 신이 점지해준 황가에 모든 권력이 집중되는 나라. 최근 들어 서역 너머에서 인권이니 뭐니 불손한 사상이 적힌 책이 알음알음 들어왔으나, 율은 헛소리로 여기고 무시했다.

황제에게 중요한 것은 권력을 유지하고 그를 통해 나라를 안정되게 다스리는 것이다. 수단은 중요하지 않다.

율이 옥춘이 든 독방 앞에 멈추어 섰다. 간수가 와서 자물쇠를 풀고 문을 열었다.

"끌고 나오겠습니다."

"아니다, 됐다. 내가 들어갈 것이다."

"허나……."

"아무도 이곳에 접근하지 못하도록 해라. 분희라는 아이가 오면 들여보내고."

"예, 폐하."

옥춘은 구석에 무릎을 모은 채 쪼그려 앉아 있었다. 율이 다가가자 옥춘이 느리게 고개를 들었다. 기다란 머리는 윤기를 잃었고 눈가는 푹 꺼져 있었다. 허연 각질이 일어난 입술을 꿈틀거리더니 엉덩이를 꾸물거리며 더 벽에 달라붙었다.

율이 옥춘의 앞에 섰다.

"아주 끈질기구나."

"저, 정말로 아무것도 모르, 모릅니다."

"마지막 기회를 주었는데도 끝까지 입을 열지 않을 참이냐? 네년이 입을 열지 않으면 다른 궁녀들도 다 같이 죽는다."

옥춘이 몸을 사시나무 떨듯 했다. 툭 튀어나온 광대가 움찔거렸다.

"사주한 자가 누군지 묻질 않느냐."

율의 목소리는 어둡고 낮았다. 좁은 독방 가득 그의 목소리가 웅웅 울려 퍼졌다.

"사, 사주라니요. 제, 제발 폐하…… 정말로, 정말로 모릅니다."

"몰라?"

율이 옥춘 앞에 무릎을 굽혀 앉았다. 옥춘에게서는 쉿내가 진하게 났다. 모진 고문으로 그녀의 피부 곳곳에 피딱지가 졌고 진물이 흘렀다. 율은 날카로운 눈으로 옥춘을 노려보았다.

"무슨 말씀이신지, 저, 저는……."

"동탄과 왕래하는 상인 집안에서 널 거두었다가 궁에 들여보냈더군."

옥춘의 눈꺼풀이 잠시 꿈틀거렸다.

"동탄 사람인가?"

"아, 아닙니다. 그럴 리가 있겠습니까."

"동탄에서 널 이리 보냈나? 궁에 들어오고도 밖과 왕래를 했느냐 말이다."

율의 목소리가 점점 커질수록 옥춘은 어깨를 구부리며 벌벌 떨었다.

그때 문밖에서 간수가 여자 하나를 끌고 오며 율을 불렀다. 여자의 얼굴은 모두 검은 천으로 가려져 있고 두 손은 결박된 채였다. 작은 몸집의 여자는 바들거리며 울음 젖은 숨을 토해내고 있었다.

"폐하, 데려왔습니다."

"들여보내라."

간수가 등을 퍽 밀치자 여자가 두리번거리며 옥 안으로 들어왔다. 옥춘이 겁먹은 표정으로 율과 여자를 번갈아 바라보았다.

"그래, 내 말에 '예', '아니오'로만 대답하는 것이다."

"……예, 예에, 흐윽."

물기 가득한 목소리가 검은 천 밖으로 새어 나왔다. 옥춘이 그 목소리를 듣자마자 눈이 새빨개졌다.

'분, 분희야!'

아주 어렸을 때부터 궁에서 같이 지내온 분희였다. 아무리 얼굴이 천에 가려져 있고 목소리가 마구 떨리고 있다 한들 못 알아볼 리 없었다.

분희는 후들거리는 다리를 바로 세우려고 힘을 주며 입술을 깨물었다. 매당헌 앞뜰을 비로 쓸고 있던 도중 시커먼 사내 둘이 다가오더니 폐하가 부르신다며 양팔을 잡고 끌고 갔다. 분희는 영문도 모르는 채로 한참을 끌려가다가 중간쯤부터는 얼굴 위에 검은 천까지 씌워졌다. 무서워서 금방이라도 오줌을 쌀 것 같았다. 이곳이 어디인지도 몰랐다. 냄새와 한기로 볼 때 황궁의 지하인 듯싶었다.

"옥춘이라는 아이를 아느냐?"

율이 한 손으로는 옥춘의 입을 틀어막으며 물었다. 옥춘은 아무 말도 하지 못한 채 떨리는 눈으로 분희를 바라보았다. 분희는 고개를 끄덕거렸다.

"네."

"옥춘이 부모가 있느냐?"

"아, 아니요."

분희는 자꾸 옥춘의 이름이 나오자 더욱더 불안해졌다.

"형제는?"

"있, 있는 걸로 알고 있습니다."

"그럼 옥춘이 궁 밖과 연락을 주고받은 적이 있느냐?"

"……."

분희가 잠시 입을 다물고 눈물을 뚝뚝 흘렸다. 매나라의 궁녀들은 입궁하고 나서 나이가 차 퇴궁하기 전까지 바깥과 교류해서는 안 되었다. 궁녀로 들어오는 이들의 대부분이 가족을 잃어 살 길이 막막해진 사람들이라 보통은 문제가 없었지만, 가끔 먹고살기가 힘들어 가족이 있음에도 자원해서 들어오는 경우도 있었다.

그런 경우 정을 떼지 못하고 바깥과 서신을 주고받는 이가 있었다. 궁에 물품을 대는 상인들 중 몇몇이 서신을 날라주곤 했다. 걸리기만 하면 궁에서 내쫓길 정도로 엄벌에 처했으나 상인들 품속 깊이 꽂힌 채 궁 밖으로 전달되는 서신을 잡아내기란 쉬운 일이 아니었다.

분희는 두려움과 걱정으로 눈물이 계속 흘러 볼이 따끔할 지경이었다. 분희는 옥춘의 모든 것을 알고 있었다. 위험한 일이라고 그만두라 몇 번이고 충고했으나, 옥춘이 개의치 않고 두세 달에 한 번씩 서신을 상인의 품에 들려 궁 밖으로 보내는 것도 알고 있었다.

'갑, 갑자기 이걸 왜 물으시는 걸까. 옥춘이에게 해라도 가면…….'

궁 바깥에 오라버니가 있어. 오라버니께 보내는 거야. 분희는 방구석에서 모자란 실력으로 글을 쓰던 옥춘의 뒤통수를 떠올렸다.

분희가 뭐라고 대답해야 할지 몰라 입을 꽉 다물고 있자 율이 크게 소리쳤다.

"똑바로 고해라! 다 알고 묻는 것이다. 여기서 거짓을 고하면 옥춘도 너도 살아남지 못할 것이다."

"폐, 폐하…… 옥, 옥, 옥춘이는……."

"분명히 어떻게든 바깥이랑 연락을 했을 것이다. 말해라. 서신을 내보낸 적이 있느냐?"

율에게 입이 막혀 있는 옥춘은 눈을 꽉 감았다. 사위가 어두웠는데도 분희가 떨고 있는 것만은 명확하게 보였다.

"있느냐? 예, 아니오로 대답해라."

"……예, 예에. 폐하."

분희가 몸에 힘이 풀려 풀썩 주저앉았다. 율이 입꼬리를 살짝 올려 웃었다.

'역시. 이년이 맞구나.'

옥춘을 거두어 궁에 입궁시킨 상인은 동탄과 서역 모두를 왕래하는 무역상이었는데, 황궁에는 포목을 납품하고 있었다. 주기적으로 황궁을 드나드는 자였으며 권세가 몇과도 친분이 있었다.

'그럼 십몇 년 전부터 써먹을 걸 대비하고 이 아이를 궁에 심어두었단 소린가. 누가? 동탄에서? 그럼 그 쥐새끼랑 동탄이 관련돼 있단 말인가.'

율이 손으로 턱을 쓰다듬었다. 분희는 기어가며 헐떡이는 목소리로 말했다.

"폐, 폐하. 옥, 옥춘이는…… 그저 바깥에 있는 오라버니가 너, 너무 그리워 그리한 것입니다. 폐하, 제발 옥춘이를……."

"오라비? 하, 그년이 그렇게 말하였느냐."

율이 옥춘의 입을 틀어막고 있던 손을 놓았다. 옥춘은 숨을 가쁘게 내쉬며 아까 전의 겁먹던 표정을 싹 지우고 두 눈을 부릅떴다.

"그년이 서신을 보낸 건 지 오라비한테가 아니다. 윤 첩여 독살을 지시한 새끼들한테 보낸 것이지."

"……예, 예? 폐하. 아님, 아닙니다. 옥춘이는 그럴 아이가 아니어요. 저, 정말로 오라버니한테…… 보낸 것인데……."

분희가 엎어져서 손으로 바닥을 더듬거렸다.

"아니, 그런 아이이다. 옥춘이 윤 첩여를 독살한 것이다. 옥춘, 네 입으로 직접 말해보라."

분희가 깜짝 놀라 어깨를 떨었다. 천에 가려져 눈앞이 캄캄했다. 곧 얼마 떨어지지 않은 곳에서 정말로 옥춘의 목소리가 들렸다.

"폐하, 저, 저는 무슨 말씀이신지 전혀 모르겠사옵니다. 정말로 오라버니가 그리워 그리움을 참지 못하고 죄를 저질렀으나……."

"똑바로 말해라. 거짓을 고할 때마다 저 분희라는 아이에게 채찍을 열 대씩 치겠다. 몸집도 자그마하니 다 맞으면 사람구실을 못할 테지. 서신을 내보내는 걸 알면서도 모른 척해준 죄도 크다."

분희가 오줌을 살짝 지리며 딸꾹질했다. 옥춘이 고개를 들고 율을 매섭게 쏘아보았다.

"그리 쏘아볼 줄도 알았느냐? 말해라. 네가 윤 첩여를 독살했느냐?"

"아닙니다."

"채찍을 가져와라."

곧 병사 하나가 두꺼운 채찍을 들고 와 율에게 건넸다. 율은 채찍을 단단하게 쥐고 옥춘에게 재차 물었다.

"네가 윤 첩여를 독살했느냐?"

옥춘이 벌겋게 된 눈으로 이를 악물었다.

"아닙니다."

차악! 채찍이 자그마한 분희의 등 위로 쏟아졌다. 분희가 악 소리를 내며 옆으로 쓰러졌다. 분희의 연약한 몸은 한 대도 견디기 힘들었다. 채찍 맞은 자리에 발갛게 피부가 부풀어 올랐다. 그대로 율이 옥춘을 힐끗 바라보며 한 번 더 채찍을 분희에게 내리쳤다. 분희가 목을 꺾으며 몸을 마구 떨었다.

옥춘이 묶여 있는 발을 덜덜 떨며 분희를 바라보았다. 다시금 율이 채찍을 높이 쳐들었을 때 옥춘이 비명 지르듯 말했다.

"제가! 제가, 제가 했습니다!"

"오, 옥춘아……."

분희가 아아, 신음을 흘리며 쓰러졌다. 그제야 율이 채찍을 땅으로 떨구었다.

"다른 후궁들을 죽인 것도 다 너의 짓이냐?"

"아닙니다. 다른 아이가 저지른 것도 있습니다."

옥춘은 담담하게 말했으나 목에 핏대가 섰다.

"누가 사주했느냐."

"……."

"누가 사주했느냐 물었다."

채찍을 쥔 율의 손에 다시 힘이 들어가자 옥춘이 다급하게 입을 열었다.

"한유라는 자입니다."

"너를 이곳으로 보낸 상인 말이더냐?"

"예, 그렇습니다."

"그자 혼자 꾸민 일은 아니겠지. 배후엔 누가 있느냐. 동탄이냐?"

"예, 한유는 동탄 왕실의 끄나풀입니다. 동탄에서 보낸 것입니다. 매나라 황궁의 소식을 전달하고 후에 필요할 일이 있으면 처리하라 일렀습니다. 황실 관련된 소문이나 주의할 만한 동태를 서신으로 보냈습니다."

"왜 그자를 순순히 따랐느냐."

"저보다 세 살 많은 오라버니가 한유라는 자와 함께 있었습니다. 자기 말을 따르지 않으면 오라버니를 죽이겠다 했습니다. 이게 다입니다. 정말, 이제 아는 것이 없습니다. 저는 그저 그러지 않으면 제 가족이 죽기에 그리했습니다. 정말입니다."

옥춘이 이마를 바닥에 쿵 박았다.

"분희를 놓아주세요, 폐하. 이제 분희를 놓아주세요."

"문칠현이라는 자를 아느냐?"

"문 첩여 마마의 아버지 아니십니까. 그것 말고는 전혀 모릅니다. 정말입니다."

옥춘이 바닥에 계속 머리를 찧으며 울먹였다.

"됐다. 넌 내일 교수형에 처해질 것이다. 대신 혐의를 받았던 다른 궁녀들은 죄를 면하고 석방될 것이다."

율이 엎드려 있는 옥춘을 지나쳤다.

분희는 두꺼운 채찍에 맞은 고통과 정신적 충격으로 몸을 부들거리며 끅끅거리고 있었다. 율이 아랫입술을 깨물며 분희를 내려다보았다. 작은 몸을 동그랗게 말고 있는 걸 보자 모래라도 삼킨 것처럼 목구멍이 텁텁했다.

옥춘의 입을 열게 하기 위해 어쩔 수 없는 일이었다. 그 결과 동탄이 배후에 있다는 큰 정보를 얻지 않았던가. 지금까지 이렇게 대를 위해 소를 희생하며 이 자리에 올랐다.

누구는 야심차다 하였고 누구는 권력욕에 눈이 멀었다 하였다. 무슨 말이 붙어도 좋았다. 율은 수단과 방법을 가리지 않고 자신이 얻고자 하는 자리를 얻어냈다.

원래라면 율은 정치싸움에서 한발 더 앞서 나간 성취감으로 흥분에 젖은 맹수의 눈을 하고 걸어 나갔을 게 분명했다. 그러나 지금은 흥분이 되기는커녕 마음이 착 가라앉았다.

율은 불현듯 지우의 얼굴이 떠올랐다.

율이 허리를 숙여 분희의 얼굴을 감싸고 있던 천을 벗겨냈다. 눈물과 콧물로 범벅된 빨간 얼굴이 드러났다. 분희는 옥춘과 율을 번갈아 바라보더니 혼이 빠진 사람처럼 입을 벌렸다. 옥춘은 차마 분희의 눈을 마주치지 못하고 고개를 돌렸다.

율이 분희를 일으키려 그녀의 등에 손을 갖다 댔다. 두꺼운 채찍이 그녀의 옷을 찢어놓고 연약한 피부를 터뜨려놓았다. 율의 손바닥에 분희의 피가 묻어났다. 율이 이마에 힘을 주며 피 묻은 손을 내려다보았다.

분희는 흐느적거리며 일어섰다. 율이 분희를 옆에 있는 병사에게 넘겨주었다.

"데리고 나와라."

율이 느릿느릿한 걸음으로 지하 옥사를 빠져나왔다.

"장 내관."

"예."

"……잠시 후에 의원 하나를 저 아이에게 보내라."

"예, 폐하."

옥사 바깥으로 걸어 나오자 사방이 캄캄했으나 문 앞을 지켜 서고 있는 병사들 쪽이 소란스러웠다. 율은 지끈거리는 머리를 손가락으로 누르며 그리로 걸어갔다.

"무슨 일이냐."

"폐하, 저……."

율이 찡그리고 있던 눈을 크게 떴다. 병사들 몇이 막아서고 있는 자는 다름 아닌 지우였다. 지우는 흐트러진 옷차림을 한 채 어깨를 바들거리며 서 있었다. 율이 나오자 병사들이 양옆으로 갈라섰다.

"……이 재인."

율 뒤의 환관이 들고 있는 등불 빛이 지우의 얼굴 위로 은은하게 내려앉았다. 비가 잠시 내리고 그친 후의 밤공기는 꽤 찼다. 지우는 오랫동안 그곳에 서 있었던 모양인지 얼굴이 파랗게 질려 있었다. 눈가는 잔뜩 붉었다.

지우가 굳은 표정으로 율을 한 번 바라보더니 뒤쪽에서 병사들의 부축을 받으며 걸어오는 분희에게 시선을 돌렸다.

"마, 마마."

분희가 얼이 빠져 있다가 지우를 발견하자 동그란 눈에 그렁그렁 눈물을 매달았다. 비틀거리는 걸음으로 지우에게 걸어왔다. 분희가 다가올수록 쉿내가 진하게 풍겨왔다. 지우가 옷이 찢어져 있는 분희의 등을 발견하고는 다가가 부축했다.

지우의 눈가에 물기가 차오르기 시작했다. 율은 지우에게 손을 뻗으려다 멈칫하고 다시 주먹을 쥐었다. 지우의 흐트러진 머리카락이 바람에 흔들렸다.

"이 재인."

율이 다시금 작은 목소리로 지우를 부르자, 지우가 한 걸음 물러서며 고개를 숙였다.

"……폐하."

"여기는 어쩐 일인가."

"이 아이가 이리로 붙들려 왔다기에 와보았습니다."

지우의 목소리가 착 가라앉아 있자, 율은 잠시 할 말을 잃었다. 후궁들도 죄다 귀족의 여식들이라 아랫것들에게 크게 정을 주는 법이 없었다. 궁녀야 황궁에 널린 게 궁녀였다. 하나가 빠져도 빠르게 대체될 수 있는.

그러나 분희를 단순한 대용품으로 생각하고 있지 않았던 지우의 얼굴은 새파랗게 질려 있었다. 율은 황궁에서 살아남고 황좌에 오르기 위해 눈치를 날카롭게 벼려왔고, 지금 지우에게 분희는 대체품으로 여겨지는 하찮은 궁녀가 아님을 깨달았다. 잔뜩 굳어 있는 파리한 안색을 보자, 율은 배 속의 장기가 땅바닥으로 쿵 떨어지는 느낌이 들었다. 피가 묻어 있는 손바닥 그 위로 벌레라도 기어가는 것처럼 께름칙했다.

"폐하, 신첩은 이만 물러가겠습니다."

지우는 분희의 어깨를 잡으며 뒤를 돌아 걸어갔다. 분희는 숨을 거칠게 내쉬고 있었다. 지우는 머릿속과 가슴 모두 차갑게 식는 기분이었다. 특히 가슴이 차가워 몸에 오한이 들었다. 뒤따르던 건오가 무거운 표정으로 분희의 상처를 바라보았다.

집안에서 가족들에게 외면당한 채 조용히 살아온 지우는 곁에 있는 사람 하나하나가 소중하게 느껴졌다. 어릴 때부터 자신을 따르던 어린 여종 소여가 그랬고, 남동생 지후가 그랬으며, 궁에 들어와서는 분희였다. 분희가 고아이고 별 볼 일 없는 궁녀인 것은 별로 중요치 않았다.

지우는 어젯밤 자신을 바라보던 율의 따스한 얼굴이 떠올라 혼란스러워졌다. 그 얼굴은 뭐였을까. 지우는 속이 쓰리고 곧 구토가 올라올 것처럼 울렁거렸다.

"분희야, 괜찮니?"

"……흐으, 흐윽, 마마."

"응, 그래. 가자. 쉬러 가자."

"마마, 마마아……."

분희가 작은 몸을 떨었다. 얼굴은 눈물과 콧물로 번들거렸다. 걸을 때마다 등 뒤에 터진 피부가 쓰라려서 잇새로 억눌린 신음이 튀어나왔다.

그때 뒤에서 누군가 돌바닥 위를 빠르게 달려오는 소리가 들렸다.

"폐하! 폐하!"

장 내관의 당황한 외침을 뒤로하고 율이 뛰어오고 있었다. 몸이 날래기로 유명하여서 갑자기 용수철처럼 튀어 나가는 율을 따라잡지 못하고 환관과 궁녀들이 뒤처졌다. 발 빠른 호위 몇몇만 율에게 따라붙었다.

율이 피 묻은 손으로 지우의 손목을 붙잡아 돌려세웠다. 그리고 일그러진 눈을 한 채 거칠게 호흡을 내뱉었다.

율이 다가오자 분희가 방금 전이 생각나 오금이 저린지 몸을 떨었다.

"건오야, 분희를 데리고 빠져 있거라."

지우가 나지막하게 말하자 건오가 분희를 부축하고 뒤로 물러섰다.

율은 지우의 손목이 생명줄이라도 되는 것처럼 거세게 붙잡고 있었다. 지우는 자신에게 쏟아지는 율의 필사적인 눈빛이 부담스러웠다.

"폐하."

"화났느냐?"

지우가 턱에 힘을 주며 말했다.

"아닙니다."

"정말이냐."

"신첩이 어찌 폐하께서 하시는 일에 도 넘게 화를 내겠습니까."

지우의 말투는 일말의 흥분도 찾아볼 수 없을 만큼 조곤조곤하고 단조로웠다. 그러나 그렇기에 율은 더욱 심장이 불안정하게 뛰었다.

"……질문을 바꾸겠다."

"예, 폐하."

지우가 눈을 내리깔며 무뚝뚝하게 대답했다.

"나에게 실망했느냐."

지우가 잠시 고개를 들어 율의 눈을 바라보았다. 율이 마른침을 삼켰다. 목울대가 울컥거렸다. 이번에는 지우에게서 아무런 대답도 없었다.

율이 눈을 크게 떴다가 지우의 손목을 놓아주었다. 그러고는 지우에게서 등을 돌렸다. 지우는 예를 차리고 비틀거리는 걸음으로 매당헌으로 걸어갔다. 율은 피가 굳은 채 달라붙어 검붉게 된 손바닥을 한참 동안 바라보았다.

지우는 매당헌의 작은 빈방에 분희를 눕혔다. 아이의 몸이 불덩이처럼 뜨거웠다. 지우는 다른 궁녀들을 시켜 찬물과 천을 가져오라 일렀다.

분희는 매당헌에 도착하자마자 열 기운이 뻗쳐 반쯤 정신을 잃었다. 거친 숨만 쌕쌕 내쉬며 늘어져 있는 분희의 이마에, 지우가 찬물을 적신 천을 얹어주었다. 열이 내리기를 기다리며 지우가 분희의 곁을 잠시 지켰다. 오늘은 유달리 긴 하루였다. 그녀가 오늘을 돌이켜보았다.

갑작스레 분희가 사내 몇에게 끌려 어딘가로 사라졌다. 지우에게 분희를 데려가겠다는 예고도 없었고, 아무런 말도 전해지지 않은 상태였다. 매당헌에 새로 배정된 궁녀 하나가 분희가 끌려가는 걸 봤다며 지우에게 말했다.

손발이 차가워지고 심장이 뇌에서 뛰는 것처럼 머릿속이 쿵쿵

댔으나 지우가 할 수 있는 일은 아무것도 없었다. 왜 끌려갔는지, 어디로 갔는지.

해가 질 때까지 지우는 초조하게 입술을 물어뜯으며 매당헌 앞뜰을 빙빙 돌았다.

그때 건오가 교대를 하러 매당헌으로 돌아왔다.

"건오야. 분희가, 분희가 사라졌다."

항상 무표정이던 건오의 얼굴에 설핏 동요가 비쳤다. 지우는 그걸 놓치지 않고, 건오의 팔을 붙잡았다.

"너, 분희가 어디로 갔는지 아는구나."

"모릅니다, 마마."

"어디로 갔는지 알려만 주렴. 어차피 내가 할 수 있는 것도 없다. 그저 알기라도 하고 싶어 그런다. 내 아래에 있는 아이지 않느냐."

건오는 잠시 주저하더니 입을 열었다.

"곧 알게 되실 겁니다."

"건오야! 걱정되어 죽을 것 같아 그런다. 어디로 갔는지 알려다오."

"……지하 옥사로 갔습니다."

지우가 느리게 눈을 끔벅거렸다.

"옥사? 갑자기 왜? 나에게 한마디 말도 없이 왜 옥사로 끌려갔단 말이냐. 무슨 죄를 저질렀기에?"

지우가 흔들리는 얼굴로 건오를 잡고 있던 손을 느리게 놓았다.

"지하 옥사라면 반역 죄인들이나 가는 곳 아니냐."

"예."

지우가 두 손으로 입을 가렸다.

"설마, 옥춘이…… 옥춘이 때문에……?"

분희가 반역이랑 엮일 일이란 옥춘밖에 없었다.

"옥춘이와의 친분 때문에 끌려간 것이냐."

"예."

"그렇다 해도 내 아래에 있는 아이인데, 어찌 나한테 한마디 통보도 없이 데려갔단 말이냐!"

"폐하의 명이셨습니다."

지우가 숨을 삼켰다.

"……폐하, 께서? 분희는 그 일과는 관련이 없다. 친분이 있기는 하나……. 설마, 분희를 이용하여 옥춘을 꿰어내려 하신 것이냐?"

건오에게서는 아무런 대답도 없었다. 지우가 잠시 멍하니 서 있다가 옥사 쪽으로 빠르게 걸어갔다. 건오가 심란한 표정으로 뒤를 따랐다.

안으로 들어갈 수 없으니, 옥사 밖에서 서 있었다. 점점 하늘이 더 어두워지고 달이 떠오르고 날이 추워졌다.

한 시진 넘게 지우는 날이 선 밤바람을 맨몸으로 맞으며 분희가 나오기를 기다렸다. 발가락 끝이 차갑게 굳어 점점 감각이 없어졌고 아랫배에 얼음을 올려놓은 듯 냉기가 스며들었다. 그러나 그렇게 밖에서 분희를 기다리는 것 말고는 지우가 할 수 있는 일은 없었다.

옥사 밖을 경계하고 있던 병사들이 지우가 한참이 지나도 사라지지 않자 그녀 곁으로 다가왔다.

"날이 춥습니다. 돌아가시는 게 좋을 듯합니다."

"……잠시, 잠시만 더 기다리겠소."

"저 안에 들어간 죄인들은 하루 만에 나오는 경우가 없습니다. 오늘이 가도 나오지 않을 것입니다. 나와도 제 발로 서서 못 나오는 경우가 태반입니다. 이리 계신다 하여도…… 몸만 상하십니다."

지우가 파랗게 질린 입술을 작게 벌렸다. 병사 하나가 더 지우에게로 다가왔다.

"돌아가시는 게 좋을 것 같습니다."

"……."

그때 여러 사람이 지하에서 걸어 나오는 소리가 들렸다. 병사들이 갈라서고 그 사이로 익숙한 얼굴이 보였다.

"……이 재인."

율이었다. 지우가 흐트러지려는 정신을 다잡으며 뒤를 살폈다. 병사들의 부축을 받으며 간신히 걸어 나오는 분희가 보였다. 지우가 분희의 몸을 받아 들었다.

분희가 곧 정신을 잃을 것처럼 보였다. 온통 머리가 복잡하여 진정이 안 됐다. 그럴수록 지우의 표정은 더욱 딱딱하게 굳어갔다. 오랫동안 바깥에 있어서 손가락 끝이 차갑게 굳어 잘 움직이지 않았다.

지우는 율의 표정과 분희를 번갈아 바라보았다. 심장이 너무 거세게 뛰어 가슴팍이 아팠다. 무슨 이유에선지 갑자기 눈가에 눈물이 차올랐다. 아니기를 바랐는데, 당황한 율의 얼굴을 보니 분희를 미끼로 쓴 것이 맞는가 보았다.

"나에게 실망했느냐."

율이 손목을 붙잡고 절박하게 그리 물었을 때, 지우는 혼란스럽게 얽힌 감정을 어떻게 표현해야 할지 알 수 없어 그만 입을 다물고 있었다.

결국 율의 찐득거리는 손아귀에서 빠져나와 매당헌으로 돌아왔다.

지우가 상념에서 깨어 분희의 팔뚝을 다시 한 번 천으로 닦아주었을 때 분희가 아주 느리게 눈을 살짝 떴다.

"……마마?"

"정신이 드니?"

"어, 어찌 제가 여기……."

분희가 일어나려는 듯 어깨를 꿈틀거렸으나 곧 극심한 고통에 다시 풀썩 쓰러졌다.

"누워 있어라. 상처가 심하다."

"마마, 저는, 저는, 흐으, 괜찮아요."

분희가 물기에 젖은 까만 눈동자를 굴리며 지우를 올려다보았다.

"저 때문에, 윽, 괜히 폐하와 멀어지신 것 아니지요?"

분희가 아까 전 다급하게 지우를 붙잡던 율을 떠올리며 걱정스레 물었다. 분희는 옥사에서 있었던 일을 더듬더듬 설명했다.

지우가 분희의 말을 들으며 침묵을 지키다 결국 고개를 돌리며 고통스러운 한숨을 쉬었다. 두 손으로 얼굴을 감싸며 숨을 내뱉었다. 분희는 여전히 등의 통증으로 중간에 신음이 섞여 나오면서도, 걱정되는 얼굴로 지우의 눈치를 살폈다.

지우의 손에 감싸인 얼굴이 빨개지고 쇄골이 들썩거렸다. 그러다 갑자기 목구멍이 타들어갈 것처럼 뜨거워지더니 역한 기운이 올라왔다. 지우가 재빨리 천으로 입을 가렸다. 점심 이후로 먹은 것 하나 없는데 구토감이 치밀었다. 천으로 입술을 감싸자 시큼한 위액이 울컥 흘러나왔다.

"마, 마마!"

"……괜찮다. 많이 놀랐을 텐데 난 걱정하지 말거라."

"걱정을, 흐으, 어떻게 안 하여요."

"그저, 좀 놀라서 그렇다."

지우가 분희의 작은 손을 꽉 쥐었다. 항상 단단하고 이성적인 것 같던 지우가 이렇게 흐트러진 건 처음이라, 분희는 자신이 겪었던 고초는 잊고 지우 걱정으로 눈이 새빨개졌다.

"분희 너 걱정도 되고, 잊고 있었던 기억도 떠오르고 해서 그렇다. 내일이면 가라앉을 것이다. 우선 네가 문제야. 살이 다 파였더구나."

분희의 등은 한 움큼씩 살점이 떨어져 나가 있었다. 지우는 애써 괜찮다는 듯 웃어 보이려고 얼굴 근육을 움직였다.

아주 어렸을 때가 떠올랐다. 어려서 아무것도 하지 못했던 무기력한 자신이. 어머니의 무릎 위에 앉아서 놀다가 꽃을 따다 어미에게 줄 생각에 잠시 방을 나갔는데, 그사이에 어머니는 사라져 있었다. 울면서 소란이 일어난 곳으로 가보니, 제 어미가 앞마당에서 평소에 그녀를 모셨던 종들에게 두드려 맞고 있었다. 아비는 상석에 앉아 그걸 무심하게 바라보았다.

어머니를 부르고 싶었지만 도저히 입이 움직이지 않아 뭉개진 신음만 내뱉었다. 아, 아, 으으…….

채찍을 몇 대 맞고 등이 터져 나간 어미가 장정들에게 질질 끌려 광에 처박혔다. 새벽까지 광의 문짝을 손톱으로 박박 긁는 소리가 집 안 가득 울려 퍼졌다.

저기에 어머니가 있는데 광 근처로 다가갈 수 없어 멀찍이 마당 구석에 웅크려 앉아 밤을 새웠다. 곧 있으면 어머니가 나올 것이라고 생각하며.

그다음 날 어머니가 광 밖으로 나오기는 했으나, 싸늘하게 죽은 채였다. 허옇게 눈을 까뒤집고서. 사지는 빳빳하게 경직되어 있었다.

분희가 사라지고 옥사로 끌려갔다 하였을 때, 무기력하게 아무것도 하지 못하고 옥사 밖에서 분희를 기다릴 때, 지우는 마치 자신이 그 어렸던 소녀로 돌아간 기분이었다.

어렸을 때의 기억이 겹쳐지면서 그 시절의 차가운 외로움이 지우를 덮쳐왔다.

어머니의 비참한 죽음 이후로 항상 마음속 깊숙이 자리하던 날선 외로움을 조금씩이나마 녹여주고 있던 율의 따스함이 모두 짧은 꿈같이 느껴졌다.

화났느냐 하는 질문에는 아니라고 대답할 수 있었다. 일개 후궁인 자신이 황제가 한 정무에 불만을 품거나, 화를 내거나 할 수는 없었다. 실제로도 지금 느끼는 감정도 화는 아니었다.

나에게 실망했느냐…… 그 질문에는 지우는 쉽사리 입을 뗄 수 없었다. 자신의 궁녀를 그렇게 대했다는 것에 실망해서가 아니라, 지금껏 알아왔던 율과는 너무 다른 사람을 본 것 같아서였다. 말투는 능청스러워도 지우는 율이 따뜻한 사람이라고 생각했다. 그러나 분희를 데려가 고문을 하고 나온 율의 모습은 지금껏 지우가 한 번도 본 적 없는 얼굴이었다. 혼란스러웠다. 어떤 모습이 진짜 율인지.

어떤 모습이든, 둘 다 율의 여러 면 중 하나일 것이다. 여태껏 자신이 너무 한 면만 보고 그에게 헛된 기대를 품고 있었단 생각이 들었다.

그러면서도 왜 마지막에는 자신을 그렇게 절박하게 붙잡아왔는지. 지우가 아직까지 그의 아귀힘이 느껴지는 것 같은 손목을 쓰다듬었다. 지우는 율의 의중을 헤아려보려다 혼자 지레짐작을 하는 것 같아 그만두었다.

지우는 여러 잡념을 떨쳐내려 머리를 털어냈다. 평정심을 되찾으려 숨을 깊게 내쉬었다.

그때 바깥에서 의원이 왔다는 소리가 들렸다.

지우가 일어나서 문을 열고 나갔다. 의원이 약재를 들고 서 있었다.

"무슨 일인가?"

"폐하께서 궁녀 분희를 살피라 보내셨습니다."

"……폐하께서? 들어오게."

지우가 당황하여 흔들리는 얼굴로 의원을 안으로 들였다.

'폐하가 보내셨다니…….'

일개 궁녀에게 황실 의원을 보내는 건 이례적인 일이었다.

지우가 의원에게 얼른 분희를 보여주었다. 상처에서 계속 진물이 흘러 그새 옷이 피부에 달라붙었다. 옷을 벗겨내자 찌직, 소리가 났다. 분희가 신음을 꾹 참았다. 의원이 치료를 하며 눈을 찡그렸다.

"아이구, 이런. 이 정도 상처면 보통 굵은 채찍이 아닐 것입니다. 반역에 버금가는 웬만한 중죄가 아니면 안 쓰는 것일 텐데……. 건장한 장정들도 서너 번 맞으면 견디기 힘들어하지요. 다섯 번 이상 맞으면 골로 간다고 봐야 합니다."

"낫는 데 얼마나 걸리는가?"

"걸어 다닐 정도가 되려면 보름은 잡으셔야 합니다. 흉이 크게 지겠네요."

"잘 부탁하네."

"그래도 아주 운이 좋은 것이지요. 궁녀에게 의원을 보내는 경우가 없지 않습니까. 폐하께서 자애를 베풀어주신 덕에, 약 잘 바르고 쉬면 무리 없이 나을 것입니다."

의원이 치료를 마치고 나가자, 분희는 곧 잠이 들었다. 여기서 잘 수 없다며 분희가 고개를 저었으나 지우를 뿌리치고 일어날 힘도 없었다. 다행히 열도 내리고 약초의 힘인지 통증도 줄어든 모양이다. 지우가 분희의 가슴팍까지 이불을 덮어주었다.

약초 향이 금세 방 안에 가득 퍼졌다. 지우가 잠시 분희의 푹 잠든 얼굴을 바라보다가, 긴장이 풀려 욱신거리는 몸으로 침소로 향했다. 잘 채비를 하려다가, 오늘 밤은 쉽사리 잠이 오지 않을 것 같아 책을 붙잡았지만 눈에 한 글자도 들어오지 않았다.

문득 바깥에서 조심스럽고 낮은 목소리가 들려왔다.

"마마, 건오입니다."

"들어오너라."

지우가 잠시 책을 덮었다. 커다란 키의 건오가 방 안으로 들어 와 허리를 깊숙이 숙였다. 지우가 피곤함에 갈라진 목소리로 물었다.

"무슨 일이라도 있는 것이냐. 이 밤중에."

"송구합니다. 황제궁에서 폐하께서 보낸 사람이 왔는데, 마마께서 지금 괜찮으신지 물어보고 답을 달라 합니다."

"폐하께서?"

갑자기 손가락이 저리고 목구멍에 뜨거운 기운이 차올랐다. 지우가 조용히 일어나 처소 밖으로 나가자, 정말로 황제궁에서 보낸 듯한 환관 몇 명이 등불을 들고 서 있었다.

"마마, 밤중에 송구하옵니다."

환관 하나가 허리를 숙이며 인사했다.

"폐하께선 아직 침소에 드시지 않았느냐."

"예, 마마."

"……."

그토록 마음을 쓰고 계셨나 싶어, 지우가 흔들리는 눈빛으로 환관들을 바라보았다. 입안이 소태를 먹은 것처럼 텁텁하고 썼다.

"나는 괜찮으니 부디 걱정 마시라 전해라."

"예, 마마."

환관들이 사사삭 신속한 걸음걸이로 물러났다. 그들이 빠져나가고 다시 어두컴컴하고 텅 빈 매당헌 앞마당을 바라보다가, 지우가 눈을 지그시 감았다 떴다.

손목에 율의 손자국이 남아 있는 것 같았다. 머릿속에서 피에 묻은 차가웠던 율의 표정이 뒤로 물러나고, 자신을 바라보며 실망했느냐 뜨거운 음성으로 물어오던 아련한 얼굴이 앞으로 떠올랐다.

건오가 고개를 깊이 숙이며 말했다.

"외람된 말일지 모르겠으나, 폐하께선 마마를 마음에 깊이 담아 두고 계십니다."

"……."

지우가 말없이 고개를 끄덕거리다가 무거운 걸음으로 침소 안으로 들어갔다.

이전까지는 율의 다정함에 마음이 설레면서도 기대하지 않으려 애썼는데, 지금의 일로 율의 마음을 좀 더 선명하게 알게 된 것 같았다. 가슴 한구석이 쿡쿡 쑤시듯이 아려왔다. 율은 늦은 밤 불쑥 매당헌에 찾아와 정말로 실망한 것이냐, 내가 잘못이라도 했느냐 불같은 호통을 쳐도 되는 사람이었다.

아니면 영영 자신에게 실망해 눈길조차 안 주어도 자신이 무어라 할 수도 없는 사람이었다. 지우는 당연히 율이 그럴 것이라 생각했다.

그런데 한참이나 고민한 듯이, 늦은 밤에 조심스럽게 환관들 몇을 보내 안부를 묻는다니. 지우는 매당헌 앞으로 찾아온 환관들과, 건오가 했던 말을 곱씹으며 율의 얼굴을 떠올렸다.

그러자 자연스럽게 자신을 붙잡던 뜨거운 손짓도 선명하게 기억났다. 문득 지우는 울컥 감정이 차오르면서 눈가가 시큰해졌다.

억지로라도 잠에 들려 빳빳한 이부자리에 몸을 뉘이고 눈을 감았지만 쉽게 잠이 오지 않았다. 차가워진 손목을 붙잡아오던, 뜨거운 손아귀. 필사적인 얼굴. 그런 것들만 계속 생각이 났다.

거기서 그리하고 오는 것이 아니었다. 무슨 일인지, 왜 그랬는지, 자신같이 별 볼 일 없는 후궁을 왜 그렇게 절박한 눈으로 바라보시는지 묻고 와야 했다. 그러나 율의 굳어 있는 얼굴을 보자 겁이 났었다. 잠깐 동안의 호의를 받았다고 주제를 모르고 그런 걸 묻느냐 할 것 같았다.

'……내가 실수했구나.'

그간 율이 보여줬던 다정함 속에는 분명히 또렷한 감정이 담겨 있었는데, 그걸 못 알아차린 건 바로 자신이었다.

지우가 왼손에 끼어 있는 옥반지를 만지작거렸다. 대숲이 휘어지며 부딪치는 소리가 방 안까지 슬금슬금 들어왔다.

지우는 갑자기 율이 보고 싶었다. 몇 번이고 여러 가지 말을 그에게 속삭이고 싶었다. 실망하지 않았다고, 송구하다고, 걱정했다고. 같은 마음이라고.

거의 잠을 자지 못하고 지우는 아침을 맞이했다. 해가 정수리 위에 뜰 때까지 지우는 멍하니 앉아 있었다. 밥도 목구멍 아래로 넘어가지 않는다. 지우는 오후에 비틀거리는 걸음으로 율을 처음 만났던 대숲으로 혼자 향했다. 율이 보고 싶었지만 낮에 먼저 찾아갈 수는 없었다. 대신 그와의 추억이 담겨 있는 곳에서 있고 싶었다.

대숲 중간에 쪼그려 앉았다. 시간이 어떻게 흐르는지도 모르겠다. 사위가 어느새 캄캄해졌지만 지우는 다리가 저리면 잠시 일어나서 걸었다가 다시 그렇게 쪼그려 앉아 있었다.

건오가 숲 바깥에서 부르는 소리가 들렸지만 지우는 무시했다. 일 초가 하루 같다가, 한 시진이 일 초 같다가, 시간 감각이 무뎌졌다. 사방이 호숫가처럼 고요했다.

그때 며칠 전 그날처럼 저쪽에서 부스럭거리는 소리가 들렸다.

정신을 빼놓고 있던 지우가 그제야 고개를 쳐들며 일어섰다. 오랫동안 쪼그려 앉아 있느라 다리에 쥐가 났다.

결국 발이 꼬여 땅에 넘어져 손바닥에 잔돌이 박혔다. 까진 피부에서는 연하게 피가 스며 나왔다.

"아……."

지우가 손에 묻은 흙과 돌을 털어내며 상체를 일으키는 순간, 눈앞에 익숙한 얼굴이 보였다.

"……폐하?"

율이 얼굴을 찡그리며 지우를 내려다보더니, 그녀의 옆에 풀썩 주저앉았다.

"여기서 도대체 뭐 하는 것이냐."

"폐하가 어찌 이곳에……."

지우가 반나절 내내 보고 싶었던 얼굴이 눈앞에 딱 나타나자, 당황하고 반가워 입술만 벌리고 그를 정신없이 바라보았다.

"너 보러 온 것 아니다."

율은 일부러 어색함을 피하려 능청스레 말했지만, 건오를 통해 지우가 무엇을 하고 있는지 듣고 온 것이었다. 그저 하는 일 없이 대숲에 계십니다, 그 말이 계속 머릿속에 맴돌았다.

지우는 율을 꿈이라도 꾸는 것처럼 얼떨떨한 표정으로 바라보았다.

"도대체 이 재인답지 않게 이곳에서 궁상맞게 뭐 하고 있느냔 말이다."

율이 거친 말투로 말했다.

"그, 그저…… 마음이 복잡해서……."

왜 이렇게 가슴이 세차게 뛰는지 지우는 목소리도 잘 나오지 않아 말을 더듬었다.

둘은 숲 속에서 나란히 땅바닥에 주저앉았다. 율이 마른세수를 하더니 턱에 힘을 콱 주고 말했다.

"그러고 있지 마라. 죄인처럼 앉아서."

"폐하께 불충을 저질렀습니다."

율이 눈을 찡그렸다.

"불충? 무슨 불충. 난 네가 왜 그러셨냐며 따질 거 각오하고 왔더니만. 참 여인이란 종잡을 수가 없단 말이야."

율이 피부가 까진 지우의 손을 자신 쪽으로 잡아당겼다.

지우가 눈을 깜빡거리며 율의 옆모습을 바라보았다. 그와 손이 맞닿자 요동치던 마음이 차차 가라앉았다. 지우는 새벽 내내 품어왔던 생각을 율에게 하려 했지만, 율이 먼저 입을 열었다.

율은 마른침을 삼키며 잠시 주저하다가 말을 시작했다. 어제부터 계속 마음속에 담아두었던 말이었다.

"그래, 솔직히 말하자면 분희라는 그 아이를 이용했다."

"……."

"이 사건의 배후를 알아내려면 다른 방법도 있었다. 따로 알아냈던 것이 좀 있었지. 그러나 그렇게 추적하려면 시간이 걸릴 것 같았다. 빠른 시일 내에 해결하고 싶어, 분희라는 아이를 인질로 삼아 옥춘을 협박하려 했다."

지우가 담담하게 이야기를 들었다.

"분희라는 아이가 어떻게 되든지 내 알 바 아니었다. 사실 죽어도 상관없다고 생각했어. 아니, 아마 죽을 거라 생각했다. 옥춘이 그렇게 빨리 입을 열지 몰랐는데, 채찍질에도 입을 안 열면 손가락을 하나씩 자르겠다 협박하려 했거든."

율의 목소리는 낮고 차분했지만 끝이 조금씩 떨리고 있었다.

"둘 사이 친분이 두텁다는 걸 안 순간 그저 다른 건 다 잊고 그 아이를 어떻게 이용해먹을까, 그 생각만 났다. 그 아이가 너를 모신다는 것도, 너도 떠오르지 않았다."

"괜찮습니다. 그것으로 섭섭하지 않았습니다. 폐하께서 정무를 보시는데 왜 저를 고려하십니까."

"그래, 안다. 너는 내가 널 위해주지 않아서 마음이 상한 게 아니지. 내가 데려간 게 분희가 아니라 다른 아이였더라도 그랬겠지."

"……."

"네 앞에서는 아닌 척했는데, 그래, 난 이런 사람이다. 내가 자리를 지키기 위해서라면 분희 같은 순진한 아이 끌고 와 몇이라도 더 죽일 수 있다. 항상 그래왔다. 어릴 때부터 수단 방법 가리지 않고. 이용해먹고, 죽이고. 황좌에 앉았으니 이제 대의명분이라는 것으로 포장할 수 있었지만, 그러지 못했다면? 천하의 나쁜 놈이었겠지."

갑자기 하늘에서 빗방울 몇 개가 떨어졌다. 율이 가져온 우산을 쏙 머리 위로 들었다. 우산이 작아 둘의 바깥쪽 어깨가 젖어 들어갔다. 투둑, 투둑. 우산에 빗방울 부딪치는 소리가 마치 작은 북 치는 것처럼 경쾌하게 들렸다.

지우는 우산 속에서 율을 빤히 바라보았다. 그의 목소리가 하나씩 귓가에 쌓일 때마다 가슴이 점점 더 울렁거렸다. 지우가 쥐어짜듯 목소리를 내어 말했다.

"……폐하는 나쁜 분이 아니십니다."

율이 픽 바람 빠지는 소리를 내며 웃었다.

"날 그렇게 보는 사람은 이 궁에서 너밖에 없을 것이다. 아니, 이 나라에서."

"폐하, 그럴 리가 있겠습니까."

"아니, 맞다. 대를 위한 소의 희생? 당연하다 여겼다. 내가 이 황좌에 올라, 권력을 지키는 것이 대의라 여겼어. 나 아니면 이 나라를 통치할 이가 없다 생각했지. 그래서 망설임 없이 형님도 내치고 반대세력도 숙청했다. 도의? 필요 없다. 헛바람 든 이상론일 뿐이지."

율이 고개를 돌려 지우를 바라보았다.

"헌데 너를 만나고 마음이 자꾸 바뀐다."

어제처럼 율의 얼굴이 절박해졌다. 지우가 울컥거리는 감정을 누르며 한 발짝 더 율의 곁에 붙었다.

"나는 아직 애야. 사람의 마음을 살 줄 모른다. 그저 억누르고, 억누르다 안 되면 죽였어. 그 방법 말고는 난 모른다. 민심은 순식간에 나에게서 돌아섰다. 이대로는 더 이상 안 될 것임을 나도 알아. 헌데 어떻게 해야 할지 모르겠다."

황제가 스스로의 입으로 모른다고 말하는 것은 큰 용기가 필요한 일이었다. 율은 침을 꿀꺽 삼키고 다시 말을 이었다.

"분희를 극도의 두려움에 떨게끔 상황을 몰아붙이고, 채찍으로 내리쳐 옥춘의 입을 열게 했지만, 전처럼 마음이 좋지 않았다. 나와서 혼비백산한 널 마주하는 순간…… 후회했다."

율이 어렵사리 말 한마디를 토해냈다. 지우가 떨리는 눈으로 율을 올려다보았다.

"사람의 마음을 얻고 싶다."

"폐하."

"좀 더 나은 황제가 되고 싶어. 그러기 위해서 짐은 네가 필요하다."

율은 말을 마치고 숨을 몰아쉬었다.

율은 황제로서 권력을 다잡기 위한 자신의 행동이 누군가를 상처 입힐 수도 있다는 걸, 지우를 통해 처음 느꼈다. 완벽하지는 못해도 조금 더 나은 황제가 되고 싶었다. 그러려면 사람의 마음을 살필 줄 알아야 했다.

그러나 아무리 머리를 굴리고 노력해보아도, 율은 그가 한계가 있음을 알았다. 태어나길 황가에서 태어난 그는, 자신 외의 다른 사람을 생각한다는 사고방식이 낯설고 힘들었다.

지우는 달라 보였다. 율은 지우가 여려 보여도 속에는 자신이 가지지 못한 것을 품고 있는 것 같았다. 지우를 옆에 두고 그걸 배우고 싶었다.

지우가 손가락으로 눈을 꾹 눌렀다. 눈동자가 시큰거렸다. 사방에 비에 젖은 풀과 흙냄새가 가득했다. 지우가 상쾌하고 풋풋한 향을 콧속으로 가득 들였다가 토해내고 입을 열었다.

"폐하께서는 잘못되지 않으셨습니다."

최대한 흔들리지 않는 목소리로 말하려 애썼다.

"어제는 어쩔 수 없는 일이었습니다. 폐하를 원망하지 않습니다. 나라에 떠도는 폐하에 대한 소문이 헛소문이라 욕하여놓고, 그 순간 흔들린 소첩의 잘못이 큽니다."

"헛소문은 아니지. 반쯤은 사실이지 않느냐."

"반은 사실이 아니지요. 이 모든 것을 나라를 위해 해오시지 않았습니까. 더 좋은 황제가 되실 것입니다. 저는 그리 믿습니다. 고민하는 순간 모든 인간은 성장한다 하였지요."

"너 때문에 고민하기 시작한 것이다."

지우가 눈을 둥그렇게 뜨고 율의 단단한 얼굴을 응시했다. 새벽 내내, 그리고 하루 종일 고민하고 흔들리던 지우의 얼굴도 이내 단단해졌다. 그녀는 무언가 결심한 투로 말했다.

"폐하의 여인이라 머리로 생각하면서도 마음으로는 느끼지 못했습니다. 이제 압니다. 폐하의 자리가 얼마나 고독한 곳인지, 얼마나 고민해야 하는 곳인지. 미욱한 제가 폐하께 무슨 도움이 될지 모르겠지만, 신첩이 할 수 있는 한에서 모든 걸 드리고 싶습니다. 책만 읽어 이상에 가득 찬 미련한 저라도 폐하께서 필요로 하신다면, 그것이 제 기쁨입니다."

율이 손을 들어 지우의 뺨을 느리게 쓰다듬었다.

"……여인이 아니라 꼭 장군처럼 이야기하는구나. 충성맹세라도 할 것 같다."

율이 그제야 굳어 있던 얼굴을 펴고 평소처럼 웃었다. 율의 얼굴에 번진 미소를 보자마자, 지우는 왈칵 눈물이 터질 것 같았다.

"내 주변이 다 적이다. 하루하루를 적을 만들어오며 살았다. 우습지 않느냐? 나는 사람을 믿지 않는다. 헌데 이상하게 너는 믿고 싶다."

"폐하……."

"그리하여 황제로서도 네가 필요하나, 그것만이 아니다. 내가 밤새 고민을 좀 해봤는데……."

율이 입술을 끌어 올려 깊이 씩 웃었다.

"사내 율로서도 난 네가 필요하다."

지우는 가까스로 눈물을 참아냈다. 여기서 울어버리면 떼쓰는 어린아이같이 될 것 같아서였다. 대신 끝이 바들거리는 손으로 율의 손을 꽉 쥐었다. 두 사람 모두 손바닥이 축축했다.

"어제 그렇게 폐하의 손을 놓아서는 안 되었습니다."

"네 잘못이 아니다."

"아닙니다. 소첩의 잘못입니다."

"아니다. 그 말고도 다른 방법이 있었는데 흥분하여 일부터 저지른 내 잘못도 있다. 적어도 네게 언지는 주었어야 했는데."

"아닙니다. 그런 말씀 거두세요."

"아니라니까. 밥도 제대로 못 들었다며, 내 잘못이다."

"아닙니다. 폐하의 얼굴이 머릿속에 떠나지 않아 그랬습니다. 송구스러움에……."

그렇게 몇 번을 더 옥신각신 서로의 잘못이라 말을 주고받다 율이 큭큭 웃으며 지우의 손을 주물렀다.

"지금 이게 유치하게 무슨 짓 하는지 모르겠군. 반반씩 잘못이 있다 하자."

"아닙니다, 소첩이……."

"한마디 더 하면 입술을 깨물 것이다."

지우가 입을 헙 다물며 귀 끝이 조금 붉어졌다. 율이 자신의 손등을 내려다보며 장난기 섞인 목소리로 칭얼대듯 말했다.

"어제 이 재인이 그렇게 가버린 후로 무얼 해도 손이 계속 차갑다. 손이 시리고 차서 살 수가 없다."

지우가 아무런 말 없이 율의 손을 붙잡아 자신의 뺨에 대었다. 율이 살짝 놀라는 표정으로 지우를 바라보았다. 지우는 얼굴이 점점 붉어졌으나 그래도 끝끝내 뺨에 율의 손을 대고 있었다.

율이 우산을 든 채로 얼굴을 쭉 내밀어 다가왔다. 비가 계속 내려 공기가 차가웠다. 입술 밖으로 새어 나오는 뜨거운 숨이, 뭉게뭉게 형체를 띠고 공기 중에 흘러갔다.

율이 씩 웃으며 말했다.

"지우야."

지우가 놀라 눈을 크게 뜬 채 깜박거렸다. 뺨과 맞닿아 있는 율의 손이 차츰 뜨거워졌다.

"그냥 불러보았다."

"……놀, 놀랐습니다."

"싫으냐?"

지우가 고개를 살래살래 흔들었다.

"아니요, 좋습니다. 가슴이 뜁니다."

지우의 솔직한 말에 율이 머쓱한 듯 헛기침을 했다.

"그러고 보면 너는 이런 데에 있어선 솔직한 것 같다."

"……그런가요? 여인은 이러면 매력이 없다 하였는데……."

"아니다, 좋다."

율의 말에 지우가 안심한 듯 살포시 웃었다. 빗줄기가 점점 거세졌다. 작은 우산 하나로는 두 사람이 비를 피하기엔 역부족이었다. 율은 비에 젖어 있는 지우의 어깨를 쓰다듬었다. 혀로 마른 입술을 한 번 축이더니, 진지한 눈빛을 한 채 물었다.

"아직도 짐의 승은을 입는 데에 관심이 없느냐?"

축축하게 비에 젖어 들어가는 옷처럼, 지우는 어느새 조금씩 율에게 마음이 열리고 있었다. 어제 그의 상처 입은 듯한 얼굴을 마주한 순간 지우는 깨달았다. 한번 틈을 보인 마음은 걷잡을 수 없을 만큼 빠르게 벌어졌다.

지우는 세찬 빗속에서도 똑똑히 들릴 수 있도록 또박또박 말했다.

"폐하께서 소첩을 원해주시는 것만큼 기쁜 일이 없을 것입니다."

"그렇다면 너는, 너는 날 원하느냐?"

그때 지우의 다리에 쥐가 찌르르 올랐다. 지우가 몸을 기우뚱거리며 율 쪽으로 쓰러졌다. 율의 목울대가 꿀렁거렸다. 지우는 율을 올려다보며 말했다.

"예, 원합니다."

"……그 말을 기다렸다."

율이 목이 벌겋게 달아오른 채로 지우의 어깨를 잡아 일으켜 세웠다. 둘은 물기에 젖은 흙바닥을 도담도담 걸어 매당헌으로 들어갔다.

작은 우산 아래에 둘이 딱 달라붙었음에도 어깨와 팔뚝이 모두 비로 젖었다. 궁녀들이 숲 바깥에서 황제가 튀어나오자 다들 당황하며 허겁지겁 허리를 숙였다.

"몸 닦을 것 좀 가져오너라. 간단하게 먹을 것도."

율이 궁녀에게 나지막하게 말하고 처소 안으로 들어왔다. 치맛단에도 물에 흠뻑 젖어 지우가 한 발짝 걸을 때마다 방바닥에 물길이 생겼다.

율이 자리에 앉으며 어깨에 달라붙은 물방울을 손으로 탈탈 털어냈다. 어쩐지 분위기가 어색했다. 율은 헛기침을 몇 번 하더니 괜히 옆에 있는 책을 들춰보았다.

"왜 이렇게 늦는 거야?"

율이 책을 홱 내려놓으며 이마를 손가락으로 긁작거렸다.

조금 지나서야 매당헌에 새로 배정된 궁녀가 곧 상 위에 따뜻한 차와 간단한 다과를 올려 들어왔다. 지우가 두 손을 배 위에 올려놓았다.

이제껏 하루 넘게 아무런 음식 생각이 없다가, 긴장이 풀려서인지 허기가 몰려왔다. 천으로 어깨와 팔을 대충 닦아내고 먹기 시작했다. 몸에 따뜻하고 달달한 게 들어가자 노곤함이 밀려왔다.

율이 평소보다 상기된 표정으로 다과를 먹는 지우를 바라보더니 짧게 웃었다.

"이제 속은 괜찮은 것이냐?"

"아, 예. 그런 듯합니다."

"많이 먹어라. 기분이 좋아 보이는구나."

지우가 차를 한 모금 마시다 말고 말했다.

"폐하와 이리 마주하니 마음이 기뻐 그런 것입니다."

율이 미묘하게 붉어진 얼굴로 고개를 끄덕거렸다.

"알았다. 내숭이란 걸 모르는구나."

"내숭을……."

지우가 곰곰이 고민하는 표정으로 바라보자 율이 손을 휘휘 저었다.

"아니, 내숭 싫어한다니까. 이대로가 좋다."

지우가 기다란 목을 숙이며 웃었다. 차를 다 마시고 나자 둘 다 몸이 따뜻해져 혈색이 붉어졌다.

비에 젖은 축축한 옷은 불쾌하게 피부에 달라붙어 있었다. 지우가 상을 정리해 옆으로 밀어놓으며 말했다.

"옷이 젖었으니 벗으셔야 하겠습니다."

지우는 별생각 없이 담담하게 말한 것이었으나 율이 눈을 둥그렇게 뜨며 크게 웃었다.

"뭐? 이렇게 대담한지는 몰랐는데."

"예? 아, 그것이 아니오라 고뿔에 걸리실까 하여……."

지우가 당황하여 눈동자를 굴렸다. 아까 대숲에서 승은이니 원하느니 이야기를 나눈 것 때문에 안으로 들어오면 드디어 오늘 초야를 치르나 하였지만, 그런 뜻으로 말한 것은 아니었다.

율은 지우의 동요하는 얼굴이 더 재미있는지 싱글싱글 웃으며 그녀의 손목을 낚아채 끌어당겼다.

"내숭을 모른다더니 정말 너무 적극적인 거 아니오, 이 재인?"

율의 손바닥은 뜨겁고 입에서는 아까 먹은 다과의 단내가 흘러나왔다.

"그런 뜻은 아니었사오나……."

지우가 결심한 듯 침을 꿀꺽 삼키고 말했다.

"……구, 궁녀들에게 준비하라 이를까요."

지우가 이렇게 나오자 율도 슬슬 몸이 뜨거워지기 시작했다. 사실 이래도 이상할 것 없는 부부 사이이지 않은가. 원래는 며칠 전에 했어야 했다.

"무엇을 준비하라 하려고?"

율이 지우를 바짝 끌어안으며 얼굴을 가까이했다. 비에 맞아 비릿한 물 냄새와, 그 사이에 섞여 있는 풋풋한 풀 내음이 지우에게 차차 안정을 주었다. 품이 따뜻했다.

"침구나…… 소첩도 몸을 씻어야…… 하지 않을까요?"

"이대로 하고 싶은데."

"어, 그, 저…… 폐하."

"싫으냐?"

"아닙니다."

두 얼굴 사이에는 손가락 하나만의 거리밖에 없었다. 지우가 눈을 깜빡거리며 율의 얼굴을 빤히 바라보았다. 자신에게 이런 욕구가 있을 거라곤 한 번도 생각지 못했는데, 이렇게 가슴을 바짝 붙인 채로 체온을 나누고 있자니 지우는 원초적인 본능으로 가슴이 쿵쿵거렸다.

웃고 있는 율의 입술에 입 맞추고 싶었다. 입술을 붙인 채로 체온을 나누며, 자신의 감정을 율에게 온전히 전하고 싶었다. 접문을 하고 있는 동안은 둘이 꼭 하나가 된 기분이 들곤 했다.

저번에 했던 접문이 떠올랐다. 따뜻하고 짜릿하고 마치 꿈과 현실을 오가는 듯한 몽롱한 감각이.

"폐하."

"그래."

율의 따스한 목소리가 지우의 콧잔등에 내려앉았다.

"입을 맞추고 싶어요."

지우가 침을 꿀꺽 삼켰다. 충동적으로 마음이 가는 대로 말하고 나자 얼굴이 뜨거워졌다.

"뭐?"

율은 예상치 못한 지우의 말에 어처구니없다는 표정으로 웃었다.

"……폐하께서 솔직한 것이 좋다 하시기에."

"해봐라."

율이 웃으며 입술을 내밀었다. 지우가 조심스럽게 다가가더니 우선 아랫입술을 살짝 갖다 댔다.

'어떻게 하는 거더라…….'

지우는 저번에 율이 했던 것을 머릿속으로 떠올리며 조심스럽게 입술을 벌렸다. 닫혀 있는 율의 입술을 혀끝으로 살짝 건드렸다. 율이 황당함 반 재미 반으로 눈이 커지고, 자연스레 입술도 반쯤 벌어졌다. 그 사이로 지우가 율이 했던 것처럼 혀를 집어넣었다.

'……이, 이건 무슨?'

당황하여 어깨를 떤 쪽은 율이었다. 여인이 입맞춤을 이끄는 게 안 된다는 법이 있는 건 아니었지만, 보통 사내가 강하게 어깨를 붙잡으며 입을 맞춰오면 여인들은 내숭을 떨며 '안 돼요, 안 돼요, 돼요, 돼요.' 하는 게 일반적인 것이었다.

그러나 싫지는 않았다. 지우의 속눈썹이 파들거리는 게 눈에 들어왔다. 지우는 처음에는 긴장해서 혀가 딱딱하게 굳어 있더니, 차츰 율의 혓바닥을 두드리기 시작했다. 율은 어디까지 하나 보자 싶어서 가만히 있었다.

지우는 얇은 입술을 오물거리며 율의 입안에서 혀를 살래살래 움직였다. 달고 뜨거운 타액이 섞이며 몸은 점차 달아올랐다. 서로의 날숨이 피부에 닿았다. 지우는 말캉하고 축축한 혀의 감각이 마음에 들었는지, 계속해서 율의 혀를 건드리고 잡아당겼다.

꽤 한참 동안 접문이 이어지고 율이 새빨개진 얼굴로 지우를 밀어냈다.

"지, 지금…… 아니 잠시만."

"폐하?"

지우가 아쉬운 표정으로 몸을 가까이했다.

"나 말고 또 누구랑 했느냐."

율이 축축해진 입술을 손등으로 닦아내며 눈을 찡그렸다.

"누구랑, 또 하다니요?"

"나 말고 또 어떤 사내놈이랑 이랬느냐 말이다."

"안 했습니다."

지우가 억울한 듯 눈썹을 늘어뜨렸다.

"헌데 왜 이리 능숙해?"

"폐하가 하셨던 것을 떠올리며 했을 뿐입니다."

율이 뜨거워진 목줄기를 손바닥으로 감싸며 숨을 내쉬었다. 간질거리면서도 은근히 질척거리는 혀 놀림이 예사롭지 않았다.

머리가 똑똑하면 몸으로 하는 것은 못한다던데. 아니, 연상이라 그런 건가. 나이는 헛으로 먹지 않는다더니.

확확하게 치솟는 열 때문에 정신없는 머리로 이것저것 생각하다가, 율이 결국 다급한 몸짓으로 지우에게 달려들었다. 그녀의 어깨를 붙잡아 바닥으로 누르고 다시금 입을 맞추었다.

아까처럼 달고 간질거리는 것이 아닌, 정사 전의 흥분을 돋우는 거친 입맞춤이었다. 이로 지우의 아랫입술을 아프지 않게 잘근거리며 혀를 깊숙이 넣었다. 타액이 입과 입 사이에서 가득 돌고, 혀뿌리가 얼얼해졌다.

바닥에서 둘의 다리가 얽혔다. 접문이 오랫동안 이어질수록 지우는 온몸이 간질거리는 것 같아 다리를 계속 비틀었다. 치마가 부스럭거리는 소리가 요란했다.

지우가 떨리는 눈으로 율을 올려다보았다.

"……겁나느냐?"

"아닙니다."

처음 겪어보는 일에 대한 두려움은 들었지만 그것보다는 설렘이 컸다. 오히려 긴장한 것처럼 보이는 쪽은 율이었다. 율은 침을 크게 삼켰고 땀이 배어 나오는 손으로 지우의 가슴을 주물렀다.

율은 다급했고 몇 번이고 손이 어긋났다. 이런 적은 처음이었다. 사실, 지우와 연관된 모든 감정들이 율에게는 처음이었다.

처음 취했던 여인이 누구였는지, 얼굴도 잘 기억나지 않았다. 서툴렀지만 거리낄 것 없는 신분의 혈기왕성한 소년은 허겁지겁 달려들었던 듯싶다.

그 후로는 후궁들을 취할 때 흥분이야 됐지만 심적으로 다급한 적은 없었다. 그런데 지금은 꼭 처음 같았다.

오히려 지우가 얼굴을 붉히면서도 담담한 표정으로 쳐다보고 있어서 더욱 당황스러운지도 모른다. 지우는 널브러진 옷 위에서 새하얀 나신이 되었다.

"이 재인."

"……예, 폐하."

"지우."

율이 지우의 이름을 부르면서 옷을 벗었다. 지우가 부르르 떨며 율의 어깨를 콱 붙잡았다.

"폐, 폐하."

"싫으냐?"

"아, 아닙니다."

율은 지우의 대답을 듣자 얼굴이 벌겋게 된 채, 쇄골에 입 맞추었다. 맞닿아 있는 피부에서 점차 땀이 차오르기 시작했다. 율이 지우의 턱 끝에 입술을 갖다 댔다.

"원한다고 말해주어라."

지우가 두 손으로 율의 얼굴을 감쌌다.

"원해요. 원합니다, 폐하."

율은 지우를 큰 손으로 부드럽게 연신 쓰다듬었다. 몸이 달아올라 먼저 안달이 난 지우가 율의 목에 팔을 두르고 그를 끌어안았다.

"폐하……."

"지우, 지우야."

조금의 틈도 보이지 않을 만큼 거세게 끌어안고 서로의 이름을 속삭였다. 땀 때문에 미끈거리는 피부가 맞닿았다.

서로의 가장 본연의 모습으로, 체온을 나누고 숨을 나누고 마음을 나누는 행위가 이토록 좋은 것인지 몰랐다. 지우는 울먹이며 이마를 율의 어깨에 가져다 대었다.

"내 곁에 계속 있어라."

지우가 차마 대답하지 못하고 고개를 세차게 끄덕였다.

밖에서 비가 한참 동안 내리는 소리가 안까지 들렸다. 은밀하게 사랑을 속삭이는 목소리들이 빗소리와 함께 조화되어 매당헌에 울려 퍼졌다.

율은 지우를 거세게 끌어안으며 절정을 맞이했다. 잠시 모든 소리가 멈추고 두 사람의 숨소리만 가득했다.

율은 다시없을 편안함을 느꼈다. 아주 어렸을 적 어미의 품에서밖에 접할 수 없었던, 무한한 편안함. 원래라면 정사가 끝나자마자 옷을 꿰입고 나갔을 테지만, 율은 지우를 눕히고 그 옆에 나란히 누웠다. 두 사람 모두 가슴이 들썩거렸다. 율이 잠긴 목소리로 느리게 말했다.

"……조금 이따가 아랫것들을 불러 정리하라 하자."

지우가 고개를 끄덕거렸다. 아직까지 정사의 여파가 가시지 않아 발가락 끝이 움찔거렸다.

"여기서 자고 갈 것이다."

지우가 율을 바라보았다.

"단잠을 잘 수 있을 것 같다."

어딘가 외로워 보이는 율의 얼굴에서, 지우는 이상하게 그를 보듬고 싶다는 생각이 들었다. 분명히 이 나라에서 가장 권력 있는 지존임에도, 이때만큼은 자신이 보호해야 하는 사람처럼 보였다.

지우는 축 늘어진 몸을 꿈틀거려 옆으로 누웠다. 율의 뒤통수를 손으로 부드럽게 감싸, 그녀의 가슴으로 끌어당겼다. 율은 아무 말 없이 지우의 가슴골 사이에 얼굴을 파묻고 가만히 있었다. 푸근하고 따스한 살 냄새가 났다. 율의 쌕쌕거리는 숨소리가 지우의 살결에 닿았다.

한참 동안 그렇게 있었음에도 율에게서 아무런 말이 없자 지우가 율을 내려다보았다. 율은 어느새 잠에 빠져 있었다.

'……맨몸이신데 어쩌지.'

지우가 당황한 표정으로 율이 깨지 않게 조심조심 일어났다. 우선 옷가지를 율의 몸 위에 덮어주고 그녀도 옷을 다시 입었다.

율은 정말로 깊이 잠이 든 모양이었다. 지우가 침구를 가져와 깔아놓고 그녀보다 훨씬 무거운 율을 낑낑거리며 간신히 이불 위에 눕혔을 때도 율은 깨지 않았다.

웬일로 조용한 밤이었다. 지우도 율의 옆에 누워 그를 바라보다가, 곧 지친 몸을 단잠에 맡겼다

7장. 사냥

피우우우, 팍! 화살이 눅눅한 공기를 가로질러 날아가 날짐승의 몸통에 꽂혔다. 날짐승이 푸드덕거리며 무릎 언저리까지 오는 수풀 사이로 떨어졌다.

율이 활시위에서 손을 놓으며 병사들이 짐승이 떨어진 쪽으로 달려가는 걸 바라보았다. 곧 병사들 몇이 숨이 끊어진 짐승 모가지를 잡아 번쩍 쳐들며 환호했다.

율의 옆으로 이첨유가 말을 이끌어 다가왔다.

"또 명중이십니다, 폐하."

하나로 묶어 아래로 내린 율의 검은 머리가 바람에 휘날렸다. 율이 은근하게 웃으며 이첨유를 바라보았다.

"재상이 보기에도 내 활솜씨가 는 것 같소?"

"훌륭하십니다."

"그런가."

그때 작은 초식동물 하나가 빠르게 움직이는지 수풀이 이리저리 흔들렸다. 율이 다시금 활을 붙잡고 시위를 당겼다.

"빽빽하군."

율이 고개를 갸웃거리며 활을 놓고 화살을 등 뒤의 통에 도로 집어넣었다. 그사이 짐승은 날래게 도망갔는지 더 이상의 움직임이 보이지 않았다. 이첨유의 말이 또각거리며 율 쪽으로 더 붙었다.

"이 재인 마마의 처소에 자주 들리신다 하니, 아비 된 자로서 마음이 기쁩니다."

율이 지우의 이야기가 나오자 눈썹을 움찔거렸다. 지우와 이첨유는 부녀지간이긴 하나 닮은 구석이 별로 없었다. 율은 이첨유의 휘어진 매부리코를 뚫어지게 바라보았다.

"정작 이 재인에게는 한 번도 들르지 않던데."

"그리워도 마마를 자주 찾아뵙는 것도 보기 좋은 것이 아니라."

"그래도 얼굴 한 번 안 비치다니, 너무 매정한 아비 아니오?"

율이 너스레를 떨며 웃었지만 눈은 웃지 않고 있었다. 이첨유는 고삐 쥔 손에 힘을 주며 고개를 숙였다.

"그리 말씀하시니 조만간 마마를 찾아뵈어야겠습니다."

"흠."

율이 고개를 끄덕거리며 화살 통에서 화살 하나를 뽑아냈다. 순식간에 화살을 걸고 시위를 쭉 당겼다. 맹렬한 시선을 한 채 화살을 들고 조준을 하다, 몸을 틀어 이첨유를 바라보았다. 자연히 화살촉의 방향이 이첨유의 얼굴을 향했다.

"활이 영 신통치 못한 것 같소."

"그러십니까."

"겁먹지 마시오. 설마 이 나라의 재상을 쏘려 할까."

율이 하하 웃으며 활을 내렸다.

"그만 별궁으로 돌아가지."

율이 말 머리를 돌리자 뒤에 서 있던 수행원들이 양옆으로 물러서며 몸을 틀었다. 율이 앞장서 달려 나갔다. 황제의 뒤를 수많은 호위 기마병들이 따라붙고 이첨유는 먼지 날리는 요란한 광경을 가만히 노려보았다.

황제와 재상의 대화를 가만히 옆에서 지켜보고 있던 문칠현이 다가왔다. 이첨유가 지우와는 딴판으로 생긴 것과 다르게, 문칠현은 그녀의 막내딸인 유하와 똑 닮았다. 그가 둥그런 눈을 크게 뜨며 은밀하게 물어왔다.

"폐하께서 뭐라 하십니까?"

"글쎄, 별이야기는 하지 않았소."

"활을 겨누시기에 놀랐습니다."

"나도 놀랐소. 우리 어린 황제께서 사람 놀라게 하는 재주가 있으시지, 참."

이첨유가 비릿하게 웃으며 말을 몰았다.

"우리도 별궁으로 돌아갑시다. 연회가 기대되는군."

황제와 더불어 몇몇이 사냥을 나왔던 들판에는 얼마 지나지 않아 모든 사람이 사라지고 짐승이 죽을 때 떨어뜨린 핏자국만 남았다.

율을 앞세워 속속들이 별궁으로 돌아오자, 궁은 밤 연회 준비로 분주해졌다.

황궁에서 말을 타고 삼 일 정도 떨어진 곳에 세워진 별궁은 황제의 요양이나 대피 등의 비정기적인 용도로도 쓰였지만 매년 정기적인 쓰임새가 있는 곳이었다.

우기의 중간쯤 접어들어 보름달이 뜰 때, 매나라에서는 하늘과 땅의 신에게 감사를 표하는 천지제를 별궁에서 지냈다.

어제가 그날이었다. 황제가 별궁에 도착하자 무녀들이 화려하게 제를 올렸다. 공식적인 제사 행사는 어제 치러졌지만 통례상 별궁에서 며칠 머무르곤 했다. 오늘은 밤 내내 화려한 연회가 열릴 참이었다. 벌써부터 궁내에 빼곡하게 빨간 등불이 걸리고 연회장에 기다란 탁자가 놓였다.

율은 그의 처소로 돌아와 이마를 단단하게 감싸고 있던 두건을 벗어 던졌다. 흘러나오는 잔머리를 쓸어 넘기며 미간을 좁혔다. 장 내관이 다가와 물을 건넸다.

"사냥이 고되셨습니까."

"아니. 후궁들은 어찌 되었느냐."

"안 그래도 사냥 나가 계신 동안 도착하셨습니다."

품계가 재인 이상 되는 후궁들만 천지제 이틀째에 별궁으로 왔다. 후궁들이 도착했다는 말에 율이 고개를 들었다. 장 내관이 빙긋 웃었다.

"이 재인 마마도 오셨습니다."

"안 물어봤는데."

"궁금해하시는 표정이시기에……."

율이 머쓱한 듯 손으로 턱을 쓰다듬었다.

"흠, 연회에도 온다지?"

"그럼요, 오실 테지요."

"전적이 있는 사람이라 말이야."

"오실 겁니다."

"그럼 다행이고."

초야를 치르고 곧바로 천지제라 얼굴을 며칠간 못 보았다.

율은 그날 아침을 떠올렸다. 잠에서 깨니, 이미 눈을 뜬 지우가 자신을 내려다보고 있었다. 다른 누군가와 같이 아침을 맞이한 적은 그때가 처음이었다. 푸근하고 편안하며 간질거리는 기분이 들었다.

율이 그때를 생각하며 물을 마시다 말고 실실 웃었다. 장 내관이 웃음을 참기 위해 고개를 옆으로 돌렸다.

점점 해가 지기 시작했다. 궁녀들이 하나둘씩 나와 등불 안에 불을 켰다. 연회가 열릴 곳 좌우로 빨간 빛들이 화려하게 늘어섰다. 궁실 악대가 나와 자리를 펴고 음을 조율하기 시작했다. 둥둥, 북 울리는 소리가 두어 번 들렸다. 비단으로 된 색색의 천이 등불 사이사이에 휘장처럼 걸렸다.

율은 창을 열고 안에서 턱을 괸 채 그 모습을 바라보았다.

"화려하구나."

"폐하께서 즉위하시고 맞는 첫 천지제라 예관에서 특별히 공을 들였다 합니다."

"이번에는 구경의 장들도 다 왔으니 더욱 기합이 들어갈 수밖에."

율이 고개를 까딱거렸다.

"옷을 내와라. 가장 화려한 것으로."

"예, 폐하."

하늘이 빠르게 어두워지면서 등불이 더욱 빨갛게 빛났다. 연회장의 정중앙에는 아까 전 율이 사냥터에서 잡은 여우의 털가죽이 걸려 있었다. 피에 살짝 젖어 덜렁거리는 여우 발을 바라보며 율이 손가락으로 창틀을 두드렸다.

무엇이든 시작되어도 이상하지 않을 것 같은, 흥분에 찬 밤이었다.

별궁의 궁녀가 지우의 틀어 올린 머리 사이사이에 화려한 머리 장식을 꽂았다. 점차 머리가 무거워졌다.

"마마, 입술을 내미셔야 합니다."

궁녀가 지우의 입술을 빨갛게 칠했다. 연회 때문에 평상시에 입는 것보다 배는 화려한 옷을 입어 어깨도 무거웠다. 남의 옷을 훔쳐 입은 것 같은 기분이 들었다. 후우, 지우가 눈을 크게 뜨며 몸의 긴장을 풀기 위해 숨을 크게 내쉬었다.

"다 되었습니다, 마마."

궁녀가 분칠을 마치고 고개를 숙였다.

"그래, 수고했다."

지우가 무릎을 짚고 자리에서 일어섰다.

연회는 지우에게는 별세계의 일 같았다. 매나라의 대표적인 권세가에서 태어났지만 워낙 없는 사람처럼 지냈기에 연회에 참여할 기회가 없었다. 연회에서 아버지 이첨유의 딸 자리는 지우가 아니라 둘째나 셋째 딸이 차지하곤 했다.

지우가 처소 밖으로 나가 걸어갔다. 벌써부터 밖의 요란스러운 기운이 느껴졌다. 연회장으로 걸어가는 길 양쪽에 등불이 화려하게 걸려 있었다. 지우가 느리게 걸으며 주변을 둘러보았다.

"멋지구나."

뒤따르던 별궁의 궁녀가 고개를 숙이고 대답했다.

"별궁에 들어와 매년 보았으나 금년에는 특히 화려한 듯하옵니다."

"준비하는 것이 만만치 않았겠다."

"별궁 사람들은 일 년의 반을 천지제 준비로 보낸다고 해도 과언이 아니지요. 며칠 동안 이어지는 연회 내내 볼거리가 가득합니다."

"혹시 오늘은 무엇을 하는지 아느냐?"

"궁정 무희들이 나온다고 들었습니다."

지우의 눈이 조금 커졌다. 시끌벅적한 연회가 체질은 아니었으나, 궁정 무희들이라니. 이 나라에서 최고로 가는 아름다운 미인들이 나와 사람이 결코 할 수 없을 법한 동작을 유연하게 해낸다고 들었다. 그녀들을 한 번쯤은 보고 싶었다.

연회장으로 가자 벌써부터 전채 요리가 상에 한가득 올라와 있었다. 궁정 악대들이 뒤쪽에서 계속해서 연주를 하고 있었다. 구경의 장을 비롯해 몇십 명의 고관들과 후궁들, 천지제를 주관하는 예관의 관리들로 북적거렸다.

'……아버님.'

지우가 눈을 돌리다 황제의 바로 아래 자리에 앉아 있는 이첨유를 발견했다. 거리가 멀었지만 지우는 혼나는 어린애라도 된 것처럼 황급히 시선을 돌렸다.

"이 재인 마마십니다."

궁녀가 관리에게 고하자, 관리가 지우를 그녀의 자리로 안내했다. 지우는 후궁들이 모여 있는 곳으로 가 앉았다. 널찍한 상에 후궁들이 둘러앉아 있었다.

"어머, 이 재인 아니십니까."

천지제에 참여할 수 있는 후궁 품계 중에서는 재인이 가장 아래였다. 지우는 구석진 자리에서 고개를 숙여 인사했다. 맞은편에 익숙한 얼굴인 유하가 있었다.

"문 첩여 마마."

후궁들의 시선이 지우에게로 집중되었다.

"요즘 재미가 좋으시겠습니다?"

언제나 그렇듯 유하가 파벌의 중심이 되어 입을 열었다.

"저 말씀이십니까?"

"여기 이 재인 말고 궁 생활이 낙낙한 사람이 누가 있겠습니까."

유하는 저번 일로 더욱 기분이 상했다. 콩에 역반응이 없는 것처럼 고고한 얼굴로 차를 마셔대더니, 결국 몸져누웠다는 소식을 들은 것이다. 자기 앞에서 아무렇지 않은 척 군 것이 괘씸했다.

"며칠 전 폐하께서 이 재인 처소에서 또 아침까지 있다 가셨다지요?"

지우는 별다른 표정 변화 없이 앉아 있었다. 몇몇 후궁들이 맞장구를 쳤다.

"이런 적은 몇 달 동안 처음 아닙니까?"

"무뚝뚝하시면서 도대체 어찌 폐하를 녹이셨는지 말 좀 해보셔요."

모두들 웃는 얼굴이었지만 말에 뼈가 있었다. 황후도 공석인 상태에서 황제의 관심이 한 명에게 쏠리자 모두들 경계하는 눈치였다. 개중에는 유하의 눈치를 보며 지우에게 잘 보이려는 듯 살살 웃음 짓는 이들도 있었다.

지우는 그들의 말을 가만히 듣고 있다가 고개를 끄덕이며 입을 열었다.

"폐하께서 미욱한 저를 자주 찾아주시니 그저 얼떨떨할 뿐입니다."

유하가 작고 고운 손으로 머리를 매만지며 말했다.

"점잔 떨지 마시고, 속 시원히 말씀해보세요. 이 재인을 추궁하려 드는 게 아니지 않습니까? 여인들끼리 수다 좀 떨자는 것인데."

"무슨 말씀을 드릴까요."

"어쩌다 갑자기 폐하께서 이 재인을 그리 찾게 되셨는지요."

그때 징 소리가 세 번 울리더니 율이 뒤쪽에서 상석으로 걸어 나왔다. 악대가 요란하게 율을 맞이하는 곡조를 연주했다. 지우는 음악에 묻힐 법한 작은 목소리로 대답했다.

"폐하께서 제가 마음에 드셔서 그렇겠지요. 별다른 이유가 있겠습니까."

유하만은 지우의 목소리를 들었다. 유하가 어이없다는 듯 웃으며 지우를 노려보았다.

유하가 주먹을 꽉 쥐며 고개를 홱 돌렸다.

율이 중앙으로 나서자 모두들 일어섰다. 음악 소리가 잠시 멈추었다. 일제히 허리를 숙이며 폐하의 안녕을 빈다는 몇 마디를 합창하자 율이 자리에 앉았다. 그제야 다른 이들도 앉을 수 있었다.

"연회를 시작하라."

율의 한마디로 다시금 음악 소리가 울려 퍼지고 사람들이 상에 올라온 음식에 젓가락을 가져다 대기 시작했다.

율의 옆자리에는 아무도 없었다. 황후가 없다면 황태후라도 앉아 있어야 할 곳이었지만, 황태후는 건강을 핑계로 천지제에 참석하지 않았다. 율은 그의 바로 아래에 앉아 있는 재상과 구경의 장들과 이런저런 이야기를 나누었다.

지우는 멀리 앉아 있는 율의 모습을 바라보며 음식을 입안에서 오물거렸다. 이틀 전만 해도 가장 가까운 곳에서 얼굴을 맞대고 있었는데. 지금은 목소리가 잘 안 들릴 만큼 멀리 떨어져 있었다.

지우는 같이 아침을 맞이했을 때 막 잠에서 깬 율의 얼굴을 떠올렸다. 일어나셨냐며 입을 열려는 찰나에 율이 단단한 팔로 허리를 감싸왔다. 지우는 그대로 율의 몸 위로 풀썩 엎어졌다.

"잘 잤느냐."

밤새 잠겨 있는 거친 목소리는 달았다.

지우는 그때를 떠올리다 괜히 열이 오르고 목이 타서 술잔을 비웠다. 목으로 넘어가는 술기운이 꽤 셌다. 술에 익숙지 않은 지우는 눈앞이 순식간에 빙빙 도는 것 같아 머리를 좌우로 털었다.

"술을 잘 못하는가 보지요?"

"익숙하지는 않습니다."

"여인이 술에 능한 것도 보기 좋지는 않지요. 연회 때 아니면 마실 기회도 없고. 한 잔 드세요."

유하가 술병을 잡고 지우를 바라보았다. 지우가 두 손으로 잔을 들어 유하가 따라주는 술을 받았다. 한 잔 더 비우자 머리가 어지러웠다. 지우는 술기운을 억누르기 위해 더욱더 눈에 힘을 주고 자세를 바로 했다.

"하여간 신기한 일이에요. 솔직히 아무도 폐하께서 이 재인을 그리 찾으실지 몰랐지요. 아, 기분 나빠하지는 마세요. 그저 여인들 입이라는 게 그런 말 하는 걸 좋아하지 않습니까?"

지우가 옅게 웃으며 고개를 끄덕였다.

"연치도 이 재인보다 폐하께서 어리시고요. 아니, 정말 우리 이 재인의 어느 점이 그리 매력이 있으셨을까."

유하가 입술을 끌어 올려 짙게 웃었다. 지우는 별로 대답할 필요도 느끼지 못했다. 유하는 나이가 어려 그런지, 원래 성정이 그런 건지, 사람을 골려대는 데 그 방법이란 게 죄다 뻔했다. 저런 말을 들어서 기분이 좋지는 않았지만 워낙 노골적이었기에 한 귀로 듣고 한 귀로 흘리면 될 일이었다.

지우가 별 반응이 없자 유하는 더 신 나서 떠들었다. 주변 후궁들 몇도 동조하는 분위기가 되었다.

"우리들 솔직히 말해봅시다. 미색만으로 따지면 어때요, 이 재인보다 내가 우위 아닙니까?"

유하는 장난이라는 듯 웃으며 어깨를 떨었다.

"이 재인, 기분 나쁜 건 아니지요? 여기 술 한 잔 더 받으세요."

유하가 능청스레 술을 한 잔 더 따라주었다. 지우는 눈썹을 살짝 찡그리며 술을 마셨다. 점점 몸에 열기가 돌았다. 이런 게 술에 취한다는 거구나 싶었지만, 그리 기분 나쁜 감각은 아니었다. 마음이 좋은 쪽으로 들뜨는 것 같았다. 유하가 무슨 말을 해도 그러려니 넘길 수 있을 만큼.

"솔직히 미색으로 문 첩여 마마를 따라갈 이가 있겠습니까."

"그렇지요. 입궁 전부터 유명하셨지요."

"이 재인은 뭐랄까. 전형적인 매나라 미인상은 아니지요. 서역에서 무역상들이 제 계집종들을 데리고 들어올 때 보았는데, 이 재인을 잘 보면 꼭 서역 여인 같은 면도 보이고요."

"그런가요?"

굳이 계집종이라는 단어를 써서 비교하는 게 거슬렸지만 지우는 웃으며 유하의 말을 들어주었다.

"자고로 여인이란 눈이 둥글고 커야 미인이지 않습니까?"

유하가 이제는 얼굴 이목구비를 조목조목 들어 이야기를 시작하는데, 지우는 음식을 집어 먹으려다 말고 젓가락을 내려놓았다. 유하의 뒤쪽 저 멀리에서 황제 율이 걸어오고 있기 때문이었다. 후궁들 몇이 율을 발견하고는 입을 꾹 다물었다.

'이쪽으로 걸어오시는 건가.'

지우가 눈을 깜빡거리며 율을 바라보았다. 얼핏 눈이 마주친 것 같았다. 율이 갑자기 눈을 찡긋거렸기 때문이다. 지우가 헛기침하며 고개를 돌렸다.

유하는 뒤에서 누가 걸어오는지 모른 채 계속 떠들었다.

"기분 나빠하지는 마세요. 이 재인도 아시다시피 제가 워낙 빈말을 못하지 않습니까?"

옆에 있는 후궁이 율이 다가오는 걸 알아채고 유하를 말리려 붙잡았지만 유하는 눈치채지 못하고 계속 말했다.

"미색은 아니지만, 그래도 한두 번 정도는 호기심이 가는 특색 있는 얼굴이시니 폐하께서도 그런 점에 끌리셨을까요?"

"누구 얘기지?"

그때 유하의 바로 등 뒤까지 다가온 율이 뒷짐을 한 채 불쑥 끼어들었다. 갑자기 들려온 목소리에 유하가 자그마한 몸을 화들짝 떨며 일어섰다. 일제히 다른 후궁들도 자리에서 일어섰다.

"아니, 아니, 다들 앉으시오."

율이 손을 휘휘 저었다.

"아, 문 첩여는 빼고."

"……예? 끅."

유하가 놀라서 딸꾹질을 삼켰다. 여인 중에서도 몸집이 작은 유하가 율의 앞에 서자 더욱 어린아이처럼 보였다. 지우가 고개를 설레설레 흔들었다.

"이야기가 흥미로워서 그런데 누구 얘기요?"

지우는 자신한테 할 때보다 좀 더 근엄하고 예를 차린 율의 말투에 놀랐다.

"어…… 아, 아무것도 아닙니다, 폐하."

"짐이 미색도 아닌 누구한테 끌렸다던데?"

"예? 끅."

유하가 다시 한 번 딸꾹질을 삼켰다. 율이 눈썹을 올렸다가 흥미로운 표정으로 후궁들을 둘러보았다. 지우와도 눈이 마주쳤다.

"그대들의 비밀이오? 짐에게는 이야기해주지 않을 참이오?"

"그, 그런 게 아니오라…… 저희들끼리 농으로 한 이야기라서 그렇습니다."

황제와 제대로 이야기해본 기회가 별로 없는 후궁들은, 아직까지 율을 무서워하고 있었다. 그건 유하도 마찬가지였다.

"농이니 농으로 듣겠소. 그래서, 누구요?"

"이, 이, 이 재인의 이야기를……."

"아아."

황제가 손바닥을 주먹으로 탁 쳤다.

"그것참 재밌네."

율이 지우를 힐끗 쳐다보며 상의 가장 위쪽으로 걸어갔다.

"술 한 잔씩 듭시다."

주변의 궁녀들이 후궁들의 잔에 술을 따랐다. 율이 술잔을 들었다.

"드시오."

고개를 한 번 까딱하더니 율이 단숨에 술을 입안에 털어 넣었다.

"후궁들끼리 이리 재미있게 이야기하시는 걸 보니 마음이 기쁘군. 아주 재밌는 농도 주고받고 말이야. 그렇지 않은가, 이 재인?"

지우가 급작스레 지목받자 눈을 크게 뜨고 고개를 숙였다.

"예, 폐하."

"그러니까 아주 재미있단 말이야. 하하. 장 내관, 내가 언제 미색이 아닌 여인한테 눈길이라도 준 적이 있던가?"

율은 웃고 있는데 유하의 얼굴은 점점 어두워졌다.

"이 재인이 미색이 아니라니, 재밌는 농일세. 그렇지, 장 내관?"

"예, 그렇습니다, 폐하."

장 내관이 허리를 깊게 숙이며 말하자 율이 하하 웃었다.

지우는 먹던 음식이 체할 것 같았다. 부끄러워 귀 끝이 달아올랐다. 유하의 말에 기분 나쁘고 할 것도 없었다. 사실이니까. 유하는 매나라 제일가는 미색이라 불릴 만큼 아리따운 여인이었다. 미색이란 자고로 유하를 위해 만들어진 말인 것처럼.

부끄럽고 당황스러워 얼굴이 화끈거렸지만 가슴이 빠르게 뛰었다. 율은 이 재인에 대한 이야기는 까맣게 잊은 것처럼 아무렇지 않은 표정으로 웃으며 천지제에 대해 몇 마디 덕담을 했다.

"그럼 연회 잘 즐기시오."

그러고는 왔을 때처럼 빠르게 쌩하니 다른 쪽으로 걸어갔다.

잠시 후궁들 사이에 아무런 말이 없었다. 황제가 직접적으로 이렇게 이 재인을 앞에 두고 말한 것은 처음이었다. 이 재인이 폐하의 신임을 얻어도 보통 얻은 게 아니다. 몇몇은 눈을 재빨리 굴리며 상황 파악을 하더니 어색한 웃음을 지으며 지우에게 말을 걸었다.

"이 육전이 아주 맛납니다. 좀 드시지요."

"그런데 이 재인께서는 쉬실 때는 무엇을 주로 하시지요? 저는 요즘 자수에 관심이 있어서요."

"언제 한번 매당헌으로 놀러 가도……."

갑자기 지우 쪽으로 분위기가 쏠렸다. 유하는 맞은편에서 지우를 노려보더니 결국 홱 일어섰다.

"어디 가십니까?"

지우가 나지막하게 물었다.

"속이 불편해서요. 잠시 바람이라도 쐬려고 합니다."

유하가 금방이라도 울음을 터뜨릴 어린아이 같은 표정으로 고관들이 앉아 있는 쪽으로 걸어갔다. 지우는 후궁들의 말에 대답하면서 눈으로는 유하의 뒷모습을 좇았다.

유하가 궁녀를 시켜 그녀의 아버지를 잠시 불러냈다. 이첨유와 이야기를 나누고 있던 문칠현이 그가 귀히 여긴다는 막내딸의 부름에 급하게 일어서 나왔다. 그들은 몇 마디 주고받더니 연회장의 뒤쪽으로 사라졌다.

그쪽을 바라보다가 이제 시선을 떼려고 할 때, 우연히 지우는 이첨유와 눈이 마주쳤다. 이첨유는 속을 알 수 없는 표정이었다. 한참 만에 본 아버지 얼굴이었지만 반갑다기보다는 무서웠다.

지우는 애써 아버지의 눈을 피하며 술잔을 비웠다. 입안에 술을 가득 머금고 느리게 삼켰다. 지우가 크게 심호흡을 했다. 아버지의 품에서 벗어났음에도 아직까지 어린 시절의 그늘이 그녀 위를 드리우고 있었다. 이첨유는 계속 지우를 바라보고 있었다.

지우가 불편하게 뛰는 심장을 억누르며 아무렇지 않은 척 표정을 갈무리했다.

'한 번도 봐주지 않으시더니 이제 와 보시나요.'

지우가 울컥 차오르는 감정을 눌렀다. 일부러 목을 빳빳하게 세우며 옆에 앉아 있는 후궁과 웃으며 이야기했다. 곧 이첨유의 시선이 사라지는 게 느껴졌다. 지우는 손을 잠시 꽉 쥐었다가 폈다. 하나씩 이렇게 마음속에서 어린 날을 밀어낼 것이다. 지우가 머릿속에 떠오르려던 기억을 잽싸게 지워버리며 음식을 먹었다.

전채 요리가 나가고 화려한 음식들이 상을 가득 메웠다. 그때 잠시 나가 있었던 유하가 자리로 돌아왔다. 얼이 빠져 있는 표정이었다.

"괜찮으십니까?"

몇몇이 옆에서 물어왔으나 유하는 아무런 대답 없이 찬물만 들이켰다. 지우가 유하의 안색을 계속 살폈다. 어린아이처럼 눈만 마주쳤다 하면 트집 잡기 바빴던 유하가 웬일로 아무 말도 없었다.

'대사농과 무슨 이야기를 나누었기에……?'

문칠현은 평소와 같은 모습으로 율과 대화하고 있었다. 지우는 잠시 고개를 갸웃했다가 이내 옆에서 정신없이 말을 걸어대는 통에 신경을 돌렸다.

화려한 옷을 입은 무희들이 재빠르게 연회장의 중간으로 들어왔다.

"공연이 시작되려나 봅니다."

느린 선율에 맞춰 가느다란 몸을 이리저리 흔들었다. 얼굴에는 눈처럼 새하얗게 분을 칠했고 눈 주위에는 화려하게 색이 들어 있었다. 점차 노래의 박자가 빨라지고 수십 명의 무희가 열을 맞추어 안무를 했는데 모두들 한몸 같았다.

지우가 난생처음 보는 광경에 입을 살짝 벌렸다. 둥, 둥, 음악 아래에 깔리는 북소리가 점차 빨라졌다. 지우의 심장도 같이 빠르게 뛰었다.

춤사위는 격정으로 치닫고 있었다. 나풀거리는 옷자락을 휘날리며 빙빙 무희들이 동시에 돌자, 사람들 입에서 탄성이 터져 나왔다. 지우는 술기운에 달아오른 몸이 더욱 뜨거워지는 것 같았다.

마지막 안무를 위해, 중심에 한 명의 무희가 서 있고 나머지들이 그녀를 둘러싸고 앉았다. 노래는 다시 느려지고 간드러지는 독무가 시작되었다. 중심에 있던 무희가 팔찌를 겹겹이 낀 손목을 꺾으며 손 안무를 할 때, 갑자기 손가락 끝을 바르르 떨었다.

붉게 칠한 눈가가 떨렸다. 이때까지 사람들은 그것마저 안무라 생각했지만 차츰 이상함을 깨달았다. 연지를 발라 새빨간 입술에서 검붉은 피가 쏟아져 나왔다.

"어머!"

사람들이 비명을 지르며 자리에서 일어섰다. 무희는 온몸을 부들부들 떨며 눈을 까뒤집었다. 콧구멍에서도 피가 터져 나왔다. 새하얗던 얼굴이 검붉게 물들었다.

호위병들이 잽싸게 율의 주위를 둘러쌌다. 사람들이 불안하게 웅성거렸다.

"이, 이게 무슨 일인가. 하필이면 천지제에 이런 일이……."

"죽은 건가?"

좋지 않은 시기였다. 즉위하고 첫해, 하늘과 땅의 신에게 감사드리는 제사 도중에 이렇게 사람이 죽어 나가자 사람들은 말은 하지 않아도 속으로는 다들 하늘신이 노한 게 아니냐는 근원적인 두려움을 가졌다. 지우도 예상치 못한 끔찍스러운 광경에 두 눈을 크게 떴다.

특히 별궁의 궁녀들은 더 심했다. 천지제를 반년 넘게 준비해온 별궁 사람들은 경악하며 몸을 떨었다.

율이 자리에서 일어서며 외쳤다.

"연회는 잠시 파한다."

병사들이 무희들을 둘러싸고 한 명씩 끌고 갔다. 피를 토하던 무희는 흰자를 드러낸 채 딱딱하게 몸을 굳혀가고 있었다. 숨이 끊어진 것이다.
율이 거칠고 빠른 걸음으로 나가자 사람들도 하나둘씩 연회장을 떠났다. 상 위에는 뜨거운 음식이 아직 가득 남아 있었지만 누구도 땅에 떨어진 핏자국을 보며 음식을 먹고 싶어 하지 않았다.
지우도 느리게 일어섰다. 갑자기 머리가 핑 돌면서 몸을 가누지 못하고 휘청거렸다. 앉아 있을 때는 몰랐는데 생각보다 술기운이 몸에 가득 밴 모양이었다.
뒤쪽에 대기하고 있던 건오가 다가왔다.
"마마, 괜찮으십니까."
"괜찮다. 처소로 돌아가자."
"예."
지우가 걸음을 똑바로 하려 애쓰며 천천히 걸음을 옮겼다.
지우의 얼굴이 어두웠다. 아까 전 무희의 피 토하던 얼굴이 계속 떠올랐다. 코에서도 피가 줄줄 흐르고 몸을 극심히 떨던 거로 봐서는 독살인 듯했다.
'악질적이게 하필이면 이럴 때를 노려서…….'
율의 당황한 얼굴이 눈앞에서 어른거리며 지우가 한숨을 쉬었다. 숨에 달짝지근한 술 냄새가 섞여 있었다. 처소로 들어가려다 말고 처소 옆 후미진 곳에 박혀 있는 연못 앞에 멈추었다.
"안 들어가십니까."
건오가 뒤에서 물어왔다.
"아무래도 찬바람을 쐬어야겠다. 술기운이 독하구나."
밤이라 어두컴컴한 연못 아래에 물고기들이 움직이는지 간간이 파동이 일었다. 검은 물을 가만히 내려다보다 지우가 쪼그려 앉았다.

"마마."

건오가 당황하여 불렀지만 지우가 무릎 위에 두 손을 올려놓고 숨을 푹푹 쉬었다. 시간이 지나면 괜찮을 줄 알았는데 움직일수록 어째 더 술기운이 오르는 것 같았다.

"으으음."

잠이 슬금슬금 밀려왔다. 지우가 꽤 오랫동안 가만히 쪼그려 앉아 있자 건오가 어쩔 줄 몰라 하며 다가왔지만 지우는 그래도 일어나지 않았다.

머릿속에 아까 전의 장면이 어지럽게 얽혀 지나갔다. 빨간 등불, 무희들의 빨간 눈가, 빨간 피, 피. 지우가 마른세수를 했다.

"마마, 바람이 찹니다."

"도대체 누가 그랬을까?"

"……."

"죄다 의심 가는 자투성이다. 폐하의 주변에 적이 너무 많구나. 누구 하나를 고를 수 없을 만큼."

"취하신 것 같습니다."

"그렇지? 네 얼굴이 흐리게 보인다, 건오야."

"들어가시지요."

"여기가 좋은데."

평소에는 볼 수 없던 떼 부리는 것 같은 말투에 건오가 당황하여 쩔쩔맸다.

"마, 마마……."

"여기 있으면 안 되느냐?"

"알겠습니다."

지우가 저린 다리를 톡톡 주먹으로 두드리며 일어섰다. 두 팔을 양옆으로 벌리고 이번에는 연못 주변을 빙빙 돌기 시작했다. 건오가 주춤거리며 그 뒤를 계속 따라붙었다.

"건오야."

"예."

"폐하께서 나를 필요로 하신다고 하셨다."

"그러셨습니까."

"응. 그거 듣고 가슴이 엄청 빨리 뛰어서 터지는 줄 알았는데……."

건오는 뒷목을 긁적거렸다. 이 재인 마마님은 술에 취하시면 평소보다 말이 배는 많아지시고 고집이 느시는 것 같다고 율에게 보고할 거리를 생각하며.

"내가 폐하께 해드릴 수 있는 게 무엇일까?"

"예?"

"남들보다 나은 거라고는 글자나 읽어 두꺼워진 머리밖에 없는데."

건오가 말주변이 없어 입술을 머뭇거리다가 입을 열었다.

"곁에 있는 것만으로도 힘이 되는 사람이 있지 않습니까."

지우가 고개를 뒤로 돌려 건오를 바라보았다.

"폐하께 마마님이 그런 분이 되시면…… 주제넘는 말이었다면 송구합니다."

"아니다. 좋은 말이구나."

"다행입니다."

"폐하께선 지금 정신이 없으실 테지. 힘드실까? 걱정이 돼."

지우가 고개를 숙이고 발로 흙바닥을 쿡쿡 눌러댔다.

"폐하가 보고 싶어."

"……뭐 하고 있나 했더니 나한테 푹 빠져서 정신 못 차리고 있을 줄이야."

익숙한 목소리가 저 앞에서 들리자 지우가 어지러운 정신을 붙잡고 고개를 들었다. 흐린 시야 사이로 어렴풋이 보이는 인영은 율이었다. 율은 지쳐 있는 표정이었지만 지우를 똑바로 바라보며 웃고 있었다.

지우가 눈을 깜빡거리며 잠시 얼이 빠져 있었다. 술 때문에 머리 회전이 재빠르지 못했다. 율이 한쪽 눈썹을 꿈틀거리며 지우 쪽으로 큰 손을 내밀었다. 그제야 지우가 다섯 발자국을 빠르게 뛰어 율의 손을 잡았다.

"폐하!"

"그래, 보고 싶다던 그 폐하다."

율의 뒤에 있던 환관과 호위들이 고개를 반대쪽으로 돌렸다.

"여기 어쩐 일이십니까? 아까 그 일은……."

지우가 말끝을 흐렸다.

"대충 마무리되었다."

"누가 무희를 죽인 건가요?"

"독살이더구나. 제사 준비로 궁이 원체 바빴기에 범인을 찾기는 쉽지 않을 듯하지만. 뭐, 이제 누구 죽는 게 놀랍지도 않다."

율이 아무렇지 않게 웃었지만 지우는 입꼬리를 내렸다. 율이 양 엄지로 지우의 입술 끝을 잡아 늘렸다.

"웃어라, 웃어야 보기 좋다."

“……어더, 어떻게…… 저, 노, 놓아주십시오.”

입술이 붙잡혀 제대로 발음이 되지 않자 지우가 난감하게 율을 올려다보았다. 율이 하하 웃으며 놓아주었다.

“어떻게 웃습니까. 폐하께 해가 갈까 속상합니다.”

“이 재인이 웃어야 내가 기분이 좋다.”

지우가 눈을 동그랗게 떴다. 율이 머뭇거리다가 말했다.

“그래서 상황 정리되자마자 온 것이다. 네 얼굴을 봐야 기분이 좋……. 하아.”

율이 한 손으로 얼굴을 쓸어내렸다. 율의 귀 끝이 점차 붉어졌다.

“원래 내가 이런 사람이 아닌데 이 재인한테 옮았다.”

“……소첩이요?”

“그래, 그 솔직병 말이다. 이런 간, 간지러운 말을 내가……. 아니다, 됐다.”

처음 만났을 때부터 맞잡고 있던 손이 뜨거워졌다. 지우가 율의 손안에서 손가락을 꿈틀거렸다. 율이 괜히 헛기침을 했다.

“폐하께서 그리 말씀해주시니 듣기 너무나 좋은걸요.”

율이 헛기침을 하다 사레에 들려 허리를 굽혀 몇 번이고 켁켁거렸다. 지우가 당황해서 율의 등을 부드럽게 쓸어주었다.

“괜찮으십니까, 폐하?”

“괜찮다. 좀 걷자.”

“예, 폐하.”

율이 지우의 한 손을 잡은 채로 앞으로 휙휙 걸어가자 지우는 거의 끌려가다시피 했다. 호위들은 몇 발자국 떨어져 따라갔다. 별궁의 가장 안쪽에 마련된 산책로를 따라 걸었다. 맞닿아 있는 두 손에는 어느새 미끈하게 땀이 찼다.

"소첩이 여기 있는지 어떻게 아셨습니까?"

"처소로 갔더니 없다 그러지. 해서 주변을 좀 뒤졌다. 거기 나와서 궁상맞게 뭐 하고 있었느냐?"

"술이 안 깨서요."

"술 취했느냐?"

율이 큭큭 웃으며 얼굴을 확 가까이했다. 지우가 갑자기 다가온 율 때문에 놀랐는지 딸꾹질을 했다. 딸꾹질을 참으려 지우가 끅끅대자 율이 더 크게 웃었다.

"정말로 술 냄새가 나는구나."

"……송구합니다, 끅."

"아니, 이 재인이 술 취해 있다는 게 웃겨서 그런다. 딸꾹질이 안 멈추느냐?"

"예, 예에, 끅."

"코를 막고 숨을 참아보아라."

율이 하라는 대로 지우가 한 손으로 코를 틀어쥐었다.

"입으로도 숨을 쉬면 안 된다."

지우가 코를 막은 채 고개를 끄덕였다. 일, 이, 삼. 율이 웃음기 섞인 낮은 목소리로 숫자를 셌다. 숨을 못 쉬자 지우의 얼굴이 점점 붉어졌다. 목 아래에서는 딸꾹질이 올라오려고 계속 꿈틀거렸다.

그러다 율이 뒤쪽으로 손을 휘저어 수행원들이 등을 돌리게 하고는 그대로 지우의 입술에 입을 맞추었다. 갑작스러운 입맞춤에 지우가 율을 붙잡고 있던 손아귀에 힘을 꽉 쥐었다.

율이 지우의 입술 사이로 혀를 집어넣고 할짝였다. 입맞춤은 짧았지만 강렬했다. 율이 아랫니로 지우의 입술을 한 번 깨물고는 입을 뗐다.

"어때, 딸꾹질은 멎었느냐?"

지우가 아직 정신을 덜 차린 표정으로 눈을 굴리다가 고개를 끄덕였다.

"거봐, 숨 참으면 된다니까."

율이 아이처럼 웃었다.

"아, 그런데 이 재인 술을 도대체 얼마나 드신 거요? 술 냄새가 아주……."

"폐, 폐하!"

율이 놀리듯 말하자 지우가 얼굴을 붉히며 숙였다.

둘은 다시 걸어갔다. 율은 이틀 새에 신경 쓸 것이 많아 거칠어진 피부를 쓰다듬으며 숨을 크게 들이마셨다. 지금만이 온전한 휴식시간같이 느껴졌다. 율이 맞잡은 지우의 손을 벌려 깍지를 꼈다.

"짐을 걱정했느냐?"

지우가 옆으로 얼굴을 돌려 율을 바라보았다.

"예, 폐하."

"기분이 좋군."

"당연한 것인데요."

"누구한테 제대로 걱정 받아본 적이 별로 없어서."

율이 웃었지만 밝아 보이지는 않았다.

"이런 날에는 가끔 결심이 흔들려."

"……."

"내가 황제인 게 얼마나 싫으면 이런 날에 일을 꾸몄을까 하고. 17대 동안 이어져 온 전통인데 괜히 형님 누르고 황제 되겠다고 내 설쳐서 이리됐나 싶고."

"폐하, 그리 생각하지 마세요."

지우가 안타까운 목소리로 말하자 율이 고개를 저으며 하하 웃었다.

"결심이 잠깐 흔들린다는 거지 접지는 않지. 난 내 길이 틀렸다고 생각 안 한다. 틀렸다 한들 그건 현세대가 판단할 게 아니지."

율이 짙은 눈썹에 힘을 주며 말했다.

"역사가 판단할 일이다. 나는 내가 옳은 길을 간다고 믿는다. 형님께 나라를 맡겼으면 이 나라는 필시 망했을 것이다."

지우가 나머지 한 손으로 율의 손등을 감쌌다. 지우의 온기가 전해져 들어오자 율이 진지했던 표정을 흐트러뜨리며 웃었다.

"자, 그러니까 짐한테 반대하는 놈들을 다 부숴버려야지."

지우가 고개를 끄덕이며 입을 열었다.

"이 나라에 점처럼 퍼져서 폐하를 음해하려 들고 있습니다."

"그래, 초반에는 내가 경솔했지. 즉위한 데다 군권을 잡고 있다고 방심했다. 그놈들이 후궁들을 죽이고 내 치세가 저주받았다고 소문을 퍼뜨리고 다니기 시작할 때 잡았어야 했어. 이미 민심은 돌아섰고 그놈들은 그걸 기반으로 점점 더 세력을 불리고 있다."

"이번 일도 그걸 노린 것이지요. 무희를 죽인 자를 찾아 효시를 한다 하여도 이미 천지제 기간에 그런 일이 벌어졌으니, 민심이 흉흉해질 것입니다. 진실과는 관계없이 폐하의 정통성을 의심하려

들 테고요."

"반대 세력 중 하나를 이미 알고 있다."

지우가 율을 올려다보았다.

"정말입니까? 근데 어찌……. 아."

지우가 무언가를 떠올린 듯 입을 열었다.

"지금 상황에서 하나를 잡아봤자 별 득이 없겠군요."

"그렇다. 하나를 잡아봤자 그걸 빌미 삼아 날 더 폭군으로 몰아댈 놈들이다. 더 큰 배후를 잡아내서 한꺼번에 뽑아내야 한다."

"군권으로 누르는 것은 무리겠지요."

"그놈들이 동탄이랑 연관되어 있다. 군사적으로 지원받아 역모를 일으킬 작정이었으면……."

"저, 폐하."

지우가 잠시 율의 말을 끊었다. 율이 왜 그러냐는 듯 쳐다보았다.

"신첩에게 이렇게 다 말해주셔도 괜찮은 것입니까?"

"왜, 날 배반할 것이냐?"

율이 속이 조금 상한 듯 얼굴을 찌푸렸다. 지우가 손을 붙잡으며 세차게 고개를 저었다.

"그럴 리가요. 워낙 중한 말이다 보니……."

"네가 기분 나쁠 수도 있겠지만 처음 만나고 나서 네 뒷조사를 다 해보았다. 뭐 하고 산 건지 정말 털어서 먼지 하나 안 나오더군."

"그러셨습니까."

"그러나 이제는 그것과는 별개로 널 믿는 것이다."

지우는 율과 맞잡은 손으로 심장이 옮겨간 것 같았다. 목으로는 울컥 뜨거운 감정이 솟구쳤다. 율이 지우를 지그시 쳐다보았고 지우는 그 눈빛이 자신을 내리꽂는 것 같았다. 이제껏 제대로 사람을 믿어본 적 없는 사람의 신뢰가 지우에게 무겁게 다가왔다.

“그러니 영원히 나에게서 등 돌리지 말라.”

율의 낮은 목소리가 고막에 닿아오자 지우가 한 발짝 율에게 가까이 다가갔다. 지우가 주춤거리며 팔을 율에게로 뻗었다. 율이 잠시 당황하다 이내 살짝 마주 안았다. 얄팍하지만 따뜻한 포옹이었다.

“그럴 일 없습니다, 절대로.”

지우가 율의 가슴팍에 이마를 댄 채 웅얼거리듯 말했다.

율이 지우를 껴안은 팔에 힘을 주었다. 서로의 체온이 스며들어 몸에 훗훗한 기운이 올랐다. 잠시 그러고 있다가 율이 지우를 놓아주었다.

“처소로 돌아가야지.”

율이 지우의 손을 다시 잡고 걸어갔다. 둘의 발소리가 들리자 등을 돌리고 있던 수행원들이 따라왔다. 마주 잡은 손에 땀이 차도 좋은 밤이었다.

둘 사이에는 침묵이 흘렀는데 그럼에도 불편한 분위기는 아니었다. 율은 그것이 신기했다. 율과 단둘이 있게 된 사람들은, 그에게 잘 보이기 위해 쉴 새 없이 떠들어대거나 그의 약점을 잡기 위해 매섭게 눈알을 굴려대는 게 보통이었다. 율도 사람을 대할 때면 항상 긴장을 바짝 하고 사냥감을 노리는 사냥꾼의 눈매로 그들을 관찰하곤 했다.

지우와 함께 있을 때 느껴지는 낯선 편안함이 좋았다. 후궁들을 이미 몇십씩 들여놓았지만 이런 감정은 처음이었다. 율은 장 내관이 말했던 걸 떠올렸다.

"폐하께서 아주 어릴 때부터 폐하를 모셔왔지만 요즘 같은 적은 없으셨지요."

장 내관이 웃고 있기에 괜히 실실 쪼개지 말라고 타박을 주었지만, 율도 속으로는 그 말에 동감했다.

율이 걷다 말고 고개를 돌려 지우를 바라보았다. 어느새 지우의 별궁 처소 앞까지 도달해 있었다.

"들어가라."

"예? 폐하께서는……."

"이런, 엉큼하기는."

지우가 웬만큼 율의 농에 익숙해져 이번에는 당황하지 않고 말했다.

"여기까지 오시기에 당연히 처소에 납시는 줄 알았습니다."

"왜, 기대했느냐?"

"기대했다고 대답하면 또 놀리실 것이지요."

"당연하지. 알면서 묻느냐."

지우가 코끝을 찡긋거리며 입을 다물었다. 꼬인 첫 만남부터 율은 다른 후궁들에게 하는 것과 다르게 지우에게는 장난기가 넘쳤다. 하다 보니 습관이 되고 반응을 보면 더 골리고 싶고, 열 살 소년이 된 것 같은 기분이었다.

율이 잡았던 손을 슬며시 놓으며 미소 지었다.
"그저 좀 같이 걷고 싶어서 여기까지 온 것이다. 안 그래도 이 재인에게 온 관심이 쏠려 있는 것 같아서 그것도 걱정되고."
지우가 숙였던 고개를 들고 율을 바라보았다.
"제 걱정은 마세요, 폐하."
"……명일 일정이 많으니 들어가 쉬어라. 아침에 머리 아프겠는데."
"머리요?"
"술을 잔뜩 마셨으니 숙취가 있을 수밖에."
"아……."
"숙취에 좋은 차 끓여 달라 해라."
"예, 폐하."
율은 이제 몸을 돌려 돌아가야 하는데 이상하게 걸음이 잘 떨어지지 않았다. 어깨를 움직일까 말까 움칫거리고만 있자 지우도 머뭇거렸다.
"들어가라니까."
"폐하께서 먼저 가셔야지요."
"아, 알았다. 간다."
그러나 여전히 미동 없이 제자리였다. 율이 금실로 수놓아진 이마 두건을 긁적거리다가 재빠르게 지우의 팔뚝을 붙잡고 끌어당겼다. 따르던 이들이 고개를 돌릴 틈도 없이.
거칠게 잡아당긴 탓에 조준이 잘못되었다. 율의 입맞춤이 지우의 입술이 아닌 콧잔등에 떨어졌다. 말캉한 감촉에 율과 지우 모두 웃음이 터졌다. 지우가 눈을 깜빡거리다가 발뒤꿈치를 살짝 올려 율의 입술에 입 맞추었다.

율의 동공이 흔들렸다. 숨을 한 움큼 들이마시며 율이 입을 벌려 지우의 입술을 삼켰다. 힘을 주어 입술을 빨아올리듯 하다가 주먹을 쥐고 물러섰다.

"……그만 얼른 들어가라."

지우가 갑자기 멀어진 온기에 눈을 동그랗게 떴다.

"마음 바뀌기 전에, 얼른."

율은 사내답게 차오르는 흥분을 간신히 자제하며 지우의 어깨를 떠밀었다. 어쩔 수 없이 지우가 처소 안으로 먼저 들어가자, 율이 손으로 벅벅 얼굴을 문질렀다.

좋지 않은 상황에 후궁 처소에 들었다 하면 책잡힐 근거를 하나 더 만들어주는 셈이라 율은 물에 젖은 솜처럼 무거워진 다리를 겨우 움직여 걸어갔다. 반쯤 걸어가다 말고 멈춰 서 율이 입을 열었다.

"장 내관."

"예, 폐하."

"이제 보니 황제 자리가 아주 개똥 같지 않은가."

"……폐, 폐하, 다른 이들이 들을까 염려됩니다."

장 내관이 허리를 급히 숙이며 당황스러운 말투로 대답했다.

"개똥 같은 걸 개똥 같다 그러지, 그럼 뭐라 해."

"어찌 그러십니까."

"의미 없다, 의미 없어. 여인 하나 옆에 두는 것도 눈치 보면서 해야 하다니."

율이 발 앞에 놓인 돌멩이를 저 멀리 차버렸다. 제멋대로 휘적거리며 걸어가는 율의 뒤를 장 내관이 다급하게 따라붙었다. 아이고, 폐하.

지우는 아침에 일어나자마자 머릿속에서 바늘이 돌아다니는 것 같은 두통에 이마를 감싼 채 눈을 찌푸렸다.

속도 메스껍고 자꾸 토기가 치밀었다. 이게 숙취라는 거구나. 지우가 배를 감싸 쥐며 궁녀를 부르자 궁녀가 숙취해소에 좋은 차를 끓여 들어왔다. 차를 마시자 속이 조금 풀리는 것 같았지만 머리 아픈 건 여전했다.

지우가 핼쑥해진 얼굴로 궁녀에게 물었다.

"술을 마시면 다들 이렇게 되는 것이냐?"

"사람마다 정도의 차이는 있으나 마마께서 술이 약하신 편인 듯합니다."

"하…… 큰일이구나. 부제까지는 아직 시간이 좀 남았지?"

"예. 점심까지 쉬시고 계시면 들어와 준비를 해드리겠습니다."

"알았다."

궁녀가 나가고 지우가 한참 동안 멍하게 앉아서 손으로 뺨을 쓸어내렸다. 첫날 본 제사의식에는 무녀 외에 여인은 참여할 수 없었기에 후궁들은 오늘 간소화된 제를 치르러 가야 했다.

건국황제가 하늘의 계시를 받았다는 성지는 세 곳이 있었는데, 그중 두 곳이 별궁 근처에 있었다.

하나는 별궁 한가운데에 있는 호수였는데, 애초에 별궁이 그 호수를 둘러싼 형태로 지어진 것이었다. 나머지는 별궁 근처의 산 중턱에 있는 동굴이었다. 건국전쟁 당시 건국황제가 후퇴 도중 다친 몸을 이끌고 부인과 함께 숨어 있다가 그곳에서 두 번째 계시를 받았다는 이야기는 매나라 사람이라면 두 살짜리 아이도 아는 것이었다.

황제와 황제의 여인들은 천지제의 세 번째 날에 온통 하얀 제사복을 걸쳐 입고 동굴로 향한다. 지우는 성스러운 제사 의식 전에 숙취에서 깨어나기 위해 처소 밖으로 잠시 나와 걸었다. 아침공기가 축축하고 차가웠다.

"이 재인 아니십니까. 잘 주무셨습니까."

별궁 처소를 같이 쓰고 있는 후궁들이었다.

"예, 주 재인도 잠자리가 평안하셨는지요."

"덕분에요. 어제 술에 취하신 것 같던데 몸은 괜찮으십니까."

"아직 조금 속이 울렁거리네요."

"그런데 어제…… 폐하께서 이쪽으로 오셨지요?"

지우가 어지러운 머리 때문에 저절로 찌푸려지려는 얼굴을 애써 피며 대답했다.

"예, 잠시 동안……."

"이 재인을 보러 오신 것 같던데요."

지우는 딱히 뭐라 대답하기도 애매해 고개만 끄덕였다.

"아, 저희는 이 재인을 시기하거나 하는 것은 아니니 오해 마세요. 앞으로 잘 지내고 싶어서요."

"오해 안 합니다. 괜찮습니다."

"그러면 몸조리 잘하시고 이따 부제에서 뵙시다."

지우는 달라진 후궁들의 태도에 얼떨떨해하면서 인사했다. 몇몇은 품계가 높고 문칠현의 비호를 받고 있다 하더라도 폐하의 총애는 못 얻는 유하보다 지우의 편에 붙는 것이 합리적이라 생각한 것이다.

그러나 모든 후궁들이 저들 같지는 않을 것이다.

한 사내를 여럿이서 공유하고 있는 상황에서 잡음이 안 나는 게 이상할 테다. 정세도 심상치 않고 무엇이 벌어져도 이상하지 않을 때였다.

그렇다고 후궁끼리의 일로 안 그래도 정신없는 율의 신경을 뺏을 순 없었다. 지우는 황궁 내에서 권력도 인맥도 없는 자신이 어떻게 살아가야 할지 고민하며 처소 주변을 느리게 걸었다.

차가운 새벽 기운이 조금씩 걷히고 아침 해가 나기 시작했다. 어젯밤의 흉사는 잊은 듯 하늘은 쾌청했다. 상쾌한 공기 덕에 두통이 조금 가라앉자 처소 안으로 들어가 부제 의식을 조금 알아보려는 찰나, 저 멀리서 익숙한 얼굴이 보였다.

"마마."

낯선 호칭으로 자신을 부르는 낯익은 얼굴. 지우가 습관처럼 어깨를 움츠렸다.

"……아버님."

이첨유는 매부리코를 검지로 쓰다듬으며 지우에게로 다가왔다.

"오랜만입니다."

"무슨 일로 여기에……."

지우가 침을 꼴깍 삼켰다.

"못 본 지 오래되지 않았습니까. 출가하신 이후로 처음이지요. 들어갑시다."

지우는 이첨유의 정중한 말투가 어색했다. 그들은 지우의 처소 안으로 들어가 앉았다. 지우가 불편한 표정으로 이첨유를 바라보았다. 지우는 이첨유의 의중을 알 수 없어 긴장감으로 심장이 쿵쿵 뛰기 시작했지만, 이첨유의 말투는 능청스럽고 태평했다.

"아침은 드셨습니까, 마마."

"속이 안 좋아서 먹지 않았습니다."

"이런, 몸이 안 좋으십니까."

이첨유가 기름진 얼굴로 웃었다. 세월이 스쳐 지나간 눈가는 주름졌고 살이 처져 있었다. 그러나 처지고 늘어진 피부 사이에 자리한 눈은 아직까지 형형했다. 눈빛이 날카롭게 빛나며 지우의 몸통을 위에서부터 아래까지 쓱 훑고 지나갔다.

"몸 상하시면 아니 됩니다. 이제 귀하신 몸 아니십니까."

"제가요?"

"그럼요. 귀하신 몸이시지요."

이첨유가 무릎 위에 올려둔 손가락을 까딱거렸다. 지우는 아까 전 가신 두통이 다시 살아나는 것 같았다. 그 누구의 배웅도 받지 못하고 빗속에서 꽃가마에 오르던 입궁 날이 떠올랐다.

적국에 팔려가는 볼모도 가족의 배웅은 받았을 텐데, 그것보다 못한 신세였다. 가문을 등지고 나오는 길, 지우는 지긋지긋한 애증을 떨쳐버리려 마음을 먹었다. 완전히 가문과 연을 끊고 살아갈 것이라고.

"태자를 잉태하실지도 모르는 몸이시니."

허, 지우가 참던 헛웃음을 터뜨렸다. 이제 와 찾아와서 생전 들어본 적 없는 나긋나긋한 말투로 안부를 왜 묻나 했더니. 꽉 쥔 주먹이 잘게 떨리기 시작했지만 지우는 최대한 티를 내지 않으려 애쓰며 입술을 끌어 올려 웃었다.

"아버님이 걱정해주시니 몸 둘 바 모르겠습니다."

"마마께서 제게 섭섭하신 것 압니다. 못난 아비였지요. 허나 어찌 되었든 마마께서는 가문의 성씨를 물려받은 저희 핏줄이 아니십니까."

"글쎄요."

지우가 무표정한 얼굴로 단호하게 말했다. 집에서 아비 얼굴만 봐도 벌벌 떨던 그녀와는 다른 모습에 이첨유가 늘어진 볼을 꿈틀거렸다.

"혹여나 제가 후에 후사를 본다 하여도, 아버님께서는 신경 쓰지 않으셔도 됩니다."

"어찌 그런 말씀을 하시는지."

이첨유는 속내를 알 수 없는 웃음을 지었다.

"제가 그동안 한 번이라도 아버지의 자식인 적이 있었나요."

"……."

"제 어머니와 저의 말은 한 번도 들으려 하시지 않았잖아요."

이첨유가 미소를 유지한 채 비쩍 마른 손을 꿈틀거렸다.

지우는 그동안 쌓아둔 말을 토해내고 나자, 몸에 확 열이 솟구치는 것 같았다. 집에서는 한 번도 아버지의 얼굴을 똑바로 쳐다보고 대든 적이 없었다. 이첨유를 마주할 때마다 비참하게 죽어가던 친모의 마지막 모습이 자연스럽게 떠올랐기 때문이다.

"마마께서 제게 이리 대하시는 건 처음 보는군요."

"가세요."

"마마."

"아버님, 이제 저희는 서로에게 아무것도 주고받을 수 없는 사이입니다. 그걸 아셔야지요."

"그럴까요?"

이첨유가 길고 마른 팔을 뻗어와 지우의 손을 확 붙잡았다. 둘은 얼굴 생김새는 달랐지만 길쭉한 팔다리만은 닮아 있었다. 이첨유의 손바닥은 축축하고 거칠어서, 마치 생선 비늘 같은 느낌이 났다.

"노, 놓으십시오."

지우는 손을 빼내려 했지만 이첨유의 손아귀는 매우 억셌다.

"정말로 그렇다고 생각하십니까, 마마?"

"사람을 장기짝 취급하는 것도 이쯤 하세요."

"마마는 아직 너무 어리세요. 폐하는 더 어리시지요. 세상 물정 돌아가는 걸 모르신다, 이 말입니다."

이첨유가 말끝을 길게 늘이며 말했다. 명백하게 조롱이 담겨 있는 말투라, 지우가 손이 잡힌 채로 부들거리며 이첨유를 노려보았다.

"폐하를 그리 말씀하지 마십시오."

"못난 아비라도 이리 대하지 마시란 뜻이에요. 아셨습니까?"

지우가 있는 힘껏 이첨유의 손을 떼어냈다. 지우가 눈에 힘을 꽉 주고 쳐다보자, 이첨유가 하하 웃으며 두 손을 번쩍 들었다. 지우가 아랫입술을 꽉 깨물다가 차가운 목소리로 입을 열었다.

"아버님, 하나만 묻겠습니다."

"예, 그러시지요."

"그때…… 왜 어머니의 말씀을 들어볼 생각도 안 하셨지요?"

지우는 몇 년간 묻어두었던 질문을 이제야 꺼냈다. 어린 날 어머니가 장정들의 손에 붙들려 끌려가고 마당에서 남종들에게 맞아 죽던 그날의 이야기를.

피에 젖은 채 어미가 광에 처박히고 나자, 지우는 어린 몸을 부들거리며 이첨유에게 다가갔다. 어머니가 그럴 일 없다고, 이야기를 들어보자고, 어머니를 살려달라고. 이첨유는 아무런 대답도 없이 어린 지우를 지나쳐 걸어갔다.

지금껏 침착하던 지우의 목소리가 떨리고 있었다.

"어머니가 다른 사내와 정을 통할 분이 아니시란 건 아버지도 잘 아시지 않습니까. 정말로 어머니가 그런 짓을 저질렀으리라 생각하시는……."

"마마."

이첨유가 지우의 긴박한 목소리를 도중에 끊었다.

"이러니 어리시다 하는 겁니다."

이첨유가 턱 아래에 쥐꼬리처럼 난 수염을 쓰다듬었다.

"진실은 중요한 것이 아닙니다. 폐하의 소문만 봐도 모르시겠습니까?"

"아닌 걸 알고 계셨군요."

지우는 이상하게도 차츰 들떴던 숨이 가라앉고 머리가 차가워졌다.

"이제 와 십몇 년 전의 진실을 캐내어봤자 우리 모두 힘들어질 뿐입니다. 저도 이 이야기를 하자니 마음이 아프군요. 그만둡시다."

"아니요."

지우가 얼어붙어 고저 없는 목소리로 말했다.

"못 그만둡니다. 차라리 다 말하세요. 어머니의 외가가 몰락하고 볼 것 없어지니 권세 있는 집에서 온 첩실을 정실로 올리기 위해 추악한 누명을 씌워 죽였다고, 그리 말씀하시라 말입니다."

주먹을 꽉 쥐고 차분하게 한 자 한 자 씹듯이 말했지만 말끝이 조금씩 흔들리는 걸 이첨유는 놓치지 않았다.

"마마, 그리 흥분하셔서 어쩌십니까. 진정 좀 하세요. 말도 안 되는 소리십니다."

"흥분 안 했습니다. 분에 못 이겨 따지고 드는 어린애 다루듯 말하지 마세요. 이제 아버님의 못난 딸이 아닙니다. 제가 언제까지 아무것도 모른 척하며 아버님 앞에서 덜덜 떨 거라 생각하셨습니까. 지금은 첩지를 받은 황제의 여인입니다. 그 어떤 사내도 제 손을 억지로 잡고, 저를 어린 계집 취급할 순 없는 겁니다. 함부로 대하지 마세요."

이첨유가 수염을 쓰다듬던 손을 내리고 눈썹을 까딱거렸다.

"제가 후사를 보든 황후가 되든, 아버님께 득 되는 일은 하나도 없을 것입니다. 이제 그만 나가세요."

"마마."

"나가주세요."

이첨유가 느릿느릿 마른 몸을 일으켜 세웠다. 머리를 숙여 인사하더니 등을 돌리기 전 마지막으로 나지막하게 웃으며 말했다.

"마마, 세상 일이 다 마음대로 되면 얼마나 좋겠습니까."

"……."

"그러지 못하니 세상살이가 어려운 것이지요. 이만 물러가겠습니다."

이첨유가 타박타박 느린 걸음으로 나갔다. 지우는 목을 꼿꼿하게 세우고 이첨유의 뒷모습에서 시선을 떼지 않았다. 그가 완전히 사라지고 나서야, 참아왔던 숨을 토해내며 눈가에 힘을 풀었다.

가느다란 손가락이 바들바들 떨렸다. 긴장이 확 풀리자 몸에 순간적으로 열이 올랐다. 지우는 그의 어머니를 꼭 빼닮은 얼굴이었다. 어머니가 그렇게 죽고 나자, 그 닮은 얼굴은 집안 내에서 오히려 지우에게 불길한 꼬리표가 되었다.

저 아이도 다른 사내의 씨가 아니냐면서 수군대는 소리를 들으며, 지우는 어머니가 그럴 사람이 아니란 걸 알면서도 속으로는 혹시 하는 마음을 가졌다. 그러지 않고서는 친아비가 저렇게 자기에게 매정할 일 없다고 생각했다. 이첨유를 이해해보려 애썼던 어린 시절이 부질없게 느껴졌다.

'그런 사람이었구나. 자기 자신의 안위를 위해서라면 누구라도 내버릴 수 있는 사람.'

정실이 된 계모는 자식을 셋 낳았다. 그 틈바구니 속에서 지우가 없는 사람이 되는 편이 나았을 것이다. 껄끄러운 어린것이었을 테니.

지우가 떨리는 손으로 얼굴을 더듬거렸다. 한참 동안 몸의 떨림이 멈추지 않았다.

8장. 정통

이첨유가 들렀다 가고, 지우는 아무것도 안 한 채 처소에 가만히 앉아 있었다. 속이 복잡하여 시간 가는 줄도 모르고 정신을 빼고 있던 도중, 부제 준비를 위해 궁녀가 들어왔다.

궁녀가 지우에게 제사 때 입는 옷을 입혀주었다. 지우가 지친 표정으로 서 있자 궁녀가 그녀를 올려다보았다.

"몸이 아직 안 좋으십니까?"

"아닐세, 나가지."

"산 중턱에 있는 곳이라 올라가는 길이 꽤 깁니다. 몸조심하십시오."

숙취로 인한 어지러움이 아니었다. 분노가 확 일었다가 가라앉자 그 여파로 몸이 욱신거렸다.

지우는 심호흡을 하며 마음을 갈무리하고 밖으로 나갔다. 별궁에 온 재인 이상의 후궁들이 모두 별궁 후문에서 모여 산에 올라야 했다. 매년 닦아놓기에 험준한 길은 아니었으나, 여인들이 오르기에는 벅찬 감이 있었다.

"이 재인 오셨습니까."

와 있는 몇 명이 지우를 보고 인사했다. 품계 순으로 줄을 서서 올라갈 예정이었다. 지우는 품계가 재인인 데다, 입궁한 날짜가 가장 최근이라 제일 끝에 섰다.

다 모여서 잠시 기다리자 율이 호위를 이끌고 뒤에서 걸어왔다. 어제 일 때문인지 분위기는 어수선했다. 율이 후궁들의 줄 끝에서부터 앞으로 찬찬히 걸어가며 슬쩍 지우를 바라보았다.

둘의 눈이 잠깐 마주쳤다. 지우가 부드럽게 고개를 숙였다.

율이 맨 앞에 도착해 후궁들을 바라보고 말했다.

"출발하지."

"예, 폐하."

후궁들이 합창하며 앞서 걸어가는 율의 뒤를 따라 산을 올라갔다.

산길이 가파른 편은 아니었지만 반쯤 오르자 점차 숨이 찼다. 그래도 산에 흐르는 풀 냄새는 산뜻하여 좋았다. 경사의 가장 앞쪽에서 걸어가는 율의 뒤통수가 보였다. 다른 여인들과 함께 줄지어서 있자 기분이 이상했다.

손을 뻗어도 닿지 않는 거리에 율이 있었다.

율이 이 모든 여인들을 마음에 품지 않았다는 것도, 자신에게만은 특별하게 대해준다는 것도 다 알았지만, 막상 그를 모두와 공유하고 있다는 사실을 눈으로 접하자 그가 얼마나 높은 곳에 있는 사내였는지를 다시금 깨달게 되었다.

섭섭하다거나 속이 상하는 건 아니었다. 황제의 여인으로 살아가려면, 다른 여염집으로 시집을 간 경우와 다르게, 감내해야 할 것이 많다는 걸 재차 확인하면서 어깨가 묵직해지는 기분이 들 뿐이었다.

이런저런 생각을 하며 산을 오르던 도중 앞에서 걷던 율이 잠시 걸음을 멈추고 돌아보았다. 저 높이 있는 율의 얼굴이 보였다.

율이 지우를 똑바로 쳐다보고 있었다. 그의 짙은 눈빛을 받아내며 지우는 안 그래도 벅찬 숨이 목구멍을 막아오는 것 같았다. 위에서 아래로 쏟아지는 시선은 평소보다 더 강렬하게 느껴졌다.

'폐하…….'

율의 얼굴은 어딘지 모르게 불편해 보였다. 곧 율이 다시 등을 돌려 걸어갔다.

폐부가 아플 쯤에 그들은 동굴 앞에 도착했다. 뒤따르던 제를 주관하는 무녀들이 동굴에 마련된 단상에 제를 위한 향을 피우기 시작했다.

동굴 안에 들어가자 물속에 있는 것처럼 습하고 미묘한 비린내가 났다. 지우는 처음 보는 광경에 숨죽이고 뒤쪽에 서 있었다.

"폐하, 준비가 다 되었습니다."

"시작하라."

무녀들이 제문을 읊으며 동굴 안을 일정한 간격을 두고 빙빙 돌았다. 무녀들은 겹겹이 옷을 입고 있어서 도는 속도를 빨리할수록 흰색 옷이 동굴 안에서 나부꼈다.

향이 매캐하게 피어오르는 가운데 무녀들의 제문 소리와 동굴

바닥을 두드리는 발소리만 크게 웅웅 울렸다. 지우는 긴장한 채로 그 광경을 바라보았다.

무녀들이 제문을 다 읽고 나자, 율이 먼저 나가 제단 앞에서 격식을 갖추어 절을 했다. 그 뒤로 품계 순으로 후궁들이 차례로 절을 했다. 마지막으로 지우까지 마치자 무녀 하나가 짐승의 피로 보이는 걸 동 그릇에 내왔다. 손가락에 짐승 피를 적신 다음 벽에다 일자로 줄을 그었다.

동굴 벽에는 그렇게 매년 그어온 걸로 보이는 핏자국이 가득했다. 동굴은 사람의 신경을 홀리게 하는 힘이 있는 것 같았다. 모든 의식이 끝나고 동굴 밖으로 나오자 지우는 머리가 어지러웠다.

산을 내려가는 건 쉬웠다. 힘이 빠져 몇 번 다리가 꼬일 뻔했지만 무사히 하산했다. 율은 후궁들을 둘러보며 복잡한 표정으로 서 있더니 말했다.

“어제 흉사가 있었으나 이런 날 밤 연회를 접을 수는 없으니 그대로 진행할 것이오.”

후궁들이 고개를 숙였다. 율이 입술을 이로 잘근거렸다.

“그럼 이만들 가보시오.”

율이 미련 없이 등을 돌려 걸어갔다. 지우는 오늘은 술을 적당히 마셔야겠다고 생각하며 처소로 걸음을 옮겼다.

그러던 도중 뒤에서 다급한 발소리가 들렸다. 지우가 뒤를 돌자 율을 모시던 환관이 있었다.

“마마.”

“무슨 일인가?”

“폐하께서 잠시 처소로 오시라 합니다.”

"폐하께서? 알겠네, 옷을 갈아입고……."

"바로 오시라 하셨습니다."

지우가 고개를 갸웃거리며 환관을 따라갔다. 황제가 기거하고 있는 곳에 직접 가는 건 처음이었다.

지우가 도착하자 문밖에 장 내관이 서 있었다. 장 내관이 지우를 보고 살짝 웃으며 고개를 숙였다.

"폐하, 이 재인 마마십니다."

"들라 해라."

문이 스르륵 열리며 지우가 안으로 들어갔다. 율은 화려한 보가 씌워져 있는 탁자 앞에 앉아, 별궁에서도 이것저것 문서를 살피고 있었다. 지우가 조용한 걸음걸이로 다가갔다.

"왔느냐."

아까 산길에서 마주쳤던 얼굴이 진지했기에 지우는 무슨 일이라도 생긴 걸까 걱정이 들었다.

"앉아라."

지우가 율의 앞에 주춤거리며 앉았다.

"무슨 일로 부르셨습니까?"

"흠."

율이 아무 말 없이 문서를 옆에다 밀어두고 턱을 괸 채 지우를 바라보았다.

"꼭 무슨 일이 있어야 부르느냐?"

"그런 것은 아니지만 급히 부르시는 것 같기에."

"조금이라도 빨리 보고 싶어서 그랬다."

율이 웃으며 말하자 그의 입술 옆에 움푹 볼우물이 파였다. 평소 같은 웃음을 보자 지우도 차차 안정감을 느꼈다. 이른 아침 다녀간 이첨유의 여파가 알게 모르게 가슴에 남아 속이 복잡했는데, 율을 보자 마음이 풀리는 것 같았다.

"이 재인."

"예?"

율이 목소리를 깔고 말했다. 율이 혀끝으로 입술을 적시며 어떻게 말을 시작해야 할지 머뭇거렸다. 지우가 율 쪽으로 살짝 몸을 굽혔다.

"지우야."

지우의 뺨이 붉어졌다. 누구에게 이렇게 다정하게 이름이 불린 적이 까마득했다. 지우가 하얀 손을 움직여 조심스럽게 율의 손가락 두 개를 붙잡았다.

"잡을 거면 확 잡아라. 이제 와 내외는 무슨."

"부끄러워 그렇습니다."

"뭐가 부끄러운데?"

"이름을 부르시니까……."

"지우야."

부끄럽단 말에 율이 한층 목소리를 높여 한 번 더 불렀다. 목소리에 형체라도 생긴 것처럼, 무언가가 가슴을 두드리는 기분이 들었다.

"지우야."

"……예, 폐하."

큼, 율이 헛기침을 했다.

"너를 내 비로 맞이하고 싶다."

지우가 잠시 침묵을 유지하며 대답 없이 있자 율이 진지한 표정을 무너뜨리고 지우의 손을 와락 붙잡았다. 율이 손을 붙잡았음에도 지우는 잠깐 어깨를 떨 뿐 아무런 말도 하지 못했다.

"왜 대답이 없느냐."

"저, 폐하……."

그제야 지우가 잔뜩 떨리는 목소리로 띄엄띄엄 입을 열었다. 율이 바들거리는 지우의 턱을 손바닥으로 감싸 쥐며 웃었다.

"싫다고 하면 여기서 울어버릴 것이다."

"예?"

"내가 나이도 어리겠다, 그 정도는 떼써도 되겠지? 싫다고 대답만 해봐라. 밖에 있는 장 내관 까무러치게 울 것이다."

율의 말에 지우가 바짝 올라간 어깨에 긴장을 풀고 작게 웃음을 터뜨렸다. 지우가 자신의 뺨을 감싸고 있는 율의 손을 붙잡았다.

"싫을 리가 있겠습니까."

"내 성격에 이런 말 한다고 사실 엄청 긴장했다. 너 오기 전부터 장 내관 닦달하고 난리도 아니었으니."

"그러셨습니까."

지우가 웃으며 율을 바라보았다. 율이 지우의 손목을 붙잡고 강하게 당겼다. 지우가 품 안으로 넘어지자 율이 허리를 붙잡고 무릎 위에 앉혔다. 지우는 바닥으로 떨어지지 않기 위해 얼떨결에 율의 목을 끌어안았다.

율이 지우의 허리를 단단하게 팔로 감싸며 턱 아래에 짧게 입맞췄다.

"아까 부제를 치르러 가던 길에 기분이 이상하더군."

율이 지우의 목에 얼굴을 파묻었다. 율의 목소리가 바로 살갗에 와 닿자, 간지러운 감각이 몸에 퍼졌다.

"무엇이요?"

"네가 수많은 후궁들의 가장 뒤에서 걸어오는 게……."

율이 지우를 더 세게 끌어안았다.

"마음이 좋지 않았다."

지우가 머뭇거리다 율의 등을 손바닥으로 부드럽게 쓸었다.

"네가 나와 가장 가까운 곳에 있었으면 한다. 황궁으로 돌아가면 비로 첩지를 올릴 것이다."

"정국이 좋지 않은데 서두르지 않으셔도 됩니다."

"어서 비가 되고 싶지 않으냐?"

"신첩은 무슨 이름으로든 폐하 곁이면 족합니다."

율은 잠시 고민하다가 지우를 힘으로 들어 올려 앞에 있는 탁자 위에 앉혔다. 그러고는 두 손을 마주 잡고 지우를 빤히 올려다보았다.

"품계가 높아야 다른 이들이 너를 무시하지 못할 텐데."

"소첩을 걱정하셨습니까?"

"그래, 나도 내가 갑자기 이렇게 된 게 매일 놀랍다. 네가 해를 입을까 두려워. 황제가 두려워하는 게 있다니 웃기지 않느냐."

지우는 이리저리 빙빙 속내를 숨기는 데 열중하던 이첨유의 비릿한 얼굴을 떠올렸다. 율은 정반대였다. 진심이 담긴 까만 눈동자를 마주하는 순간, 지우는 울음이 나올 것 같았다. 그 대신 울고 싶은 만큼 율의 손을 꽉 쥐었다.

지우는 감정이 크게 드러나지 않는 얼굴이었다. 울 때도 웃을 때도 표정 변화의 폭이 격하지는 않았다. 율은 부들부들 떨리면서도 억세게 잡아오는 손으로, 지우의 감정을 느낄 수 있었다.

"폐하, 처음에 입궁할 때 두렵고 무서웠습니다. 집안에서 없는 듯 살던 제가 과연 황궁에서 잘 버틸 수 있을까 하고요. 그런데 폐하, 소첩은 이제 이곳이 아니면 살아갈 수 없어요. 폐하의 곁이, 황궁이 좋습니다. 걱정하지 마세요. 어떻게든 이곳에서 악착같이 살아남아 보일게요."

지우가 율의 손을 쥐고 위 아래로 살짝 흔들었다. 율의 손바닥이 무척이나 뜨거웠다.

"그렇지만 소첩이 폐하의 약점이 되기는 싫어요. 비 책봉을 받게 되면 지금껏 딸들을 후궁으로 보낸 가문들 간의 세력 균형이 깨지는 셈입니다. 폐하께서 저를 아끼신다는 걸 이제 만천하가 알게 되겠지요. 불안정한 정세에, 분명히 예상치 못한 파동이 일 것입니다."

울고 싶을 만큼 감동적이고, 당장이라도 모든 이들이 보는 앞에서 율의 곁에 서고 싶었지만 지우는 최대한 감정을 눌렀다.

"그런 것 신경 쓰느라 너를 오늘처럼 끄트머리에 두기 싫다."

"신경 쓰셔야 합니다."

"이 재인!"

율이 감정이 격앙된 표정으로 지우를 바라보았다.

"기다릴 수 있습니다. 모든 게 좀 더 안정될 때까지, 기다릴 수 있어요. 그때 소첩을 꼭 비로 맞아주세요."

율이 손으로 이마를 감싸고 얼마간 있다가 한숨을 내쉬었다. 율은 이해가 가면서도 상황이 갑갑하여 얼굴이 어두워졌다.

"알았다."

"폐하."

"왜."

지우가 율을 잡아당기며 불렀다. 율이 조금 심통 난 표정으로 지우를 돌아보았다.

"폐하, 안아주세요."

"어?"

"안아주세요."

율이 머쓱한 듯 뺨을 긁적이다가 일어서서 지우를 세게 끌어안았다. 넓은 품속에 파묻히자 지우가 나른한 숨을 뱉었다.

"이제 애교도 부리는 것이냐? 이런다고 내 기분이 풀릴 줄 알고?"

지우가 대답 없이 율의 허리에 팔을 둘러 꽉 안았다. 율이 기가 찬다는 듯 입으로는 헛웃음을 지어 보였지만 손은 지우의 등을 쓰다듬었다.

"허. 내가 이런다고……."

지우가 율의 품 안으로 더 파고들었다.

"이런다고…… 풀릴…… 줄……."

율의 말이 점차 느려지다 이내 멎었다. 지우의 턱을 들어 입 맞추었기 때문이다.

가볍게 서로의 입술을 빨아들이다 실눈 뜬 채로 눈이 마주쳤다. 입이 마주 닿은 채 작게 웃음이 터졌다. 짧은 입맞춤이 끝나고 율이 얼굴이 붉어진 채로 말했다.

"심란하군."

"어째서 그러십니까?"
"이미 이 재인이 짐의 약점이 된 것 같으니, 어쩌면 좋소."
율이 과장된 투로 우는 체를 했다. 지우가 입술을 끌어 올리며 웃었다.
"약점이 어떻든 상관없게 되게 적을 다 무찌르면 되지요."
"암만 봐도 항상 장군 같단 말이야."
"아까는 애교 있다 하시지 않으셨습니까."
"취소하겠다."
율이 검지로 지우의 뺨을 찔렀다.
"그러면 이제 허튼 애교는 부리지 않겠습니다."
율과 붙어 있다 보니, 점점 닮아가는 것 같았다. 지우는 농이라고는 원래 모르는 사람이었지만, 자신이 말하자마자 율이 미간을 좁히는 걸 보며 이런 재미에 율이 매일 놀려대는군 싶었다.
"그러는 게 어디 있느냐. 했다 안 했다 하는 게 어디 있어. 사람이 하려면 끈질김이 있어야지."
"소첩이 끈기가 부족하여……."
"장군 같다는 말 취소하겠다. 어서 더 해주어라."
"생각해보겠습니다."
율의 눈이 아래로 처지자 지우가 웃으면서 율을 다시 살짝 껴안았다. 율이 몸에 힘을 빼고 턱을 지우의 어깨에 기댔다.
"여하튼 네 말이 맞다. 적을 다 무찔러야지. 어떻게 하는 게 좋겠느냐."
"신첩께 물으시는 것이옵니까?"
"여기 이 재인 말고 또 있느냐?"

지우가 입술을 오므리며 생각하다 대답했다.

"……반대파가 누구인지, 특히 핵심 인물이 누구인지 알아내는 것이 급선무겠지요."

"동탄과 연계되어 있다는데 그 증거를 잡아야 한다. 한 놈은 일처리가 멍청해 내게 덜미를 잡혔는데 한둘이 아닌 것 같으니 내가 섣불리 한 놈을 조질 수도 없는 노릇이고."

"들킨 자는 어차피 우두머리는 아닐 것입니다."

"그렇지. 꼬리를 잡아보아야 소용없다."

"혹시 최근 들어 평이 좋아진 가문이 있습니까?"

율이 지우의 어깨와 목 사이에 묻고 있던 얼굴을 살짝 들었다.

"평이 좋아져?"

"백성들 사이에서요. 크게 일을 벌이지 않아도, 구휼사업을 한다고 쌀을 조금씩 나누어준다든지."

"그것이 관계가 있겠느냐?"

"일부러 황궁 내에서 후궁들을 죽어 나가게 하고, 천지제를 노려 무희를 죽게 한 걸 보아서는 이들이 원하는 것은 폐하의 정통성에 대한 의심입니다. 어찌 되었든 폐하의 치세가 불안정하다는 걸 계속해서 주입시키고, 그것을 명분으로 하여 반정을 일으키려는 것이겠지요. 반역이 아니라 잘못된 것을 바로잡는다는 구호를 건 채로."

"내가 형님께 한 짓과 똑같군."

율이 허탈하게 웃었다. 지우가 율의 날개 뼈를 쓰다듬었다.

"뒤로는 은밀하게 자신들의 가문이 선하고 나라를 위하는 이들인 것처럼 밑밥을 뿌리고 있을 지도 모릅니다. 후에 폐하를 반해 들고 일어선다 하여도 백성들이 자신들을 지지하도록. 혹시 그렇게 뒷작업을 하고 있는 자들이 있다면 그들의 뒤를 중점적으로 캐내는 것도 나쁘지 않을 듯합니다."

"……아니, 네 말이 맞는 것 같다."

율이 지우의 몸을 놓고 똑바로 섰다.

"내게 덜미를 잡혔다는 놈이 지금 그러고 있거든. 소금이나 쌀을 조금씩 나눠준다는 건 알고 있었지만 후궁들이 죽어 나가는 데에 정신이 팔려서 그걸 깊이 생각 못 했다."

율이 제자리에서 빙글빙글 돌며 손바닥을 주먹으로 탁탁 쳤다.

"맞다, 맞아. 분명 그놈 혼자 그러는 게 아닐 것이다. 몇 더 있을 테지."

"그 덜미를 잡힌 자는 누구입니까?"

율이 돌던 것을 멈추고 지우를 돌아보았다.

"너도 익히 아는 자다."

"소첩이요?"

율이 고개를 끄덕거렸다.

"그래, 문유하의 아비인 문칠현이다."

지우의 안색이 새하얘졌다. 문칠현이라. 어제 문칠현과 이야기를 하고 나서 얼이 빠져 자리로 돌아오던 유하가 떠올랐다.

율이 즉위하면서, 전 황태자이자 이젠 폐태자가 된 율의 형 편에 섰던 이들은 사병을 대부분 몰수당했다. 그에 반해 율은 군권을 단단히 틀어쥐고 있었다.

그러나 동탄이 군사지원을 약속했다면 이야기는 달라진다.

지우는 자연스레 문칠현의 옆에서 이야기를 나누고 있던 이첨유에게로 생각이 미쳤다. 둘은 친우이자, 가장 가까운 정치적 동반자였다. 문칠현의 이름을 들은 순간 아버지의 얼굴이 떠오르지 않을 수가 없었다. 아까 전 속내를 알 수 없던 거무죽죽한 얼굴이 머릿속에서 빙빙 돌았다. 헛구역질이 올라올 것 같았다.

'설마…….'

문칠현에 이첨유까지 끼어 있다면 힘든 싸움이 될 것이 틀림없었다. 사병을 잃고 이빨 빠진 호랑이가 되었다 한들 권세가들의 인맥이 모이는 중심지였다. 지우는 두 손을 모으고 율을 바라보았다.

"폐하."

율이 지우의 딱딱한 얼굴을 걱정스러운 눈빛으로 바라보며 한 발자국 다가왔다. 지우가 어깨를 굳혔다.

"왜 그러느냐."

"제 입으로 이런 말씀을 드리는 것이 끔찍하지만……."

지우가 힘겹게 입술을 떼었다. 목 아래가 타들어가는 것처럼 바짝 말랐다.

"제 아버님을 의심하셔야 할 것 같습니다."

말을 다 내뱉고 나자 지우는 무거운 바윗덩어리가 가슴께를 짓누르는 기분이 들었다. 손가락 끝이 바들바들 떨렸지만 최대한 아무렇지 않은 척하기 위해 천천히 숨을 내쉬었다.

그러나 율은 지우의 동요를 알아보고 성큼성큼 다시 다가와 어깨를 붙잡았다.

"네가 뭘 생각하고 있는지 안다."

지우가 동요하는 눈으로 바닥을 바라보자 율이 손가락으로 턱을 들어 자신을 보게 했다.

"이첨유의 뒤를 캐보았지만 아무것도 나오지 않았다."

"허나 문칠현과 가장 가까운 분이 아니십니까."

"그렇지. 그래도 아직 아무런 움직임도 없다. 네 말대로 가문의 평을 높이려 애쓰지도 않고. 문칠현은 일부러 티를 내고 싶어 하는 것처럼 흘리고 다니니, 이첨유가 모를 리는 없을 테지만…… 아마 이 상황을 가늠해보고 있는 것 같다."

"어떤 편에 붙을지를요?"

"그래, 재상은 도박을 하지 않는 성격이지. 끝까지 상황을 살피며 살짝 발만 담그고 있다 마지막에야 승기를 잡은 듯 보이는 쪽에 붙으려 하겠지."

지우가 눈가의 힘을 풀었다.

"그랬으면 좋겠지만, 이미 반역에 가담하고 있을 수도 있습니다. 혹여 그렇다면……."

"너를 버리라는 말을 하려고 하는 거면 듣기 싫으니 그만두어라."

지우가 벌어지던 입술을 다물고 율을 올려다봤다. 가슴이 불안하게 뛰다가도 율의 눈을 보자 차츰 가라앉았다. 잔뜩 긴장하고 있던 등 근육이 나른하게 풀렸다.

해가 차츰 지고 있는지 밖에서 장 내관이 연회 준비를 하러 가실 시각이라 알리는 소리가 들렸다

"나는 네가 필요하다고 하지 않았느냐. 도대체 어느 귀로 들은 것이냐, 응?"

율이 손가락으로 지우의 귓불을 만지작거리며 잡아당겼다. 귀에 열이 오르면서 얼얼해졌다. 계속해서 귀를 조물거리는 율의 손

짓에 저절로 웃음이 났다. 도피일지도 모르지만 잠시 이 순간만은 이첨유나 동탄 같은 속을 옥죄어오는 단어들을 잊을 수 있을 것 같았다.

"어떻게든 너를 옆에 둘 것이다. 최악의 상황이 오더라도."

율이 지우의 무릎 뒤에 손을 넣어 그대로 안아 들었다. 몸이 갑자기 허공에 붕 뜬 것도 놀라운데, 그 상태로 율이 지우의 허리를 확 뒤로 꺾었다. 지우가 깜짝 놀라 손을 허우적거리다 율의 팔뚝을 붙잡았다.

"솔직히 말해봐라. 나이가 어리니 사내 같지가 않느냐? 못 미더운가?"

"그, 그럴 리가 있겠습니까, 폐하."

"진정으로?"

지우가 빠르게 고개를 끄덕거렸다.

"그럼 믿어라. 널 포기할 일 없다."

"당연히 믿습니다. 폐, 폐하, 그런데 떨어질 것 같습니다."

지우가 율을 붙잡고 있는 손에 어찌나 힘을 주고 있는지 손가락 마디마디가 새하얘졌다.

"허 참. 이거 봐, 못 믿는다니까. 안 떨어뜨린다. 내 힘을 뭐로 보고. 무서우면 날 더 꽉 안고 있으면 되지."

지우가 율의 말대로 그를 힘을 주어 끌어안으며 말했다.

"하, 한 번도 폐하를 사내답지 않다 생각한 적 없습니다."

율이 무표정을 유지하려 했으나 그의 광대와 입꼬리가 말을 듣지 않았다. 큼큼, 괜히 헛기침을 하며 얼굴에 번지는 웃음을 달랬다.

"그래?"

"예, 놓아주세요, 폐하."

"알았다."

율이 지우를 다시 놓아주었다. 지우는 휘청거리는 다리로 바닥을 짚고 섰다.

"슬슬 나가야 한다. 오늘이 별궁에서 마지막 밤이 되겠구나."

지우가 구겨진 옷을 바로 하며 허리를 숙였다.

"그럼 신첩 이만 물러나겠……."

율이 기습적으로 다가와 짧게 입 맞추고 떨어졌다. 지우는 율이 다가왔다 멀어질 때까지 눈을 동그랗게 뜨고 있었다.

"가보거라."

"예……."

"왜 표정이 그러느냐? 한 번 더 해줄까?"

"아, 아닙니다."

"싫다고 거절하는 것이냐?"

"아니옵니다!"

율이 어깨를 잘게 들썩이면서 큭큭 웃었다. 지우가 체통이라고는 찾아볼 수 없는 율의 몸짓에 웃음 짓다가, 예를 취하며 나가려 했다. 율이 고개를 끄덕거리며 의자에 앉아 지우를 바라보았다.

한껏 진지한 이야기를 나누다가도 금방 저렇게 풀어져 웃는 율의 얼굴이 좋았다. 부부일심동체라고 그의 장난기가 옮기라도 한 건지, 지우도 문득 스멀스멀 철없는 소녀 같은 마음이 들었다. 나가려는 듯 발걸음을 뒤로 옮기다가, 아직까지 자신을 바라보고 있는 율에게로 빠르고 가벼운 걸음으로 걸어갔다.

율이 무슨 일이냐고 입을 열려는 찰나 지우가 허리를 숙여 부드럽게 율에게 입 맞추었다. 피부만 짧게 스쳤다가 떨어지는 간지러운 접촉이었다.

율이 한 대 얻어맞은 표정으로 지우를 쳐다보았다.

"이만 물러가겠습니다, 폐하."

율이 엄지로 입술을 쓰다듬었다.

"……이 재인, 황궁으로 돌아가면 각오하라."

"각오요?"

"밤에."

지우가 알아듣고 뺨을 붉혔다.

"……가, 각오하고 있겠습니다."

지우가 그 말을 마지막으로 처소 밖으로 나갔다. 율이 고개를 좌우로 흔들며 바람이 잔뜩 섞인 웃음소리를 내뱉었다.

해가 저물고 연회장에 들어서자 어제와 달리 분위기가 많이 가라앉아 있었다. 여전히 연회장을 둘러싸는 화려한 불빛과 휘장은 여전했으나 공기만은 무거웠다.

무희가 독살당한 일 때문에 다들 불안하거나 의뭉스러운 표정이었다. 그러나 아무도 입 밖으로 어제의 일에 대해 언급하지는 않았다. 모르는 척하나 모두들 알고 있는 채로 황제가 도착하기를 기다리고 있었다.

지우는 자리에 앉으며 건너편에 있는 유하를 바라보았다. 아무리 생각해도 유하는 문칠현이 반역을 도모하고 있단 걸 미리 알고 있지는 않은 것 같았다. 문칠현도 일이 확실해지기 전에는 철없는 막내딸에게 말하는 건 좋지 않다고 판단했을 것이다.

'지금은 알고 있을까.'

지우가 유하의 안색을 조용히 살폈다. 어제 문칠현과 이야기하고 들어온 후가 심상치 않았다.

유하는 조금씩 불안한 기색을 내비치는 다른 후궁들과는 다르게 오히려 차분한 표정이었다.

"문 첩여 마마, 간밤은 평안하셨는지요."

먼저 입을 연 쪽은 지우였다. 지우의 목소리가 들리자 유하가 눈꼬리를 올리며 지우를 바라보았다.

"불편할 건 또 뭐가 있겠습니까."

유하는 퉁명스러운 말투로 말했다.

"흉사가 있었으니까요."

유하는 대답 없이 눈동자만 굴리다가 화제를 바꿨다.

"부제가 끝나고 폐하께서 이 재인을 부르신 것 같던데요."

옆에 있는 후궁들이 지우 쪽으로 호기심 어린 시선을 보냈다.

"어떻게 아셨습니까?"

"궁내에 비밀은 없지요. 폐하의 총애를 받는 후궁이란, 기침 한 번만 해도 주목받는 법인데."

유하가 야살스럽게 웃었다.

"폐하께서 근심이 많으시더군요. 폐하를 욕되게 하는 헛소문이 많아서요."

"그래서 이 재인께서 폐하의 근심을 좀 덜어드렸습니까?"

"제가 할 것이 있나요. 폐하를 음해하려는 세력을 발본색원하여 다 척살해야지요, 하나도 남기지 않고. 그래야 폐하께서 평안해지시지 않겠습니까."

지우는 유하의 커다란 눈동자를 피하지 않고 똑바로 쳐다보았다. 유하는 연지를 짙게 바른 입술을 느리게 열며 말했다.

"그럼요, 그래야지요."

그 말을 마지막으로 대화는 끊겼다. 지우도 이 이상 무언가 캐내려 하지 않았다. 문칠현이 유하에게 정보를 많이 알려주었을 것 같지도 않았다.

곧 둥, 둥, 북소리가 공기를 무겁게 찢어내며 울려 퍼지고 황제가 연회장 한가운데로 들어섰다. 모두들 자리에 일어나 황제가 무슨 말을 하려나 불안하거나 날카로운 눈빛으로 황제를 바라보았다.

"연회를 시작하지. 다들 충분히 즐기도록."

그러나 율은 어젯밤의 흉사는 없었다는 듯 아무렇지 않은 표정으로 경쾌하게 말했다.

악대가 연회에 걸맞게 흥을 돋우는 음악을 연주하기 시작했다. 사람들은 불안을 해소하지 못한 채 강제적으로 즐거운 분위기 속에 떨어뜨려졌다.

짐승 탈을 쓴 놀이패들이 나와 우스꽝스러운 춤을 추었다. 지우는 적당히 후궁들과 이야기를 나누며 음식을 조금씩 집어 먹었다.

율은 태연스러운 표정으로 대사농 문칠현에게 말을 건네고 있었다. 문칠현은 살이 찐 두툼한 턱을 움찔거리며 커다란 눈을 굴려댔다. 그는 머리나 행동이 약삭빠른 자는 아니었지만 손속이 좋아 재물을 많이 모았다. 황궁에 납품하는 상인들 중 문칠현과 연을 닿은 사람이 많았다.

지우는 저 멀리서 미소 띤 얼굴로 문칠현과 대화를 하고 있는 율을 바라보았다. 정확히 알려진 반대파는 아직 한 명이었지만 그 말고도 누가 또 있을지 몰랐다.

다들 얼굴에 붉은 등불이 어른거리는 채로 속내를 숨긴 채 즐거움을 연기했다. 공연도 모두 끝나고 점차 밤이 흘러갔다. 빼곡히 하늘을 메우고 있는 등불 때문에 깊은 밤에도 하늘은 붉게 밝았다.

매나라 사람들은 축제나 연회 기간에는 밤을 새워 놀았고 집안에 경사가 있을 때에도 아침까지 기름진 음식을 내오며 축하한다. 그럴 때에는 격식과 예를 덜 차려도 아무도 뭐라고 타박하지 않았다. 지금도 황제가 상석에 있지만 모두들 자유롭게 떠들고 싶으면 떠들고, 잠깐 밖에서 쉬고 싶으면 쉬었다.

지우는 얽혀 들어가는 소음과 불빛들 사이에서 어지러운 머리를 붙잡다가 조용하게 밖으로 빠져나왔다. 건오가 뒤에서 기다리고 있다가 지우의 뒤로 붙었다.

"잠깐 산책 좀 하려고 한다."

떠들썩한 소음에서 멀어지자 숨이 트이고 살 것 같았다. 이번에는 술을 별로 마시지 않았지만 그것과는 별개로 머리가 멍멍했다.

"건오야."

"예, 마마."

"너는 폐하의 편이지?"

건오가 조금 놀란 표정으로 고개를 다급히 숙였다.

"혹여 제가 불충된 일이라도……."

"아니, 그런 게 아니다."

지우가 손사래를 쳤다.

“저는 언제나 폐하의 편입니다.”

“많은 이들이 그랬으면 좋겠어.”

“그렇게 될 겁니다.”

지우가 말없이 건오를 마주 보며 고개를 끄덕거렸다.

기름진 냄새로 가득한 연회장으로 곧바로 돌아가지 않고 지우가 근처를 느린 발걸음으로 서성거렸다.

지우는 대숲에서 끊임없이 고민하는 황제의 얼굴을 보았다. 지우는 율의 웃거나 장난치거나 애정이 담긴 얼굴도 좋았지만, 그의 고민하는 얼굴이 가장 좋았다. 그때가 가장 아름다우며 황제다웠기에.

그 얼굴을 지켜주고 싶었다. 사람들에게 고민하는 황제의 나라에서 살아간다는 게 얼마나 큰 축복인지도 알려주고 싶었다. 율의 반대편에 아버지가 있다 하더라도.

오랫동안 자리를 비우기에는 눈치가 보여 지우는 새벽빛으로 하늘이 뿌예질 즘 연회장으로 돌아갔다. 율은 술에 어느 정도 취해 있었다. 멀리 떨어져 있었지만 눈이 마주쳤다.

해 뜨기 직전까지 멈추지 않던 노랫소리도 끝이 나고 천지제의 마지막 연회가 막을 내렸다. 율이 술에 취해 비틀거린 게 언제 적이냐는 듯 우뚝 중앙에 서서 외쳤다.

“하늘신과 대모신의 축복을 받은 이 나라는 영원할 것이오. 아무도 그것을 방해할 수 없소.”

황제 폐하 만세!

다들 한데 입을 모아 외치는 소리를 들으며 율이 퇴장했다.

천지제가 마무리되고 사람들로 가득 찼던 별궁은 다시 고요함으로 돌아갈 준비를 했다. 연회의 여파로 피곤해진 몸을 이끌고 황제와 후궁들이 바로 별궁을 떠났다.

지우도 협소한 마차에 몸을 싣고 바퀴가 굴러갈 때마다 덜컹거리는 내부에서 속을 게워내지 않도록 입술을 꽉 물었다.

도성에 도달하기까지가 몇 년 같았다. 한참 후 도성의 끝자락이 보였다.

전 전대부터 상업의 활성화를 위해 본격적으로 닦기 시작한 도성 안의 중앙 도로를 따라 황궁으로 빠르게 향했다. 황궁의 정문에 다다랐을 때 마차가 일제히 멈추어 섰다. 그러고도 한동안 움직이지 않았다. 지우는 마차에 딸린 작은 문을 열고 고개를 내밀었다. 웅성거리는 소리가 컸다.

"무슨 일 있느냐?"

"앞에 문제가 생긴 것 같습니다."

마부가 고개를 돌리며 대답했다.

"문제가?"

"아, 다시 움직입니다. 들어가십시오, 마마."

덜컹거리며 마차가 움직였다. 지우는 열어두었던 창을 닫지 않고 밖을 살폈다. 정문으로 들어서기 직전 왜 마차가 멈추어 섰는지 알 수 있었다.

황궁 벽에 피로 추정되는 붉은 글씨가 크게 적혀 있었다. 황궁 주변은 항상 경비가 삼엄했기에 벽에 저런 괴서가 나붙을 리 없었다. 그것도 마치 보란 듯이 황제가 환궁하기 직전에.

"저게 무슨……."

이미 사람들이 그 주변에 모여 웅성거리고 있었다.

正統.

정통이라는 빨간 글씨가 반듯한 성벽 위를 더럽히고 있었다. 지우는 글자에서 눈을 떼지 못한 채 황궁 안으로 들어갔다.

두 글자가 주는 파급력은 대단했다. 다들 황제가 정통성 있는 적자를 몰아내고 황좌를 차지했다는 걸 알고 있었기 때문이다. 누가 보아도 황제를 조롱하는 의미였다.

지우는 황궁으로 돌아와 비틀거리며 매당헌으로 향했다. 매당헌에 도착하자 절뚝거리는 걸음으로 분희가 그녀를 맞이했다.

"분희야!"

지우가 분희의 손을 잡았다.

"마마."

"몸은 괜찮느냐?"

"예, 빨리 낫고 있어요. 의원님께서 제가 회복력이 엄청 빠르다고 합니다."

"다행이구나."

분희가 어두워진 지우의 눈치를 살폈다.

"궁 바깥이 시끄럽지요?"

"분희 너도 들었니?"

"예. 아침에 의원님과 함께 약재를 가져다준 궁녀 하나가 혼비백산하여 말해주었습니다. 아침부터 궁이 온통 소란스럽다구요. 폐하께서 환궁하시는데 저런 괴이한 것이 벽에 쓰여 있으니. 모두들 그 얘기만 하고 있대요. 폐하께 보고를 안 드리고 지울 수도 없는 노릇이고요."

"언제부터 저게 있었느냐?"

"아침에 일어나보니 있었다고 합니다. 새벽 사이에 괴한이 다녀갔겠지요."

"경비가 있는데 어찌……."

분희가 지우 쪽으로 가깝게 다가와 속삭였다.

"마마, 궁녀들이야 궁 소문 읊기를 좋아하니 저도 들은 것인데요."

"그래."

"새벽에 경비를 섰던 이들이 죄다 사라졌다고 합니다."

지우가 아랫입술을 짓씹었다.

"……알겠다. 분희 너는 아직 쉬어야 할 텐데 어찌 나왔느냐."

"그야 마마님 얼굴 보고 싶어서 그랬지요."

지우가 옅게 웃으며 분희의 손등을 쓰다듬었다.

"그랬구나."

"천지제는 화려했지요?"

지우는 무희가 피를 토하며 죽어가던 모습을 떠올렸다. 아직 여기에 소문이 다 퍼지지 않은 모양이었다. 지우가 어색하게 웃으며 고개를 끄덕거렸다.

"아주 화려하더구나. 그만 들어가서 쉬어라. 얼른 나아야지."

"예, 마마."

분희가 총총걸음으로 물러나고 지우가 처소 안으로 들어왔다. 궁녀가 여독을 풀 수 있게 목욕물을 마련해두었다.

마차 안에 있느라 온 근육이 욱신거렸다. 지우가 곧바로 뜨거운 목욕물에 몸을 담갔다. 진한 약초와 나무 향이 퍼지고 눅눅한 수증

기가 얼굴을 감쌌다. 지우는 무릎을 팔로 끌어안고 턱까지 깊이 물에 넣었다.

'정통…….'

경비까지 매수하였다면 이미 반대파 세력이 궁내에 깊숙이 파고들었다는 소리였다.

지우가 주먹을 꽉 쥐었다. 율이 어떤 표정으로 그 글자를 바라보았을지, 웅성대는 사람들의 수군거림은 또 어떻게 그의 마음에 닿았을지 상상하기가 괴로워 그만두었다.

피부가 빨개질 때까지 목욕을 하다가 머리가 어지러워질 즘 밖으로 나왔다. 빳빳하게 다려놓은 새 옷으로 갈아입고 잠시 쪽잠을 자려다, 도저히 잠이 안 와 가만히 앉아 있었다.

지우의 머릿속이 빠르게 돌아가기 시작했다.

'그들이 원하는 대로 되게 두지 않을 것이다.'

이마를 짚은 채 한참 동안 고민하다가 지우가 갑자기 무엇이 생각난 듯 고개를 들어 올렸다.

아무리 몸집이 작은 짐승이더라도 잡아먹히지 않기 위한 생존전략이 있기 마련이었다. 사냥꾼의 날카로운 화살촉을 피하기 위한 방법이.

9장. 사나운 노래

첫째 아들은 외딴 섬에 갇히고
둘째 아들은 칼을 휘두르는데
아이하 아이하 칼이 잘못 스쳐
아이가 칼에 맞았네
피가 튀어 벽에 묻었네
꼭꼭 숨어라 꼭꼭 숨어라

예닐곱 살 되어 보이는 아이들 여럿이 좁은 시장 골목을 누비며 입을 모아 노래 불렀다. 근처를 지나가던 사람들이 한 번씩 아이들의 행렬을 바라보다가 걸어갔다.

그 근처에서 어색한 얼굴로 눈치를 살피던 분희가 노새 한 마리가 앞에 지나가자 화들짝 놀라며 뒤로 한 발자국 물러섰다. 옆에 있는 건오의 팔을 붙잡을 뻔하다 간신히 중심을 잡았다.

건오는 다른 사람들보다 머리통 하나는 솟아 있을 정도로 키가 우뚝했다. 건오가 분희를 내려다보았다.

"괜찮소?"

"아, 예, 예. 괜찮아요."

분희가 머쓱한 듯 시선을 땅바닥으로 돌렸다.

"그런데 어찌 저런 해괴한 노래가 돌까요?"

건오가 아무 말 없이 고개만 가로저었다.

"아이들 노랫소리는 막을 수가 없으니…… 더 퍼지겠지요."

"……그만 갑시다."

건오가 몸을 돌려 걸어갔다. 분희는 난생처음 보는 궁 밖 풍경에 혼이 빠질 것 같았다. 다리가 긴 건오를 잽싸게 따라붙으면서도 쉼 없이 이곳저곳 둘러보았다.

가장 신기한 건 난생처음 보는 해괴한 바다괴물 같은 것을 꼬챙이에 끼워 줄줄이 달고 있는 상점이었다. 이상한 돌기 같은 것이 튀어나와 있고 피부는 미끌미끌해 보였다. 분희가 몸서리를 치며 후다닥 달려가다 건오의 등에 코를 부딪혔다. 건오가 슬쩍 분희를 돌아보며 말했다.

"저건 문어라는 거요."

"왠지 이름도 징그럽네요."

"아주 귀해서 일반 백성들은 죽을 때까지 입에 못 대지."

"저리 해괴한 것을 먹는단 말이에요? 세상에."

분희가 작은 입을 벌리자 건오가 자세히 보지 않으면 모를 정도로 옅게 미소 지었다.

그들은 도성의 대로 다섯 개가 한데 모이는 중심가로 걸어갔다. 그곳에는 각지에서 모여들어 도성에서 잠시 머물게 된 이들을 대상으로 단기적인 일을 주선하는 상회가 있었다.

머리에 새치가 들기 전에는 황궁 밖으로 나갈 수 없는 분희가 이곳에서 건오와 함께 있는 데에는 이유가 있다.

분희는 긴 머리를 남자처럼 틀어 올려 머리 두건을 썼다. 가슴에도 붕대를 단단히 동여매고 그 또래 남자애들이 입을 법한 헐렁한 옷을 걸치자, 소년기가 다 지나지 않은 미동처럼 보였다. 건오는 항상 단정하게 묶고 있던 머리를 풀어 헤치고 삿갓을 썼다. 등 뒤에 낡은 끈으로 고정한 대검까지 차자 떠돌이 검객 같았다.

상회 건물 안으로 들어가기 전에 분희와 건오가 눈을 마주쳤다. 분희가 긴장한 듯 침을 꼴깍 삼켰다.

건오가 문 앞에 주렁주렁 매달린 발을 헤치며 안으로 들어갔다. 분희도 깊은 숨을 내쉰 다음 뒤따랐다.

"일을 구하러 왔소."

낮은 천장은 거의 건오의 정수리와 닿아 있었다. 키가 작고 머리가 벗겨진 배불뚝이 남자가 뒤뚱거리며 걸어 나왔다. 남자는 두툼하고 털이 나 있는 손을 움찔거리며 건오와 분희를 살폈다.

"무슨 일을 찾으슈?"

"보부상들이 항구에서 물건을 받아 들여올 때쯤이라 알고 있소. 도성 내 보부상들의 수행을 맡고 싶은데."

"명패와 상회 증서 좀 보여주쇼."

이곳저곳을 돌아다니며 장사를 하는 보부상들은 개인 호위를 성안까지 들여올 수 없었다. 대신 상회에서 보증된 이들에게 성 내에서만 수행 일을 맡기곤 했다.

건오가 미리 조작해둔 명패와 상회 증서를 내밀었다. 남자는 한 손으로는 옷 사이로 삐져나온 뱃살을 주물럭거리며 증서를 살폈다. 남자가 살찐 눈두덩을 움찔거렸다.

"아주 경력이 훌륭하시군. 다른 성에서 활동하시다 도성은 처음인 듯한데 그래도 이 정도면 일을 맡겨도 문제없겠소. 거, 뒤에 쪼끄만 사내애는 시종이오?"

남자가 턱으로 분희를 가리켰다.

"남동생이오."

"형제가 아주 다르게 생겼군. 비실비실해서 뭐에 써먹겠나 싶은데."

"말을 못하는 아이오. 혼자 두고 다닐 순 없소. 손이 야무져 잡일은 곧잘 하니 같이 붙여주셨으면 하오."

남자가 살찐 걸음걸이로 다가와 분희의 턱을 치켜들었다.

"귀는 들리나?"

분희가 세차게 고개를 끄덕거렸다.

"너도 명패랑 증서 좀 내놓아봐라."

분희가 능청스레 품속에서 꺼내 남자에게 내밀었다. 남자가 훑어보더니 다시 건네주었다.

"흠, 신원은 믿을 만한 것 같으니 일을 주선해주겠소."

남자가 혀에 손가락을 찍어 침을 묻히고는 너저분한 장부를 뒤적거렸다.

"보수가 큰 일로 부탁하오."

"보수가 큰 일? 뭐가 있으려나."

남자가 실실 웃었다.

"무슨 말인지 알지 않소."
"운 좋게 며칠 후에 큰 건이 하나 들어오기는 하네."
"부탁합니다."
"급전이 필요한 모양이지? 경력이 좋으니 내 함 주선해주기는 하는데, 실수 없어야 할 거요."
"맡겨주시오."
"에이, 자. 여기 있소. 이 상회 업무 패를 들고 사흘 후 아침 일찍 이리로 오시오."
건오가 고개를 숙이며 패를 받아 들었다.
"참, 어디서 지내고 있소?"
"다리 근처 여관이오."
"그렇군, 가보쇼."
분희와 건오가 상회 건물 밖으로 빠져나왔다. 둘은 사람들의 시선을 피해 재빠르게 여관으로 왔다.
여관방 안에 들어가자마자 분희가 참아왔던 숨을 토해냈다.
"하아, 들키는 줄 알았습니다."
"잘하셨소."
"이제 옷을 갈아입고 마마를 뵈러 환궁해야겠지요?"
"그럽시다."
분희가 난처한 눈빛으로 멀뚱히 서 있는 건오를 바라보았다.
"저……."
건오가 얇은 눈매를 올리며 분희를 내려다봤다.
"저, 옷을 갈아입어야 하는데……."
"아."

건오가 그제야 알아듣고 뒷목을 손으로 쓸었다.

"바, 밖에 나가 있겠소. 갈아입고 나오시오."

"예, 감사합니다."

건오가 황급히 방 밖으로 나갔다. 분희가 가슴을 압박하고 있던 천을 풀어 내리고 올려 묶었던 머리도 아래로 내려 반으로 묶었다. 등 뒤의 상처는 흉은 졌지만 회복력이 좋아 거의 다 아물고 있었다.

그러나 궁내에서는 아직 몸이 완전히 회복되지 않은 것처럼 절뚝거리고 다녔다. 분희는 스스로도 자신이 이렇게 연기에 능한지 몰라 놀라워하고 있는 중이었지만 어떻게든 지우에게 도움이 되는 일이라 뿌듯했다.

궁녀들은 형식적으로야 모두 황제의 여인이었기에 궁 밖을 나설 수 없었지만, 이례적으로 황제의 허가가 떨어지면 외출할 수 있었다. 명목상으로는 황제가 분희의 상처를 가엾게 여겨 보름 간 휴가를 주고 외출권을 준 상태였다.

주변 궁녀들은 밖을 나다닐 수 있다는 말에, 나도 채찍 몇 번 맞고 그래봤으면 하고 부러워했다.

분희가 안에는 궁녀복을 입은 채 겉에 두르는 반비를 걸쳤다. 분희가 나가고 건오는 삿갓을 벗고 본래의 정복으로 갈아입었다. 그들은 시간차를 두고 따로 여관을 나왔다. 주인장의 눈길이 닿지 않은 뒷문으로 빠져나와 각자 황궁으로 돌아갔다.

분희는 황궁에 도달하자마자 반비를 벗어 팔에 걸치고 매당헌으로 향해 지우에게로 갔다. 지우는 분희가 들어오자 읽던 책을 덮고 반겼다.

"무사히 잘 다녀왔니?"

"예, 마마."

"건오는?"

"아마 폐하께 가셨을 거예요."

"그렇겠구나. 어땠느냐?"

"대부상의 수행 일을 따내는 데 성공했어요. 사흘 후에 그를 수행하러 갈 참입니다."

"잘했다. 건오가 그의 호위를 보고 있는 동안 분희 네가 시종들에게 최대한 정보를 캐내오렴. 너에게 이런 일을 맡겨서 마음이 불편하지만……."

"그런 말씀 마세요. 중한 일에 이렇게 말해도 될지 모르겠지만 제가 해본 일 중에 제일 재미있는걸요. 마마, 황궁 밖에는 신기한 것들이 엄청 많았습니다."

"그랬니?"

들떠서 말하는 분희에게 지우가 미소 지어 보였다.

"사흘 동안 황궁 밖에서 구경하며 지내도 좋으니, 분희 네 하고 싶은 대로 하고 있으렴."

"예, 마마."

분희가 처소 밖으로 물러갔다.

지우가 손가락으로 탁자를 두드렸다. 지금까지는 계획대로 잘 풀려가고 있었다. 부디 이 길이 맞아야 할 텐데.

일주일 전 천지제에서 돌아오고 나서 얼마 지나지 않아 도성에도 별궁에서 무희가 독살당했다는 소문이 널리 퍼졌다. 성벽에 쓰인 붉은 글씨는 황제가 확인하고 나서 곧 지워졌지만 사람들의 기억 속에는 여전히 남아 있었다.

율은 천지제에 돌아온 바로 다음 날 매당헌을 찾았다.

율은 몸도 마음도 지쳐 있는 상태였다. 매당헌에 들어오자마자 일어서 있는 지우를 끌어안았다. 쇄골이 욱신거릴 정도로 거센 포옹이었다. 지우가 손으로 율의 등을 두드려주었다.

"폐하, 마음이 어지러우십니까."

포옹을 풀고 마주 앉아 둘이 오랫동안 이야기를 나누었다.

"이건 노출도의 싸움입니다. 사냥꾼이 숨어서 화살을 쏜다면 짐승은 맥을 못 추고 맞아 죽겠지요. 그러나 사냥꾼이 어디에 나타났다는 걸 알면 도망가면 됩니다. 그러다 뒤를 돌아 역으로 기습할 수도 있지요."

"그러나 반대파의 몸통이 누구인지 알아내기가 쉽지가 않다. 문칠현의 뒤를 계속 밟고 있으나 별 소득이 없었다."

"그럴 것 같았습니다. 따로 그들끼리 회동을 가지지는 않는 모양이지요. 문칠현이 노출되었다는 사실을 그쪽도 알 것입니다. 직접 만났다가는 문칠현의 꼬리를 밟고 온 저희 쪽에게 들통 날 테니까 몸을 사리고 있을 것입니다. 그러나 독살과 성벽의 글자 등, 일이 아주 신속하게 진행되고 있어요. 서로가 연락을 계속 주고받는 것처럼."

율이 턱을 쓰다듬고 지우의 말에 집중했다.

"중간에 누군가 연락통이 있는 것입니다."

"그것도 다 알아보았다. 그러나 딱히 권세가 사이를 오가는 수상한 자는 없었어."

"예, 그럴 겁니다. 계속 그들 사이를 왔다 갔다 하는 자가 있다면 눈에 띄겠지요. 그러나 정기적으로 권세가들의 문턱을 넘나들면서도 의심받지 않는 사람이 있습니다."

율이 눈을 좁게 떴다.

"보부상들입니다."

"보부상? 그들은 지역을 옮겨 다니며 시장에서 물건을 파는 사람들 아니냐."

"예, 맞습니다. 도로 사업이 거의 완성되면서 이동이 더 원활해졌습니다. 보부상들이 전에는 보름이 걸리던 거리를 며칠 새에 닿게 되고, 재물이 늘게 되었지요. 그들만의 조직도 생기고요. 그게 한 세대에 걸쳐 지속되면서 최근 들어 보부상 중에 대규모로 장사를 하는 이들이 생겼습니다."

"그래, 들어보았다."

"얼마 되지 않은 일입니다. 재물을 모은 대부상들 몇은 운하와 강을 이용해 물자를 빨리 나르기 위해 배까지 가지고 있고요."

"그들이 권세가와도 연이 닿아 있다지?"

"무역상들이 들여온 고급 수입품들만 취급하여 권세가들만 전담하는 이가 있습니다. 귀족들의 집안까지 수입품을 들고 정기적으로 찾아오지요."

율이 미간을 좁히며 뜸 들이는 소리를 냈다.

"그가 꼭 반대파와 관련이 있다고 할 수 있겠느냐?"

"그 대부상은 고건이라는 자인데, 제가 알기로 문칠현과 깊은 친분이 있다고 들었습니다. 그가 대부상으로 활약할 수 있던 것도 상인들과 연이 깊은 문칠현의 도움이 있었다고 합니다."

"어디서 이런 이야기를 들었느냐?"

"보부상의 조직이 날로 커가면서 지역 상인들을 잠식하고 있습니다. 저잣거리에 나가면 그런 대부상들의 횡포로 장사를 접은 이들이 꽤 됩니다. 그들에게 들었습니다."

"……고건이라는 자를 주목할 필요가 있겠구나."

지우와 율은 고건이라는 자의 뒤를 캐보기로 했다. 때마침 고건이 며칠 후 도성으로 들어온다는 소식이 있었다. 누군가 은밀하게 따라붙어 고건의 뒤를 캐내야 했다. 가까우면 가까울수록 좋았다. 고건이 어느 가문들에 방문하는지, 누구와 친분이 있는지 등을 알아내야 했다.

율은 근위대에 믿을 만하다 싶은 자를 내보내려다, 지우와도 연이 닿아 있는 자가 나을 것 같아 건오를 택했다. 잠시 매당헌의 호위 임무에서 빼내어 근위대로 복귀시키고 개인 임무를 주었다.

건오가 고건의 호위를 보고 있느라 몸이 자유롭지 못할 때, 이것저것 알아볼 다른 인물이 또 필요했다. 그 사람이 분희였다.

일은 은밀하고 신속하게 진행되었다. 이제 고건의 수행 임무를 따냈으니, 건오와 분희가 무언가를 물어오기를 기대할 수밖에.

해가 저물자 율이 매당헌으로 찾아왔다. 제이의 황제궁이 매당헌이라는 소문이 돌 정도로 율의 방문이 잦았다. 황제가 자주 드나들다 보니 매당헌의 이곳저곳이 깨끗해지고 화려해졌다.

율이 으레 그렇듯 지친 표정으로 들어왔다.

"폐하, 드셨나이까."

"아아아. 이 재인."

율이 앓는 소리를 하며 지우의 몸 쪽으로 축 늘어졌다. 지우가 휘청거리며 율을 받아냈다. 이제 율의 이런 무너지는 모습이 익숙했다. 다른 이에게는 매섭고 불같은 황제였지만 매당헌에서는 아니었다.

율이 지우의 옷깃을 벌려 목에 코를 파묻고 숨을 들이쉬었다. 말랑한 살결에 지우 특유의 시원하고 부드러운 체향이 났다.

"이제 살 것 같네."

지우가 율의 몸무게를 간신히 견디며 뒷걸음질 쳤다. 안 그래도 기골이 장대한 율이었지만, 요즘 들어 더욱 몸이 커졌다. 아직 키가 자라고 있는 중이었다.

완전히 다 자라고 나면 얼마나 압도적일지 상상이 가지 않았다. 지우는 율의 단단한 어깨를 붙잡았다. 율이 지우를 더욱 거세게 끌어안았다. 붙잡힌 허리가 아플 정도였다.

"폐하, 앉으셔야……."

"잠시만."

율이 껴안은 채로 지우의 몸을 들어 올렸다. 발이 허공에 떠 있게 되자 지우가 눈을 동그랗게 뜨고 율을 바라보았다. 율은 지쳐 있는 기색을 곧바로 지우고 능청스레 웃었다.

"요새 좀 잘 먹나 보지?"

"예?"

"허리에 살이 찐 것 같은데."

지우가 손으로 율의 어깨를 두드렸다.

"폐하!"

"왜."

"내, 내려주세요."

"싫다."

"아, 왜 그러십니까."

"지금 황제한테 반항하는 것이냐?"

지우가 입술을 오물거리더니 작게 말했다.

"……살이 찐 것 같다고 하셨잖아요. 무거우니 이만 내려주세요."

"농이었는데."

율이 하하 웃으며 지우를 내려놓았다. 지우가 얼굴을 붉히며 자리에 앉고도 아무런 말이 없자 율이 턱을 괴고 지우의 눈치를 살폈다.

"내가 골려대서 삐쳤느냐?"

"예?"

"농이었다니까. 허리가 너무 얇아서 없는 줄 알았다."

지우가 손으로 얼굴 반쪽을 가렸다.

"그런 게 아니라 부끄러워서 그랬습니다."

"뭐가 또 그렇게 부끄러워?"

"미인들은 자고로 허리가 얇아야 하는데 소첩은 안 그러니까……."

입궁하기 전에는 외모에 크게 신경 쓴 적이 없었다. 잘 보일 사람도 없고 혼기가 찼음에도 집에서는 혼처를 알아보려는 노력도 없었으니까.

그런데 율을 만나고 모든 게 변했다. 상황도 그랬지만, 닫아두고 지냈던 성격도, 이제는 다른 뭇 여인들처럼 외모에도 신경이 쓰이기 시작했다. 허리가 개미처럼 얇고 몸집도 조막만 한 다른 후궁들이랑 비교해서 자신은 키도 크고 뼈도 굵은 것 같았다.

율은 자신 없어 하는 목소리로 말하는 지우를 보며 헛웃음을 흘렸다.

"또 누가 너 박색이라 말도 안 되는 소리를 했느냐?"

"아닙니다."

"내가 죄인이다. 여인 마음을 모르고 놀렸으니 내가 죄인이지. 한 대 쳐라."

"폐, 폐하!"

지우가 울상을 지었으나 율은 여전히 놀려대며 정말 한 대 치라는 듯이 지우 쪽으로 뺨을 내밀었다.

"정치 이야기만 나오면 믿음직스러운 것이 장군감이 따로 없는데 말이야."

율은 지우의 눈썹이 처지는 걸 보며 터져 나오려는 웃음을 참았다. 이럴 때마다 여인처럼 구는 것이 곱고 사랑스러웠다.

율이 팔을 뻗어, 지우의 손을 붙잡았다. 그러고는 손바닥을 마주댔다. 율의 마디마디가 굵고 커다란 손과 지우의 길쭉하고 마른 손이 붙었다.

"내가 하도 기골이 장대해서 내 옆에 있기만 하면 이 재인은 어린아이같이 보일 것이다."

지우가 율의 손바닥 위에서 손가락 끝을 꿈틀거렸다.

"내가 보기에는 자그마하고 고운데 말이야. 딴 사내놈 옆에 가면 아닐 수도 있지만. 설마 그럴 건 아니지?"

"그럴 리가 있겠습니까."

지우가 도리질 쳤다.

"그럼 됐다. 심심한데 입이나 맞출까."

율이 능글거리게 웃으며 지우를 끌어당겼다.

"내가 황궁으로 돌아오면 밤마다 가만히 안 두겠다 했지."

그가 지우의 귓가에 대고 속삭였다. 그녀가 이미 며칠 동안 그러시고 계시면서, 하는 말은 속으로 삼켰다. 곧바로 율이 거칠게 입 맞춰왔기 때문이다.

그 짧은 시간 동안만은 어지러운 정세를 잠시 잊을 수 있었다. 서로의 살갗에 입과 코를 비비며, 이제는 익숙해진 체향을 들이마실 때…….

율이 지우의 옷깃을 부드럽게 내리며 둥근 어깨를 쓰다듬었다. 최근 들어 짬을 내어 배우고 있는 무예 때문에 율의 손바닥에 단단하게 굳은살이 박여 있었다. 손바닥이 피부를 스치고 지나가자 거친 가죽이 닿은 느낌이었다.

율은 근래에는 지우 말고는 다른 이의 침소에 들린 적이 없었음에도 지우의 옷을 벗길 때면 항상 초야 같은 기분이 들었다. 마음이 다급해지고 여유가 없어졌다. 그렇지만 그런 걸 티내면 사내 체면이 우스워지니 율은 짐짓 여유로운 척을 했지만 손가락 끝이 떨리고 있었다.

지우가 율의 손을 깍지 껴 마주 잡았다. 서로를 확인하는 시간이 좋았다. 맨몸이 가깝게 겹쳐지고 뜨거운 숨이 이리저리 얽혔다.

율은 지우와 몸을 겹치고 난 밤에는 편히 잠들었다. 지우도 마찬가지였다. 율의 팔에 머리를 대고 가슴에 이마를 기댄 채 잤다.

다음 날 아침 눈을 떴을 때, 이미 율이 일어나 자리를 뜬 후였다. 아직 그의 체온이 남아 있는 것 같은 이부자리를 손으로 한 번 쓸어본 후 지우가 몸을 일으켰다.

아침을 먹고 나서는 다른 후궁들 몇과 만나기로 했다. 황궁 내의 화홍헌 뒤편에 정원이 있었는데, 우기라 꽃이 성치 못했지만 풀냄새 때문에 운치가 있는 곳이었다.

지우가 정원에 도착했을 때는 만나기로 한 두 명이 이미 기다리고 있었다.

"오셨습니까."

"기다리고 계셨나요?"

"괜찮습니다. 간밤에 비가 내려 풀 냄새가 짙습니다."

"좀 걸을까요?"

정원 사이로 난 돌길을 따라 걸었다. 초반에는 소소한 이야기가 오갔다. 코를 찌르는 풀 냄새에 적응이 될 때쯤 지우가 나지막한 목소리로 말했다.

"황궁 생활이 두렵지는 않으세요?"

"예?"

"혼란스러울 때니까요."

"사가가 그리울 때는 있지요."

지우가 물방울이 달라붙은 잎사귀를 손가락으로 문지르며 고개를 끄덕거렸다.

"가족분들 얼굴은 뵈었고요?"

"자주는 못 뵙지요."

"이 재인께서는요?"

"아버님은 전에 한 번 뵈었습니다."

이첨유가 전처에게 얻은 첫째 딸을 박해한다는 소문은 유명했다. 후궁들이 어색한 표정으로 서 있었다. 지우는 아무렇지 않다는 듯 웃어 보였다. 그때 반대편에서 익숙한 목소리가 들렸다.

"어머, 다들 여기서 뭐 하고 계십니까?"

화려한 붉은 옷을 입고 걸어오는 사람은 유하였다. 후궁들이 난처한 안색을 하고 두 발자국 뒤로 물러났다. 그녀들은 처음에는 유하와 친하게 지내던 자였다. 유하가 입술을 꽉 깨물고 지우와 일행을 노려보았다.

"담소라도 나누고 계신 모양이죠?"

"날씨가 좋으니 좀 걷고 있었습니다."

지우가 유하의 앞에 서며 말했다.

지우는 유하가 계속 마음에 걸렸다. 문칠현이 반역에 이미 걸 알고 있다면, 그녀 성격상 적극적으로 문칠현에게 협조하려 들 것이었다. 반역이 성공하기만 한다면 인생이 다시 필 기회를 잡을 수 있을 테니. 유하는 황제의 총애를 못 받는 후궁 신세에 만족할 사람이 아니었다.

"그래요. 안 그래도 이 재인과 이야기 나누고 싶었는데."

"하시지요."

"아니, 둘이서만요."

유하가 눈치를 주자 다른 사람들이 고개를 숙이고 정원 밖으로 빠져나갔다. 유하는 잠시 동안 말없이 옆에 놓여 있는 석상을 쓰다듬다가 지우를 올려다보았다.

"폐하의 총애를 받으니 안색이 좋군요."

지우가 묵묵히 유하의 눈을 마주쳤다.

"내가 왜 이 재인을 싫어하는지 압니까?"

"말씀해주시면 고치겠습니다."

"마음에도 없는 소리 하지 마세요. 짜증 나니까. 고고한 척하는 거 지겨워요. 내가 그쪽 가문 장자에게 연심을 품고 있다는 거 알고 있었지요?"

"지후 얘기 하시는 겁니까."

갑자기 튀어나온 남동생의 이름에 지우가 예상외라는 표정을 지었다.

"어떤 여인상이 좋으시냐고 물을 때 누님 같은 분이라 대답하는 걸 들으니 속이 터집디다. 도대체 내가 어디가 부족해서 당신 같은 거랑 비교나 당하고."

"……."

"내가 오면 그분은 항상 이 재인에게로 도망갔지요. 날 피하듯이. 그러면 이 재인은 보란 듯이 나에게서 그분을 숨기고. 기가 차서 정말. 내가 그분을 갖고 싶어 애달파하는 걸 알면서!"

유하가 악을 지르듯 외쳤다. 숨을 씩씩 내쉬다가 조금 진정되자 말을 이었다. 지우는 오묘한 표정으로 유하의 날카로운 목소리를 듣고 있었다.

"그래요. 어릴 땐 그분이 이 재인 같은 여인상이 좋다기에 그리 되려고 해보았습니다. 다 부질없었지만."

"지금 지후와 연이 맺어지지 못한 것을 제 탓이라 하시는 겁니까?"

"내가 이 재인 근처를 서성거리기만 해도 그분이 길길이 화를 내며 나보고 물러가라 소리쳤습니다. 내가 뭘 그리 잘못하였다고!"

"지후가 저를 감싸서 분하셨군요."

유하의 커다란 두 눈에 새빨간 실핏줄이 섰다.

"내가 이 재인을 딱히 괴롭힌 것도 아닌데!"

지우가 한숨을 내쉬며 고개를 저었다.

"사람 기억이라는 게 시간이 지나면 불투명하다고는 하지만, 기억 안 나십니까? 제 방에 죽은 쥐나 새 시체를 넣어놓고 가셨잖아요. 그거 보고 제가 기겁하면 뒤에서 웃어대시고."

"내가 언제 그, 그랬다고."

유하가 콧잔등을 씰룩거리며 지우를 바라보았다.

"항상 그러셨어요. 자기한테 좋은 것만 기억에 남기시고 나머지는 삭제하셨지요. 지후에게서 내쳐진 게 제 탓이라 여기고 저를 미워하시는 게 마음 편하시면 그렇게 하세요."

"착한 척하려는 거면……."

"아니요. 착한 척이 아니라 그저 마마께 신경 쓰고 싶지 않을 뿐입니다. 미워하시려거든 그렇게 하세요."

유하가 온몸을 부들부들 떨었다.

"언제까지 네가 그렇게 당당할 수 있을 것 같아?"

지우의 눈이 날카로워졌다. 유하가 파들거리는 볼 근육을 끌어올리며 웃었다. 유하가 말없이 서 있는 지우를 밀치고 지나갔다.

지우가 유하의 뒷모습을 바라보다 차가운 표정으로 매당헌으로 걸어갔다. 유하는 자신의 잘못을 인정하지 않아도 되는 환경에서 자라났다. 아무도 그녀의 흠을 잡으려 들지 않았다. 유하의 인생에 있어서 첫 거부의 기억이 지후였을 것이다.

유하는 자신이 누군가에게 거부당할 수 있다는 선택지 자체를 상상치 못했고, 누구 하나를 죄인 만들어 그 책임을 돌리려 했다. 유하가 점찍은 분노의 대상은 지우였다.

지우가 고개를 설레설레 흔들다가 웃었다.

'이상적인 여인상이 나라고? 거짓말도 잘하지……. 둘러댈 말도 참 없었나 보네.'

지우는 지후가 이첨유의 못마땅한 시선을 받으면서도 자신의 방을 끊임없이 드나들었던 이유를 알고 있었다. 단순히 제 누님이 좋아서가 아니었다. 지우를 모시던 자그마한 여종 하나 때문이었다. 이름은 소여라고 했다. 지후와 소여는 동갑이었다.

지우는 분노를 쏟아내고는 빨개진 얼굴로 사라진 유하를 떠올렸다. 어찌 보면 그녀도 안타까운 사람이었다. 목적지 잃은 분노는 무의미한 것이 될 테니.

'그쪽에서 무슨 일을 꾸미긴 하는가 본데…….'

유하의 악에 받친 목소리가 머릿속에서 맴돌았다.

온 나라를 축축하게 만든 우기가 거의 끝나가고 있었다. 하늘을 뒤덮은 먹구름이 완전히 사라질 때쯤이 되면, 모든 것이 완전히 바뀌게 될 것만 같았다.

지우가 눈을 찡그리며 손으로 옷자락을 거세게 쥐었다.

"아이고, 대부상님 오셨습니까. 이들이 이번에 수행을 맡을 자들입니다."

고건은 상회 앞에 열을 지어 서 있는 이들을 쭉 둘러보았다. 가장 앞에 서 있는 긴 머리를 풀어 헤치고 있는 사내가 유독 키가 컸다. 호위 여섯에 자그마한 시종 하나. 얼굴이 까무잡잡했으나 이목구비가 곱고 몸집이 작았다. 고건이 입술을 움찔거리며 말했다.

"이 계집 같은 놈은 뭐냐? 야, 너."

"허이고, 대부상님. 그놈은 벙어리라 합니다."

"그래? 흐음."

고건이 턱에 구불거리게 난 수염을 쓰다듬었다.

"따라와라."

"예!"

상인들 세계에서는 배가 나오면 나올수록 권세가 있다는 증거였다. 고건은 산처럼 부푼 배를 쓰다듬으며 걸어갔다.

그 뒤를 키 큰 사내, 건오가 따르고 있었다. 분희는 가장 뒤에서 원래 고건이 몰고 다니는 다른 시종들과 함께 걸었다. 긴장에서 손바닥에 땀이 찼지만 금세 바지에 문질러 닦아냈다.

분희는 어깨 쪽에 천을 덧대어 소년의 골격처럼 보이게 꾸몄다. 성장기가 아직 오지 않은 마른 소년 같은 몸이 되었다. 주변의 시종들이 분희를 살피며 소곤거렸다.

"저 앞에 가는 엄청 키 큰 무사의 남동생이라는데."

"벙어리면 귀는 들리나?"

분희가 고개를 돌려 그들을 바라보았다.

"히익. 들, 들리나 보네."

비쩍 마른 시종이 멋쩍은 표정으로 뺨을 긁적였다.

분희는 심장이 하도 콩닥대서 옆에 들릴까 무서웠다. 그러나 비밀 임무라고 생각하자 몸에 힘이 바짝 들어갔다. 폭삭 늙어 피부에 주름이 자글자글해질 때까지 황궁에 처박혀 있는 무료한 궁녀 일생에, 이런 기회가 또 어디 있겠는가.

분희는 자신이 영웅담의 주인공이라도 된 것처럼 사명감이 샘솟았다.

고건은 도성에 들릴 때마다 묵는 저택으로 향했다. 성마다 그의 집이 한 채씩 있었다.

"술상 좀 내와라!"

고건의 말 한마디에 시종들이 부지런해졌다.

벙어리라는 설정은 시종들 사이에 섞이기 유리했다. 그들은 힘도 없어 보이고 말도 못 하는 분희에게 별 경계심을 갖지 않았다. 잡일은 황궁에서도 매일 하는 것이라 어려운 것도 아니었다. 시종들은 계집 같은 놈 손이 야무지다며 칭찬했다.

분희가 바로 옆에서 일을 하고 있어도 아무런 목소리도 내지 않으니, 사람들은 종종 분희를 신경 쓰지 않고 이야기를 나누었다.

분희가 노리던 게 이것이었다. 고건이 어떤 자인지는 그를 모시는 시종의 입을 통해 듣는 것이 가장 정확했다. 분희가 긴 도로를 달려 가져온 여러 귀중품들을 정리하며 시종들의 이야기에 귀를 기울였다. 많은 곳을 돌아다니는 그들은 여러 지역의 말투가 한데 섞여 있어서 억양이 매우 특이했다.

"여기서 며칠이나 있으려나?"

"글쎄. 금년부터 도성에 오면 적어두 보름씩은 머물렀지 않어? 다른 곳으로 가서도 얼마 안 있다 도성으로 다시 들어오고."

"이쪽에 큰 건이 많으니 그러겠지."

"하긴. 귀족나리들 집안 순회는 언제 한대?"

"내일 아침부터 돌아다니지 않겄어?"

"어휴. 내일부터 물건 바리바리 싸들고 돌아다닐 생각 하면 벌써부터 어깨가 아프네. 야, 니 뭐 허냐."

분희는 갑자기 자신을 부르는 목소리에 어깨를 화들짝 떨었다. 반사적으로 예? 하고 대답하려는 걸 가까스로 참아냈다.

"거기에 쌓는 것이 아니지."

비쩍 마른 남자가 분희의 뒤에서 불쑥 다가와 분희의 손을 낚아챘다. 분희는 악 소리를 속으로만 내질렀다. 남자와 이렇게 손이 닿다니.

'아이고, 마마님. 이 일 맡겨주셔서 감사합니다.'

안 그러면 피부가 쪼글쪼글해질 때까지 남자 손 한 번 못 잡아볼 신세였는데. 비록 볼품없게 생긴 시종이었지만 하여간 남자는 남자였다.

시종은 분희가 일처리를 잘못한 걸 바짝 뒤에 붙어서 고쳐주고는 물러났다. 그가 고개를 가로저으며 혀를 찼다.

"사내새끼가 손이 웬만한 계집보다 부드러워 어째."

"생긴 것도 계집 같어."

분희는 심장이 철렁 내려앉는 것 같았다. 아무리 천을 덧대어 골격을 늘리고 말 못 하는 사람 흉내를 내 목소리를 숨겨도, 고운 손은 숨겨지지 않았다. 의심받을까 두려웠지만 의외로 시종들의 대화는 다른 쪽으로 튀었다.

"그 어디야, 다리 뒤편에 있는 커다란 집 영감이 좋아하겠는데."

"맞다, 예쁘장한 사내애들만 골라서 홀라당 벗겨 먹잖어."

"야, 니두 조심해라. 얘 얼굴이 예쁘장해서 거기 데려가는 거 아닌가 모르겠네. 이제 대강 다 정리했으니 들어와라."

남자들이 분희의 등을 툭툭 두들기며 시종들의 방으로 들어갔다.

고건이 먹고 남긴 음식들과 차게 식은 밥으로 저녁을 때우고 이불을 깔기 시작했다. 좁은 방 하나에서 남자들 여럿이서 모두 함께 자야 했다. 이불도 몇 개밖에 없어서 나눠 덮어야 했다.

분희가 어색한 표정으로 구석에 서 있자 남자들이 손짓했다.

"얼른 디비져 자. 야, 낯 가리냐. 얘 구석 자리 줘라."

분희가 주춤거리며 가장 구석 자리에 가서 누웠다. 씻지 않은 사내들의 땀 냄새가 방 안에 가득했다. 곧 천둥같이 우렁찬 코 고는 소리가 들렸다.

분희의 옆에 누운 남자가 팔을 휘적거리다가 분희의 배 위에 얹었다. 분희가 소리 지르지 않기 위해 두 손으로 입을 가렸다.

'나, 남자와 있는 건 좋지만 이건 좀…….'

질식할 것 같은 땀 냄새와 귀가 따가운 코골이 속에서 분희는 애써 잠을 청하려 했다.

'내일부터 잘할 수 있겠지?'

분희가 두 손을 가슴팍 위에 올려 꽉 붙잡고는 떨리는 심장을 진정시키려 애썼다. 결국 새벽이 다 되어서야 겨우 쪽잠에 들 수 있었다.

지우가 이마에 땀이 맺힌 채로 고개를 부르르 떨며 눈을 떴다. 사방이 어두컴컴했고 밖은 쥐 죽은 듯이 조용한 걸로 봐서는 새벽인 것 같았다.

악몽을 꾸었다.

꿈이 무엇이었는지는 눈을 뜨자마자 어렴풋하게 흩어져 기억이 나지 않았지만, 곤히 자던 잠에서 깨어날 만큼 끔찍한 꿈임은 분명했다. 지우가 무거운 눈꺼풀을 끔벅거리며 시커먼 천장을 쳐다보았다.

가슴께가 무거웠다. 옆을 돌아보니 율이 고른 숨을 내뱉으며 팔을 지우에게 올려놓고 있었다. 율의 체온이 느껴지자 조금씩 안도감이 찾아왔다. 지우가 몸을 꾸물거리며 율 쪽으로 더 찰싹 붙었다. 따뜻하고 단숨이 이마에 닿아왔다.

가슴팍 위에 올라온 율의 손등을 조심스럽게 만지작거렸다. 잠에서 한번 깨고 나자 정신이 말똥말똥해졌다. 시간이 좀 지나자 눈이 어둠에 적응해 율의 이목구비가 보였다.

감겨 있는 눈과 짙은 속눈썹, 단단한 이마 등 이곳저곳을 한참 훑어보았다. 고요하게 잠든 율의 모습을 보자 악몽도 다 잊히고 마음이 점차 편안해지는 것 같았다. 지우가 몸을 잠깐 뒤척이다가 눈을 느리게 감았다.

그때 침묵이 깨지고 낮고 갈라진 목소리가 들렸다.

"……왜 안 자고 있어."

지우가 깜짝 놀라 눈을 급하게 뜨니, 율이 잠에 취해 있는 눈으로 지우를 바라보고 있었다. 반쯤 게슴츠레 뜨여 있는 눈으로 지우를 쳐다보다가 율이 피식 바람 빠진 소리를 내며 웃었다.

"주무시는 것 아니셨습니까?"

"으응."

율이 웅얼거리듯 대답하고는 지우를 품 안으로 끌어당겨 꽉 안

앉다. 율의 목소리는 자장가처럼 낮고 느렸다. 큰 손바닥으로 지우의 등을 토닥이면서 잠에 푹 젖어 있는 목소리로 중얼거렸다.

"자야지."

"예, 폐하."

"걱정이라도 있느냐."

지우가 잠시 멈칫거리다가 고개를 약하게 저었다.

"아닙니다."

낮에 유하를 만나고 분희까지 보내느라 이것저것 마음 쓰인 일이 많아 잠자리가 뒤숭숭했지만, 율이 다독여주자 차츰 모든 게 잘될 것이란 생각이 들었다.

"다시 자야지."

"네."

"손잡고 잘까?"

율이 눈을 감은 채 잠꼬대처럼 말했지만 손은 꾸물거리며 지우의 손을 덮어왔다. 갈퀴처럼 손가락을 쭉 뻗어 깍지를 꼈다.

"폐하, 저……."

분희는 괜찮겠지요? 하고 물으려다 지우가 입술을 다물었다. 그 새 율이 다시 잠에 푹 빠져 있었다.

그러나 깍지를 끼고 있는 율의 손아귀 힘은 억세고 단단해서, 굳이 대답을 듣지 않더라도 괜찮다고 속삭여주는 것 같았다. 지우가 살며시 다가가 이마를 율의 어깨에 기대고 눈을 감았다.

'지금쯤 분희는 그곳에 있겠지. 별 탈 없어야 할 텐데.'

분희는 좋다 하고 궁 밖으로 나갔지만 지우는 계속 걱정이 되어 하루 종일 집중이 잘되지 않았다.

부디 모든 게 잘 풀리기를 바랄 수밖에 없었다. 율과 껴안고 있는 지금, 더 바랄 수 없을 만큼 행복했지만 아름답고 하얀 살얼음판을 걸을 때처럼 불안한 행복이었다.

언제고 이런 상황이 깨어져도 이상할 게 없었으니까.

처음부터 몰랐으면 모를까 누군가와 곁을 나누고 같이 잠드는 게 이렇게 행복한 일임을 안 이상, 이걸 포기할 수는 없었다.

지우가 율의 체향을 깊숙이 들이마셨다. 모든 게 안정되고 나면 좀 더 마음을 놓고 그와 이야기를 나누고 꽃놀이도 가고, 그 닮은 아이를 낳아 아이가 자라나는 걸 함께 지켜볼 수도 있을 것이다. 그를 닮았다면 분명히 아이는 영특하고 잘났을 것이다.

아직은 너무나 아득하고 먼 미래같이 느껴졌다. 그런 날이 올 수 있을까. 지우가 율과 손을 꽉 붙잡은 채, 머릿속으로 꿈같은 상상을 했다. 그러다 어느 순간 정신이 가물가물해지더니 상상이 정말로 꿈이 되어 나타났다.

지우는 희미한 꿈속에서 한쪽에는 율, 다른 쪽에는 얼굴이 흐릿한 아이의 손을 잡고 꽃이 흐드러지게 핀 산길을 걸었다.

지우는 꿈꾸는 내내 얼굴에 은은한 미소를 띠고 있었다.

10장. 잠입

잠을 얼마 자지도 못한 것 같은데 분희는 자신의 몸을 거칠게 흔들어대는 손 때문에 억지로 눈을 떠야 했다.

"이놈아, 언제까지 퍼 잘 참이야?"

분희가 손등으로 눈을 비비며 일어났다.

"얼른 대충 밥 먹고 나와. 주인님이 너 따라오라신다."

분희가 멀뚱히 앉아 있자 남자가 두툼한 손으로 뒤통수를 휘갈겼다.

"얼른 나와!"

분희가 뒤통수를 손으로 감싼 채 어기적거리며 밖으로 나왔다. 대충 손으로 뭉친 주먹밥 하나를 급하게 먹고 나자 바로 등 위에 무거운 지게가 얹어졌다. 고건은 이제 그의 단골손님들을 보러 다닐 예정이었다.

마차를 타고 갈 수 있음에도 부상의 전통을 따라 등짐을 지고 다녔다. 물론 고건이 아니라 고건의 시종들이 운반해야 했지만.

분희는 왜 고건이 자신도 따라오라 했는지 몰라서 마음이 불안해졌다. 앞마당에 나가자 호위들이 서 있었다. 건오는 분희가 시종 세 명과 함께 걸어오자 당황한 눈빛으로 분희를 바라보았다.

분희가 울상을 지으며 어깨를 으쓱해 보이고는 건오의 뒤에 섰다. 건오가 슬쩍 고개를 반쯤 뒤로 돌려 분희에게 속닥거렸다.

"같이 나오라 하오?"

분희가 고개를 끄덕거렸다.

"도대체 왜……."

건오가 호위로 고건의 뒤를 바짝 따라붙어 다닐 때, 분희는 뒤에서 이것저것 정보를 캐낼 생각이었다. 고건이 원래 쓰던 시종이 아닌 분희도 따라 나오라 할 줄은 몰랐다. 예상외로 돌아가는 상황에 건오가 눈을 찌푸렸다.

몸집이 작아서 분희의 지게에는 최대한 가벼운 것들만 올라갔다. 그래도 허리가 휘청거릴 정도로 무거웠다. 건오가 불안한 눈빛으로 분희를 여러 번 힐끔거렸다.

"가자!"

고건이 뒤뚱거리며 앞장섰다.

분희는 휘청거리면서 열심히 따라 걸었다. 조금 지나자 어깨와 허리가 아파서 눈물이 날 지경이었다.

맨 처음 들린 집은 대대로 문관에서 높은 관직을 해온 가문이었다. 가주가 나오자 고건이 뱃살을 접으며 이마가 땅에 닿을 정도로 허리를 깊숙하게 숙였다. 건오는 날카로운 눈으로 고건이 누구를 만나는지 살폈다. 머릿속에 다 적어두고는 나중에 황궁에 보고해야 했다.

"오셨는가."

"예, 새로 들여온 귀한 물품이 많습니다. 들어가서 한번 보시지요."

"들어오게."

태상(太常) 한경치. 건오가 그의 이름을 곱씹었다. 황좌 싸움에서 폐태자의 편을 들었다가 율이 황제로 즉위하자 위세가 꺾인 이였다.

고건은 물품 몇 개를 시종의 지게에서 빼낸 다음 화려한 접무실로 혼자 들어갔다. 시종과 호위들은 그 밖에서 대기해야 했다.

분희가 뻣뻣하게 서 있자 시종 하나가 분희의 어깨를 퍽 쳤다. 안 그래도 짐을 지느라 욱신거리는 어깨에 통증이 가해지자 억 소리가 절로 나왔다. 분희가 혹시라도 말이 튀어 나가지 않게 잽싸게 어금니로 볼 안쪽 살을 깨물었다.

"자세 풀고 있어."

분희가 어깨를 문지르며 시종을 돌아보았다.

"주인님 나오시려면 한참 걸린다. 힘 풀라고."

분희가 영문을 모르겠다는 표정을 일부러 지으며 눈을 깜박거렸다.

"물건도 파시고 긴히 얘기도 나누고 하시겠지. 주인님이 어디 보통 분이시냐? 매나라 제일가는 대부상이니 그냥 장사치들이랑은 다르다, 이 말이야."

분희가 고개를 끄덕거리며 고건이 들어간 곳을 빤히 쳐다보았다.

'안에서 무슨 이야기를 하고 있을까. 혹시 정말 고건 저자가 황제 폐하를 해치려는 이들이랑 연관이 되어 있는 걸까?'

일개 궁녀 주제에 너무 많은 걸 알려고 하면 안 되었지만 분희는 궁금함에 가슴이 마구 뛰고 머리가 팽팽 돌았다.

정말로 한참 있다가 고건이 두툼한 턱살을 흔들며 밖으로 나왔다.

"이번에도 좋은 구매 감사드립니다."

"아닐세, 나야말로 매번 좋은 것들만 들여오니 만족이 크네."

"다음에 또 뵙겠습니다."

고건이 인사하며 뒤로 돌았다.

"가자, 이놈들아. 다시 지게 들지 않고 뭐 해!"

고건의 호령에 분희가 얼굴을 찡그리며 짐을 다시 짊어졌다. 그 후로 고건은 몇 집을 더 들렀다. 궁녀인 분희는 그들이 누구인지 잘 몰랐지만 건오는 그들의 관직을 귀담아들었다.

모두들 꽤 높은 관직을 차지한 위세 있는 가문이었다. 그러나 그들 간의 공통점이라고는 별로 없어 보였다. 관직이 속해 있는 관도 제각기 달랐고 황좌 싸움에서 폐태자 편을 들었던 이도 있지만, 율의 편이라 일컬어지는 이들도 있었다.

건오는 아리송한 표정을 지으며 지친 채로 서 있는 분희에게로 다가갔다. 남들의 시선을 의식해 남동생에게 대하듯 툭 어깨를 건드렸다. 분희가 정신을 빼놓고 있다가 화들짝 놀라며 건오를 쳐다보았다. 건오가 머쓱한 듯 헛기침을 했다. 한참 키 차이가 나는 탓에 건오가 허리를 깊이 숙여 분희의 귓가에 속삭였다.

"시종들 사이에 이야기 도는 게 있으면 잘 기억해두시오."

분희가 귀가 빨개진 채 고개를 끄덕거렸다.

'가까워도 너무 가까운데……!'

건오는 개의치 않는 표정으로 계속 귓속말을 이어 나갔다.

"나야 잘 모르지만 고건이란 자가 의심쩍은 건 확실한 것 같소. 아무리 재물이 많은 자라 하여도 일개 상인 신분인데, 죄다 그를 호화스러운 방에 들여 독대를 하고 있으니."

분희가 귀 안으로 들어오는 숨결에 소스라치게 어깨를 떨며 어색하게 손을 내저었다. 건오는 왜 그러냐는 듯 멀뚱히 바라보기만 했다.

"여하튼 조금만 더 힘내시오."

건오가 굽혔던 허리를 피고 사라지자 분희가 숨을 토해냈다.

점차 날이 저물고 있었다. 고건은 오늘의 마지막 집이라며 좀 더 발을 재빠르게 놀리라며 시종들을 재촉했다. 분희는 이마에 흐르는 땀을 손등으로 닦아냈다. 그래도 등 뒤의 지게가 많이 가벼워져 있었다.

고건이 화려한 저택 안으로 발을 들이자, 몸집이 무척 왜소하고 생쥐를 닮은 늙은 남자가 걸어 나왔다. 그의 피부에는 검버섯이 가득 피어 있었고 입술 옆에는 커다랗고 툭 튀어나와 있는 점이 있었다. 불쾌한 냄새가 날 것 같은 생김새였다.

시종 중 한 명이 분희의 등을 팔꿈치로 쿡 찌르며 작게 속삭였다.

"저 사람이 우리가 어제 말했던 남색을 즐긴다는 변태 영감이다. 너도 조심해라. 피부가 허옇고 예쁘장한 사내애들만 골라서 벗겨 먹는데, 넌 피부는 까매도 계집같이 생겼으니."

분희가 깜짝 놀라 딸꾹질이 튀어나오려는 걸 참았다. 분희는 그 영감이라는 자의 눈에 띄지 않으려고 고개를 푹 숙였다. 영감은 낮게 웃으면서 고건의 두툼한 손을 마주 잡았다.

"왔는가."

"예. 그분은 언제쯤 오신답니까?"

고건이 흐흐 웃으며 말했다.

'그분……?'

분희와 건오가 고개를 돌려 눈을 마주쳤다.

"물건은 가져왔소?"

"예, 들어가서 한번 보시지요."

"들어가지."

"아 참. 혹시 좋아하실까 하여 한 놈을 데려왔는데……."

고건이 손바닥을 싹싹 비비며 등을 돌려 시종들 쪽을 바라보았다. 영감의 시선도 자연히 그쪽으로 향했다. 게슴츠레한 눈동자가 이리저리 굴러가다가 한 곳에서 멈추었다.

"저 아이요?"

분희였다. 분희의 동공이 흔들렸다.

"상회에서 내려온 놈이라 거칠게는 다루지 마시고 그저 술 상대라도 하시면 좋으실까 하여."

"마음에 드는군. 좋지, 좋아. 이래서 내가 대부상을 좋아하는 거요."

영감이 껄껄 웃으며 왜소한 몸집을 더 움츠러트리며 안으로 들어갔다. 고건이 분희에게로 다가와 뒷덜미를 낚아채 질질 끌었다.

분희는 온몸에서 진땀이 흐르는 것 같았다. 이러다가 자신이 여자라는 걸 들키기라도 하면 큰일이지 않은가.

'……아니야. 들키지만 않는다면 뭐라도 더 알아낼 수 있을지도

모르는데.'

분희가 눈을 질끈 감았다. 그때 건오가 다급하게 두 발자국 걸어 나왔다.

"뭐냐?"

"어르신, 제 동생입니다."

"그래서 어쩌라고?"

"놓아주십시오."

"내게 돈으로 고용된 주제에 말이 많아, 아주. 뭐, 네놈이 대신 들어가기라도 할 것이냐? 그렇지 않으면 비켜."

"차라리 제가……."

"참 나! 야 이놈아, 퍽이나 좋아하시겠다. 안 비켜?"

건오가 두 팔을 등 뒤로 돌린 채 고개를 숙였다.

"못 비키겠습니다."

고건이 입술을 움찔거리며 손으로 건오의 뺨을 내리쳤다. 그러나 고개가 조금 옆으로 돌아갔을 뿐 꿈쩍도 않자 고건이 민망한 듯 헛기침을 하며 손을 내렸다.

"창희, 놓아주세요."

건오가 단호하게 말하며 분희 쪽으로 팔을 뻗었다. 분희가 입술을 꽉 깨물었다. 여기서 더 반항하고 고건의 심기를 거슬러봤자 좋을 게 없었다. 거스른다 해도 고건이 쉽게 말을 들어줄 것 같지도 않다.

결국 분희가 괜찮다는 듯 미소 지으며 건오를 말렸다. 건오가 인상을 쓰며 분희를 걱정스레 내려다보았다. 분희가 고개를 끄덕여 보았다. 가슴이 쿵쾅거리고 아랫배가 저릴 정도로 긴장이 되었지만 정신을 바짝 차리기 위해 어깨에 힘을 주었다.

고건이 침을 바닥에 뱉고는 분희를 다시 낚아채 끌고 들어갔다. 영감은 술상 앞에 앉은 채로 분희의 온몸을 눈으로 훑어 내렸다.

"너 이름이 뭐냐?"

"이놈 말을 못 한다고 합니다."

"아, 그래? 이리 와 앉아봐라."

영감이 그의 옆자리를 두들겼다. 분희가 쭈뼛거리며 가 앉았다.

"술 따라라."

분희가 머뭇거리자 고건이 호통을 쳤다.

"이놈이 귀까지 먹었나!"

분희가 손목을 달달 떨면서 영감에게 술을 따랐다. 영감이 흡족한 미소를 지으며 분희의 무릎을 만지작거렸다. 분희는 비명이라도 지르고 싶은 심정이었다.

영감은 불안감으로 떨고 있는 분희가 귀여운지 킬킬대며 웃었다. 그가 웃을 때마다 피부에 피어오른 검버섯이 같이 흔들렸다. 눈앞에 몇 번 접하지 못할 음식들이 가득했으나 군침이 돌기는커녕 속이 울렁거렸다.

영감은 술이 몇 잔 들어가자 코끝이 붉어졌다. 고기 산적을 한 점 집어 먹으며 분희의 무릎과 등을 계속 쓰다듬었다.

"대부상."

"예."

"다른 분들은 잘 찾아뵙고 왔고?"

분희는 얼이 빠지려던 걸 가까스로 붙잡았다. 둘의 대화가 심상치 않게 흐르고 있기 때문이었다.

'다른 분들? 그럼 고건과 만난 사람들끼리 서로 알고 있다는 건가?'

분희는 침착한 체하며 그들의 말에 귀를 기울였다.

"예, 대부분 만나 뵈었지요."

고건이 술을 홀짝이며 분희를 게슴츠레 쳐다보았다.

"그런데…… 아무리 별 볼 일 없는 사내놈 하나라 해도 어찌 될지 모르니 이놈 옆에 두고 말을 더 하기가 조심스럽군요. 세상에 비밀은 없으니 말입니다."

"하하. 내가 술이 들어가서 좀 풀어졌나 보군. 그분 오시면 더 이야기하지."

그 후로 둘은 음흉하게 웃으며 주색에 관한 이야기만 나누었다. 분희는 자꾸 영감의 손이 엉덩이 골로 내려가려 해, 난감했다. 몸을 비틀며 영감의 손을 가까스로 피하고 있었지만 언제까지 버틸 수 있을지 몰랐다.

"왜 이렇게 몸을 가만히 못 둬?"

결국 영감이 짜증 난 투로 말하며 분희의 손목을 낚아챘을 때, 밖에서 사람 소리가 들렸다.

"그분이 도착하신 것 같습니다."

"그래? 알았네. 야, 네놈도 이제 나가보아라. 아쉽군."

분희가 안도의 숨을 내쉬며 비틀거리는 무릎을 붙잡고 일어섰다. 영감이 술잔을 확 꺾어 마시고는 나가려는 분희의 허리를 팔로 낚아챘다. 아무리 노인이라고 해도 사내였기에 분희가 그 힘을 감당하기 힘들었다.

분희는 억 소리를 내며 영감의 무릎 위로 엎어졌다. 영감이 분희의 골반과 허리 주변을 쪼글쪼글한 손으로 쓰다듬더니 놓아주었다.

"이제 나가라."

사람들이 가까워지는 소리가 들리자 고건이 분희의 등을 떠밀었다. 분희가 놀라고 수치스러워 눈물이 터지려는 걸 꾹 참으며 밖으로 나갔다.

중년의 키 크고 마른 사내가 꽤 많은 사람들을 거느린 채 다가오고 있었다. 분희는 눈물을 손등으로 훔치고 그 사람을 빤히 바라보았다. 어딘가 낯이 익은 것 같으면서도 아닌 것 같았다. 사내는 분희를 힐끗 봤다가 별 관심을 주지 않고 스쳐 지나갔다.

분희가 일부러 다리를 비틀거리는 시늉을 하며 걷는 속도를 느리게 했다. 문이 열리고 사내가 고건과 영감이 있는 방 안으로 들어갔다.

"재상! 오셨습니까."

분희가 방 안에서 희미하게 새어 나오는 영감의 목소리를 들었다.

'……재상?'

재상이라니. 세상에.

비틀거리는 척 연기하던 다리에 정말 힘이 쭉 빠져버렸다. 분희가 순간 삐끗하여 땅바닥으로 넘어지자 불안한 기색이 역력한 채 서 있던 건오가 분희에게로 달려왔다.

"괜찮소?"

다급하게 물으며 분희를 부축하는 건오의 목소리도 들리지 않았다.

'재상이라니. ……마마님의 아버지잖아?'

분희가 두 손으로 입을 꽉 틀어막았다. 머리가 어지러웠다.

"어디 몸이라도 안 좋은 것이오?"

분희가 혼이 빠진 표정으로 건오의 어깨를 움켜쥐었다.

이첨유가 들어간 방에서는 호쾌한 웃음소리가 새어 나왔다. 이첨유가 별궁에서 지우를 찾아갔을 때, 분희는 황궁에 있었기 때문에 그를 본 적이 없었다. 자세히 뜯어보니 전체적인 체격이나 팔다리 비율이 지우와 흡사한 것 같았다.

주변 시종들의 눈치가 보여 분희는 손으로 입을 틀어막고 작게 중얼거렸다.

"세상에. 이게 무슨…… 무슨 일입니까. 세상에, 마마."

건오가 얼이 빠진 채 눈동자에 눈물을 그렁그렁 달고 있는 분희를 걱정스레 내려다보았다. 건오가 분희를 부축하여 일으키고, 이첨유가 들어간 방 안을 바라보았다. 아직까지 정신을 차리지 못하고 있는 분희에게 건오가 속삭였다.

"아까 들어간 사내, 이 재인 마마의 아버지가 맞소? 어두워 얼굴을 자세히 보지 못하였는데."

분희가 느리게 고개를 끄덕거렸다.

"이런…… 아버지와 척을 지시게 되었단 말이오."

건오가 침음을 흘리며 아랫입술을 깨물었다.

한편, 바깥의 상황을 모른 채 유유자적 고건과 영감이 있는 방으로 들어간 이첨유는 술잔을 비우며 웃고 있었다.

"그래, 말한 건 어찌 되었지?"

고건이 허리를 굽실거리며 입을 열었다.

"동탄 쪽에서의 지원은 완벽합니다. 저희 쪽에서 계기만 만들어 주면."

"거사일은 다른 이들에게도 완벽히 전달했겠지."

"오늘 아침부터 다른 분들 찾아뵈러 다니느라 발바닥에 불이 났습죠."

"수고했소. 이 일만 성공한다면 내가 책임지고 자네의 신분을 올려줄 터이니."

"감사합니다. 아이고, 감사합니다. 한 잔 받으시지요."

고건이 이첨유에게 술을 따라주었다. 영감이 나물을 집어 먹다 말고 턱을 쓰다듬었다. 영감은 머리가 영민하지 못해, 거사 계획에 도움을 주지는 못했지만 남들이 따르지 못하는 그의 특기 하나는 있었다.

"그런데 말입니다."

"왜 그러시오?"

영감이 고개를 갸웃하며 입을 열었다.

"아까 이 방에 잠시 들였던 시종놈 말이지."

"예."

"내가 숱한 사내놈들을 만져봐서 아는데……."

그 특기란 건 남색에 통했다는 것이다.

"그놈, 사내가 아니야."

"그게 무슨 말씀이십니까?"

고건이 먹던 술을 도로 뱉고 물었다.

"계집이 남장을 한 것 같단 말일세."

잠시 그들 사이에 침묵이 흘렀다. 고건과 영감이 이첨유를 돌아보았다. 이첨유는 묵묵히 술만 마시다가 고건이 꼴깍 침을 삼키며 숨넘어가기 직전 표정이 될 때에야 입을 열었다.

"들켰군."

"누, 누가 보낸 걸까요? 저놈, 아니 저년을 잡아다가……."

"아니, 됐소."

"예?"

고건이 얼빠진 표정으로 물었다.

"누가 보냈는지는 뻔하지. 우리의 황제 폐하 아니겠나. 알아내실 거라 예상치 못했는데……. 그래봤자 소용없을 거요."

이첨유가 낮게 웃었다.

"이미 너무 늦어버렸어. 폐하께선 손쓸 새도 없을 테지."

이첨유가 고건의 두툼한 등짝을 손으로 두드렸다.

"어린 황제가 얼마나 얼이 빠지는지 구경해보자고."

그제야 영감과 고건도 안심한 듯 웃었다. 이첨유가 가느다란 수염을 손으로 쓰다듬었다.

"여하튼 놀랍긴 하군. 황제가 영민한지는 알았으나 그래보았자 애라 생각했는데, 대부상에게 사람을 붙여 미행을 시킬 줄이야."

"폐태자를 내친 거 보면 그래도 이런 머리싸움에 능하지 않습니까."

"그렇긴 하지만……."

이첨유가 말에 뜸을 들였다.

확실히 황제 율은 어릴 때부터 비범하긴 했다. 후궁의 소생인 데다 제 어미가 일찍 죽어 황궁 내에서는 끈 떨어진 뒤웅박 신세나 다름없었다. 그런데도 꿋꿋하게 살아남았다. 황후의 소생이자 정통을 이어받은 형이 여인들에게 빠져 있을 때 율은 어린 나이에도 갑옷을 입고 전쟁터로 향했다.

동탄과의 자잘한 국경분쟁이 계속되던 시기였다. 형인 선우는 동생이 대신 간다고 하니 그저 좋아했다. 율이 군부 쪽에 자기 사람들을 착실하게 늘려가고 있다는 것도 모른 채.

일은 동탄과 잠시 평화협정을 체결하게 되면서 벌어졌다. 동탄 쪽 사신이 매나라로 황궁으로 찾아왔다.

사신의 시녀로 껴 있던 여인 하나가 천하일색이라는 소문이 퍼졌다. 선우는 황태자 신분을 잊고 그녀에게 빠져들었다. 그들은 양국 간 협상이 진행되는 와중에 은밀히 만났다. 그녀가 다시 동탄으로 돌아가는 날에는 밥도 먹지 않고 몸져누울 지경이었다. 여기까지는 다들 황태자가 또 여자에 정신이 팔렸구나 하고 넘어갔지만, 문제는 그다음이었다.

그녀는 단순한 시녀가 아니었다. 동탄 쪽에서 은밀히 넣어놓은 첩자였다. 선우는 그녀와 함께 술에 취한 채 새벽을 보내다, 중요한 군 배치에 관한 기밀을 누설했다. 협정은 깨졌고 동탄은 알아낸 매나라의 허점을 노려 진군해왔다.

율은 형님의 실책을 놓치지 않았다. 나라를 팔아먹은 황태자, 여자에 눈이 먼 매국노. 율은 선우에 관한 온갖 이야기를 퍼뜨렸다. 오래된 전쟁으로 불만에 차 있던 백성들은 분노했다.

선우가 흘린 기밀 때문에 수많은 매나라의 병사가 죽어 나갔고, 율은 여론을 힘에 업고 선우를 몰아낼 준비를 차차 해 나갔다.

선황은 몸져누워 있었고 황태자에 대한 신뢰도는 바닥이었다. 율은 그대로 군대를 이끌고 동탄과 맞서 싸워 크게 승리했다. 군부는 모조리 율을 지지하기 시작했다. 황궁으로 돌아온 율은 선우를 황태자에서 폐위시킬 것을 주장했다.

"흐음……."

이첨유는 그 당시를 떠올렸다. 여자에 대한 배신감과 나라에 대한 죄책감으로 넋이 나가 있는 형을 율이 어떤 식으로 압박하고 몰아냈는지.

선우의 편에 섰던 자들의 약점을 하나둘씩 캐내, 율은 그들도 협박했다. 필요하다면 누명을 씌워 죽이기도 했다. 군권을 장악한 그는 당시 무서울 게 없었다.

선황은 죽어가고 있었고 더 이상 결정을 미룰 수 없었다. 선우는 폐태자 신분이 된 채 외딴섬에 갇혔고 율은 어린 나이에 결국 황좌를 쟁취해냈다.

이첨유는 탁자를 손가락으로 두드렸다. 율이 타고난 정치적인 감각이 있는 건 맞지만 이번 일은 현재 보부상 사회가 어떻게 돌아가는지 자세히 알고 있어야 꾸밀 수 있는 것이었다.

"누가 황제를 도와주고 있는 것 같소."

"누가……?"

이첨유는 요즘 들어 황제가 가장 가까이하는 사람이 누굴까 생각했다. 익숙한 얼굴이 순식간에 머릿속에 떠올랐다. 지우.

"재미있군. 일을 좀 더 빨리 시작해야겠소."

이첨유가 허허 웃었다.

지우가 잠에서 깨자마자 분희가 안절부절못하며 안으로 들어왔다. 지우는 놀란 표정으로 분희를 바라보았다.

"왜 여기 있느냐? 며칠 더 대부상을 수행하기로 하지 않았더냐?"

"마마, 뭔가 일이 틀어진 것 같습니다."

"일이 틀어지다니?"

분희가 아랫입술을 잘근잘근 깨물었다. 어떻게 이야기를 시작해야 좋을지 난감했다. 마마의 아버지를 보았다고 말하기가 쉽지 않았다.

"어서 말해보렴."

지우의 재촉에 결국 분희가 입을 열어 어제 본 것 모두를 이야기했다. 지우의 얼굴이 평온하다가 이내 굳어갔다. 이첨유의 이야기가 나오자 지우가 눈을 감았다.

"……그, 그러더니 갑자기 저희 보고 일을 그만두라 하지 않겠어요. 제, 제가 그 영감에게 쌀쌀맞게 굴어 그쪽에서 크게 기분이 상했다며. 당장 저를 데리고 꺼지라고 소리를 질렀어요."

"그래, 알겠다. 수고했다, 분희야. 푹 쉬어라."

분희가 우물쭈물하며 밖으로 나갔다. 지우가 일어서서 방 안을 서성거리다가 숨이 턱턱 막히는 기분에 밖으로 나갔다.

머릿속이 너무 어지러워 도저히 어떻게 해야 할지 아무런 생각도 나지 않았다. 예상은 하고 있었지만 정말로 아버지가 가담되었다는 생각에 심장이 발끝으로 떨어지는 기분이었다.

율도 건오에게 보고를 받을 테니 이 사실을 알 것이었다. 지우는 율의 얼굴을 어떻게 봐야 할지 상상만 해도 아득해졌다.

'어쩌자고 이런 짓을……'

이첨유가 반역에 실패하면 대역죄인으로 낙인찍혀 온 가문 사람들이 죽어 나갈 것이고, 반역에 성공하면 율이 죽을 것이었다.

어떤 쪽이든 율의 곁에 있을 수 없었다. 지우는 다리에 힘이 풀려 주저앉을 것 같았다. 태어나서 한 번도 가족의 따뜻함을 느낀 적 없이 외롭게 살다가, 이제야 율을 만나 행복해지나 싶었는데.

핏줄이 원망스러웠다. 차라리 그 가문의 딸로 태어나지 않았더라면 더 좋았을 텐데. 지우의 입술이 바짝 말라갔다.

"아……."

지우가 침음을 흘리며 두 손으로 얼굴을 감쌌다. 눈가가 뜨거워졌다. 떨리는 날숨을 뱉으며 지우가 한참 동안 매당헌 앞마당을 서성거렸다. 어떻게 해야 좋을지 몰랐다. 손이 점점 차가워지고 손톱이 파래졌다. 바람 부는 소리 하나에도 온 마음이 스산해졌다.

그때 지우의 등 뒤에서 다급한 발소리가 들렸다. 지우가 어깨를 움찔거리며 고개를 돌렸다. 일그러진 지우의 눈가에 물기가 가득했다.

"이 재인!"

지우의 어깨를 강하게 붙든 건 율이었다. 지우는 입술을 삐끔거릴 뿐 아무런 말도 하지 못했다.

"이러고 있을 줄 알았다."

율이 그대로 지우를 거세게 껴안았다. 지우는 율의 쇄골 사이에 코를 파묻고 물기에 젖은 숨을 내뱉었다.

"보고를 듣고 걱정돼서 와봤더니…… 울긴 왜 울어."

뜨거운 울음이 목구멍을 틀어막고 있어서 말을 꺼내기가 힘겨웠다. 율은 다정하게 지우의 등을 쓰다듬었지만 그의 표정도 어쩔 수 없이 혼란스러운 채였다.

"폐하, 송구합……."

"아니. 그런 말 하지 마라."

율이 지우의 허리에 둘러진 팔에 힘을 주었다.

"넌 한마디만 해주면 돼. 이 모든 것에 대해 모르고 있었다, 한마디만 해주면 된다."

"……."

"그럼 어떻게 해서든 내가 널 지킬 것이다."

지우가 고개를 들었다. 황궁에 들어와 울지 않으려고 무던히 애썼는데 지금은 무리였다. 율의 표정은 필사적이었다. 지우가 울컥거리는 속을 갈무리하며 입을 열었다. 지우가 손등으로 눈물을 다급하게 닦아내며 목에 힘을 주었다. 약한 모습 보이기 싫었다.

"제 아버지가 그렇게 흉측한 일을 꾸미고 있을 줄 몰랐습니다."

지우가 율의 손가락 끝을 붙잡았다.

"……알았다. 그거면 되었다."

율이 새빨개진 지우의 눈 주위를 엄지로 문질렀다.

율의 어른스럽고 다정한 목소리를 듣고 나자, 지우는 이 순간만큼은 모든 게 잘 풀릴 것 같은 기분이 들었다. 반역 가문의 사람으로서 무사하지 못할 거란 걸 머리로는 알아도, 율의 단단한 손이 턱을 감싸 쥐었을 때 가슴으로는 안도감이 들었다. 율과 계속 함께할 수 있을 것만 같았다.

지우는 이제껏 살면서 무언가를 간절히 원해본 적이 별로 없었다. 애초에 아무것도 그녀에게 주어진 적 없었기에, 바랄 일도 없었던 것이다. 그러나 이제는 아니었다.

율의 곁에 있고 싶었다. 지금 세상에서 가장 가지기 힘든 사내라 할지라도 그러고 싶었다. 지우가 망설이다가 먼저 율의 품 안으로 들어갔다.

"……폐하 곁에 계속 있고 싶어요."

율이 허공에 잠시 붕 떠 있던 손으로 지우의 등을 쓰다듬었다.

"그렇게 될 테니 걱정하지 마라."

율은 흙모래를 잔뜩 삼킨 것처럼 목구멍이 아려왔지만 최대한 담담하게 말했다.

"간만에 진지하려니까 괜히 민망하네."

율이 괜스레 가볍게 웃으며 지우를 놓아주었다.

"대신회의 직전에 온 거라 다시 가봐야 한다."

"예, 폐하."

"그……."

율이 뒷목을 긁적거렸다.

"줄 것이 있다. 밤에 올 테니 자지 말고 기다리고 있어라."

"예? 무엇을……?"

"그건 비밀이지. 지금 아니면 못 줄 것 같아 그런다. 저쪽에서 어느 정도 눈치를 챘으니 건오를 돌려보냈겠지."

"그쪽에서 행동을 시작할까요?"

"아마도, 자신만만하니 이렇게 나오겠지. 곧 혼란스러워질 것이다."

지우가 작게 고개를 끄덕거렸다.

"그렇다고 나도 가만히 있지는 않지."

율의 짙은 눈썹이 꿈틀거렸다. 율이 지우의 볼을 한 번 쓰다듬고 뒷걸음질 쳐 물러났다.

"그…… 밤에 올 것이다. 알겠느냐?"

"알겠습니다."

지우가 말갛게 웃으며 율을 바라보았다. 율이 웃으며 등을 돌려 걸어갔다.

율의 뒷모습이 완전히 사라질 때까지 바라보다가 지우가 안으로 들어왔다. 우기라 항상 축축하던 공기가 요즘 들어 건조해지기 시작했다. 우기가 끝나가고 있었다.

지우가 바짝 마른 손바닥을 맞붙여 쓰다듬었다. 고건이 찾아갔다는 사람들은 언뜻 보면 공통점이 없어 보였지만 사실은 아주 중요한 접점이 하나 있었다. 모두들 지방에 넓은 땅을 소유하고 있는 자들이란 것.

율이 황제에 즉위하면서 추진해왔던 조세제도의 개혁의 역풍을 제대로 맞게 될 자들이었다. 율이 초반에는 군권을 장악하고 있어서 사병을 내바치고 쥐 죽은 듯이 있다가 뒤로는 동탄과 접선한 모양이었다.

동탄이 빈말로 군사지원을 해줄 리는 없었다. 무언가 거래가 오갔을 게 분명했다.

지우는 속이 요란해 입맛이 없었지만 억지로라도 저녁상을 다 비웠다.

'처져 있으면 안 돼.'

지우가 돌멩이같이 느껴지는 밥알을 꼭꼭 씹었다. 밥을 다 먹고 손바닥으로 뺨을 두어 번 친 다음 차분하게 앉아 책을 읽었다. 내용이 눈에 잘 들어오지 않았지만 꿋꿋하게 책장을 계속 넘겼다.

"줄 것이 있다."

어른스럽던 표정이 뒤로 사라지고 쑥스러운 듯 말했던 율의 얼굴이 떠올랐다. 오늘 오후부터 군사회의가 있으니 율은 밤늦게 되어서야 매당헌에 올 것이었다. 지우는 뻑뻑한 눈을 손가락으로 누르며 율을 계속 기다렸다.

밖이 어둑어둑해지는 게 느껴졌다. 하루 종일 생각할 것이 많아 몸이 긴장을 하고 있었는지 빨리 졸음이 밀려왔다. 지우가 책을 읽다 말고 고개를 꾸벅거리며 졸았다.

반쯤 잠에 빠졌을 때 사람의 발자국 소리가 들렸다. 지우가 졸음이 내려앉은 눈꺼풀을 움찔거리며 고개를 들었다.

"……폐하, 드셨나이까."

지우가 율을 맞이하려 황급히 자리에서 일어섰다. 그러나 눈앞에 있는 것은 율이 아니었다.

지우의 눈이 서서히 크게 뜨였다.

"여기, 어떻게……."

이상했다. 바깥이 너무 조용했다.

"마마."

"……아버님."

이첨유였다. 지우가 불안한 눈빛으로 문밖을 곁눈질했다.

바깥에서 알려주고 지우가 허락해야만 들어올 수 있었는데, 이첨유는 제집 드나들듯 아무렇지 않게 지우의 방 한가운데에 서 있었다. 지우가 목을 꼿꼿하게 세우고 차가운 목소리로 말했다.

"여기 어떻게 들어오셨습니까."

"걸어서 왔지요."

"아버님!"

지우가 인상을 찡그리며 소리 지르자 이첨유가 검지를 입술에 갖다 대었다.

"조용히 하세요, 마마."

그때 처소의 옆쪽에 작게 나 있는 쪽문이 열렸다. 쪽문 뒤에는 작은 창고 있었는데 워낙 낡고 퀴퀴한 냄새가 나, 지우는 사용하지 않고 빈 채로 내버려 두었던 곳이었다.

쪽문이 열리고 검은 복면을 쓴 건장한 사내 둘이 들어왔다. 지우가 놀라 소리 지르려 하자 사내 한 명이 뒤에서 지우를 감싸 안은 채 입을 틀어막았다.

"지우야."

이첨유가 입을 열었다. 지우가 몸부림쳤지만 사내의 힘을 감당하기엔 역부족이었다.

"이 아비랑 같이 가자."

"으, 읍!"

지우가 거세게 도리질 쳤다.

"큰 소리 내면 안 된다. 그래서 바깥에서 듣고 들어오기라도 하면 어쩌려고."

이첨유가 등 뒤를 힐끗 돌아보았다.

"그러면 그들을 다 죽여야 하지 않겠어? 끌고 가라. 다치지 않게 조심하고. 내 귀한 딸이니."

지우가 입이 막힌 채로 사내에게 이끌려 쪽방 안으로 끌려 들어갔다. 이첨유가 느린 발걸음으로 뒤를 따랐다.

쪽문이 닫혔다. 이첨유가 고갯짓을 하자 사내 하나가 바닥에 바짝 엎드려 손으로 바닥을 더듬기 시작했다. 그러더니 작은 문고리를 찾아내 그걸 힘 있게 당겨 올렸다. 끼긱, 육중한 소리를 내며 바닥에 문이 열리고 컴컴한 통로가 나타났다.

'통로라니. 이게 무슨……?'

"들어가라."

사내 둘과 지우가 앞장섰다. 놀랍게도 바닥에 지하로 이어진 통로가 길게 나 있었다. 먼지가 가득 쌓인 돌계단을 따라 내려갔다. 하도 어두컴컴해 감각에 의지해야 했다. 마지막으로 이첨유가 따라 내려오며 육중한 문을 닫았다.

완전히 어둠이 깔렸다. 앞에 아무것도 보이지 않았다. 사내들의 땀 냄새와 거친 호흡 소리, 먼지 냄새만 가득했다.

"등불이 있을 것이다. 찾아봐라."

어둠 속에서 이첨유의 목소리가 웅웅 울렸다.

"아, 여기 있습니다."

사내가 벽을 더듬거리더니 등불을 찾아내 부싯돌로 불을 붙였다. 화악, 불길이 타오르며 지하통로에 빛이 생겼다. 사내가 그제야 지우의 입을 틀어막고 있던 손을 놓아주었다.

지우가 갑자기 입안으로 들어오는 흙먼지에 콜록거리다 이첨유를 노려보았다.

"지금 뭐 하시는 겁니까."

"말하지 않았느냐. 너를 데려가겠다고."

"필요 없습니다."

"그 쥐새끼 두 마리 네가 보낸 것 맞지?"

"쥐새끼라뇨?"

"커다란 사내놈 하나와 남장한 계집 하나 말이다."

지우가 입을 다물었다.

"지우야, 네가 똑똑하다 해도 나한테는 안 된다. 그걸 알아야지."

이첨유가 지우에게로 두 발자국 다가왔다. 지우가 질색하며 물러서려 했지만 사내가 지우의 어깨를 꽉 붙잡고 있어서 불가능했다.

"널 황궁 밖으로 빼낼 것이다. 이곳은 곧 불바다가 될 테니."

"저를 걱정하시는 척하지 마세요."

"척이라니? 진심이다. 너를 직접 데리러 온 것 보면 모르겠느냐?"

"아버님은 주변 사람 백 명이 죽어 나가도 눈 깜짝 안 하는 분이시잖아요."

"아비를 아주 냉혈한 취급하는구나."

이첨유가 하하 웃는 소리가 통로에 메아리쳤다.

"그래, 맞다. 널 데려가면 황제가 배신감에 혼이 빠지겠지. 널 꽤나 각별하게 생각하는 것 같던데 말이야."

지우가 팔을 부들부들 떨었다. 아무리 생각해도 지금 여기서 빠져나갈 방법이 없었다. 거세게 붙잡힌 어깨가 아팠다.

"이 비밀통로라는 곳이 어떤가 하고 알아볼 겸 와봤다. 생각보다 쓸 만하군."

이첨유가 돌 벽을 손가락으로 쓰다듬었다.

"아버님이 어떻게 황실의 비밀통로를 알고……. 아."

지우가 생각난 듯 말을 멈추었다.

"그래, 황제와 정통을 이어받을 황태자, 이렇게 둘만 알고 있는 통로지. 전시에 황족들의 대피를 위해 만들어둔 곳이고. 우리의 어린 황제 말고도 지금 세대에 이곳을 아는 이가 한 명 더 있지 않느냐."

지우의 동공이 흔들렸다.

"황태자였다가 폐위된 황제의 형님 말이다."

"폐태자와 손을 잡으셨습니까."

이첨유가 지우에게로 다가와 느긋하게 어깨를 감쌌다.

"자, 너도 이곳에서 나가면 그분을 뵙게 될 것이다."

사내들이 지우를 우악스럽게 잡아채 걸어가게 했다. 빨간 불빛 사이로 먼지가 둥둥 떠다니는 게 보였다.

지우는 계속 머릿속에서 율의 목소리가 떠올랐다. 그리고 그에게 답했던 자신의 목소리도. 폐하의 곁에 있고 싶어요.

"작별 인사할 시간이라도 줄 걸 그랬나. 지우야, 네 얼굴이 그리 슬퍼 보이니 아비 마음이 아프구나."

지우가 아무런 대답 없이 이첨유를 매섭게 쏘아보았다.

'돌아갈 것이다. 폐하의 곁으로.'

11장. 급류

지우가 입술을 깨물고 주먹을 꽉 쥐었다.

통로는 생각보다 꽤 길었다. 습하고 이끼 끼어 있는 돌벽을 손으로 더듬거리며 한참을 걸어가야 했다. 지우는 신도 못 신고 끌려온 터라 발바닥이 쓰라렸다.

"어디로 이어지는 것입니까?"

"나가보면 안다."

지우는 사내에게 붙잡힌 어깨가 욱신거렸다. 갑자기 벌어진 상황에 머리가 어지러웠지만 최대한 침착하고자 노력했다. 허벅다리가 부들거릴 때쯤 통로의 끝에 다다랐다. 들어왔던 것처럼 좁게 난 계단으로 올라가자 점점 공기가 상쾌해졌다.

완전히 밖으로 올라오자 짙은 어둠이 가라앉은 채 넘실거리는 물이 보였다. 지우가 손에 묻은 흙을 털어내며 주변을 두리번거렸다.

'여기가 어디…….'

주변을 좀 파악하기도 전에 검은 천이 지우의 눈을 감쌌다.

"뭐 하는 짓이냐."

"가자."

지우는 눈이 가려진 채로 짐마차에 올려졌다. 지우가 숨을 헉헉 대며 손으로 무릎을 잡았다. 곧 마차가 굴러가는 소리가 들렸다. 이첨유가 옆에 앉아 말했다.

"이게 다 널 위하는 것이다."

"……아버님 욕심 때문이겠지요."

"지금 황제의 치세는 이미 몰락 중이다. 가라앉는 배야. 내가 실권만 다시 잡는다면 우리 가문은 매나라의 중심으로 우뚝 서는 것이다."

지우는 아무런 대답 없이 입을 꾹 다물었다.

마차 바퀴 굴러가는 소리가 거셌지만 그 틈으로 들려오는 바깥의 소리에 귀를 집중했다. 이곳이 어디인지 알아내야 했다.

아까 분명히 나오자마자 물이 보였다. 그러나 도성 내에 물을 볼 수 있는 곳이 한두 군데는 아니었다. 통로를 지나오면서 이미 시간이 꽤 흘렀는지 사람들 소리는 전혀 들리지 않았다. 새벽인 듯 싶었다.

지우가 아랫입술을 지그시 깨물었다. 설마 비밀통로가 매당헌과 연결이 되어 있을 줄이야. 그리로 통해 들어올 줄은 예상치 못했다.

'폐태자와 손을 잡았다면…… 황태후 마마께서도 연루되었을 텐데. 그럼 나를 매당헌으로 보낸 것이 처음부터 다 의도된 것일까.'

지우가 몸을 뒤쪽으로 바짝 붙였다. 율이 밤에 매당헌으로 온다 하였는데, 텅 비어 있는 걸 보면 뭐라고 생각할까. 머리가 어지러웠다. 그저 그가 믿어주길 바라는 수밖에는 없었다. 믿어주기를.

지우가 손가락 마디가 새하얘질 때까지 옷자락을 꽉 움켜쥐었다. 침착하려 애쓰며 소리에 집중했다. 시각이 차단되자 곧 후각과 청각이 예민해졌다.

비에 젖은 짙은 풀 냄새, 흙냄새. 마차가 약간 기울어지더니 차체가 점차 거세게 흔들리기 시작했다. 바퀴에 잔돌이 부딪치는 소리. 그 사이에 빠른 물소리가 들렸다. 급류다.

경사지고 거친 길과 그 옆에 있는 급류. 바퀴 굴러가는 소리가 이렇게 큰데도 물소리가 들리는 걸 보면 보통 빠른 물살이 아닐 것이다.

도성 바깥을 둘러싼 산에서 내려오는 물이 중심부에서는 느릿느릿 흘러갔다. 도성 곳곳에 있는 그런 하천이 사람들의 생활터였다.

'상류 주변이구나.'

그때 마차가 잠깐 멈춰 섰다.

"명패를 보여주시오. 여기 위로 왜 올라가시는……."

이첨유가 대답 없이 마부에게 자신의 명패를 휙 던졌다.

"실, 실례했습니다. 지나가시지요."

막아섰던 자가 금세 물러났는지 마차가 다시 빠르게 굴러갔다.

'통행을 제한하는 사람이 있는 건가? 누가……? 아, 태화촌.'

타국에서 들어와 잠시 체류하는 이들이 모여 있는 태화촌은 혹시 모를 위험에 방지해 마을 앞에 병사들이 경계를 보며 그 주변을 지나가는 이들의 신분을 검사했다. 도성의 동쪽 문에 닿아 있는 산으로 올라가는 길 가운데에 태화촌이 있었다.

'동문이구나. 동문에서 산으로 닿는 길로 이어진 거야.'

이첨유는 지우가 아무런 말도 없이 가만히 앉아 있자 지쳐 있는 걸로 생각하고 사내에게 물을 건네주라 일렀다.

"물이라도 마셔라."

"……."

"마시라니까."

지우가 더듬거리는 손으로 병을 받아 들어 물 몇 모금을 마셨다. 말라 있던 목구멍이 급하게 물을 삼켜냈다.

"그래, 편히 있어라. 아비를 너무 미워하진 말고."

이첨유가 낮게 웃었다. 지우는 고분고분한 척 이첨유의 말을 듣고만 있었다. 그러나 속으로는 산을 따라 비밀통로까지 가는 길을 상상했다.

"이제 와서 황궁으로 돌아갈 생각은 그만두어라."

"알겠습니다."

"아비가 하는 일이니 너도 따라야지."

지우가 대답 없이 고개만 끄덕였다.

골반이 아플 지경이 되어서야 마차가 멈추어 섰다. 그제야 지우의 눈을 가린 안대가 벗겨졌다. 지우가 침침한 눈을 깜빡거리며 주변을 둘러보았다. 바깥이 너무 깜깜해서 사물이 분간이 잘되지 않았다.

주변에 나무밖에 없는 걸로 보아선 꽤 깊숙한 산속인 것 같았다. 사내들이 지우의 팔꿈치를 붙잡고 끌어당겼다.

"가시죠."

"여기가 어디……."

막 지은 듯한 산채였지만 그래도 규모가 꽤 컸다. 도성 근처에 이런 곳이 있었단 말인가. 이첨유가 안으로 들어가자 횃불을 든 사내가 그를 수행했다. 이첨유가 지우를 빤히 쳐다보더니 말했다.

"빈방으로 데려가거라. 혹시 모르니 사람을 붙여두고."

이첨유가 사라지고 지우는 허름한 막집으로 끌려갔다. 막집 안에 지우를 밀어 넣고 사내 둘이 문 앞을 지키고 섰다.

주변에는 수십 명의 장정들이 훈련하는 목소리가 들려왔다. 꽤 오래전부터 거사를 준비하고 있었음이 틀림없다. 지우가 잠이 들지 못하고 막집 안을 서성거렸다. 당황했던 마음이 서서히 가라앉으면서 이게 기회일지도 모른다는 생각이 들었다.

여기서 정보를 듣고 빠져나가 황궁으로 무사히 돌아갈 수만 있다면, 율에게 도움이 될 수 있었다. 율이 그녀를 계속 믿어줬을 때 가능한 일이지만.

지우가 두 손으로 얼굴을 감싸고 차가운 짚 위에서 한참 동안 앉아 있었다.

그렇게 한숨도 자지 못한 채 날이 밝았다.

"들여보내주세요."

"아, 글쎄……."

"이거 봐요. 그냥 밥이라니까요. 왜 믿어주질 않으시지?"

바깥이 소란스러웠다. 지우가 느리게 일어서서 밖을 둘러보자 낯익은 얼굴이 서 있었다.

"……소여야."

어릴 때부터 그녀와 자매처럼 지낸 여종 소여였다. 입궁하고 나서 처음 보는 얼굴이었다. 소여가 사내들을 뚫고 막집 안으로 들어왔다.

"아씨! 아, 아니 마마."

소여가 반가운 얼굴로 밥상을 잠시 내려놓고 지우에게 고개를 숙였다. 지우가 두 팔을 벌려 소여를 껴안았다. 지우가 소여의 두 손을 붙잡고 물었다.

"도대체 어떻게 돌아가는 일인지 모르겠다."

"저도 모르겠어요. 어제 여기로 끌려왔어요."

"다른 가족들도 다 여기 있는 거니?"

"아니요. 마님과 작은 따님들은 본가에 계세요."

"그렇담 지후는 여기 있구나."

소여가 고개를 끄덕거렸다.

"잘 지내고 있었지?"

"그럼요. 저야 뭐…… 마마가 걱정이었지요."

"아버님이 도대체 무슨 일을 벌이시려는 건지. 소여야, 혹시 지후를 여기로 불러줄 수 있겠니?"

"해볼게요. 우선 뭐라도 좀 드시고 계세요. 찬이 변변치 않지만……."

"알았다."

소여가 총총걸음으로 막집 밖으로 나갔다. 지우가 입맛이 없어도 꾸역꾸역 밥을 먹었다. 거친 밥알과 비린 나물무침이 전부였지만. 밥을 다 먹고 나자 지후가 안으로 들어왔다.

"마마."

지우가 지후의 얼굴을 살폈다. 이첨유가 지후를 데려왔다면 그도 이 일에 연루되었을 게 분명했다. 지후의 성정상 그럴 아이가 아님을 알았지만 경계를 완전히 풀 수는 없었다.

"여기 잠시 앉으렴. 누님이라고 불러도 된다."

"예."

"도대체 어떻게 된 일인지 말 좀 해줘."

"그게……."

지후가 입술을 움찔거렸다. 잠을 제대로 못 잤는지 지후의 피부가 푸석거렸다. 지후는 혀로 바짝 마른 입술을 축였다.

"지후야."

지우가 나지막하게 부르자 지후가 떨리는 눈동자로 쳐다보았다. 그 표정이 마치 어린 시절의 앳된 지후의 모습과 겹쳐 보였다.

두 살 터울의 지후는 다른 가족들이 지우를 배척할 때 유일하게 지우와 가깝게 지내는 이였다. 계모를 그런 지후를 못마땅하게 여겼지만 지후는 누님, 누님 하면서 지우를 잘 따랐다. 몇 살 차이 나지 않아 어렸을 때부터 같이 자란 정이 어른들의 사정으로 단숨에 없어지지는 않았다.

지후는 발육이 남들보다 느린 편이라, 어렸을 때는 또래보다 몸집이 작고 잔병치레도 많았다. 그 작은 몸에다 지후는 계모 몰래 주전부리와 낡은 책을 숨겨 지우에게 며칠에 한 번씩 가져다주고는 했다.

해가 지기 직전까지 지후는 누나의 옆에 꼭 붙어서 책을 읽고 이런저런 이야기를 해주었다. 오늘 앞마당에 노란 꽃 하나가 피었는데 너무 예쁘더라, 몰래 숨어 사는 고양이가 새끼를 배었다더라 등등,

집안의 시시콜콜한 이야기부터 아버지 이첨유의 관한 것까지.

그렇게 재잘거리다가 나른한 오후에는 낮잠을 자기도 했다. 지우는 재잘거리는 작은 동생이 사랑스럽고 애틋했다. 계모의 눈치 때문에 자신을 자주 찾아오는 게 힘들 텐데, 애를 써 이렇게 와주는 게 기특하기도 했다.

지후가 나이가 먹고 훌쩍 키가 커 다부진 사내가 되고 나서도 여전히 둘 사이는 가까웠다. 그때는 앞마당에 핀 꽃이나 어미 고양이 이야기 대신에, 저잣거리에서 들은 혼란스러운 정국이나 읽은 책에 대한 이야기를 주로 했다.

둘은 단순히 남매 사이를 넘어서, 수많은 말을 나누며 서로의 가치관을 형성하는 데 큰 영향을 준 사람이었다. 지우는 지후를 잘 안다고 자부할 수 있었다.

지우가 그의 손을 붙잡으며 다정한 목소리로 말했다.

"너도 이 일이 옳은 길이 아닌 걸 알잖니."

지후가 고민스러운지 미간을 찡그리며 입술을 우물거렸다. 지우가 부드럽게 그의 손등을 두어 번 토닥였다.

"……알겠습니다."

지후가 망설이다가 결국 천천히 입을 열었다.

"어디부터 말해야 할까요."

"동탄이 이 일에 끼어든 것인지부터 말해다오."

"맞습니다."

지우가 고개를 숙이고 침음을 흘렸다.

"아무런 대가 없이 도와줄 리 없을 텐데."

"……영토를 약속했습니다."

"설마 국경 근처 분쟁지역을 그쪽에 넘기기로 한 것이니?"

"예."

"얼마나?"

"분쟁지역 전부요."

"……미치지 않고서야."

지우가 담담하던 표정을 무너뜨리고 입술을 짓씹으며 말했다. 지후가 다시 한 번 바깥을 살피다가 지우 쪽으로 허리를 숙이며 속삭였다.

"저도 최근에 알게 되었습니다. 이미 오래전부터 준비해오고 계신 듯합니다."

"폐하께서 개혁안을 발의하신 이후겠지."

"아마도요……."

"여기는 산채 같은데, 이곳에서 몰래 사병을 준비하고 있었던 모양이구나."

"저들은 훈련된 용병으로 서역에서 넘어온 자들입니다. 무역을 하는 이들처럼 꾸며 들여온 뒤 여기서 머무르고 있지요."

"저들로 무엇을 하려고?"

지후가 잠시 말을 멈추었다. 지우는 지후의 흔들리는 표정을 눈치챘다. 아무리 대의에 어긋나는 일인 것 같아도 아버지의 일이었다. 아버지를 배반하고 모두 말하기가 쉽지 않은지 지후가 침묵을 지켰다.

"이 인원으로 황실의 군대와 싸우겠다는 건 아닐 테고. 아마 동탄에서 추가적으로 지원군이 밀어닥치겠지."

"……누님."

"지원군이 도달하기 전에 먼저 이들로 황궁을 기습하려는 거지?"

"누님, 저는……."

"안다, 네가 아버님을 배반하기 힘들다는 것. 아버님은 이미 선을 넘으셨어. 아버님이나 폐하 둘 중 한 사람은 죽어야 끝나는 싸움이구나."

바깥에서 지후를 부르는 목소리가 들렸다. 지후가 침울한 얼굴로 일어섰다.

"……쉬고 계세요, 누님."

사내 하나가 폐하께서 부르신다며 지후를 데려갔다. 이곳 사람들은 이미 폐태자 선우를 황제라 칭하고 있었다.

막집 앞은 계속해서 사내들이 지키고 있었다. 이게 다 가문을 위하는 것이라던 이첨유의 말을 떠올리며 지우는 지끈거리는 관자놀이를 손으로 눌렀다. 선우는 영민하지 못한 데다 통치에는 재능이 없는 자로, 그를 황제로 옹립하고 나면 실질적 통치는 이첨유가 하게 되는 셈이었다.

아무리 아버지를 저버리는 천륜에 반하는 일이라 해도, 지우는 여기에 가만히 앉아 황궁이 불타는 꼴은 볼 수 없었다. 율이 어젯밤 주겠다 했던 것도 받아야 하고, 배반한 게 아니라고 꼭 그의 얼굴을 붙잡고 말해주고 싶었다.

다리만 어디에 안 묶였다 뿐이지 거의 감금된 상태나 다름없는 채로 지우는 하루 종일 막집 안에 있었다. 산속이라 해가 지자마자 기온이 무섭게 내려갔다. 지우가 팔로 몸을 감싸 안으며 추위를 조금이라도 떨쳐보려 애썼다.

잠깐 기둥에 기대 옅은 잠을 자던 도중 사람이 들어오는 소리에 지우가 재빨리 눈을 떴다. 등불 하나 없는 막집은 어두워서 사람의 얼굴이 잘 보이지 않았다.

"누구냐."

지우가 침을 삼키며 잔뜩 낮아진 목소리로 말했다.

"누구라고 설명해야 할까."

어디서 들어본 적 있는 듯 낯익은 목소리였다. 지우가 눈을 크게 뜨며 자리에서 일어났다. 커다란 사내가 차츰 지우에게로 다가왔다. 그제야 그의 얼굴이 어슴푸레하게 보였다.

율의 몇 년 후가 이렇겠지 싶을 정도로 율과 닮아 있는 얼굴이었다. 지우가 당황해서 입술을 떨자 그가 웃었다.

"무선우요. 율의 형이기도 하지."

선우가 손으로 자기 뺨을 만지작거렸다.

"아우님과 많이 닮았지? 나온 배가 다른데도 신기하게 닮았단 말이야. 선황 폐하의 피가 강했나 보아. 그대와 지후도 그렇더군. 이복인데 닮았어."

"……여기엔 왜 오셨습니까."

"아우님의 여인이라니 궁금해서 와보았지."

지우가 한 발자국 뒤로 물러섰다.

"겁먹지 마시오. 내가 잡아먹기라도 하나?"

선우가 지우의 얼굴 쪽으로 손을 뻗었다.

"제 몸에 손대지 마세요."

"싫은데."

싫다고 능청스레 웃는 것마저 닮아 있었다. 선우의 손끝이 뺨에 닿자마자 지우가 눈을 감고 그의 손을 홱 쳐냈다. 선우가 허공에 붕 뜬 자신의 손을 바라보다가 웃었다.

"상황 파악이 안 되나 본데."

"비켜주세요."

지우가 어금니를 깨물고 말하자 선우가 손을 내려 뒷짐을 졌다.

"알았소. 지금은 안 건드리지."

"영원히 그럴 일 없을 것입니다."

"어떻게 되나 보지요. 그럼 마저 쉬시오."

선우가 한껏 과장하며 허리 숙여 인사하고는 느린 걸음으로 밖으로 나갔다. 지우가 쇄골 근처에 손바닥을 얹고 숨을 거칠게 내쉬었다.

긴장이 한꺼번에 풀리고 자신의 상황이 다시 한 번 인식되자, 문득 서러워졌다. 율이 보고 싶었다. 눈물이 날 것만 같았다.

눈물이 들어가도록 지우가 두 손등으로 눈꺼풀 위를 힘 있게 눌렀다. 약해져서는 안 되었다. 황궁에 돌아가서, 율의 품에 안기기 전까지는.

율이 보던 서찰을 둘둘 말아 벽 쪽으로 던졌다. 궁녀들이 움찔거렸다. 율이 큰 손으로 얼굴을 거칠게 쓸어내리고는 장 내관을 바라보았다.

"아직도 행방을 모르느냐."

"통로 밖으로 나간 것은 확실하나 그 후에 흔적을 지웠는지 태화촌 이후로는 행방이 묘연합니다."

"……하."

율이 손바닥으로 이마를 짚었다.

"형님을 살려두는 게 아니었다."

"……폐하."

"사단이 날 줄 알았지. 당시 반론이 거세 잠시 미뤘던 것을…… 무시하고 싹을 다 잘라버렸어야 했는데."

그때였다.

"황태후 마마 납십니다."

밖에서 외쳤다. 율이 잠을 못 자 실핏줄이 거세게 일어난 눈동자를 위협적으로 굴렸다.

"드시라 해라."

문이 열리고 황태후가 걸어 들어왔다. 황태후가 근처로 다가오기도 전에 율이 벌떡 일어나 황태후의 코앞까지 성큼성큼 다가갔다. 황태후가 나이 때문에 늘어진 피부를 움찔거리며 숨을 삼켰다.

"이게 뭐 하시는 짓입니까."

"짓이라니요, 폐하."

"제가 형님을 못 죽여서 살려두신 거라 생각합니까?"

"무슨 말씀을 하시는지 도통 모르겠군요."

황태후가 주름진 목을 길게 늘어뜨렸다.

"모른다?"

"정말 모르겠군요. 간밤에 무슨 일이라도 일어났습니까?"

율은 지우가 사라진 것에 대해 함구령을 내렸다. 소문이 퍼져나가지 않게 매당헌의 궁녀들과 호위들은 다른 곳에 억류된 채 있었다. 율이 낮게 웃다가 웃음기를 거두고 이를 갈았다.

"폐태자가 연루된 일인데 모른 체하시겠다, 이겁니까?"

"폐태자는 이제 황가의 사람이 아니지 않습니까."
"이 재인 어디 있습니까."
"이 재인이라니요. 매당헌에 있겠지요."
황태후가 느리게 눈을 감았다 뜨며 말했다. 율이 가만히 노려보다가 등을 돌렸다.
"언제까지 그렇게 태평하실 수 있는지 지켜보지요."
"그럼 이만."
황태후가 빠져나가자 율이 탁자에 두 팔을 짚고 불안한 숨을 내몰아 쉬었다.
"장 내관."
장 내관이 걱정스러운 표정을 하며 율의 옆으로 다가왔다.
"이곳도 이제 안전하지 않다. 검을 가져와라."
"예, 폐하."
"근위대들도 완전히 믿을 수 없어."
율이 땀이 축축하게 밴 손바닥으로 턱을 쓰다듬었다. 맥박이 불안정하게 쿵쾅거렸다. 율이 품속에 넣어두었던 목걸이를 꺼내 떨리는 손으로 한참 동안 만지작거렸다.
"어디 갔느냐……."
대답을 들을 수 없는 율의 말은 넓은 방 안에서 홀로 메아리쳤다.

"한 수 물러줘."
"안 됩니다."
"여인이 무슨 장기를 이렇게 잘 두나. 어디서 배웠느냐?"
"남동생이 가르쳐주었습니다."

"별난 남매로구나. 어허, 그래서 정말 물러주지 않을 참이냐?"

율이 불퉁한 표정으로 장기판을 내려다보았다.

해가 정중앙에서 조금씩 옆으로 기울고 있는 한적한 오후였다. 햇빛이 매당헌 안으로 살금살금 들어와 바닥을 따뜻하게 데우고 있었다.

지우는 율의 어린아이 같은 표정 때문에 웃음이 터지려는 걸 참아냈다.

율은 턱을 괸 채 발을 까딱거렸다. 아무리 장기판을 노려보아도 별수가 없는 게 머리만 아파왔다.

"네가 이겼다."

율이 포기하고 그대로 뒤로 누워버렸다.

"폐하, 거기에 그렇게 누우시면 어떡합니까."

"짐의 행동이 곧 이 세상의 척도다."

지우가 주춤거리며 반쯤 일어서서 어처구니없는 표정으로 바라보자 율이 낮게 웃었다.

"햇살 때문에 바닥이 따뜻하구나. 이 재인도 이리 와서 누워보아라."

율은 나른한 얼굴로 누워서 손짓했다. 그러더니 자기 옆 바닥을 손바닥으로 탕탕 쳤다. 지우가 한숨을 쉬듯 미소 짓고는 율의 옆으로 다가갔다. 율이 지우의 손을 붙잡고 아래로 끌어당겼다. 지우가 율의 팔을 베고 누웠다.

"따뜻하지?"

햇빛이 열린 창 사이로 쏟아져 들어와 그들이 누워 있는 자리에서 일렁거리고 있었다. 지우가 눈이 부셔 얼굴을 살짝 찌푸리며 고개를 끄덕거렸다.

"잠시 눈이라도 붙일까."

"금세 나가셔야 하지 않습니까."

"그건 그렇지."

율이 손가락으로 눈두덩을 누르고 희뿌예진 시야로 지우를 쳐다보았다. 빛이 가득한 방 안에는 작은 먼지들이 동동 떠다니는 게 보였다. 율이 작게 하품했다.

"남동생과는 친했나 보지?"

"네."

"다른 가족들은?"

"음……."

지우가 어떻게 대답할지 고민하며 뜸을 들이던 사이 율이 입을 열었다.

"힘들었겠어."

그런 말을 들은 건 처음이었다. 간질거리는 감각이 뒷목을 타고 올라왔다. 힘들어도 힘든 티를 내면 안 되는 줄 알고 살아왔다. 율의 말은 짧았지만 깊은 울림이 있었다. 바깥의 작은 소리가 하나둘씩 사라지고 고요해진 온 세상에 둘밖에 없는 것처럼 느껴지게 하는. 이곳에서는 어떤 말을 해도 괜찮을 것 같았다.

"나도 어머니가 일찍 돌아가셨지."

율이 담담하게 입을 열었다.

"근원을 잃어버린 느낌이었다. 세상에 홀로 내동댕이쳐진 것처럼."

"그러셨습니까."

"그래."

율이 지우의 귀 끝을 만지작거렸다. 율이 다음 말을 잇기 위해 작게 숨을 들이켜는 소리가 선명하게 들려왔다.

"하루하루 사는 게 살얼음판 같아서 발 한 번 잘못 디디면 아래가 다 무너져 내릴 것 같더군. 그대로 빠져 죽는 거야."

"……지금도, 지금도 그런 기분이 드십니까?"

지우가 율의 손을 잡았다. 율이 눈썹을 꿈틀거리며 지우를 보고 웃었다.

"지금도 그렇지. 황제로 사는 이상 계속 그럴 테지."

지우가 율의 겨드랑이와 가슴 사이에 얼굴을 파묻었다. 콧잔등이 시큰거렸다. 그런 얼굴을 율에게 보이기 싫었다.

"괜찮다."

율은 다 안다는 듯이 지우의 어깨를 토닥거렸다.

"내가 빠져 죽을 것 같으면 이 재인이 구해주어라."

"……제가요?"

"장군이지 않은가."

율이 장난스런 얼굴로 웃었다.

"나는 이 재인이 참 의지가 되는데 이 재인에게도 내가 그런 이였으면 좋겠군."

지우가 고개를 들어 올리고 그에게 그렇다고 대답을 하려는 순간 갑자기 목구멍이 틀어 막혀 아무런 소리가 나오지 않았다. 지우가 컥컥거리며 숨을 뱉었다. 입을 크게 벙긋거려도 갑자기 벙어리라도 된 것처럼 모기 소리만큼도 나지 않는다.

율의 얼굴이 점차 일그러지다가 흐려졌다. 지우는 답답함에 눈물이 차올랐다. 어깨를 두르고 있던 율의 팔이 멀어지고 그의 체온이 희미해져 갔다. 지우가 주먹으로 가슴을 마구 두드려댔다.

답답해, 목소리가 나오지 않아, 폐하가 가시기 전에 얼른 대답을 해드려야 하는데. 율의 모습이 점점 희뿌예졌다. 지우가 악을 쓰듯 배에 힘을 주었지만 목에만 힘이 들어갈 뿐 목소리는 여전히 나오지 않았다. 깊은 물에 빠져 있는 것 같았다.

지우가 고개를 흔들고 몸부림쳤다. 그러다 어느 순간 숨이 트이고 물기에 젖은 목소리가 터져 나왔다.

"허억…… 허억……."

지우가 상체를 벌떡 일으키고 주변을 둘러보았다. 매당헌이 아니었다. 모두 꿈이었다.

비에 젖은 비린 흙냄새로 가득한 막집 안이었다. 지우가 두 손으로 얼굴을 감싸고 엄청난 세기로 뛰는 심장이 진정될 때까지 가만히 있었다. 율과 함께했던 얼마 전 기억이 꿈이 되어 나타난 것이었다.

손바닥으로 눈 주변을 쓸어내리자 물기가 묻어났다. 지우가 손등으로 벅벅 문질러 닦고는 자리에서 일어났다.

이곳에 끌려온 지도 며칠이 흘렀다. 시간이 흐를수록 용병들의 움직임이 심상치 않았다. 문밖을 살피자 이른 아침인 것 같았다. 언제 잠들었는지도 기억나지 않았다. 지우가 엉망으로 흐트러진 머리카락을 정돈하며 앉아 있었다.

밖에서 병사들이 움직이는 소리가 들려왔다. 목구멍이 너무 건조했다. 지우가 큼큼거리며 막집을 지키고 서 있는 사내에게 말을 걸었다.

"물을 좀 가져다줄 수 있겠……."

"이게 며칠 만입니까?"

중간에 들려온 여자 목소리에 지우가 고개를 돌렸다. 지우의 두 눈이 동그래졌다. 유하였다. 유하가 막집 앞에 서서 지우를 바라보고 있었다.

"어째서 여기 계십니까?"

"들어가서 얘기하죠."

유하가 지우의 어깨를 밀치고 막집 안으로 들어섰다. 유하가 초라한 거처를 둘러보더니 픽 웃었다.

"이런 데서 지내다니 고생이 많겠어요."

"황궁에서 어떻게 나오셨는지 물었습니다."

"사가에 간다 하고 나왔지요."

"마마의 사가는 이곳이시란 말입니까?"

"참 나, 그럼 곧 황궁이 불바다가 될 텐데 겁이 나 어찌 거기에 있어요?"

지우가 얼굴을 굳혔다.

"불바다가 된다니요."

"하여간 이 재인 그렇게 안 봤는데…… 모르는 척하지 마세요. 적인 줄 알았더니 같은 편이었을 줄은. 아주 무서운 사람이야, 정말."

유하가 고개를 흔들었다.

"폐하를 그렇게 감쪽같이 홀려내시다니. 반역에 가담한 줄 아시면 폐하께서 얼마나 상심이 크실까."

지우가 애써 유하의 말에 신경 쓰지 않는 척했다.

"저는 왜 보러 오신 것입니까."

"궁금해서 와봤습니다. 왜요, 안 됩니까?"
"나가주세요."
"그렇게 차가운 표정 짓지 마세요. 이 일이 잘되면 한가족이 될지도 모르는데."
"그게 무슨 말입니까?"
"아니, 뭐, 말이 그렇다는 거지요."
지우가 얼굴을 찡그렸다.
"설마 지후 얘기 하시는 겁니까?"
유하가 눈동자만 굴리며 답을 하지 않았다.
"이 일이 끝나면 지후에게 재가라도 드실 참이세요?"
지우가 큰 소리로 외치자 유하가 입술에 손가락을 가져다 댔다.
"조용히 좀 하세요. 무슨 여인네가 이렇게 목소리가 커?"
"왜 여기 와 계시나 했더니 지후 때문이었……."
그때 지후가 안으로 들어왔다. 지후가 어색한 표정으로 유하를 바라보았다. 유하는 얼굴을 화드득 붉히며 한 발자국 물러섰다.
"아, 두 분 얘기 나누시던 중인가 보군요."
"아니, 얘기 끝났다."
지우의 말에 유하가 입술을 삐죽였다. 지후가 난감한 목소리로 유하에게 말했다.
"오랜만이지요."
"……예."
"왜 황궁에 안 계시고요."
"그저 도움이 좀 될까 하고 나왔습니다. 아버님께서 부탁하신 것도 있고요."

"아…… 근위대 명단 말이군요."
"예. 저, 그럼 이만."
유하가 볼이 빨개진 채 밖으로 나갔다. 지후가 머쓱한 듯 뒷목을 긁적이며 지우 앞에 밥상을 올려놓았다.
"좀 드세요, 누님."
"근위대 명단이라니."
"……우선 드세요."
"폐하의 근위대까지 파고든 모양이구나."
"황실군의 충성도가 상당합니다. 특히 대장군은 이런 일에 꾀일 이도 아니고요."
"그래서 근위대에 손을 뻗었다?"
"한두 명 정도 걸려들었다 하더군요."
지우가 손으로 이마를 짚었다. 지후가 밥상을 들이밀었으나 고개를 저었다. 위험을 감수하고서 근위대에 손을 뻗을 이유는 한 가지밖에 없었다. 기습을 하려는 모양이었다. 마음은 이미 황궁 쪽으로 내달리고 있는데, 몸은 여전히 막집에 묶여 있었다. 지우는 초조해졌다.
"넌 이 일이 옳다고 생각하니?"
지우의 물음에 지후의 얼굴이 어두워졌다. 지우가 그를 놓치지 않고 지우의 손을 붙잡았다.
"이건 아니야."
"……저도 알아요."
"아버님께서 엇나가시면 너라도 말렸어야지."
"누님."

지후가 억울한 듯 입술을 깨물었다.

"제가 알았을 때 이미 제가 할 수 있는 건 아무것도 없었습니다."

지우가 잠시 지후를 쳐다보다 한숨을 쉬며 고개를 털었다.

"……그래, 그랬겠지. 미안하구나. 괜히 네게 화풀이해서."

"아니에요."

지후가 자신의 손등 위에 올려져 있는 지우의 손을 가만히 내려다보았다. 며칠간 극심한 압박에 시달렸던 탓인지 지우의 손톱 끝이 조금씩 갈라져 있었다. 지후가 마른침을 삼키며 혀로 입술을 축였다.

"지후야, 기습을 준비하고 있는 거지?"

지우의 나지막한 물음에 지후가 어깨를 떨었다. 지후가 대답 없이 아주 작게 고개를 끄덕거렸다.

"언제인지…… 언제인지 말해줘."

지후가 한 손으로 입 주변을 가리며 얼굴을 일그러뜨렸다. 지우는 지후가 입을 열 때까지 그를 지그시 바라보며 기다렸다. 지후가 탁자 아래에서 다리를 계속 떨었다. 한참 동안 입술을 여닫기를 반복하다 결국 낮은 목소리로 말했다.

"이미 늦었습니다."

"무엇이……."

"오늘이에요."

지우의 눈이 크게 뜨였다. 기도가 틀어 막힌 것처럼 숨 쉬기가 답답했다. 오늘이라니. 지후는 공황에 빠진 것 같은 지우의 얼굴을 바라보며 죄책감에 젖은 한숨을 내쉬었다.

지우가 가까스로 마음을 다잡았다. 아직 오늘이 끝나기까지 시간이 남아 있었다. 무엇이든 할 수 있는 게 있을 것이다. 침착, 침착해야 한다. 지우는 스스로에게 끝없이 되뇌며 지후를 바라보았다.

"몇 시에 기습할 예정이니?"

"……자시에서 축시로 넘어갈 때에요."

지우가 침을 삼켰다.

"그때 황제궁 앞을 호위하는 근위대들 한 무리가 교대됩니다. 교대조로 가는 자들이 다 우리 쪽에 매수된 사람들입니다."

"……황궁 안으로는 어떻게 잠입하고?"

"매당헌 말고도 알아둔 비밀통로가 한 군데 더 있습니다."

"내가 궁 밖으로 빠져나오고 나서 비밀통로 근처 경비가 더 삼엄해졌을 텐데."

"맞습니다. 그쪽은 미끼입니다. 몇 개 조만 동쪽 비밀통로로 들어가서 주위를 그곳으로 쏠리게 한 다음, 나머지 자들은 죄다 서문을 통해 들어갈 것입니다. 황제궁까지만 무사히 닿으면 그쪽 보초는 이미 뚫려 있으니 들어가 폐하를 암살하기는 쉽겠지요."

지후의 말이 끝나자 지우가 눈을 잠시 감았다. 눈동자에 모래라도 끼어 있는 것처럼 빡빡하고 아렸다.

"폐하께서 변고를 당하시고 나서 황실군이 우왕좌왕하는 틈을 타서 동탄에서 지원군이 들어올 예정이고?"

"그렇습니다."

"이건 치졸한 반역이야."

"날이 뜨면 폐태자께서 나타나실 것입니다. 정통을 이어받을 진정한 후계자가 나타나 폭군을 몰아냈다는 인상을 백성들에게 주기 위해서요."

지우가 쇄골 근처에 손바닥을 가져다 대고 거친 호흡을 내쉬었다. 암살. 음습하고 무거운 단어가 지우의 어깨 위를 짓눌렀다. 알려야 했다. 아무리 황실군이 율의 편이라 해도, 그가 암살당하고 나면 우두머리를 잃고 뿔뿔이 흩어질 게 뻔했다.

지우가 지후의 팔뚝을 거세게 움켜쥐었다.

"지후야, 도와주렴. 난 황궁으로 돌아가야 해."

"……누님."

지후가 고통스러운 듯 얼굴을 구겼다.

"저도 이게 옳은 일이 아님을 압니다. 하지만 누님, 여기서 황궁으로 돌아가시면 누님이 죽습니다. 이미 승기는 이쪽에 있어요."

"이후는 내가 알아서 할게. 네가 어느 편에 서든 상관하지 않으마. 이 막집에서 빠져나가는 것만 도와줘."

"……."

"지후야, 제발."

지후가 한숨을 쉬더니 자리에서 벌떡 일어섰다. 제자리를 비틀거리는 걸음으로 빙빙 돌다가 일그러진 눈으로 지우를 바라보았다. 지우는 지후에게서 시선을 떼지 않았다. 지후는 그 곧은 눈빛을 묵묵히 받아내다가, 결국 고개를 두어 번 끄덕거렸다.

"……알겠습니다. 하지만 빠져나가기 쉽지 않을 겁니다."

"나한테 계획이 있어."

12장. 우기의 끝 (1)

우기의 끝자락에 하늘이 마지막 힘을 쥐어짜는 듯 비가 땅을 뚫어버릴 듯 세차게 쏟아지고 있었다. 율이 방 안에서 빗소리를 가만히 듣다가 장 내관을 보고 눈짓했다.

"전에 말했던 대로 준비해라."

"알겠습니다, 폐하."

장 내관이 진지한 눈빛을 하며 방 밖으로 나갔다.

바깥의 축축함이 방 안까지 스며들었는지 공기가 무겁고 습했다. 율은 며칠 새에 까칠해진 피부를 쓰다듬었다. 두 손을 얼굴 위로 겹친 채 크게 한숨을 쉬었다.

버티고 있지만 하루하루 사는 것 같지가 않았다. 몸 안에 있는 모든 수분이 빠져나가, 마른 장작처럼 몸이 뻣뻣해지는 기분이 들었다.

지우가 궁에 없다는 것만으로도 이렇게 지칠 줄은 몰랐다. 웃을 일도 없어지고 전처럼 다시 잠도 잘 오지 않았다. 새벽에도 몇십 번씩 중간에 잠이 깨 소스라치게 상체를 벌떡 일으키고는 했다.

지우를 만나기 전 몇십 년간 이렇게 살아왔으면서, 그간 짧은 행복에 너무 익숙해진 탓인지 지금 상황을 견디기가 힘들었다.

겉으로는 내색 않고 미친 듯이 지우의 흔적을 찾으며 상황을 반전시킬 꼬투리를 마련하고 있었지만, 마치 영원히 끝나지 않는 캄캄하고 깊은 구덩이 안에 갇혀 있는 기분이 들었다.

율이 지우에게 주려던 목걸이를 꺼내 만지작거렸다. 울컥하는 감정이 목 끝까지 차올랐다.

쾅. 책상을 주먹으로 세게 내리쳤다.

"돌겠군."

뒷목을 거칠게 손으로 쓸어내리며 눈을 찡그렸다.

그때 장 내관이 다시 들어와, 율이 전에 일러둔 대로 준비한 것을 품 안에서 꺼냈다. 율이 정신을 붙잡으려 고개를 세차게 흔들고 일어섰다.

"건오도 불러와라."

"예, 폐하."

율이 무거운 표정으로 목걸이를 다시 주머니에 집어넣었다.

지우의 막집 안에 한밤중에 실랑이가 벌어졌다. 막집을 지키고 있던 병사 하나가 난감한 얼굴로 지후를 바라보며 말했다.

"아, 그거는 좀……."

"내가 지키고 있겠다는데, 설마 나를 못 믿는 것이냐?"

"그, 그럴 리가 있겠습니까. 그렇지만 그 명령이……."

"사람이 지금 아파 쓰러져 있지 않느냐!"

지후가 크게 호통을 치자 덩치 큰 사내가 난감한 듯 쩔쩔매며 고개를 숙였다. 지우는 누워서 계속 기침을 토해냈다. 온 피부에는 울긋불긋 두드러기가 올라오고 열이 나기 시작했다. 산채는 한산했다.

깊은 밤, 대부분의 병사들은 산 아래로 은밀하게 내려간 후였다. 곧 황제의 암살 작전이 시작될 것이었다. 지우를 감시하고 있던 사람도 둘에서 하나로 줄어 있었다.

역모에 가담한 주요 관료 몇 명과 대부상 고건은 도성 중앙도로에 위치한 상회 건물에 모여, 해가 뜨고 나면 백성들 사이에서 새로운 황제를 옹립하자는 선포문을 읽을 준비를 하고 있었다. 산채에 남아 있는 자는 폐태자 선우와 그를 호위하고 있는 몇 명뿐이었다.

지후와 계속 대치하고 있던 남자는 결국 꼬리를 내리고 밖으로 나갔다. 남자가 나가자마자 지우가 기침을 멈추고 지후를 바라보았다.

"된 것 같습니다. 누님, 몸은 괜찮습니까?"

"이 정도 먹는 걸로는 견딜 수 있다. 시간이 지나면 자연히 가라앉을 거야."

"그러면 조금 이따가 바로 밖으로 나가지요. 매당헌으로 통하는 비밀통로가 있는 곳까지는 제가 따라갈 테니까요."

지후가 먼저 칼을 찬 채로 막집 밖을 살폈다. 지후가 고개를 끄덕거리며 손짓을 했고 지우가 조용히 뒤를 따라 나왔다.

"……누님이 콩을 드신다고 하실 줄은 몰랐습니다."

"그래도 통한 것 같지?"

"그럼요."

지우는 일부러 역반응이 있는 검은콩을 밥에다 섞어 저녁에 씹어 먹었다. 아니나 다를까, 시간이 흐르자 지우의 몸에서는 약한 열과 두드러기가 나기 시작했다. 그러고는 일부러 두꺼운 털옷을 덮어 열을 끌어 올렸다.

지후가 찾아와 지우를 감시하고 있던 자에게 길길이 날뛰며 사람이 이렇게 될 때까지 뭘 했냐며 성을 냈다. 사내는 딱 봐도 지우가 곧 죽을 것처럼 열이 나고 피부에 두드러기가 났기에 당황하며 허리를 숙였다. 이첨유 댁의 첫째 딸이니, 이거 큰일 났구나 싶었던 것이다. 그리고 지후는 당장 산 아래로 내려가 약방이든 어디든 뒤져 약초를 구해오라고 소리쳤다.

다행히도 그들의 계획은 먹혀들었다. 산채는 병사들이 다 나가 조용했고 막집을 지키던 이도 사라졌으니, 은밀하게 이곳을 빠져나가기만 하면 되었다.

지우는 지후를 따라 거친 산길을 내려갔다. 슬슬 자시가 다가오고 있었다. 발을 부지런히 놀려야 했다. 둘은 작은 횃불에 의지해 축축한 길을 내려갔다. 밤중의 산은 위험했다. 간간이 이름 모를 산짐승의 울음소리도 들렸다.

우기의 막바지에 하늘은 부슬비를 내리고 있었다. 지우의 몸이 슬금슬금 비로 젖어 들어갔다. 미열이 금세 내리고 추위에 몸이 떨렸다.

우우우, 다시 한 번 짐승 우는 소리가 들린다. 지후가 허리에 찬 칼을 꽉 쥐었다. 사위가 캄캄하여 잘 보이지 않았지만, 지후는 아까 낮에 내려가는 길에 있는 나무들에 표시를 해두었다. 횃불을 움직여 표식을 확인하고 다시 길을 찾아 내려갔다.

"누님, 괜찮으십니까?"

지후가 뒤를 돌아보며 물었다.

"괜찮다, 어서 가자."

비가 조금 거세졌다. 지우가 눈꺼풀에 와 닿는 빗방울을 거칠게 닦아내며 무거운 다리를 한 걸음 더 디뎠다.

산의 중간까지 내려오자 지우의 숨이 턱 끝까지 차올랐다. 저 멀리서 불빛이 춤추듯 일렁이는 게 보였다. 태화촌의 불빛이다. 지후가 쉿 손가락을 입술에 올리며 걸음을 멈추더니 방향을 틀어 돌아갔다.

"조금 늦더라도 돌아가는 것이 나을 것 같습니다."

"괜히 눈에 띄면 좋지 않으니……."

빗줄기는 얇아졌다 굵어지기를 반복했다. 비에 젖은 산길은 추적추적해졌다. 지우의 치맛단 아래는 이미 검게 진흙물이 들어 있었다. 손등은 뾰족한 잔가지에 긁힌 상처가 나 있다. 둘은 숨을 죽이고 걸었다. 횃불은 이미 빗방울에 젖어 꺼진 지 오래였다. 그나마 보름달이 떠 달빛이 많아 다행이었다.

지후가 중간에 잠시 멈춰 서서 두리번거렸다. 야트막한 산이었더라도 밤중에 내려오는 것은 무리가 있었다. 지후가 캄캄한 사위 때문에 길을 찾지 못하고 우왕좌왕했다.

"지후야."

"아, 누님. 길이 너무 어두워서요."

짐승 소리가 다시 크게 들리자 지우가 움찔거렸다.

“그래도 사람이 드나드는 길이니 이곳까지 짐승들이 내려오진 않을 겁니다.”

지후가 검집으로 나무를 두드리며 길을 가늠했다. 손가락으로 나무를 더듬거리며 낮에 해둔 표식을 찾았다.

“누님, 이쪽입니다.”

“잠깐만. 지후야, 이것 좀 잘라주렴.”

지우가 질척거려 거치적거리는 치마 끝을 내밀었다. 지후가 검으로 천에 구멍을 내자 지우가 힘을 주어 치마 끝을 조금 찢어냈다. 치마가 종아리 반쯤에서 대롱거렸다.

“가자.”

지우가 한결 가벼워진 얼굴로 걸음을 내디뎠다.

“조금 서둘러야 할 것 같습니다.”

지후가 초조하게 말하며 걸음걸이를 빨리했다.

그러나 비에 젖은 길이 미끄러워 경사가 심하지 않음에도 속도를 내기가 쉽지 않았다. 점점 다리가 추라도 매단 것처럼 무거워졌다. 체온은 비 때문에 자꾸 달아나 몸이 으슬으슬했다.

슬슬 몸이 한계에 이르렀을 때 지후가 안도의 숨을 내쉬며 말했다.

“여기서 조금만 내려가면 길이 트이고 강 상류가 보일 것입니다.”

“고맙구나. 그럼 지후 너는 이제 어떻게…….”

“쉿.”

지후가 지우의 입을 틀어막고는 휙 몸을 아래로 숙였다. 둘은 물기에 젖어 있는 나무에 등을 기대고 쪼그려 앉았다. 지우가 눈치를 살피며 귀를 쫑긋 세웠다.

사사삭, 나무와 풀을 헤치고 걸어오는 폼이 아주 민첩한 자였다.

설마 들킨 걸까. 어디서부터 따라붙었던 거지.

지우의 심장이 거세게 뛰기 시작했다. 목덜미가 떨리고 몸에서 열이 올랐다. 사내의 발소리가 점차 가까워졌다. 낙엽이 밟혀 부서져 바스락거렸다. 지우의 입을 막고 있는 지후의 손이 떨리고 있었다.

조금만 더 가면 되는데. 멀리서 물이 빠르게 흘러가는 소리가 들리는 것 같았다. 이미 자시를 넘겼을 시각이다.

지우는 초조한 마음에 숨도 제대로 쉴 수 없었다. 율에게 그들의 흉계를 알려주어야 하는데 비는 거세지고 사내는 더더욱 가까이 다가오고 있었다.

지후가 결국 느리게 일어서더니 검집에 손을 가져다 댔다. 여차하면 칼을 뽑을 기세였다.

"이럴 줄 알았지."

낮익은 목소리가 어두운 나뭇가지 사이에서 들려왔다. 한 명이 아니었다. 지후가 칼을 뽑았다. 가장 앞장선 사내 한 명이 천천히 모습을 드러냈다. 지우가 손으로 눈을 가리고 잠시 한숨을 쉬었다. 선우였다.

"이첨유 댁 첫째 아드님 아니신가."

"……폐하."

"그래, 내게 폐하라 부르면서 뒤로는 누님을 도주시켰단 말인가? 그 칼은 뭐지, 설마 날 겨눌 참인가?"

선우 뒤로 네 명이 더 걸어 나왔다. 다들 몸집이 단단한 장정들이었다. 지후도 실력이 상당한 무관이었지만 비를 많이 맞아 무거워진 몸으로 사내 네 명을 혼자서 상대하기란 무리였다. 그러나 그는 선우의 비아냥거림에도 칼을 내리지 않았다.

"산채부터 따라오신 것입니까."

"아니, 산채에 없었소. 혹시 몰라 산채에서 내려와 태화촌 뒷길에 사람을 심어두고 기다렸지. 아니나 다를까, 그대들이 오더군. 그래서 친아비를 배신하고 나에게 반기를 들겠다?"

지후는 아무 말 없이 칼을 겨누었다. 선우가 입술을 삐뚜름하게 올리며 웃더니 사내들에게 손짓했다.

"쳐라."

지후가 고개를 틀어 지우에게 작게 말했다.

"누님, 뒤로 물러서 계세요."

"……지후야!"

"누님 말이 맞아요. 아무리 생각해도 아닌 건 아닙니다. 아버님은 너무 멀리 가셨어요. 제가 알던 아버님은 그래도 마지막 인의는 지킬 줄 아시는 분이셨는데 지금은 아니세요."

선우가 손뼉을 치며 웃었다.

"눈물겹군."

선우의 말을 마지막으로 사내들이 지후에게로 달려들었다. 한 명의 검을 튕겨내고 반 바퀴 돌아 오른쪽에서 치고 들어오는 자의 복부를 발로 찼다. 뻗은 다리를 갈무리하기도 전에 나머지 두 명이 기합을 지르며 양옆에서 칼을 찔러왔다.

달빛을 받은 칼날이 날카롭게 번쩍거렸다. 짐승의 시퍼런 안광처럼 느껴졌다. 지후가 재빨리 뒤로 두 발자국 물러나 가까스로 칼날을 피하고 자세를 고쳐 잡았다.

비에 젖은 옷이 지후의 몸을 무겁게 짓누르고 있었다. 진흙탕에 빠진 채로 검을 휘두르는 기분이었다. 지후가 숨을 몰아쉬며 그의 앞에 늘어서 있는 사내들을 노려보았다. 지후가 가장 안쪽에 있는 사내에게 달려들 것처럼 몸을 움찔거리다가 급히 틀어 중앙으로 파고들었다. 춤을 추듯 몸을 비틀어 끝에 있는 한 명의 팔뚝에 상처를 내며 검을 휘둘렀다.

칼날 부딪치는 소리가 요란했다. 서역에서 용병으로 들여왔다는 사내들은 지후보다 머리통 하나가 컸다. 맷집도 상당해서 지후의 발차기를 맞고 나서도 잠깐 비틀거릴 뿐 금세 사납게 달려들었다.

지후의 팔과 허리 부분에 작은 생채기가 늘어가기 시작했다. 지우가 몸을 떨며 지후를 바라보았다. 위태로워 두 눈을 똑바로 뜨고 보기가 힘들었다.

지후의 몸동작이 점차 둔해졌다. 사내들은 지후가 지쳤음을 알아채고 더욱 그를 몰아붙였다. 칼날 하나가 지후의 어깻죽지로 파고들려는 순간이었다.

지우는 눈을 질끈 감고 그만하라고 소리치려 했다. 살얼음판 같던 집에서 유일하게 자신을 따르던 동생이었다. 차마 눈앞에서 크게 다치는 모습을 볼 수는 없었다.

그러나 지우의 외침이 터져 나오기 직전, 바로 근처에서 음울하고 돌이 갈리는 것 같은 울음소리가 들려왔다.

크르르릉. 순간 모두 동작을 멈추고 눈을 굴렸다. 크르릉, 쿠르

릉. 한 마리가 아니었다.

"……멧돼지?"

밤중 산에서 멧돼지를 만나는 건 매나라 사람들이 가장 두려워하는 것 중 하나였다. 어린아이들을 겁줄 때마다 등장하는 동물은 범 아니면 멧돼지였다. 멧돼지는 종종 산에서 내려와 도성 가장자리를 습격하기도 했다.

칼을 맞대고 있던 지후와 사내들은 잠시 뒤로 물러섰다.

"……어떻게 해야 하지."

"등을 보이고 달려가면 저놈들은 더 흥분해서 달려드오. 가만히 서서 멧돼지를 똑바로 쳐다보면 물러날지도 모르오."

"물러난다고?"

"……운이 좋으면."

방금 전까지 서로에게 칼을 겨누던 이들이 잠시 한 무리가 되어 멧돼지를 경계하고 있었다. 수풀을 헤치고 멧돼지 두 마리가 모습을 드러냈다.

긴장감이 가득한 채로 한참 침묵이 이어졌다. 멧돼지가 길쭉한 코를 킁킁거리며 지후에게로 다가왔다. 지후가 멧돼지를 자극하지 않으려 애쓰며 침착한 척 숨을 내쉬었다.

멧돼지의 입가에 피가 묻어 있었고 배때기는 부풀어 있었다. 이미 식사를 마친 후인 것 같았다.

그때 뒤쪽에서 작은 짐승 여러 마리가 요란하게 뛰는 소리가 났다. 멧돼지들이 울음을 내뱉으며 그쪽으로 내달렸다.

지후가 안도의 숨을 내쉬기 직전 사내 하나가 재빠르게 다가와 검집으로 지후의 명치를 후려쳤다. 자신의 몸에 코를 대고 킁킁거리는 멧돼지를 경계하느라 잠시 신경이 그쪽에 쏠려 있었던 지후가 억 소리를 내며 바닥으로 쓰러졌다.

"지후야!"

지우가 그쪽으로 달려가려 하자 선우가 그녀를 막아서며 붙잡았다. 지후가 컥컥거리며 숨을 제대로 못 쉬고 있을 때를 노려 사내들이 밧줄로 지후를 꽁꽁 묶었다.

"커, 어윽…… 누님……."

지후가 시뻘게진 눈으로 지우를 바라보았다. 선우는 몸부림치는 지우의 팔을 뒤로 꺾어 단단히 잡으며 말했다.

"마차는?"

"태화촌 근처에 매어두었습니다."

"타고 다시 산채로 올라가지."

"예."

선우 일당에게 끌려 둘은 마차에 구겨져 올라탔다. 야트막한 산이라 경사가 높지 않은 데다 미리 길을 닦아놓은 터라 마차가 꽤 위까지 올라갈 수 있었다. 사내들은 지후의 힘을 빼놓는다고 마차에 싣기 전 그를 발로 몇 대 때렸다.

마차가 덜컹거릴 때마다 지후가 둔통 때문에 신음했다. 지우가 눈에 물기가 가득한 채로 동생을 바라보았다.

"빠져나가서 율에게 가려 했소?"

선우가 비웃음이 가득한 목소리로 물었다.

"간다 한들 아우님이 받아줄 리가 없지. 얼굴 보자마자 죽이려 들지도 모르겠군."

지우가 입을 일자로 꾹 다물었다.

"왜 아무 말도 못 하지? 자신이 없는가 보군. 반군 수장의 딸을 믿어주겠소? 가봤자 헛걸음이야."

"……폐하는 믿어주실 것입니다."

"하하."

선우가 큰 소리로 웃었다.

"내 아우님을 얼마나 알았다고 그런 소리를 하는지 모르겠군."

"……."

"율을 잘 모르나 본데, 난 그 아이를 어릴 때부터 보았지. 율은 자기 말고는 아무도 믿지 않아."

선우의 목소리에 담겨 있는 음절 하나하나가 가슴에 꽂히는 것 같았다. 선우의 목소리와 표정은 율을 빼닮아 있어서 더욱 마음이 어지러워졌다. 지우가 떨리는 목소리를 가다듬으며 차분하게 입을 열었다.

"믿지 않으신다 해도 상관없습니다. 저를 반군의 끄나풀이라 생각하고 쳐내실지도 모르지요. 그래도 저는 폐하 곁으로 가야 합니다."

선우가 흥미롭다는 듯 눈썹을 까딱거렸다.

"왜?"

"그래야 하니까요."

지우가 선우를 똑바로 바라보았다.

"세상에는 결과에 상관없이 해야만 하는 일도 있는 거니까요. 폐태자께서는 모르시는 것 같지만."

"재밌는 말을 하는군."

선우가 웃음기를 싹 거두고 지우를 빤히 노려보았다. 무거운 침묵이 마차 안을 감쌌다. 곧 마차가 크게 덜컹거리더니 멈추었다. 선우가 지우의 뒷덜미를 낚아채 끌고 나오며 말했다.

"그래, 아주 감동적이지만 지금 중요한 건 율은 평생 그대를 못 만날 거란 사실이지."

선우가 목소리를 낮게 깔고 속삭였다.

"우리 잘나신 아우님은 오늘 새벽 죽게 될 거니까."

선우가 거칠게 지우의 등을 손바닥으로 밀었다. 지우가 비틀거리며 산채를 향해 올라갔다. 두 팔은 뒤로 꺾여 밧줄로 손목이 묶인 채였다. 밧줄에 닿은 피부가 쓰라리고 아렸다.

지우는 다시 전의 그 막집으로 돌아왔다. 선우가 힘 있게 지우를 막집 안으로 밀어 넣었다.

푹 젖은 옷이 반쯤 말라 더욱 체온이 떨어졌다. 몸이 오들오들 떨렸다. 지우가 축축한 팔뚝을 양손으로 감싸 쥐며 선우를 경계했다. 선우는 못마땅한 표정으로 지우에게 다가와 손가락으로 턱을 들어 올렸다.

"궁금하군, 빼어난 미색도 아닌데 율이 도대체 왜 그렇게 당신에게 빠져 있는지."

선우는 손가락으로 느리게 지우의 어깨를 쓸어내렸다.

"이제 포기하시오. 고분고분하게 굴면 내가 황제가 되고 비로 들이도록 하지."

지우가 선우의 말에 재밌는 농이라도 들은 것처럼 웃었다. 선우가 지우의 웃음에 얼굴을 찌푸리더니 우악스럽게 지우의 턱을 움켜쥐었다.

"날 비웃는 건가?"

"그럴 일은 없을 겁니다."

"왜, 자결이라도 하려고?"

지우가 대답 없이 선우를 가만히 쳐다보았다. 선우가 금방이라도 지우의 입술을 깨물 것처럼 얼굴을 가까이했다. 거친 사내의 숨결과 땀 냄새가 지우의 코에 내려앉았다. 손가락 마디 하나 정도의 거리에서 둘은 팽팽한 눈싸움을 했다.

'이것 봐라.'

선우가 지우를 보며 흥미롭다는 듯 웃었다. 입술은 새파랗고 안색은 창백했지만 눈빛만은 죽지 않은 모습이 여타 여인들과는 달랐기 때문이다.

'어릴 때부터 기행을 일삼더니 여인도 별난 이로 골랐군.'

선우가 턱을 놓고 지우의 어깨를 가볍게 두드렸다.

"사람 명줄이 그렇게 쉽게 끊어지는 게 아니거든. 목숨 귀한 줄 아셔야지. 이만 나가보겠소. 해가 뜨면 모든 게 바뀌어 있겠지."

선우가 연기를 하는 광대처럼 두 팔을 벌려 웃었다.

"다른 이들이 이리로 우리를 데리러 올라오겠지. 율은 죽어 있고 동탄의 군대는 빠르게 진격해오고 있을 것이오. 황실군의 저항이 얼마나 갈지 궁금하군. 충성심이라는 게 생각보다 얕은 감정이거든. 우두머리가 죽고 나서도 자기 목숨을 내걸 수 있는 이들은 몇 없을 테지."

지우가 어깨에 힘을 준 채 눈을 부릅떴다. 선우가 율과 너무나 닮은 얼굴로 미소 지으며 말했다.

"지금쯤 슬슬 일이 시작되었겠군."

"……."

"여기 앉아 율에게 애도라도 하고 있으시오. 해 뜨면 보도록 하지. 그때는 날 폐하라고 부르는 게 좋을 거요."

선우는 낯빛이 창백한 지우를 내버려 두고 막집을 빠르게 빠져나갔다. 선우가 나가자마자 지우가 한꺼번에 깊은 숨을 토해내며 바닥에 주저앉았다.

서역에서 건너온 용병 아무르는 민둥산 같은 대머리를 손바닥으로 쓰다듬었다.

그의 뒤로는 어릴 때부터 훈련받은 실력 좋은 살수들이 그림자 속에 숨어 있었다. 슬슬 반대편에서 신호가 올 때가 되었다. 아무르는 숨을 죽이며 서문 앞을 지키고 서 있는 병사들을 주시했다.

그때 동쪽 봉루에서 시뻘건 불길이 어둠 속을 찢고 타올랐다. 서문의 병사들이 당황하며 동쪽을 바라보았다. 황궁 내를 지키는 무위영들의 상당수가 동쪽으로 이동하고 있을 것이다. 아무르가 살수들에게 손짓했다.

몸집이 민첩하고 머리가 까무잡잡한 자가 고개를 끄덕이더니 병사 한 명을 겨냥하여 단검을 집어 던졌다. 그대로 동맥이 흐르는 곳으로 단검이 날아가 박혔다. 옆에 있던 병사가 당황하는 사이, 살수들이 재빠르게 튀어나와 병사들이 억 소리를 내기도 전에 숨통을 끊어놓았다.

모든 게 순조로웠다. 서문이 순식간에 뚫리고 안으로 들어갔다. 동쪽에 병사들이 쏠려 있어서 각 관문마다 인원이 몇 없었다.

"양동작전임을 들키기 전에 얼른 황제궁에 닿아야 한다."

"예."

지금쯤이면 황제를 지키고 서 있는 근위대들도 다 반군의 끄나풀들로 교대되어 있을 때였다. 미리 알아둔 가장 빠른 경로를 밟아 황제궁까지 뛰어갔다. 황제궁으로 들어서기 직전 몸을 숨기고 아무르가 주변을 두리번거렸다.

황궁의 침입을 알리는 봉루에는 여전히 불이 타오르고 있었다. 황제궁을 호위하고 있는 자들은 묵직한 표정으로 서 있었다.

아무르가 서역에서 들어온 물건을 품속에서 꺼냈다. 땅에 던지면 잠시 번쩍하면서 타닥 콩 튀기는 소리가 나는 자그마한 화약탄이었다.

근위대가 볼 수 있는 곳을 향해 탄을 던졌다. 아무르가 침을 삼키고 귀를 쫑긋 세웠다.

쾅쾅. 곧 근위대 중 한 명이 돌바닥을 발로 강하게 두 번 굴렀다. 아무르가 여유롭게 미소 지으며 살수들을 바라보고 고개를 끄덕거렸다.

아무르가 몇 발자국 걸어 나가 황제궁 앞에 모습을 드러냈다. 그를 보고는 소수의 몇몇이 당황하여 칼을 뽑아 들었지만, 곧 옆에 있는 자신의 동료에 의해 숨이 끊어졌다. 아무르가 서툰 매나라어로 말했다.

"황제는."

살수들이 반군에게 붙은 근위대들과 함께 황제의 침소로 민첩하게 달려갔다. 곳곳에 서 있던 궁녀들과 환관들이 놀라 소리를 질렀다.

"뭐하는 놈들……. 컥."

대부분의 사람들은 말을 끝맺지 못한 채 칼에 몸이 찔려 쓰러졌다. 아무르가 서역 말로 킬킬대며 말했다.

"한 나라의 황제를 죽여볼 줄이야. 출세했어."

벽에 검붉은 피가 튀었다. 피가 스며드는 바닥 위를 거칠게 밟아가며 황제의 침소 앞까지 도달했다.

살수들은 이첨유에게 곧바로 죽이지 말고 우선 생포한 채 끌고 나오라고 지시받았다. 황실군이 사태를 파악하고 황제궁에 도착했을 때 율의 목에 칼을 댄 채 황실군을 무장해제 시키기 위해서였다.

겹겹이 있는 문을 차례대로 열며 안쪽으로 깊숙이 들어갔다. 마지막 문 앞에서는 다들 조금씩 긴장한 표정이었다.

"여시오."

아무르가 근위대 한 명에게 고갯짓을 했다. 문이 열리고 불가침의 영역처럼 느껴졌던 황제의 화려한 침소가 드러났다. 살수들은 혹시 모를 위험에 대비해 칼을 쥐고 침을 삼켰다. 그러나 헛된 짓이었다.

"……이게 뭐야?"

침소는 텅 비어 있었다.

율이 있어야 할 곳에는 가지런히 개어 있는 이불과 황의밖에 없었다. 수십 명이 당황한 표정으로 침소 안을 샅샅이 뒤지기 시작했다.

방의 어느 곳에서도 율의 흔적을 찾을 수 없었다.

같은 시각, 중앙대로 한가운데에 있는 상회 건물에 두런두런 이야기 소리가 들리고 있었다. 낮이야 오가는 사람들 때문에 항상 시끄럽고 붐비는 곳이었지만, 지금 같은 깊은 새벽에 소란스러운 건 이례적인 일이었다.

상회의 지하에서 고건, 한경치 등이 은밀하게 모여 약한 등불 아래에서 선언문을 다시 한 번 다듬고 있었다.

이첨유를 앞세운 황궁 기습세력이 성공을 알려오면 아침 해가 밝을 때쯤, 여러 장의 선언문을 중앙대로 곳곳에 붙이고 산채에서 선우를 데리고 와 백성들 앞에서 선언문을 낭독할 예정이었다.

<적자에게서 황위를 찬탈한 현 17대 황제의 치세가 날이 갈수록 혼란스러워지고 황제의 행포는 극악무도해지는 까닭에, 정통을 이어받은 고귀하시고 존엄하신 황자께서 매나라를 구도하시고자, 뜻 있는 이들을 모아 잘못된 것을 바로잡으려 오셨으니 아래 통문에 성명이 적힌 자들은 고귀하시고 존엄하신 황자 마마의 이러한 역사에 길이 남을 이번 반정을 지지하며……>

천장이 낮아 몸집이 큰 고건은 두툼한 허리를 굽히며 만족스러운 웃음을 지었다.

"얼른 날이 밝았으면 좋겠군요."

분희를 희롱했던 영감도 고개를 끄덕이며 음음한 웃음을 지었다. 고건은 작은 나무 의자에 커다란 엉덩이를 붙이고 앉아 발을 까딱까딱 흔들었다.

군부 세력이 만만치 않아 긴장이 되었지만, 고건은 이첨유의 노련함을 믿었다. 성공할 것이다. 긴장감과 설렘이 뒤섞여 심장이 쿵쿵 뛰고, 시간은 미치도록 더디게 흘러갔다.

고건이 출출할 때 먹으려 들고 온 구운 땅콩을 입안에 몇 개씩 던져 넣으며 사람들을 둘러보았다.

지금은 이렇게 같은 자리에 앉아 있지만 불과 몇 년 전까지만 해도 저들에게 척추가 휘도록 굽실거려야 했다. 재력을 있는 대로 긁어모은 탓에 이제 고건을 대놓고 무시하는 자는 없었지만, 속으로는 여전히 낮은 신분을 깔보고 있을지도 모른다.

이번 반정만 성공한다면 그 공로를 인정받아 신분이 올라갈 것이다. 훗날 역사에도 신새벽을 연 인물의 이름으로 기억되겠지. 고건은 통통한 볼을 씰룩거리며 혼자 웃었다.

잠잘 시간이었지만 다들 긴장감 때문에 눈을 말똥말똥 뜨고 있었다. 고건은 오늘따라 유독 더 음침해 보이는 영감을 바라보며 입을 열었다.

"지금쯤 황제궁을 쳤겠지요?"

"치고도 남았지. 조금만 더 기다리면 곧 그쪽에서 연락이 올 걸세."

"하하. 이 재상께서 무사히 잘 처리하셨을 거라 믿어 의심치……."

순간 고건의 말이 멈추었다. 위에서 들려온 여러 사람의 발소리 때문이었다. 다들 숨을 죽였고 그들 중 한 명이 선언문 여러 장을 둘둘 말아 급박하게 옆으로 밀어 넣었다.

다들 서로의 눈을 바라보았다. 무언가 잘못되었다는 걸 속으로 직감한 듯했다.

고건이 입술을 윗니로 잘근잘근 씹어댔다. 승리를 알리러 온 것 치고는 들리는 발소리가 너무 많다.

"지하로 내려가는 문을 찾아!"

어떤 사내의 외침이 울리고 여러 잡동사니를 헤치는 거친 손짓 때문에 위쪽이 한층 더 요란해졌다.

한경치가 고건에게 쓱 다가와 입술을 작게 달싹이며 속삭였다.

"이거 지금……."

고건은 살이 올라온 뒷목에 땀이 맺히는 게 느껴졌다. 아까까지 설레서 두근거리던 심장이 단번에 멈추고 몸에 싸한 기운이 감돌았다. 고건이 침을 꿀꺽 삼키며 한경치의 어깨를 한 번 그러쥐었다.

우선 그들은 지하실을 은은하게 비추고 있던 등불부터 껐다. 그러자 방 안이 한 치 앞도 안 보일 만큼 온통 새카매졌다. 겁에 질린 허연 눈동자만 데구룩 굴려대며 그들은 방의 구석에 서서 사람들이 그들을 못 찾기만을 바랐다.

고건은 어느새 손바닥에 땀이 비 오듯 흘러 피부가 축축해졌다. 그러면서 손가락 끝은 아주 차가웠다.

이게 어찌 된 일일까. 저치들이 이곳을 어찌 뒤지러 왔단 말인가. 설마 계획이 들통 난 걸까.

그때 낮은 천장에 달려 있던 문이 덜컹거렸다. 히끅, 영감이 후들거리는 다리를 주체하지 못하고 풀썩 주저앉았다. 늙어 피부가 쪼그라든만큼 간도 작아진 영감은 보기 민망할 만큼 몸을 떨어대고 있었다.

"여기인 것 같습니다!"

사람들이 우루루 지하실 쪽으로 몰려들었다. 고건의 입술이 벌어지고 무릎이 덜덜 떨리기 시작했다.

덜컹거리는 소리와 함께 결국 문이 살짝 열렸고 그 틈으로 무장한 군인들 몇 명의 얼굴이 보였다. 입은 옷을 보아하니 다들 황실군이었다. 우두머리로 보이는 자가 앞장서 들어오더니 칼을 겨누었다.

"모두 무릎을 꿇어라!"

"히이이……."

영감이 거의 반쯤 정신을 놓았다.

"극악무도한 반역 괴뢰들을 모두 체포하라."

병사들이 하나둘씩 내려와 고건, 한경치 등을 둘러쌌다. 고건이 실핏줄이 팽팽하게 선 눈동자로 병사들을 바라보았다. 그는 억지로 무릎이 꿇려 팔이 꺾인 채로 속박되었다.

"이, 이게 어찌 된 것, 것이오. 나는 아무 잘, 잘못이 없소. 나에게 이러면 후, 후회할 텐데."

고건이 끌려가며 병사한테 말하자 병사가 코웃음을 쳤다.

"아직 상황이 어떻게 됐는지 모르시는군."

"……뭐?"

고건은 얼이 빠진 채로 질질 끌려갔다.

한편, 아무르는 황제를 찾기 위해 황제궁 밖으로 살수와 근위대들과 함께 허둥지둥 나갔다.

밖에는 꽤 많은 병사들이 서 있었다. 살수들이 미리 뚫어놓은 서문을 통해 들어온 지원군들이었다. 이첨유가 직접 무리를 이끌고 들어왔다. 이첨유는 빈손으로 나오는 아무르를 잔뜩 찌푸린 얼굴로 바라보았다.

"황제는 어디 있지?"

이첨유는 계획이 틀어졌음을 깨달았다. 황실군이 이상함을 깨닫고 이쪽으로 몰려오기 전에 얼른 율을 찾아내 명줄을 쥐고 있어야만 했다. 이첨유가 발로 바닥을 쾅 크게 한 번 구르고 소리쳤다.

"황제를 찾아!"

그때 황제궁의 꼭대기에서 날카로운 화살이 공기를 가르고 빗줄기처럼 쏟아졌다.

이첨유의 바로 근처에 있던 병사의 가슴팍에 화살촉이 콱 꽂혔다. 피부가 찢어지는 소리가 생생하게 들려왔다. 병사가 돌바닥으로 허수아비처럼 쓰러졌다. 이첨유가 당황해서 몸을 이리저리 돌렸다.

주변의 병사들이 이첨유를 우선 보호하기 위해 그의 주변으로 몰려들었다.

"어, 어떻게 할까요?"

이첨유가 아랫입술을 세게 짓씹었다.

"……우선 후퇴한다."

이첨유가 병사들 몇과 함께 열려 있는 서문 쪽으로 급히 뛰어가기 시작했다.

'근위대까지 우리 사람을 심어놓았는데…… 대체 어떻게? 우선 밖으로 나가서 동탄군이랑 합류를 해야 한다. 어떻게든, 정면돌파라도…….'

"재상님!"

병사가 이첨유의 몸을 끌어안고 옆으로 넘어졌다. 석궁에서 날아온 것이 원래 이첨유가 서 있던 자리를 지나쳐 돌벽에 가 박혔다. 이첨유가 숨을 거칠게 몰아쉬며 뒤를 돌아보았다.

"어딜 그렇게 급히 가시나. 우리 할 얘기가 많을 텐데."

율이었다. 율의 뒤로 수많은 황실군이 전원 무장한 채 서 있었다. 앞에 있는 자들이 새빨간 횃불을 들고 있었다. 아까 전까지 조금씩 내리던 비가 젖어든 참이었다. 이첨유가 침을 삼키며 두 발자국 뒷걸음질 쳤다.

율이 칼을 뽑아 이첨유 쪽으로 겨누었다. 율은 황의가 아니라 무위영의 군관들이나 입는 관복을 입고 있었다. 그러나 그의 표정과 기세가 황제임을 증명하고 있었다. 율이 짙은 눈썹을 꿈틀거리며 이첨유에게 한 발자국 다가왔다.

"그대는 너무 늙었어."

"……폐하."

"아집에 차 판단력이 떨어졌지. 내가 순순히 당할 거라 생각했나?"

율의 말에 이첨유가 주먹을 꽉 쥐었다. 뒤쪽으로도 황실군이 다가와 사방으로 포위된 상태였다.

"그렇군요."

이첨유가 고개를 숙이고 낮게 웃었다.

"전 폐하를 완전히 고립시켰다고 생각했는데 아니었나 봅니다."

"웃을 기분이 나나 보군. 무기를 버려라."

"제가 무기를 버려도 동탄의 군대가 이 나라에 닥쳐올 것입니다."

율의 헛웃음 짓듯 숨을 내뱉다가 곧 입을 벌려 크게 웃었다. 그러다 웃음을 뚝 멈추고 이첨유를 거세게 노려보았다.

"동탄이? 그 새끼들이 내가 멀쩡히 살아 있는데 이 나라에 침입할 수 있다고 보는가?"

"……."

"나한테 처참히 깨진 기억이 아직 생생하게 남아 있을 텐데 말이야. 동탄군은 아직 지난 전쟁의 후유증에서 벗어나지 못했다. 내 목이 잘리고 나면 그제야 비겁하게 이 땅에 발을 들이려는 심산이었겠지."

율이 살벌한 목소리로 말했다.

"내가 살아 있는 이상 내 나라에 침범할 수 있는 이는 아무도 없다."

이첨유가 고개를 떨어트리고 어깨를 들썩거렸다.

"무기 버려. 목 따이기 싫으면."

저잣거리의 불량배들이나 쓸 법한 말투로 율이 비아냥거렸지만 그의 목소리에는 무시할 수 없는 힘이 담겨 있었다. 살수들이 움찔거리며 어깨의 힘을 풀었다.

그러나 이첨유는 끝내 무기를 내려놓지 않았다.

"어차피 죽을 거면 사람들 다 보는 곳에서 처참히 죽을 바에야 지금 폐하의 칼에 맞는 게 낫겠지요."

율이 비웃듯 고개를 까딱거리고 황실군을 향해 손짓했다.

"싸움을 원하신단다. 쳐라."

병사들이 한데 얽혀 서로를 향해 칼을 내지르기 시작했다. 수적으로 이첨유 쪽이 훨씬 열세였다. 이첨유는 점점 뒤로 밀려나며 다가오는 죽음을 기다렸다. 율이 사람들 사이를 헤치고 이첨유 쪽으로 성큼성큼 걸어갔다.

이첨유를 호위하고 있던 살수 하나가 율에게 뛰어들었다. 율이 허리를 깊이 숙여 칼을 피하고는 살수의 복부를 찔렀다. 칼을 뽑아내기 위해 율이 살수의 몸통을 발로 찼다. 율이 피가 잔뜩 묻은 칼을 한 번 돌려 잡고는 순식간에 옆에 있는 한 사람의 허벅지를 베어냈다.

율이 가까워져올수록 이첨유의 늘어진 피부가 파들파들 떨렸다. 결국 얼마 지나고나자 이첨유의 곁에는 싸늘하게 몸이 식은 시체만 남아 있었다. 율이 핏방울이 떨어지는 칼날을 이첨유의 목에다 겨누며 말했다.

"왜 이런 짓을 꾸몄지?"

"……."

"말해."

대답 없이 묵묵히 서 있던 이첨유가 갑작스레 맨손으로 율에게로 달려들었다. 이첨유가 율의 팔뚝을 붙잡고 자기 쪽으로 끌어당겼다. 율의 칼끝이 이첨유의 뱃가죽에 박혔다. 이첨유가 더욱 힘을 주어 칼날이 자신의 배에 깊숙이 박히도록 했다.

피부가 불에 닿은 것처럼 아프고 몸이 후들거렸지만 이첨유는 멈추지 않았다. 율이 얼굴을 찡그리고 이첨유를 바라보았다.

"죽어도 궁 안에서 죽겠다는 건가."

"……크, 윽…… 폐하. 하, 한 가지만 여쭙…… 겠습니다."

"유언이라도 남기겠다?"

이첨유가 있는 힘을 짜내 고개를 저었다. 그는 생이 꺼져가기 직전 생기는 마지막 힘으로 말을 이었다.

"어, 어떻…… 어떻게 제 계획을 아신…… 겁니까."

율이 잠시 이첨유를 바라보다가 어처구니없다는 듯 웃었다.

이첨유의 마지막 말다웠다. 죽는 순간까지도 그의 머릿속에는 정치밖에 없었다. 율이 입술을 느리게 열었으나 이첨유는 율의 대답을 듣지 못한 채 눈을 까뒤집고 천천히 죽어갔다.

율이 칼을 쑥 빼냈다. 피가 뺨 쪽으로 튀어 올랐다. 율이 손등으로 핏방울을 닦아내며 바닥에 쓰러진 이첨유를 무표정하게 내려다보았다.

"무정함이 자신에게 독이 되어 돌아올 줄 몰랐겠지."

율은 몇 시간 전을 떠올렸다.

지우가 감쪽같이 자취를 감춘 지도 며칠이 흐른 때였다. 황궁 안팎으로 분위기가 심상치 않았다. 율은 주변의 누구도 제대로 믿지 않았다. 근위대도 믿을 수 없었다.

선우의 율에 대한 평가는 거의 맞는 것이었다. 율은 자신을 제외하고는 그 누구도 완전히 믿지 않았다.

그러나 한 사람에게만은 예외였다.

이성적으로 생각했을 때, 지우가 이첨유의 편이라면 고건의 뒤를 밟도록 캐내자는 계획을 던졌을 리 없었다. 완전히 자신을 안심시키기 위해 이중첩자 노릇을 했을 수도 있지만 위험을 감수하고서 그런 일을 벌일 만큼의 가치도 없었다.

그러나 율은 이러한 정황을 다 제치고서도, 도저히 지우를 의심할 수 없었다.

눈을 감고 있으면 지우와 함께 누워서 맞이한 아침이 떠올랐다.

아주 어린 시절 어머니와 함께 있을 때 빼고는 느껴보지 못한 편안함과 안도감이었다. 뺨에 와 닿았던 지우의 손가락과 콧잔등에 떨어지던 따뜻한 숨. 계속 곁에 있겠다던 목소리.

그런 것들이 한참 전 일인 것처럼 아득하게 머릿속에서 흘러갔다. 율은 지우를 믿어보기로 했다. 사소한 거짓말 하나도 잘하지 못해서 귀가 빨개지던 지우의 말간 얼굴을 믿어보기로.

율은 침소에 누워 잠이 든 척하며 밤이 깊어가기를 기다렸다. 어둠이 완전히 내려앉았을 때 율은 하급 무관들의 관복으로 갈아입었다. 건오와 장 내관만 대동한 채 다른 근위대들의 눈을 피해 은밀하게 황제궁의 깊숙한 곳으로 다가갔다. 근위대들이 지키고 서 있는 문이 아니라 뒤쪽으로 빠져나가는 길이 있었다.

율이 향한 곳은 매당헌이었다. 길목마다 병사들이 있었지만 다들 율을 알아보지 못했다. 캄캄하고 비까지 오는 밤이었다. 율은 이렇게 소나기가 내리는 밤을 며칠간 기다려왔다. 거센 빗줄기 때문에 다들 시야가 흐렸다. 건오와 함께 지나가니, 그저 교대를 하러 가는 무관들이군 할 뿐이었다.

율은 의심받지 않고 텅 비어 있는 매당헌으로 들어갔다. 다른 이들은 지우가 전염성이 있는 병에 걸려 잠시 매당헌을 떠나 치료받는 중인 것으로 알고 있었다. 율이 복잡한 표정으로 사람이 없어 싸늘한 매당헌 안을 둘러보았다.

장 내관이 조심스럽게 물었다.

"여기에 정말 무언가 있을까요?"

율은 한번 뚫린 매당헌 통로로는 침입해 들어오지 않을 것이라 생각했다.

"찾아봐야지. 없다 하더라도 오늘은 여기서 묵는다."

하루하루 지내는 것이 살얼음판이었다. 언제든 황제궁으로 암살객이 찾아와도 이상하지 않은 상황이었다.

율은 오늘 매당헌 내부를 살필 계획이었다. 그동안은 다른 사람들의 시선을 의식해 제대로 뒤져보지 못했다.

"이 재인이라면 어떤 방식으로든 단서를 남기고 갔을지도 모른다."

"그럴 여유가 있었을까요?"

"……여유가 있는 상황이었기를 바라야지."

건오와 장 내관이 비밀통로로 이어지는 쪽방으로 들어가 곳곳을 살폈다. 율은 지우가 항상 앉아 있던 곳을 손바닥으로 부드럽게 쓸었다.

그때 조용하던 매당헌에 덜컹거리는 소리가 들려왔다.

율이 느리게 일어서며 입술에 검지를 가져다 댔다. 건오가 칼을 반쯤 뽑았다. 소리가 들려오는 곳은 비밀통로로 이어지는 문 아래쪽이었다.

곧 쿵쿵 손으로 치는 소리가 들리더니 문이 끼익 소름 끼치는 소리를 내며 느리게 열렸다.

둥그런 머리통이 불쑥 지하에서 올라왔다. 그와 동시에 건오와 율이 칼을 뽑아 들어 밤의 침입자에게 겨누었다.

"……누구냐."

침입자는 위로 반쯤 올라오다 말고 몸을 사시나무 떨듯 했다. 괴한이라기에는 너무 작은 몸집이었다. 율이 턱짓하자 건오가 침입자의 뒷덜미를 붙잡아 들어 올렸다.

"……계집이잖아."

"저, 저, 저는……."

"어디서 보냈지?"

율이 살벌한 표정으로 여자에게 다가갔다. 율이 여자의 턱을 억세게 붙잡으려다 바들바들 떨리고 있는 그녀의 손을 보았다. 그녀의 손가락에 낯익은 반지가 끼어 있었다.

"……이건 이 재인의 것인데."

첫 만남 때 율이 지우의 손에서 빼내간 옥반지였다. 율이 흔들리는 동공으로 여자를 빤히 바라보았다.

"네가 어째서 이 재인의 물건을 가지고 있지? 이 재인이 보낸 자인가?"

"폐하가 아닌 분께는 말씀드릴 수 없습니다."

여자는 몸을 애처로울 정도로 떨어대면서도 꿋꿋하게 말했다.

"내가 황제다."

"……거짓말하지 마세요."

율은 입고 있는 무관복을 내려다보았다. 여자는 무슨 말을 해도 율을 믿어주지 않을 기세였다. 율이 난감한 표정으로 뺨을 긁적거렸다.

"사정이 있어 이렇게 입고 있는 것이다."

"믿을 수 없습니다. 그럼 폐하의 등 뒤 어디에, 점이 몇 개 있는지 말해보세요."

"이 재인이 그걸로 황제를 식별하라 하더냐?"

여자가 느리게 고개를 끄덕거렸다.

율이 부드럽게 웃었다. 다들 잠들었을 고요한 새벽 언젠가, 율이 지우에게 한 말이 있었다. 지우는 율의 등에 이마를 대고 그의 허리를 뒤에서 껴안고 있었다. 내가 등을 보인 건 네가 처음이다, 지우는 그 말을 기억하고 있었다.

"날갯죽지 아래에 빨간색 점이 세 개 있다."

"……저, 정말 폐하이십니까?"

"그렇다. 네 이름을 말해라."

"소여. 소여이옵니다. 마마를 어릴 적부터 모셔온 여종입니다."

은밀한 침입자, 소여는 안도의 숨을 내쉬며 말했다. 소여가 건오를 돌아보며 붙잡힌 팔을 흔들었다.

"저기 이것 좀 놓아주세요."

율이 고개를 끄덕거리자 건오가 그녀를 풀어주었다. 소여는 다급하게 품속을 뒤져 구깃구깃한 서찰 하나를 꺼내 율에게 건넸다. 율이 받아 들어 펼쳤다. 익숙한 지우의 필체였다.

<이 서한이 무사히 폐하께 닿기를 바랍니다. 촉박하여 예를 차려 쓰지 못함을 양해해주세요. 자시에서 축시로 넘어갈 때에 폐하를 음해하려는 자들이 동쪽 비밀통로로 침입해올 것입니다. 그러나 그것은 속임수입니다. 다른 이들은 서문으로 들어와 황제궁으로 갈 것입니다. 근위대를 믿지 마세요. 그리고 폐하>

내용이 중간에서 끊겨 있었다. 급하게 썼는지 갈수록 글자가 뭉개져 있었다. 율이 지우의 서찰을 손에 꼭 쥐고 있다가 품 안에 넣었다.

"이 재인은 어디에 있지?"

"임시 산채에 갇혀 계십니다."

"어떻게 네가 이것을 가져왔지?"

"마마께서 주의를 끌기 위해 일부러 요란하게 탈출을 시도하셨습니다. 다들 그쪽으로 신경이 쏠려 있는 틈을 타, 제가 몰래 나왔고요. 마마께서 일러주신 비밀통로로 들어와 폐하의 사람에게 이것을 전하라고……."

소여는 아까 전 긴박했던 순간을 떠올렸다.

그녀는 사실 지우와 지후보다 몇십 발자국 뒤에 떨어져 산을 내려가고 있었다. 소여는 산에서 태어난 화전민이었기에 산을 타는 건 자신이 있었다. 지우가 의도한 대로 선우에게 발각되었을 때는 소여는 숨을 죽이고 오히려 더 큰길로 돌아갔다. 반군 세력의 끄나풀 중 한 명인 태화촌의 경비가 그녀를 경계했으나, 이첨유 댁의 여종이란 말에 그녀를 순순히 보내주었다.

소여는 작은 몸을 재빨리 놀려 강의 상류를 지나쳐 뛰어갔다. 비밀통로로 향하는 문을 찾지 못해 처음에는 애를 먹었으나 황궁의 더러운 물이 빠져나가는 하수도 옆에 있는 것을 가까스로 발견해 들어왔다.

소여가 손바닥에 묻은 진흙덩어리를 털어내며 율을 바라보았다.

"폐하, 제가…… 도움이 되었습니까?"

소여가 우물쭈물하며 물었다. 율이 짙게 웃었다.

"되고말고, 너희들이 이 나라를 살렸다."

율은 황실군의 수장인 대장군에게 이 사실을 알릴 이가 필요했다. 지우가 소여를 궁으로 보낸 것처럼, 의심받지 않고 이야기를 날라줄 이가 필요했다.

"건오야, 분희를 데려오너라."

"예."

"……아침이 되면 모든 것이 바뀌어 있을 것이다."

율이 지우의 서찰이 들어 있는 가슴팍을 손바닥으로 두드리며 말했다.

그날 밤은 그렇게 흘러가고 있었다. 제각기 다른 꿍꿍이를 속에다 품은 채, 어둠 속에서 서로의 동맥을 노리며.

율이 회상에서 깨어나 눈앞에 가득한 피와 시신들을 바라보았다. 이첨유는 잘게 숨을 꺼떡이던 것도 멈추고 완전히 죽어 있었다.

율이 목을 꺾어 하늘을 올려다보았다. 띄엄띄엄 내리던 빗줄기가 끊기고 먹구름이 걷힌 하늘에는 서서히 새벽빛이 들고 있었다.

한참 동안 항상 하늘 위를 떠다니고 있던 먹구름이 말끔히 자취를 감췄다.

우기가 끝났다. 이제 내일부터는 몸을 축 늘어지게 했던 습한 기운도 대부분 가실 것이다.

"잔당들을 모두 처리하고 동탄에는 파발을 보내라."

율이 시신들 사이를 발로 밟으며 지나갔다.

"건오."

뒤에 서 있던 건오가 율의 뒤로 바짝 다가와 고개를 숙였다.

"근위대 몇을 추려 와라. 당장 출발한다."

"어디를……."

"어디긴."
율이 황궁 멀리 보이는 산을 손가락으로 가리켰다.
"데리러 가야지."
"존명."

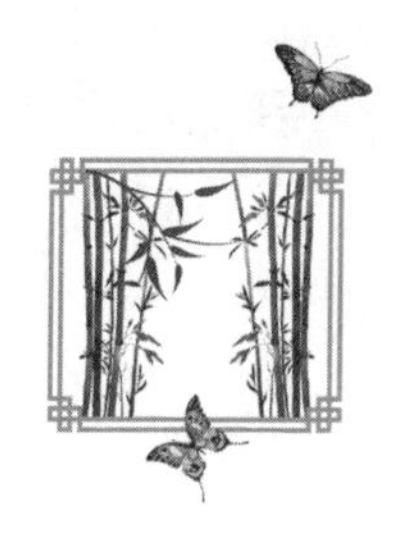

13장. 우기의 끝 (2)

지우가 몸을 번데기처럼 한껏 웅크린 채 쪼그려 앉아 있었다. 비를 맞은 옷을 그대로 입은 채 밤을 지새웠더니 몸살에 걸린 것처럼 피부가 뜨겁고 얼얼했다.

바깥은 아직 조용하다. 막집의 허술한 틈새로 하얀 빛이 들어오는 걸로 보아서는 아침인 듯했다.

다른 곳은 열이 나 뜨거운데 손은 아주 차가웠다. 지우가 차가운 두 손을 마주 잡고 눈을 느리게 깜빡였다.

소여는 궁에 무사히 도달했을까. 서신은 믿을 만한 사람의 손에 넘겨졌을까. 그걸 받아 든 폐하는 과연 내 말을 믿어줄까.

계획을 짤 때야 이것이 최선이라 생각하고 당당했지만 막상 이렇게 아침이 다가오자 마음이 불안했다. 조금 있으면 모든 것이 결정될 것이다. 산채에 어떤 병사들이 올라오느냐에 따라 결과를 알게 될 것이다. 어느 쪽이든 삶이 지금까지와는 완전히 다르게 흘러갈 것임은 분명했다.

차츰 막집 안으로 들어오는 빛이 더 환해졌다. 새 우는 소리가 재잘재잘 들려왔다. 지우가 두 손을 합장하고 눈을 꽉 감았다.

그때 막집 안으로 선우가 들어왔다. 지우가 눈꺼풀을 느리게 올리며 초췌해진 얼굴로 선우를 바라보았다.

"꼴이 말이 아니시군."

"……."

"탈출에 실패해 상심이 큰가 본데, 조금 있으면 병사들이 날 데리러 올 것이오. 그리고 난 황제가 되겠지."

지우는 아무런 대답 없이 가만히 선우를 응시하기만 했다. 선우가 지우에게로 다가와 한쪽 무릎을 꿇고 앉았다.

"무슨 말이라도 해보시오. 기다리기 심심해서 그러니."

"할 말 없습니다."

"할 말이 많은 표정인데."

선우가 지우의 뺨에 손을 가져다 댔다.

"열이 있군."

"……어째서 동탄에 땅을 넘기면서까지 이런 일을 꾸미신 겁니까?"

선우가 잠시 웃음기를 지웠다.

"비겁한 짓입니다."

선우가 손바닥으로 지우의 뺨을 내리쳤다. 사내의 두툼한 손은 억셌고 지우는 버티지 못하고 바닥으로 쓰러졌다. 안 그래도 몸에 힘이 하나도 없는 상태에서 뺨을 얻어맞자 골이 울렸다. 입 안쪽이 터진 건지 쓰라리고 피 맛이 났다.

지우가 빨개진 눈으로 선우를 올려다보았다. 처음에는 율과 닮았다고 생각했지만 지금 보니 그렇지 않았다. 선우가 이마에 내려온 잔머리를 쓸어 넘겼다.

"앞으로 이렇게 건방지게 말하면 그땐 뺨으로 끝나지 않을 것이다."

"차라리 죽이세요."

선우가 웃으며 고개를 저었다.

"아니, 그건 싫다. 당신은 내가 율을 몰아냈다는 전리품 같은 거야. 두고두고 추억 삼아 옆에 두어야지."

지우는 토악질이 올라올 것 같았다. 선우가 쓰러진 지우에게 다가와 쪼그려 앉았다. 열이 올라 뜨거운 지우의 어깨를 농밀한 손짓으로 쓰다듬었다.

"그러니 몸 성하게 있으려면 고분고분하게 굴도록."

선우가 느리게 다가와 입술을 가까이했다. 지우의 메마른 입술 위로 닿기 직전에 산채 근처에 요란한 소리가 들려왔다. 여러 명이 한꺼번에 올라오는 듯, 땅이 웅웅거렸다. 선우가 고개를 돌리고 일어섰다.

"왔나 보군."

선우가 활짝 웃으며 두 팔을 벌렸다.

그러나 곧 그의 표정이 어두워졌다. 바깥의 소리가 심상치 않았다.

사람이 칼에 맞아 지르는 비명이 크게 울렸다. 선우가 당황하며 두 발자국 뒷걸음질 쳤을 때 막집 안으로 사람이 불쑥 들어왔다.

지우는 열에 달뜬 숨을 헉헉거리며 반쯤 감긴 눈으로 두리번거렸다. 시야가 흐렸지만 한 부분만 선명하게 보였다.

막집으로 성큼성큼 들어온 사내, 율이었다.

율은 칼을 든 채로 선우와 지우를 번갈아 바라보았다. 사내의 손에 얻어터진 뺨이 붉게 달아올라 있는 걸 확인하자 율의 얼굴이 구겨졌다. 선우가 당황해서 입술을 뻐끔거렸다.

"네, 네가…… 어떻게……."

"오랜만이지요, 형님."

말투는 나긋나긋했지만 목소리는 살벌했다. 선우가 침을 꿀꺽 삼켰다. 선우가 급한 대로 품에 넣고 다니던 단검을 꺼내 들었다. 그의 팔이 덜덜 떨렸다.

"칼 버리십쇼."

"내, 내 병사들은……."

"다 죽었습니다."

선우의 턱이 바들거렸다.

"내가 다 죽였어요, 형님. 이 재인 앞에서 피 보이기 싫으니 칼 내리세요. 안 그러면 이대로 벨 겁니다."

선우는 율의 말이 들리지 않는 듯했다. 율이 칼을 휘둘러 선우의 허벅지를 살짝 베었다. 선우가 다리를 움켜쥐며 쓰러졌다.

"윽, 크윽……."

율의 뒤에 있던 병사들이 선우를 일으켜 끌어냈다. 흙바닥 위로 핏방울이 점점이 떨어졌다. 선우가 완전히 사라질 때까지 험악한 표정으로 노려보다가, 율이 몸을 돌려 지우에게로 달려갔다. 지우가 율의 얼굴이 가까이 다가왔을 때야 긴장을 풀고 숨을 내쉬었다.

“이 재인.”

“……폐하.”

“지우야.”

율이 물기 젖은 목소리로 지우를 부르며 뜨거운 몸을 품에다 안았다. 지우가 율의 가슴에 이마를 기댔다.

“몸이 불덩이 같구나.”

율이 큰 손으로 지우의 이마와 뺨을 끝없이 어루만졌다. 선우가 때린 곳을 손가락 끝으로 부드럽게 쓰다듬었다.

“……오셨습니까, 폐하.”

“그래. 나 여기 있다.”

지우는 그제야 며칠간 잠도 제대로 자지 못할 정도로 극심했던 긴장에서 벗어날 수 있었다. 율의 넓은 품속에 몸이 파묻힌 순간 갑자기 어린아이가 된 것 같은 기분이었다. 지우의 눈동자에 안도의 눈물이 맺히기 시작했다. 율이 지우의 어깨와 등을 토닥거렸다.

“……힘들었지.”

지우가 느리게 고개를 저었다.

“힘들면 힘들다고 말해도 된다. 이제 모든 게 끝났어. 나와 함께 황궁으로 돌아가자.”

율이 지우의 손을 붙잡았다.

“제가 어떻게…….”

“응?”

“반역자 가문의 사람인 제가, 어찌…….”

지우는 말을 이으려다 말고 울음이 차올라 입을 다물었다. 사실은 율을 꽉 껴안고 보고 싶었다고, 얼른 돌아가고 싶다고 칭얼거리고 싶었다. 하지만 무거운 입이 떨어지지 않았다.

"그것은 걱정하지 말거라."

율이 한숨을 쉬고 엄지로 지우의 눈물을 닦아주었다.

"내가 어떻게든 널 옆에 두겠다고 한 것 잊었느냐?"

"하오나……."

"네가 없었으면 이 싸움에서 이기기 힘들었을 것이다. 반역을 진압하는 데 최고 공신이 너란 말이다. 내게 보낸 서찰도 있으니 증거로 삼으면 되지."

"대신들이 받아들여줄까요?"

"안 된다고 하면 나 황제 안 하겠다고 하지, 뭐."

"예?"

"안 된다고 하고 말고 할 것도 없다. 자기들은 한 게 있어야지."

율이 지우의 이마에 입술을 가볍게 갖다 댔다.

"이건 내가 알아서 할 테니 걱정 그만두어라."

"……."

"알겠느냐? 알겠다고 대답해라."

"알겠습니다."

율이 만족스럽게 웃으며 품속에 손을 집어넣었다.

"네게 줄 것이 있다. 원래는 네가 사라진 날 밤 주려던 것인데……."

율이 목걸이를 꺼내 지우에게 걸어주었다. 지우가 얼떨떨한 표정으로 바라보며 목걸이 알을 손가락으로 만지작거렸다.

"잘 어울리는군."

"황공하옵니다, 폐하."

"항상 걸고 다녀라."

율이 지우의 손등을 쓰다듬으며 진지한 눈빛을 한 채 나지막하게 입을 열었다.

"모든 게 안정될 때까지 기다린다고 했지."

눈물 젖은 지우의 속눈썹이 잘게 떨렸다.

"아직 완전히 상황이 진정되지 않은데다 앞으로 또 다른 위험이 있을지도 모른다. 내가 황제이기 때문에 어쩔 수 없이 평생 안고 가야 하는 불안들이겠지. 그래도 네게 지금 이 말을 꼭 하고 싶다."

율이 고개를 숙여 둘의 이마가 맞닿았다.

"내 비가 되어주었음 좋겠어."

지우는 대답 없이 아주 작게 흐느꼈다.

"비를 넘어서, 내 하나뿐인 황후가 되어줘."

"폐하."

"안 된다고, 싫다고는 하지 말거라. 나는 무슨 일이 있어도 널 옆에 두어야겠다. 다시는 이렇게 널 떠나보내는 일은 없을 것이야."

율이 잔뜩 메마르고 거칠어진 지우의 입술에 짧게 입맞춤했다.

"이제 내가 널 지킬 것이다."

율이 미간을 찌푸리고 묵직한 숨을 내뱉으며 쥐어짜듯 말했다.

"떨어져 있는 며칠 동안…… 죽을 것 같았어."

그간의 고통이 고스란히 담겨 있는 목소리였다.

"내가 황제만 아니었다면…… 네가 이렇게까지 힘들지는 않을 텐데, 수십 번 생각하며 후회스럽고 고통스러웠다."

"그런 말 마세요."

"더 강해질 것이다. 다시는 이런 일 없도록."

지우가 율의 목에 두 팔을 두르며 그에게 파고들었다. 율의 어깨를 감싸고 있는 옷이 지우의 눈물로 젖어 들어갔다. 율이 그대로 지우의 무릎 뒤에 팔을 넣고 안아서 들어 올렸다.

"돌아가자, 황궁으로."

율이 지우를 안은 채로 걸어 나왔다. 막집 밖으로 나오자 따스하고 건조한 햇살이 정수리에 와 닿았다. 지우는 차츰 정신이 희미해지며 반쯤 기절하듯 잠이 밀려왔다. 온몸을 얻어맞은 것처럼 근육이 욱신거리고 이마는 불덩이처럼 뜨거웠다. 율이 아이 달래듯 다정한 목소리와 표정을 한 채 지우에게 속삭였다.

"자두어라. 일어나면 황궁일 것이니."

"……예, 폐하."

"아, 그런데 한 가지만 묻자. 서찰 마지막에 내용이 끊겨 있던데 뭐라고 쓰려던 것이냐?"

율이 소여가 가져온 서찰에서 마지막 문장이 중간에 끊긴 걸 기억해내고 물었다. 지우가 졸음이 덮쳐와 눈을 느리게 깜박거리며 웅얼거렸다.

"그……."

"응?"

"별것 아니었…… 는데……."

"뭐였는데?"

율이 지우의 입술 근처로 귀를 가져다 댔다.

"보고 싶다고……."

"보고 싶다고 쓰려 했어?"

지우가 고개를 작게 끄덕거렸다.

"또……."

"또?"

"……은애한다고."

지우가 이 말을 마지막으로 율의 어깨에 머리를 기대고 잠이 들었다. 율이 기력이 빠져 기절하듯 잠든 지우를 내려다보며 옅게 미소 지었다.

"나도 그렇다."

율이 자장가를 부르듯 낮고 부드러운 목소리로 말했다.

율이 황궁으로 돌아왔을 때는 한바탕 피바람이 지나가고 난 후였다. 율은 피가 스며든 돌바닥 위를 성큼성큼 걸어갔다. 율의 양옆으로 황실군이 반으로 갈라섰다.

동탄과의 전쟁 이후 황실군의 수장인 대장군이 율의 편에 붙게 되면서 군부세력을 거의 장악하고 있었다. 그러나 최근 들어 안 좋은 소문과 지지부진하게 이어지는 혼란스러운 정국 때문에 군부의 충성심이 흐트러질까 걱정하던 참이었다. 율은 이번 기회에 다시 한 번 완전히 황실군을 자신의 편으로 만들리라 다짐했다.

아침 해가 선명하게 떠올랐다. 율이 중앙으로 걸어 나가자, 새치가 난 중년의 대장군이 그에게 예를 취했다.

"폐하!"

"이곳도 상황이 끝난 것 같군."

산채에 있던 잔당들도 정리되고 황실군의 활약으로 황궁 내부의 반란세력도 진압되었다.

대장군이 양팔을 허벅지 옆에 딱 붙이고 꼿꼿하게 차렷 자세로 서자, 수많은 군인들이 그를 따라 율을 바라보고 섰다. 갑옷이 부딪치는 소리가 탁, 탁, 정확한 박자로 동시에 울려 퍼졌다.

율이 황실군을 바라보며 목에 핏대가 설 정도로 큰 목소리로 외쳤다.

"그대들이 있기에 매나라가 존재할 수 있었다."

쿵. 쿵. 군인들이 두 번 발을 크게 굴렀다.

"동탄과의 전쟁에서도!"

율이 숨을 들이마시고 눈에 힘을 주었다.

"이번 반역에서도! 그대들의 공은 이루 말할 수 없다."

아주 작은 차이와 짧은 순간이, 매우 다른 결과를 불러일으키게 한다. 매당헌에 율이 가지 않았더라면, 소여가 황궁 안으로 잠입하지 않았더라면, 제 시간에 대장군과 연락이 닿아 그가 은밀히 황실군을 움직여주지 않았더라면. 지금 황궁에 발을 딛고 서 있는 자는 자신이 아니라 이첨유였을지도 몰랐다.

율은 주먹을 쥐어 가슴 주변을 두어 번 두드렸다.

"이제 다시 아침이 밝았다. 오늘부터 매나라는 그대들과 짐이, 함께 만들어가는 나라가 될 것이다!"

율의 말이 끝나자 황실군이 일제히 무릎을 꿇어 황제에게 예를 취했다. 물살처럼 움직이는 군인들의 모습을 바라보며 율이 고개를 끄덕였다. 마지막으로 대장군까지 한쪽 무릎을 꿇고 앉았다.

"수고했소."

율이 대장군의 어깨를 손바닥으로 꽉 쥐었다.

모든 게 끝났다. 화살이 군데군데 꽂혀 있고 피로 물든 황궁에 새하얗게 일렁이는 아침 빛이 가득 쏟아졌다.

지우가 죽은 듯이 잠을 자고 일어났을 때는 날짜가 바뀌어 있었다. 등에 닿는 푹신한 이불의 느낌이 오랜만이라 생경했다.

지우가 건조한 목을 가다듬으려 큼큼거리며 고개를 돌렸다. 산채에서 율의 품안에서 까무룩 정신을 잃었던 것까지만 기억나고 그 이후로는 기억이 끊겨 있었다.

한참 동안 자서 머리가 띵했지만 몸은 산뜻했다. 누가 씻겼는지 몸은 깨끗했고 옷은 향기 나는 새것이었다. 지우는 목에 무사히 걸려 있는 목걸이를 빤히 내려다보았다.

지우가 상체를 일으켜 밖을 향해 말했다.

"밖에 누구 있느냐."

곧 문이 열리고 반가운 얼굴이 총총걸음으로 들어왔다.

"마마!"

분희였다.

"하루를 꼬박 주무셨어요. 시장하지 않으세요?"

"조금……."

"상을 내오라 할게요. 부담되지 않는 걸로."

분희의 말간 얼굴을 보자 그제야 매당헌에 돌아온 게 실감이 났다. 지우가 두리번거리며 안을 둘러보았다.

막집에 묶여 있었던 며칠간이 몇 년 전 일처럼 희미하고 아득하게 느껴졌다. 마치 그 모든 일이 연극이었던 것처럼, 막이 내려가고 난 후의 허망함마저 들었다.

지우가 분희의 손을 붙잡았다.

"분희 너도 무사했구나. 다행이다."
"마마가 고생하셨지요."
"건오는?"
"무사하세요."
분희가 헤헤 웃었다. 지우가 고개를 느리게 끄덕거렸다. 무슨 말을 하려는 듯 입을 벙긋거리다가, 잠시 멈칫거렸다.
"……아버님은?"
분희가 웃음기를 거두고 커다란 눈알을 데구룩 굴렸다. 분희가 대답을 주저하는 걸 보고 지우가 대강 상황을 눈치채며 어두운 낯빛을 했다.
"더 이야기 안 해도 괜찮다."
아마 아름다운 죽음은 아니었을 것이다. 지우는 굳이 그 순간을 상상해보기 싫었다. 마지막으로 이첨유를 보았을 때를 떠올렸다. 화난 것같이 구겨진 얼굴과 눈가와 입가에 가득하던 주름. 팔뚝이 아플 정도로 붙잡고 있던 매서운 손아귀.
아무리 떠올려도 아버지에 대한 좋은 기억이 남아 있지 않아 입안이 씁쓸해졌다.
분희가 물러나 흰죽과 맑은 고깃국을 들고 들어왔다. 오랜만에 따뜻한 밥을 먹자, 허기진 배 속도 채워지고 몸이 푸근해졌다.
밥을 다 먹고 잠깐 씻고 나자마자, 바깥에서 요란한 발소리가 들려왔다. 처소 문이 벌컥 열리고 급박한 걸음걸이로 뛰어 들어온 사람은 율이었다.
황제궁에서 매당헌까지 뛰다시피 했는지 율이 거친 숨을 헉헉 내쉬고 있었다. 지우가 놀라 눈을 크게 뜨다가, 이내 반달처럼 눈을 휘어 웃고는 율에게로 빠르게 다가갔다.

지우가 두 팔을 벌려 먼저 율을 꽉 껴안았다. 율이 손으로 지우의 뒤통수와 뺨을 단단하게 감쌌다.

"깨어났느냐."

"예, 폐하."

지우의 존재를 확인하려는 듯 율이 두 손으로 지우의 뒷덜미, 어깨, 허리 등을 계속 감싸 안고 더듬거렸다. 그 손짓이 애틋하고 따뜻하여 지우는 눈가가 뜨거워졌다.

율이 지우의 두 뺨을 붙잡고 이마를 맞댔다. 바로 가까이서 두 눈이 마주치자, 둘 다 누가 먼저라고 할 것 없이 웃음이 부드럽게 터져 나왔다.

"한참 안 일어나 걱정했다."

"송구합니다."

율이 흐흐 웃으며 콧잔등을 약하게 비볐다. 작은 짐승이 몸을 비벼오는 것과 흡사한 애교 있는 몸짓이라, 지우가 웃으며 율의 어깨를 다독거렸다.

"깨어 있는 얼굴 보니 좋구나."

둘은 앉지 않고 껴안은 채로 서서 이야기를 나누었다. 율은 깊은 물속에 잠겨 있다가 겨우 육지로 나온 사람처럼, 눅눅하고 깊은 숨을 몇 번이고 토해내며 말했다.

"네가 없어 힘들어 죽는 줄 알았다."

이제는 한시름 놓았는지 전처럼 장난과 투정이 반쯤 섞인 말투였다.

"사는 게 아주 사는 것 같지가 않았어."

"……."

장난기 섞인 말투라 해도, 힘들었다고 고백하는 목소리는 진심이었다. 지우가 대답 대신 이제 괜찮다는 듯 율의 살에 파묻혀 숨쉬기가 괴로워질 만큼 그를 더 꽉 껴안았다.

"이제 다 끝났다. 맘 놓고 내 옆에 있으면 돼."

"예, 폐하."

율이 지우의 손등에 입술을 부드럽게 문대며 손가락 사이에 입맞추었다.

"반역과 엮인 후궁들은 모두 내칠 것이다. 황궁이 조용해지겠지."

율이 지우의 손바닥에도 깊숙이 입을 맞추었다. 지우가 간질거리고 말캉거리는 감각에 살짝 어깨를 비틀었다.

"모든 게 괜찮아지면 너 닮은 아이도 낳자."

"소첩을 닮으면 어찌합니까. 폐하를 닮아야지요."

"날 닮으면 난봉꾼이나 되지."

지우가 입을 열어 소리 내어 웃었다.

"그런 말씀 마세요."

"왜, 진담인데."

율이 지우의 볼을 톡톡 쳤다.

"웃으니 보기 좋다."

율이 빠르게 얼굴을 틀어 다가가더니, 호선을 그리고 있는 지우의 입술에 가볍게 입 맞추고 떨어졌다. 부드럽게 휘어져 있는 눈매를 손가락 끝으로 살며시 쓰다듬다가, 율이 나지막한 목소리로 말했다.

"그…… 이첨유는……."

지우가 잠시 웃음기를 거두고는 차분한 얼굴로 고개를 끄덕거렸다.

"돌아가셨지요?"

"……그래."

지우가 눈을 내리깔았다.

"……어떻게 가셨나요?"

"목숨 구걸 하나 없이 이첨유답게 갔다."

그나마 다행이었다. 비굴하게 율에게 목숨을 구걸했다면 마음이 훨씬 더 무거웠을지도 몰랐다.

지우가 말수가 없어지자 율이 허리를 감싸 안아 허공 위로 살짝 들어 올렸다. 지우가 눈을 둥그렇게 뜨고 율의 어깨를 꽉 붙잡았다.

"이제는 내가 너의 낭군도, 아버지 역할도 다 하겠다."

자기 입으로 말하고는 부끄러운지 율이 붉어진 얼굴로 헛기침을 큼큼 했다.

"뭐…… 모, 못 미더울 수도 있겠지만."

"못 미더울 리가 있겠습니까."

지우가 목을 빼 율과 이마를 부드럽게 맞댔다. 율이 지우를 바닥에 다시 살포시 내려놓았다.

"저, 다른 가족들은 옥사에 있나요?"

"보려고?"

"아무래도 보는 게……."

"그럼 같이 가자. 밖에서 기다리마."

"혼자 가도 괜찮습니다. 바쁘실 텐데."

율이 고개를 저으며 손가락을 까딱거렸다.

"오늘은 네 옆에서 떨어지기 싫다. 귀찮아도 따라다닐 거야."

둘은 결국 같이 옥사로 향했다. 벌건 대낮 가는 길 내내 율이 손을 붙잡아 오는 통에, 지우의 얼굴이 홍옥처럼 빨개졌다.

옥사 앞에 도착하자 날이 건조하고 밝은데도 스산한 분위기가 감돌았다. 율이 옥사 문밖에 서 지우의 등을 손으로 부드럽게 밀었다. 지우가 심호흡하고 안으로 들어갔다.

병사 하나가 가족들이 있는 옥으로 안내했다. 한 발자국 걸어갈 때마다 마음이 무거웠지만 견뎌내야 할 일이었다. 옥 안에는 계모인 조씨와 딸 둘이 추레한 모습으로 벽에 붙어 있었다.

조씨는 곱게 틀어 올렸던 우아한 머리가 다 산발이 되고 얇은 내의 하나만 걸치고 있었지만 눈빛만은 여전히 매섭고 형형했다. 조씨가 지우를 올려다보았다.

"여긴 왜 왔지?"

"얼굴을 뵈러……."

"배신자 주제에."

지우의 말이 끝나기도 전에 조씨가 날카롭게 소리쳤다. 지하 옥사에 그녀의 목소리가 웅웅 크게 울려 퍼졌다.

지우에게 조씨는 넘을 수 없는 커다란 파도 같은 사람이었다. 어머니가 일찍 그렇게 죽고 나서 지우는 집안에서 애물단지가 되었고 항상 눈칫밥을 먹으며 집구석에서 버텨야 했다.

전처의 딸인 지우가 조씨는 달가울 리 없었다. 그녀의 딸들도 마찬가지였다.

십 년 전으로 돌아가서 자신이 먼저 다가간다면 이런 결과가 나오지 않았을까 생각도 해보았지만, 이미 흘러간 시간만큼 그들 사이의 감정의 골은 깊게 파여 있었다.

"배신자 주제에 여기는 왜 왔어? 우리 죽어가는 꼴 보고 비웃기라도 하려고?"

조씨의 외침에 지우가 울컥하여 평정심을 잃으려는 걸 애써 다독였다.

"배신자라니요."

"배신자지, 그럼 아니냐? 네 손으로 네 아버지를 죽인 거야."

"같은 편이어야지 배신도 하는 것 아닙니까, 어머니."

"뭐?"

조씨가 하얗게 질린 입술을 벌렸다.

"한 번도 절 같은 편에 넣어주신 적 없으셨잖아요. 제가 언제 이씨 가문 사람이긴 했나요."

"……하."

"같은 편인 적이 없는데 배신이라니요."

조씨만 바락바락 악을 쓸 뿐 두 여동생은 구석에 조용히 앉아 있었다. 조씨는 어금니를 깨물고 지우에게 말했다.

"그래서 네 행동이 지금 옳다는 것이냐?"

"아버지께서 그러셨지요. 권력관계에 옳고 그름은 없다고요. 그렇다고 해두어요. 옳고 그른 게 지금 와서 무슨 문제겠습니까. 그저 아버지는 분에 맞지 않는 권력을 탐하신 거예요."

"……아버지만 그렇다고 생각하니?"

조씨가 소리 내어 웃었다.

"원래 권력이란 게 다 그런 거야. 네가 올라탄 권력은 그렇게 안 될 줄 알아? 그분이라고 처음부터 그러진 않으셨지. 너 어릴 땐 널 잠깐 애달파하기도 하셨다."

"……."

"하지만 권력 앞에선 친자식도 다 소용 없는 거야. 하물며 연심이야 말할 것도 없지. 영원할 것 같아? 네가 언제까지 황제 곁에 붙어서 당당하게 그 권력 맛을 보려나."

"그래요. 제가 버려질 수도 있겠지요."

지우가 화내지 않고 담담하게 대답하자, 조씨가 목을 부들거렸다.

"아쉬우시겠어요. 제가 버려지는 꼴 못 보고 가시니까요."

"뭐?"

"하지만 그럴 일 없을 겁니다."

"장담해?"

"네."

지우가 흔들리지 않는 눈빛으로 말했다.

"그래도 마음이 쓰여 와 보았는데 헛걸음한 것 같네요."

지우가 아랫입술을 깨물며 등을 돌려 걸어갔다. 등 뒤에서 조씨가 마지막으로 악을 쓰는 게 들려왔지만 무시했다.

옥사 특유의 무겁고 질척거리는 분위기가 어깨를 짓누르는 것 같아 발걸음을 더욱 빨리했다. 복도를 빠르게 지나치다가, 지우가 낯익은 얼굴에 잠깐 발걸음을 멈추었다. 유하였다.

유하가 지우의 얼굴을 발견하고 눈을 동그랗게 뜨더니 고개를 홱 돌렸다. 유하의 턱이 바들바들 떨리고 있었다.

후궁들은 반역자 가문 사람이라도 그 일과 전혀 연루되지 않았다면, 이례적으로 퇴궁과 신분 하향 조치만 취하고 형은 집행하지 않는다고 했다.

시대가 천천히 바뀌고 있는 중이었다.

강력했던 귀족 세력들은 이번 반란으로 인해 그 힘이 반 이상 죽었고, 황제를 중심으로 한 중앙 관료와 황실군의 힘은 더욱 견고해졌다. 변한 권력 양상을 바탕으로 새로운 체제와 이념이 슬금슬금 그 모습을 드러내고 있었다.

시대 흐름을 잘못 탄 이들은 도태되어 지하에 묻힐 운명이 되었다. 그중 하나가 유하였다.

유하는 근위대의 정보를 빼내 반역 세력에 넘겨, 적극적으로 반역에 동조한 사실이 인정되어 형을 면하기 힘들었다.

곱고 반짝거리던 얼굴이 까맣고 어두워져 있었다. 지우가 쉽사리 그녀에게서 발을 떼지 못하자, 유하가 여전히 벽을 쳐다본 채 앙칼지게 말했다.

"아무 말도 하지 말고 가세요."

"……."

"듣기 싫으니까."

유하의 목소리에는 물기가 섞여 있었다.

결국 지우가 살짝 고개만 숙이고 유하를 지나쳐 왔다. 한 걸음씩 걸어갈 때마다 심장 위에 커다란 돌을 얹은 것처럼 숨 쉬기가 버거웠다.

지하옥사 끝자락까지 와, 바깥의 햇볕이 보이자 그제야 조금씩 숨이 트였다. 지우가 허벅지에 힘을 주고 빠르게 밖으로 올라갔다.

타박타박, 잰걸음으로 달려가자 율이 뒷짐을 지고 등을 보인 채 우뚝 서서 기다리고 있었다.

"폐하!"

지우의 부름에 율이 쓱 몸을 돌려 지우를 바라보았다.

"영원할 것 같아?"

머릿속에 남아 있던 조씨의 목소리가 율의 얼굴에 퍼진 미소를 본 순간 저 아래로 묻혀 사라졌다.

"왔느냐."

율이 지우에게 손을 내밀었다. 지우가 주변 눈치를 보며 망설이다가 손을 마주잡았다.

영원하지 않아도 좋았다. 미래에 대한 확실한 보증이 없더라도 괜찮은, 충분히 행복한 오늘이었다.

"마마, 그간 강녕하셨습니까."

"지후야."

지우가 반가운 표정으로 지후를 살갑게 맞았다. 지후도 마주 웃어주었지만 그간의 마음고생을 증명하듯 그의 얼굴은 전보다 어둡고 푸석푸석해져 있었다.

"안색이 안 좋구나."

"……격동이 지나갔으니까요."

찰나의 침묵 속에 며칠간이 다 담겨 있었다. 지후는 어색하게 웃었다.

지우가 황궁으로 돌아오고 나서는 하루하루가 피 마를 날이 없었다. 지우도, 지후도 그날들에 대해 일일이 얘기를 꺼내지는 않았다.

반역에 적극적으로 연루된 자들은 모두 죽었다. 유하도 성 밖에서 목이 졸려 죽었다고 한다. 지우는 피의 숙청이 이루어지는 며칠 내내 매당헌에 틀어박혀 있었다.

예외는 지우와 지후뿐이었다. 이첨유의 핏줄이었지만 그들이 황제의 편을 들어 공로를 세운 게 인정되었기 때문이다. 지후는 황궁 내에서는 항상 걸치고 있던 무관복이 아니라 사복 차림이었다.

둘 사이에는 한참 동안 침묵이 흘렀다. 먼저 지우가 조심스러운 말투로 물었다.

"정말로 도성을 떠날 거니?"

"예, 그래야지요. 마마님이야 전혀 그 일을 모르셨지만, 저는 처음에는 아버님을 도왔으니까요. 이런 제가 어찌 고개를 들고 폐하 곁에서 일하겠습니까. 목숨을 부지한 것만으로도 큰 은혜지요."

"그래도……."

"마음이 힘들어 이곳에서는 더 못 있겠습니다. 어찌 되었든 제 손으로 가족들을 죽게 만든 건 사실이니까요. 아버님을 옹호하려는 건 아닙니다. 그저……."

"이해한다."

지우의 말에 지후가 입술을 닫고 그저 웃으며 고개를 숙였다.

"그래서 어디로 갈지는 정한 거니?"

"변방의 국경 지대로 갈 생각입니다. 인력이 부족하다고 들었습니다. 제 재주라고는 칼 쓰는 것뿐이니까요. 그것 살려 살아가야겠지요."

"그곳은 무척이나 척박하다고 들었는데."

"예. 하지만 다 사람 사는 곳 아니겠습니까. 그곳에서 다 잊고 새로 시작하려 합니다. 이지후라는 이름도 잊고, 도성도 잊고, 가문도 다 잊고요."

"혼자 떠나는 것이냐?"

지후가 머쓱하게 웃으며 뺨을 긁적거렸다.

"아니요. 그……."

"응?"

"소여와 같이 갈 생각입니다."

지우가 잠시 눈을 크게 떴다가 편안하게 표정이 풀어진 채 웃었다.

"잘 생각했다."

"……그럴까요?"

"그래, 척박한 곳이니 서로 의지하여 잘 살아보렴. 여기서 멀리 떨어진 곳이니, 네 말처럼 모든 거 다 잊고 말이야."

"제가 소여에게 마음 두고 있단 거 아셨습니까?"

"모를 리가, 그렇게 티를 냈는데."

지후가 민망함에 얼굴을 붉히며 헛기침을 했다. 지우가 잠시 소리 내서 웃다가 눈썹을 늘어뜨렸다.

"그나저나 이제 헤어지면 얼굴 보기가 힘들겠구나. 언제 또 볼 수 있을까."

"다시 못 볼 수도 있겠지요. 너무 저에게 마음 두고 계시지 마세요."

"그런 말 말아라."

"서신으로나마 계속 소식 전하겠습니다."

지우가 손을 뻗어 지후의 손등을 붙잡았다. 아주 어릴 때 그랬던 것처럼 그의 손등을 부드럽게 쓸고 토닥거려 주었다.

"언제 출발하니?"

"마마의 책봉식만 보고 바로 출발할 생각입니다."

"……그래. 그럼 바로 명일이구나."

"그런데 저도 좀 놀랐습니다. 후궁으로 계속 두실 거라 생각은 하였지만 황후로 책봉을 거행하시다니……."

"……그건 나도 놀랐다."

지우가 황궁을 떠들썩하게 했던 율의 고집을 떠올리고 어깨를 으쓱거렸다.

반역을 제압하면서 이첨유와 그 일당들이 동탄을 끌어들여 땅을 팔아먹으려 했다는 게 백성들 사이에서 알려졌다.

이를 빌미로 율은 동탄과 협상을 진행했다. 율과 큰 마찰을 원치 않았던 동탄 쪽에서는 분쟁지역을 매나라에 일부 유리한 방향으로 재편성하는 협상에 동의해야 했다.

이 일로 민심이 다시 율에게로 기울었다. 실권을 더욱 견고히 잡아채고 정국을 안정시킨 율이 가장 먼저 한 일은 지우를 황후에 올리는 것이었다.

몇몇 대신들의 반대에도 굴하지 않았다. 반대할 만한 이도 별로 없었다. 굵직굵직한 고관들이 죄다 반역에 휘말려 목숨을 잃은 후였다.

율이 지우의 황후 책봉에 반대하는 자들에게 얼마나 험악하게 굴었는지, 그 자리에서 반역자들을 숙청하는 것처럼 칼이라도 휘두를 기세였다는 소문이 황궁 내에 퍼졌다. 황실의 가장 큰 어른이었던 황태후마저 역모 동조죄로 사약을 마신 후라, 율은 일사천리로 일을 진행했다.

"전례가 없는 일이긴 하지만 마마는 황후 자리에 오르실 만한 분이세요."

"그렇게 말해주니 고맙구나."

"마마께서 곁에 계시다면 폐하의 치세가 내내 평화롭겠지요."

지후가 느리게 자리에서 일어섰다.

"이만 가보겠습니다."

지후가 마지막으로 완전히 예를 갖추어 지우에게 절을 올렸다. 지우의 눈 주변이 붉게 달아올랐다. 지후가 일어서서 나가려 하자 지우가 따라 일어섰다.

"마지막으로, 어릴 때처럼 한 번만 안아보자."

"……누님."

"이리 오련."

지우가 지후를 부드럽게 껴안고 등을 두드렸다. 지후가 지우의 어깨에 코를 박았다. 잠깐 동안 옅은 흐느낌이 매당헌 내에 가득했다.

지후가 그렇게 떠나가고 지우는 일찍 자리에 누워 잠을 청해야 했다. 다음 날 책봉식이 거행될 예정이었다. 쉽사리 잠이 오지 않는 밤이었다. 정말로 모든 것이 바뀌었다. 그리고 내일 아침이 되면, 또 한 번 크게 바뀔 것이다.

지우는 새벽이 다 되어서야 간신히 얕은 잠에 빠질 수 있었다. 눈을 뜨자마자 이른 아침부터는 정신이 쏙 빠질 정도로 바빴다. 몇 개월 만에 채워지는 황후 자리에 황궁 전체가 들떠 있었다.

지우는 온갖 향초와 약초가 들어간 물에 들어가 몸을 씻고 몸단장을 시작했다.

검은 머리는 비단결처럼 부드러워졌고 하얀 살결에서는 좋은 향기가 났다. 매나라에서 제일가는 여인들이 와 지우의 몸을 치장했다. 머리를 틀어 올리고 화려한 예례복을 입었다.

바깥에서는 책봉식 후 거하게 치러질 연회를 위한 준비가 한창이었다. 지우는 떨리는 심장을 진정시키려 애썼다. 분희는 지우보다 더 긴장하고 감격스러운 표정으로 옆에 서 있었다.

여인 둘이 다가와 지우의 목덜미에 향유를 바르고 얼굴에는 분을 칠했다. 분이 콧속으로 밀려들어와 지우가 콜록거렸다.

"분희야."

"예, 마마."

분희는 톡 건들면 금방이라도 울음을 쏟아낼 것 같은 표정이었다.

"고생했다."

"제가 뭘요."

"앞으로도 잘 부탁하마."

분희가 훌쩍거리며 손등으로 눈가를 꾹 눌렀다.

"황궁이 지겹지는 않으니?"

분희가 세차게 고개를 흔들었다.

"아니요. 계속 마마 곁에 있을 거여요."

"고맙구나."

분희가 소처럼 큰 눈이 빨개진 채로 울음을 참았다. 좋은 날에 웬 울음이람. 스스로를 꾸짖으면서도 울컥거리는 감정을 참을 수 없었다.

지우의 입술에 새빨간 연지가 반쯤 발라졌을 때였다. 갑자기 방 밖이 소란스러워지더니 궁녀들이 당황한 낯빛으로 우루루 몸을 피했다.

"……폐하?"

율이 들어왔다. 다들 예상치 못한 방문에 우왕좌왕했다. 지우의 입술에 연지를 바르던 이가 화들짝 놀라며 벽으로 달라붙었다. 율이 고개를 두리번거리다 지우를 보고 활짝 웃으며 다가왔다.

"폐하, 여기 어쩐 일이십니까. 지금 들어오시면……."

"보고 싶어서 왔다."

율은 화려한 황의를 걸친 채 지우의 손을 잡고 그 앞에 앉았다. 율이 의도적으로 헛기침을 몇 번 하자 궁녀들이 모두 벽 쪽으로 시선을 돌렸다.

"지금 치장을 다 하지 못하였는데……."

"그래도 곱다. 내가 본 것 중 제일 고운데."

지우가 뺨을 붉히며 눈을 내리깔았다.

"바깥에서 기다리고 있으마."

"예, 폐하."

율이 낮게 웃으며 지우의 얼굴 가까이 다가왔다. 지우가 눈을 둥그렇게 뜨고 율을 쳐다보았다.

"고맙다."

달콤하고 다정한 목소리가 지우에게만 들릴 만큼 작게 새어 나왔다.

"이렇게 계속 내 곁에 있어다오."

율이 턱을 살짝 틀어 지우에게 입 맞추었다. 지우가 눈을 지그시 감았다. 짧은 입맞춤이 끝나고 눈을 뜨자마자 지우가 작게 웃음을 터뜨렸다.

"응? 왜 웃느냐?"

"폐하, 저…… 입술에……."

지우의 입술연지가 옮겨 붙어 율의 입술에 묻어 있었다. 지우가 웃으며 검지로 율의 입술을 문질러 닦았다. 율이 지우의 손을 붙잡았다. 빨개진 엄지 위로 입술을 약하게 비비고는 일어섰다.

"내가 여기 계속 있으면 방해만 되겠지. 이만 물러가마."

율이 능청스레 웃으며 지우의 볼을 쓰다듬고 걸어 나갔다. 궁녀들이 율이 빠져나가자 다들 약속이라도 한 것처럼 숨을 쉬었다.

지워진 연지를 다시 바르고 무거운 머리 장식도 꽂았다. 곧 책봉식이 거행될 시각이 다가왔다.

지우가 느리게 심호흡을 한 뒤 길게 늘어지는 치맛자락을 끌고 한 걸음, 한 걸음 걸어갔다. 문 앞에서 지우가 속눈썹을 떨며 긴장감을 억누르려 애썼다. 바깥에서 북 소리가 크게 들렸다.

이 문을 열고 나가면 양옆에 늘어선 사람들과 악대, 그리고 가장 상석에 율이 서 있을 것이다. 커다란 징이 진동하며 묵직한 음을 토해냈다.

"마마, 나가실 시각이옵니다."

궁녀의 말에 지우가 침을 한 번 삼키고 고개를 끄덕거렸다. 양

옆에서 궁녀들이 문을 잡고 열었다.

우기가 끝나 새파란 하늘은 따스하고 건조한 햇볕을 쏟아냈다. 얼굴에 내려앉는 햇살에 지우가 살짝 눈을 찌푸렸다. 그러나 곧 눈에 힘을 주고 앞을 바라보았다. 수많은 사람이 허리를 숙인 채 지우가 걸어 나오길 기다리고 있었다.

멀리 조그맣게 율의 모습이 보였다. 지우는 문턱 너머로 경쾌하고 가벼운 첫 발걸음을 내디뎠다.

종장

어느새 쌀쌀해진 기온에 율이 여우 털로 만든 겉옷을 걸치고 집무실 책상에 앉아 있다. 매나라의 겨울은 저 위쪽 나라보다 덜 혹독하지만, 그래도 털옷을 걸쳐야 할 만큼은 쌀쌀했다.

북쪽에 위치한 소수 민족들이 불만을 표출하며 들고 일어서 그 일로 골치가 아팠다. 율은 관자놀이를 손가락 끝으로 꾹꾹 눌렀다. 워낙 땅덩어리가 넓다 보니 한 군데의 일을 해결하면 다른 곳에서 일이 터졌다.

지방 호족들에게 관리를 맡기는 게 아니라, 중앙에서 직접 파견한 관리가 행정을 보게끔 제도를 하나둘씩 바꾸는 중이었는데 이 때문에 율은 요즘 들어 잠잘 시간을 줄여가며 정무를 보는 중이었다.

궁녀가 내온 뜨끈한 차를 마시며 율이 시큰거리는 눈을 깜박거렸다. 그러다 율이 장 내관을 돌아보며 물었다.

"황후는?"

한마디에 장 내관이 말을 알아듣고 그에게로 다가왔다. 며칠 전부터 지우가 몸이 좀 안 좋은지 밥을 거의 못 먹는다는 이야기를 듣고 율이 계속 신경을 쓰고 있었기 때문이다.

"황후 마마께서는 괜찮다고만 하시니……."

"그 사람은 너무 칭얼거리지를 않아, 그게 문제야. 잔말 말고 명일 오전에는 의원에게 보이라 해라."

"예, 폐하."

이틀 동안 지우의 얼굴을 제대로 보지 못했다. 짬을 내어 잠시 들르기는 했지만 새벽까지 일을 해야 하는 탓에 황제궁으로 다시 돌아와야만 했다.

밥을 잘 못 먹는다니. 율이 고개를 까딱거리며 눈을 찡그렸다. 분명히 어제 오후에 얼굴을 봤을 때도 자신에게 그런 말을 하지 않았다.

조금 더 투정 부려도 좋을 텐데.

지우가 황후 자리에 오른 지도 수개월이 지났다. 시간이 흐른 만큼 율은 지우에게 더 마음을 열고 다른 이들에게는 절대 보여주지 않는 가슴속 여린 속살까지 내비쳤지만, 지우는 아직 그렇지 않은 것 같아 가끔 속이 상했다.

오늘은 저녁상을 건너뛰는 한이 있더라도 일을 빨리 마치고 지우에게 가야겠다. 조금 핼쑥해진 것 같아 보이던 얼굴도 어여쁘다 쓰다듬어주고 콧잔등도 손가락으로 건드려주고 입도 꼭 맞추어주어야지, 다짐하며 율이 재빠르게 손을 놀렸다. 장부를 몇 개 보다가 율이 관료 한 명을 들여보냈다.

요즘 율은 나이가 어리고 총명한 신진 관료들을 한 명씩 만나고 있었다. 매나라의 머리가 되어줄 황제 직속 기관을 새로 만들기 위해 은밀하게 작업 중이었다. 나라에 새로운 피를 수혈할 때가 왔다.

"이번 북쪽 소요 사태에 대해서 어떻게 생각하지?"

이제 막 입관하여 앳되어 보이는 젊은 관료가 고개를 숙이고 차분하게 말을 이었다.

율이 만족스러운 웃음을 지으며 고개를 끄덕이고 장부에 그의 이름을 적어놓았다. 그렇게 몇 명을 더 만나고 나자 어느새 해가 차차 지고 있었다.

"장 내관!"

"예."

"황후궁으로 갈 것이니 준비하라."

"석식은……."

"음, 거기서 먹도록 하지."

율이 춤을 추듯 재빠르게 휘리릭 몸을 돌려 자리에서 일어섰다. 환관들이 따라붙기 버거울 정도로 빠른 걸음걸이로 율이 황후궁으로 향했다.

지우는 정이 들었던 좁고 구석진 매당헌을 떠나기 싫었던 모양이지만, 최소한의 황궁 예법이라는 게 어쩔 수가 없었다. 황후궁은 그 위치에 맞게 화려하고 웅장했다. 익숙하게 황후궁 안으로 들어가 돌바닥 위를 쿵쿵 내디뎠다.

율이 온다는 소식을 들었는지 매당헌 때보다 훨씬 그 수가 늘은 궁녀들이 분주하게 황후궁 내를 오가고 있었다. 그러나 이렇게 일찍 달려올지는 몰랐던지 율을 보자 깜짝 놀라 허리를 깊이 숙였다.
"황제 폐하 납십니다!"
문이 열리고 지우가 방 한가운데에 서서 고개를 숙이고 율을 맞이하고 있었다.
분희가 요 근래 젖살이 빠져 한층 여인다워진 얼굴을 숙이며 방 밖으로 총총 걸어 나갔다.
전 전대에 신축한 황후궁의 외관은 화려하기 그지없었지만, 정작 방 안은 지우의 성정답게 수수하고 담백했다. 그 한가운데에 서 있는 지우를 보자 율이 웃음 섞인 한숨을 느리게 내쉬며 그녀에게로 걸어갔다.
"폐하, 드셨습니까."
모으고 있는 하얀 두 손이 어여뺐다. 율이 지우의 목을 무겁게 짓눌렀을 머리 장식을 손으로 잡아 빼냈다. 지우가 눈을 둥그렇게 뜨고 율을 바라보았다.
"둘이 있을 때는 그리 예를 취할 필요 없다니까."
"허나……."
"섭섭하다."
"송, 송구합니다."
율이 거친 손바닥으로 지우의 뺨을 쓸어내렸다. 며칠 동안 이 얼굴을 이렇게 제대로 붙잡고 볼 정신도 없었다니. 율이 지우의 손을 붙잡고 의자에 가 앉혔다. 지우가 민망해서 시선을 피하는데도 양 뺨을 꽉 붙잡고 얼굴 이곳저곳을 한참 동안 살펴보는데 과연 볼이 좀 홀쭉해진 것 같아 마음이 쓰렸다.

"왜 밥을 못 먹느냐?"

"예?"

지우가 당황했는지 눈빛이 흔들렸다. 율이 그제야 얼굴을 놓아주고 손으로 지우의 손등 위를 툭툭 건드리며 장난을 쳤다.

"며칠 동안 밥을 제대로 못 먹는다면서. 몸이라도 어디 안 좋은 것이냐?"

"아니요. 그저 입맛이 좀 없어 그랬습니다."

눈동자를 데굴데굴 굴려대는 것이 또 걱정할까 봐 마음 쓰여 말 못 했겠구나 싶어 율이 피식 웃었다. 남에게 자기 힘든 것 이야기 안 하는 게 습관이 된 사람이라 어쩔 수 없다는 건 알지만 그래도 좀 더 기대주었음 좋을 텐데 싶었다.

그래도 얼굴 마주하고 미소 지어주는 걸 보니 율은 오늘 하루 동안 고되었던 게 모두 날아가는 기분이었다. 그대로 지우에게 조용히 다가가 꽉 끌어안았다.

율의 쇄골 사이에 지우의 얼굴이 파묻혀 숨 쉬기 힘들 만큼 거세게 끌어안았다. 뜨거운 욕탕에 들어가 피로를 풀 때처럼, 몸에 안온함이 깃들고 저절로 단숨이 나왔다.

어린아이 어르듯이 율이 지우의 등을 토닥이고 안은 채로 몸을 좌우로 흔들거렸다.

"내가 바쁘니 말 안 한 것 아니고?"

"아닙니다. 정말 별거 아니라서……."

"난 네가 시시콜콜한 것도 다 이야기해주었으면 좋겠다."

지우가 잠시 말을 멈추더니 곧 고개를 끄덕거렸다.

"예, 폐하."

나긋나긋한 목소리가 사랑스러워 율이 황제라고는 생각되지 않을 만큼 실없고 따스하게 웃었다.

"밥이나 먹자. 시장하구나."

곧 궁녀들이 음식상을 들고 들어왔다. 정갈한 소반에 담겨 상 가득히 나오는 갖가지 음식들을 보자 율은 허기진 배 속이 쓰렸다.

먼저 수저를 들고 밥을 뜨는데, 지우는 여전히 상 앞에 약간 파리해진 얼굴을 하며 앉아 있을 뿐이었다. 율이 한 숟갈 뜨다 말고 지우를 바라보았다.

"안 먹느냐?"

"아, 저…… 아닙니다."

율이 짙은 눈썹을 꿈틀거리며 지우를 빤히 응시했다. 지우는 율의 눈치를 살피며 마지못해 숟가락을 들어 밥을 푹 떴다. 입안에 넣고 우물거리는 걸 보고도 율이 마음에 안 차 고기반찬을 올려주었다.

"좀 팍팍 먹어라."

"아, 알겠……. 읍."

지우가 고기를 먹으려다 말고 고개를 돌리며 헛구역질을 했다. 율이 눈이 휘둥그레져 상을 옆으로 밀치고 지우에게로 급하게 다가갔다.

"정말 어디 크게 아픈 것이냐?"

헛구역질을 어찌나 심하게 하는지 지우의 눈동자가 빨갛게 물들었다. 켈록켈록, 기침을 몇 번 하며 지우가 고개를 저었다.

"그저 속이 좀 안 좋은가 봅니다."

"어디 속이 그렇게 안 좋기에 이리 심하게 구역질을 해?"

율이 걱정이 되어 조금 화난 목소리로 말했다.

"안 되겠다. 우선 상 무르고 의원부터 부르자."

"폐하께서 조금이라도 드셔야……."

율이 손으로 지우의 입을 턱 막고 궁녀를 큰 소리로 불러 상을 치우게 했다. 율이 지우의 등을 손으로 계속 쓸어주었다.

"어디가 아프기에……. 아니, 잠깐."

"예?"

"오늘 날짜가 어떻게 되지?"

율이 미간을 좁히며 손가락을 펼쳐 몇 번 셈을 하더니 미묘한 표정으로 지우를 바라보았다.

"혹시……."

율의 얼굴에 미소가 슬슬 번지자 지우도 고개를 갸웃거리다가 눈을 크게 떴다.

의원이 신중히 진맥을 해보더니 일어나 율에게 허리를 숙이며 말했다.

"회임이십니다."

허어, 율이 바람 빠지는 소리를 내더니 빛이 팡 터지는 것처럼 환한 웃음을 지었다.

어리둥절하게 누워 있는 지우를 내려다보며 율이 커다란 몸을 들썩거렸다.

"들었느냐? 회임이란다."

"그, 그런데 그럴…… 어, 그럴 일이……."

"의원은 수고했으니 이만 물러가라."

의원이 나가자 율이 지우 옆에 앉아 계속해서 어깨를 들썩거렸다. 지우는 율이 이렇게 기뻐하는 걸 간만에 보는 것 같아 얼떨떨하면서도 신기했다. 지우가 머뭇거리며 손을 내려 자신의 배를 살짝 쓰다듬어 보았다. 아직 아무것도 느껴지지 않는 판판한 뱃가죽이었지만 이 안에 태아가 들어 있다고 생각하자 기분이 묘해졌다.

"그전에 한 번으로 회임이 된 모양이구나."

"생각도 못했습니다. 근래에는 폐하께서 많이 바쁘신지라……."

"하하, 세상에. 어이구, 장하다. 수고했다."

율이 지우를 끌어안다가 뺨을 쥐고 입을 꾹 맞춰왔다가 손을 만지작거렸다가, 가만히 있지 못하고 계속해서 웃어댔다. 결국 지우도 자신을 무슨 갓난아기 대하듯 하는 율을 보고 웃음이 터졌다.

"그리 좋으십니까."

"좋고말고. 아, 그런데 황후가 밥을 잘 못 먹으니 그건 걱정이구나. 입덧이 심한가……. 뭐 먹고 싶은 것 없느냐?"

"밥은 넘기기가 좀 힘이 듭니다. 신 과일 같은 건 괜찮지만……."

"그래, 그거라도 좀 먹자. 내가 입덧을 대신할 수 있으면 할 텐데."

지우가 율의 손등을 약하게 두드리며 말했다.

"그런 말씀 마세요. 그것보다 폐하께서도 진지 드셔야지요."

"너무 놀라서 밥 생각도 잊었다."

"안 드시면 제가 걱정이 되어 더 몸이 아플 것 같습니다."

"그래, 그래. 너 과일 먹는 것 보며 나도 다시 밥 먹으마."

궁녀가 새빨간 신 사과와 밥상을 들고 다시 들어왔다. 먹기 좋을 만큼 작게 썰어져 있는 과일을 지우가 오물거리며 율이 밥 먹는 걸 바라보았다.

율은 그제야 허기가 다시 차올라 밥을 급하게 먹으려 수저를 드려는 순간, 갑자기 치미는 구토감에 얼굴을 강하게 찌푸렸다.

"폐하, 왜, 왜 그러십니까?"

"아니, 잠깐…… 우욱."

아까의 말대로 정말 자신이 입덧이라도 하는 것처럼 율은 속이 울렁거렸다. 이게 무슨 일인가 싶어 스스로도 어이가 없었지만 속이 메슥거려 도저히 밥이 들어가지 않았다.

지우가 당황하여 율의 옆에 앉아 손바닥을 꾹꾹 주물러주고 등도 쓰다듬어 주었지만 별 소용이 없었다.

"허…… 입덧도 쌍으로 하나 보구나."

지우가 반쯤 울 것 같은 표정으로 율을 바라보았다.

"폐하, 아니 되십니다."

"나도 사과나 먹어야겠다. 같이 하니 좋네, 뭐."

"폐, 폐하!"

율이 지우를 따라 사과를 입에다 넣고 우물거렸다. 신기하게 이건 또 괜찮았다. 울상이 된 지우를 끌어안고 율이 흐흐 입꼬리를 끌어 올리며 웃었다.

"얼른 만달이 되었으면 좋겠구나. 너 많이 힘들지 않게."

지우는 율의 크고 따뜻한 품에 얼굴을 파묻었다. 새큼한 사과향이 둘 사이를 떠돌았다. 율이 고개를 숙여 지우의 입술에 입 맞추었다. 향기로운 신맛이 입안에 감돌았다. 부드러운 혀로 입술과 입천장을 쓸어내리고 연한 살을 쿡쿡 눌렀다. 느리고 따스하게 접문을 하며, 율이 손바닥으로 지우의 아랫배를 살살 쓰다듬었다. 짧은 입맞춤을 마치고 율이 짙게 웃으며 노래하듯 속삭이는 목소리로 말했다.

"너와 나, 그리고 이 아이가 매나라의 미래가 될 것이다."

지우가 자신의 배를 쓰다듬는 율의 손등 위에 손을 겹쳤다.

"내게 와주어서 고맙구나."

율이 나긋하게 말하며 털옷을 지우의 어깨에 둘러주었다.

오늘따라 밤바람이 거세어 한기가 감돌았지만, 둘의 손가락이 얽히고 다시 한 번 입이 맞닿은 순간 방 안은 훗훗한 공기로 가득 찼다. 미래를 품은 채 율을 바라보는 지우의 눈동자가 반짝거렸다. 율은 그 반짝이는 눈동자를 한참 동안 올곧은 시선으로 바라보았다.

그러다가 둘 다 동시에, 느리게 눈꺼풀을 감았다.

-마침-